BLOOD MAGIC

Le sang ne ment jamais

Tessa Gratton

BLOOD MAGIC
Le sang ne ment jamais

Traduit de l'anglais (États-Unis)
par Anne-Judith Descombey

La Martinière j.
FICTION

Toutes les notes sont de la traductrice.

Édition originale publiée par Random House
sous le titre *Blood Magic*.

Une marque de La Martinière Groupe, Paris.
www.lamartinieregroupe.com
www.lamartinierejeunesse.fr
ISBN : 978-2-7324-4647-9

Conforme à la loi n° 49-956 du 16 juillet 1949
sur les publications destinées à la jeunesse.

« C'est ainsi que le fruit est arraché à la terre
et sa chair lacérée,
qu'il est voué à la stagnation
et à la pourriture.
C'est le principe de la corruption,
la mort de ce qui est,
la naissance de ce qui est à venir.
Tu es vin. »
Richard Selzer, *Mortal Lessons*

CHAPITRE PREMIER

Je m'appelle Josephine Darly et j'ai l'intention de vivre éternellement.

CHAPITRE 2

Silla

Il est impossible de se connaître soi-même tant qu'on n'est pas resté seul dans un cimetière.

La froide pierre tombale plaquait le tissu mince de mon T-shirt contre mon dos en sueur. Le cimetière était noyé d'ombre dans le crépuscule, gris et lugubre. J'étais assise en tailleur sur l'herbe clairsemée qui dissimulait la tombe de mes parents, le livre dans mon giron.

Je balayai de la main la terre qui en salissait la couverture. De format poche, il paraissait tout petit et insignifiant entre mes mains. La reliure en cuir acajou était polie par l'usure et sa couleur passée aux coins. Les pages avaient été autrefois dorées sur tranche, mais cette dorure aussi était effacée. J'ouvris le livre, dont la reliure craqua, et lus une fois de plus le titre, dans un chuchotement qui le faisait paraître plus réel à mes yeux :

Notes sur la transformation et la transcendance

« Oh, chair trop solide ! Que ne peut-elle fondre, se dissoudre et s'évaporer ! » Shakespeare[1].

C'était l'une des citations préférées de papa, tirée de *Hamlet*. Il la récitait chaque fois que Reese ou moi-même partions en claquant la porte pour aller bouder ailleurs. Il disait toujours que, comparés au prince de Danemark,

---

1. Monologue de *Hamlet*, acte I, scène 2.

nous n'avions aucune raison de nous plaindre. Je me souviens encore de ses yeux bleus plissés qui me dévisageaient par-dessus les verres de ses lunettes.

Le livre était arrivé cet après-midi même par la poste, enveloppé dans du papier brun et sans adresse d'expéditeur. Écrit au verso en caractères d'imprimerie, le nom de DRUSILLA KENNICOT avait des allures de sommation. Six timbres étaient collés dans le coin supérieur de l'enveloppe imprégnée d'une odeur de sang.

Cette odeur si particulière, cuivrée et entêtante, celle d'une pièce de monnaie, me restait au fond de la gorge, inextricablement mêlée à mes souvenirs. Je fermai les yeux et vis une traînée de sang sur des étagères chargées de livres.

Quand je les rouvris, j'étais toujours seule dans le cimetière.

À l'intérieur de la couverture était insérée une note pliée en trois, rédigée sur un papier épais et sans lignes.

Elle commençait par : « Silla ». La vision de mon nom dans cette écriture cursive désuète me faisait toujours frissonner. Le bas des *s* formait une spirale qui semblait se perdre dans le néant.

Silla,

Mon enfant, je ressens comme si c'était la mienne la perte que tu éprouves. J'ai connu ton père pendant le plus clair de son existence et c'était l'un de mes plus chers amis. Je regrette profondément de n'avoir pu assister à son enterrement, tout en étant certain qu'on a magnifiquement fait l'éloge de sa vie et pleuré sa mort.

Si cela peut t'être de quelque réconfort, ce que j'espère de tout mon cœur, ce livre contient tous les secrets qu'il a élaborés au cours de décennies de recherches, les connaissances d'une vie entière. Ton père était un magicien et un guérisseur prodigieusement doué, et il était fier de toi et de ta force. Je sais qu'il aurait voulu te léguer ce manuscrit, témoignage de son œuvre.

Tous mes espoirs vous accompagnent, toi et ton frère.

Ce mot était seulement signé « le Diacre », sans mention de nom ni d'adresse.

Un vol de corbeaux ricanants jaillit un peu plus loin au milieu des pierres tombales. Leur nuage noir fendit l'air dans un grand froissement d'ailes et une explosion de cris rauques. Je les regardai s'éloigner vers l'ouest, vers chez moi, probablement pour aller semer la terreur parmi les geais nichés dans l'érable devant notre maison.

Le vent plaqua sur mes joues mes cheveux courts, que je rejetai en arrière. Je me demandais qui pouvait être ce Diacre. Il se disait ami de mon père, mais je n'avais jamais entendu parler de lui. Et comment pouvait-il affirmer que mon père était magicien et guérisseur, ce qui était d'une invraisemblance grotesque, puisque, en réalité, il n'avait fait qu'enseigner le latin dans un lycée ? En revanche, j'étais certaine que l'écriture que j'avais sous les yeux était celle de mon père : je reconnaissais son élégance déliée, les boucles délicates de ses *l* majuscules et les angles parfaits de ses *r*. Il détestait se servir d'un clavier et nous poussait toujours, Reese et moi-même, à écrire lisiblement à la main. Mon frère avait adopté un compromis en écrivant en caractères d'imprimerie. Quant à moi, j'aimais trop les folles arabesques de l'écriture cursive pour me soucier de lisibilité.

Peu importait la provenance de ce manuscrit : c'était l'œuvre de mon père.

En le feuilletant, je découvris que chacune de ses pages était couverte de paragraphes à l'écriture irréprochable et de diagrammes méticuleux qui s'étendaient sur le papier comme des toiles d'araignées. Ces diagrammes contenaient des cercles à l'intérieur d'autres cercles, des caractères grecs ou d'étranges pictogrammes et des runes, ainsi que des triangles, des octogones, des pentacles, des carrés et des étoiles à sept branches. Papa avait rédigé des notes minuscules dans les marges, des descriptions en latin, et dressé des listes d'ingrédients.

Dans ces listes, le sel dominait à côté d'autres éléments aisément reconnaissables tels que le gingembre, la cire, les ongles, les miroirs, les pattes de poulet, les dents de chat et les rubans colorés. Y figuraient également des termes qui m'étaient inconnus, tels que « carmot », « aigremoine » et « nard ».

Et le sang. Chaque liste comprenait une goutte de sang.

Il y avait des formules magiques, pour retrouver les objets perdus, bénir les nouveau-nés et conjurer les mauvais sorts. Pour se protéger du mal, voir à distance, prédire l'avenir, guérir toutes sortes de maladies et de blessures.

Je parcourais ces pages, grisée de stupéfaction et de frayeur. Je sentais également l'excitation jaillir comme un courant électrique du fond de ma gorge. Se pouvait-il que ce fût vrai ? Mon père n'était pas du genre à monter des mystifications et ne se laissait pas emporter par son imagination, malgré son amour des livres anciens et de la littérature épique.

Ce livre devait bien contenir un sort que je pourrais essayer, à titre d'expérience, juste par curiosité.

Alors que j'y réfléchissais, l'odeur resurgit au fond de ma gorge, une odeur de sang qui imprégnait mes sinus et descendait comme de la fumée poisseuse dans mon œsophage.

J'approchai le manuscrit de mon visage et inspirai longuement pour la chasser. J'imaginai que je pouvais sentir dans ce livre l'odeur de mon père.

Non celle, envahissante, du sang, dont sa chemise et la moquette sous son corps étaient détrempées, mais la senteur, un peu douceâtre, de savon et de tabac qui l'accompagnait tous les matins, quand il venait prendre son petit déjeuner après une douche et une cigarette fumée en vitesse dans l'arrière-cour. Je laissai retomber le livre et fermai les yeux jusqu'à ce que mon père soit ici, assis face à moi, une main posée sur mon genou droit.

Quand j'étais petite, il venait le soir dans ma chambre, juste avant d'éteindre la lumière, et il touchait toujours mon genou droit en s'asseyant sur mon lit. Il s'enfonçait mollement dans le matelas, ce qui nous rapprochait, si bien que je pouvais poser la tête sur son épaule ou monter sur ses genoux pour écouter ses récits abrégés de classiques de la littérature. *Frankenstein* et *La Nuit des rois* étaient mes préférés, que je lui réclamais inlassablement.

Un autre corbeau croassa dans le cimetière, un solitaire volant lentement dans le sillage de ses compagnons.

Je saisis le livre, l'ouvris au hasard et attendis que ses pages retombent. Alors je regardai le titre de celle à laquelle il s'était arrêté : *Régénération.*

Un sort pour ranimer les êtres (à utiliser avec précaution sur une chair infectée ou nécrosée) et fortifier les fleurs.

Un diagramme représentait à l'intérieur d'un cercle une spirale qui se rétrécissait vers le centre, comme un serpent lové sur lui-même. Les seuls ingrédients requis étaient du sel, du sang et mon souffle. Rien de plus facile.

Du bout d'un bâton, je traçai un cercle dans la terre du cimetière, et du sac en plastique dans lequel j'avais fourré tout ce que j'avais trouvé à la cuisine, je sortis une boîte de gros sel. Les cristaux scintillaient entre les minces brins d'herbe à mesure que j'en saupoudrais l'extérieur du cercle. *Placer l'objet au centre du cercle*, avait écrit papa.

Je mordillais l'intérieur de ma lèvre inférieure. Je n'avais à ma disposition ni écorchures ni chair nécrosée, et l'automne était trop avancé pour trouver des fleurs.

Mon regard tomba sur un petit tas de feuilles mortes au pied de la tombe d'en face. Je me levai pour en ramasser une, me rassis à ma place et déposai la feuille d'érable fripée au milieu du cercle. Ses bords étaient noirs et recroquevillés, mais on distinguait encore les lignes écarlates de ses nervures. Comme les arbres des environs ne perdaient encore guère de feuilles, il s'agissait plus probablement d'un reste de l'hiver dernier qui avait eu tout le temps de se gorger d'eau.

Le plus dur restait à faire. Je tirai mon canif de la poche de mon jean et en dépliai la lame. Je posai la pointe sur mon pouce gauche puis marquai une pause.

L'estomac noué, je me demandais si cela ferait vraiment mal. Et si ce livre de sorts n'était qu'une farce grotesque ? Étais-je assez folle pour vouloir m'en assurer ? Tout cela était absurde. La magie ne peut être qu'une chimère.

Pourtant, ce livre était rédigé de la main de mon père, qui n'aurait jamais eu la cruauté de me jouer un tour pareil. Il n'était pas fou non plus, quoi qu'on pût dire. S'il n'avait pas cru en tout cela, il n'aurait pas perdu de temps à écrire ce livre. Et moi, je croyais en lui. Il le fallait.

De toute manière, ce n'était qu'une goutte de sang, rien de plus.

Je pressai la lame contre mon pouce, dont la peau se boursoufla sans se couper. Je tremblais de tout mon corps. J'allais découvrir si la magie était une réalité.

L'effroi me traversait comme un courant électrique qui laissait un goût âcre sur ma langue.

J'enfonçai la pointe du canif.

Un cri étouffé jaillit de mes lèvres serrées, tandis que le sang rouge sombre jaillissait sur ma peau. Je levai la main et regardai la lourde goutte glisser le long de mon pouce. La douleur était un élancement sourd qui remontait le long de mon bras et palpitait désagréablement dans mon omoplate avant de se dissiper. Ma main tremblait encore, mais je n'avais plus peur.

Je laissai tomber une, deux, trois gouttes de sang sur la feuille. Elles se rejoignirent au centre pour former une petite mare. Je me penchai sur elle et la scrutai comme si le sang pouvait me rendre mon regard. Je pensai à mon père et sentis en cet instant combien il me manquait. Il fallait absolument que tout cela soit réel.

« *Ago vita iterum* », chuchotai-je lentement, en expirant pour que mon souffle caresse la feuille et fasse frissonner la minuscule flaque de sang.

Mais il ne se passa strictement rien. Le vent ébouriffa de nouveau mes cheveux et je mis mes mains en bouclier autour de la feuille pour l'abriter. Je la contemplai en me disant que j'avais mal prononcé le latin. Pressant mon pouce entaillé, je recueillis encore un peu de sang, le laissai s'égoutter, puis répétai la formule.

La feuille frémit sous mon souffle et ses bords se déployèrent comme les pétales d'une fleur dont on filme la croissance en accéléré. L'écarlate de son centre s'étendit, gagna les bords, puis vira au vert vif. La feuille posée à l'intérieur du cercle était maintenant aussi lisse et fraîche que si elle venait d'être cueillie.

Un froissement d'herbe sèche m'alerta soudain.

Un garçon m'observait, les yeux écarquillés.

CHAPITRE 3

Nicholas

J'aimerais pouvoir dire que j'étais allé au cimetière sur les traces de mon passé, ou par nostalgie, mais en réalité, je voulais seulement m'éloigner le plus possible de ma psycho de belle-mère.

Ce soir-là, nous dînions, elle, mon père et moi, à la longue table de notre salle à manger prétentieuse. Je tiraillais la nappe blanche en me demandant ce qui arriverait si je renversais du vin dessus : les yeux de Lilith se révulseraient-ils et se mettrait-elle à réciter, l'écume aux lèvres, des versets de la Bible à l'envers ?

— Alors, Nick, ça te plaît de retourner au lycée demain ? demanda mon père en portant son verre de vin à ses lèvres.

Il jugeait bon de m'initier à l'alcool de manière progressive et contrôlée, comme si je n'avais pas déjà fait connaissance avec ces substances dans les toilettes des garçons à l'école dès mes quatorze ans.

— Autant que de dévaler une colline dans un tonneau rempli de lames de rasoir, répondis-je.

— Oh ! ça ne sera sûrement pas si terrible que ça, déclara Lilith en saisissant entre ses dents le bout de viande empalé sur sa fourchette, ce qui chez elle était un geste de défi.

— Mais oui : un nouveau lycée dans le trou du cul du monde pour mon année de terminale. Je pouvais difficilement rêver mieux.

Elle pinça ses lèvres pleines de Botox.

— Allons, Nick, reprit-elle, je doute que tu aies plus de difficultés pour faire le vide autour de toi et devenir la brebis galeuse ici qu'à Chicago.

Je reposai brutalement mon verre en renversant délibérément du vin sur la nappe.

— Nick ! s'exclama mon père avec un regard furieux.

Il portait encore une cravate alors que cela faisait des heures qu'il était rentré.

— Papa, tu as entendu ce qu'elle a…

— Tu vas avoir dix-huit ans, Nick. Arrête de…

— Elle en a trente-deux ! C'est plutôt à elle de se conduire en adulte. (Je me levai brusquement.) Mais je suppose que c'est ce qui arrive quand on épouse quelqu'un qui a treize ans de moins que soi.

— Tu peux te retirer, dit-il calmement – il gardait toujours son calme.

— Merci mille fois ! répondis-je en saisissant une asperge avec laquelle je saluai Lilith dans un geste théâtral.

Elle avait évidemment gagné la partie. Elle gagnait toujours, car elle menait mon père par le bout du nez. Je sortis de la pièce en trombe.

— Ne t'inquiète pas, chéri, l'eau de Javel, c'est fait pour ça, l'entendis-je dire à mon père.

Grinçant des dents, je saisis un sweat-shirt à capuche dans l'entrée et sortis en claquant la porte. À Chicago, j'aurais pu faire un saut chez Trey, qui habitait à deux pas, et nous serions allés au café ou chez Mikey pour pulvériser des extraterrestres sur sa console vidéo. Maintenant, j'étais seul dans une ferme du Missouri avec un vieux cimetière en ruine pour tout voisinage. J'avalai le reste de l'asperge en entrant dans l'allée du cimetière et remontai la fermeture Éclair de mon sweat-shirt.

Le soleil avait disparu derrière les bois qui entouraient la maison, si bien qu'il faisait déjà sombre, mais le ciel au-dessus de moi restait clair. Seules quelques étoiles étaient visibles. J'enfonçai mes mains dans mes poches et me dirigeai vers les arbres. Je pouvais voir le cimetière de la fenêtre de ma chambre. Je décidai de profiter de ce moment pour chercher la tombe de mon grand-père.

Il était mort cet été en me léguant tous ses biens alors que je ne l'avais rencontré qu'une fois, quand j'avais sept ans. Je me souvenais seulement d'avoir été malade pendant presque toute la durée du séjour et de l'avoir entendu engueuler ma mère sans comprendre pourquoi. Enfin, je suppose qu'en vieillissant, on a ses lubies, et puis j'étais le seul parent qui lui restait, sauf maman, qui n'avait plus aucun contact avec aucun d'entre nous.

Encore une belle histoire de famille.

Dès leur arrivée ici, Lilith et papa s'étaient rués sur ce qui avait probablement été autrefois une belle ferme pour arracher le papier peint vieillot des murs et le remplacer par du noir et blanc design parfaitement impersonnel.

Lilith s'était extasiée pendant des jours et des jours sur le paysage, avec des : « C'est l'atmosphère idéale pour un écrivain ! » et : « Jamais plus je ne dépenserai trois mille dollars pour un manteau de styliste ! » Bon, d'accord, elle n'a pas prononcé cette dernière phrase, mais elle aurait très bien pu le faire.

Le pire était que papa comptait s'absenter quatre jours par semaine pour aller voir tous ses clients nécessiteux à Chicago. Bref, non seulement j'étais enterré dans une ville de ploucs où le lieu de rencontre le plus couru était le glacier du coin, mais par-dessus le marché, j'étais seul avec Lilith.

Enfin, ce n'était que pour quelques mois, jusqu'à la fin des études, et je n'avais manqué qu'un mois en tout, si bien que je devais normalement pouvoir décrocher mon diplôme.

Je me frayais laborieusement un chemin à travers les bois. Je suis déjà incapable de faire la différence entre un chêne et un hêtre quand le soleil brille, et maintenant, il faisait noir comme dans un four ; avec tous ces arbres autour de moi, j'avais l'impression d'être un écureuil en cage. Les insectes et les grenouilles faisaient un tel boucan que je ne me serais probablement même pas entendu parler seul. Le sol était tapissé de couches de feuilles mortes qui s'envolaient sous mes pieds en dégageant d'exquises odeurs de pourriture et de moisi. Je faillis m'étaler deux ou trois fois, mais réussis à rester debout en battant des bras et en me rattrapant à un tronc d'arbre. C'était marrant de flanquer des coups de pied dans les feuilles et dans les broussailles, comme autrefois, quand j'étais gosse, de foncer à travers les tas de feuilles mortes de notre cour. Maman faisait danser les feuilles, qui flottaient autour de ma tête et pleuvaient sur moi. Elle disait que c'étaient de petits avions-scarabées et...

Eh non, justement. C'était pour cette raison que je ne voulais pas vivre à Yaleylah. Tout ici me rappelait ma mère et ce à quoi je n'étais pas censé penser. Je m'arrêtais devant chaque porte en me demandant laquelle était celle de sa chambre. Dans la cuisine, je me demandais si elle avait appris toute seule à préparer cette sauce fantastique pour les spaghettis, ou si sa mère l'avait aidée. Avait-elle longuement regardé le cimetière comme je m'étais surpris à le faire hier soir avant de dormir, ou se moquait-elle complètement des fantômes ? Je ne le saurais jamais, parce que maintenant, elle était loin d'ici, en Arizona, et vivait comme si je n'existais pas.

Je sortis des bois brusquement, sans avoir rien vu venir. Je n'avais même pas remarqué qu'il faisait plus clair. Un chemin – ou plutôt deux ornières envahies d'herbe – me séparait du mur délabré du cimetière. Je le traversai et enjambai sans difficulté les pierres effritées. Un mince croissant de lune me souriait au milieu d'une poignée d'étoiles. Le ciel sans nuages était dans les tons violets. Le cimetière s'étendait sur au moins cinq cents mètres, borné par une haie géante qui le dissimulait à la vue de notre voisin le plus proche.

Je ralentis parce que je trouvais choquant de continuer à piétiner l'herbe maintenant que j'étais dans un cimetière. La plupart des pierres tombales étaient en granit ou en marbre noirci, avec des épitaphes usées, à peine lisibles dans l'obscurité. Je pouvais quand même déchiffrer ici et là des noms et des dates remontant à mille huit cent et quelques. Pris d'une envie irrésistible de les toucher, je tâtonnai, tapotant une tombe, caressant des doigts une autre. La pierre était froide, rugueuse et sale. Des fleurs se fanaient sur quelques-unes. Les tombes n'étaient pas disposées régulièrement : dès que je croyais voir une rangée, elle s'achevait en un curieux ovale ou débouchait sur une place. À vrai dire, je ne risquais pas de me perdre, puisque je distinguais toujours la masse noire des bois cernant ma maison d'un côté et celle du voisin de l'autre. Je me demandais qui vivait là-bas, et si les champs qui s'étendaient vers le sud appartenaient à cette personne ou à un autre fermier.

Tout était silencieux, sauf le léger bourdonnement d'insectes dans les bois et, de temps en temps, des croassements de corbeaux qui s'invectivaient. Je regardai un vol monter dans le ciel en se chamaillant bruyamment et me rendis compte que j'étais plus détendu. Je pouvais au moins trouver la paix parmi des morts qui étaient probablement tous tombés en poussière depuis le temps. Sauf peut-être mon grand-père. Je cherchai des yeux une pierre tombale flambant neuve.

Je me demandais si je l'aurais aimé, si j'avais pu lui rendre visite. Peut-être. Je suppose que j'aurais dû, mais au fond, je l'avais à peine connu, et comme mon père ne parlait jamais de la famille de ma mère, j'avais vécu sans y penser. Et maintenant, ça ne servait à rien de se casser la tête avec tout ça.

À quelques mètres de moi, une statue s'anima soudain. Je restai pétrifié pendant quelques secondes, et puis je m'accroupis derrière un obélisque aussi haut que le monument de Washington. En jetant un coup d'œil au-dehors de ma cachette, je vis que la statue portait un jean, un T-shirt et, dans les cheveux, des barrettes violettes qui scintillaient au clair de lune. Quel abruti !

La fille était assise par terre, le dos contre une pierre tombale neuve. Un livre ouvert reposait à côté d'elle et un sac en plastique bleu agité par le vent claquait contre son genou. Elle était maigrichonne, avec des cheveux courts qui se dressaient sur sa tête dans tous les sens comme je les aime. Alors que j'allais la saluer, je m'arrêtai en la voyant sortir de sa poche un couteau et en appuyer la lame contre son pouce.

Qu'est-ce qu'elle fabriquait ?

Après un instant d'hésitation, elle serra les lèvres et entailla son pouce. Non, je devais rêver !

Le sang gouttait de sa main, et l'image de ma mère avec un sparadrap à chaque doigt me revint à l'esprit.

Je la revoyais piquer le bout de son doigt et barbouiller de sang un miroir pour me montrer les images qui naissaient à sa surface, ou faire goutter ce sang sur un petit dinosaure en plastique et chuchoter quelque chose à la bestiole, qui agitait sa queue hérissée de pointes. Je refusais ces souvenirs, je refusais d'admettre que ce n'était pas seulement un jeu fou, un secret entre nous deux.

La fille se pencha en avant et chuchota quelque chose à la feuille morte posée devant elle. La feuille frémit, se défroissa et vira au vert vif.

Nom de Dieu...

La fille leva les yeux et me regarda. J'étais bouche bée. Je voulais bien être pendu si j'avais vu ce que je venais de voir. C'était impossible. Pas ici. Pas la même chose.

Alors que je refermais mon clapet, elle se leva en titubant et en dissimulant le couteau dans son dos.

Je sortis de mon abri, les yeux rivés sur elle pour ne plus voir la feuille.

— Désolé, réussis-je à articuler, je ne faisais que passer et j'ai vu...

Mon regard tomba de nouveau sur la feuille.

— Tu as vu quoi ? murmura-t-elle d'une voix comme enrouée.

— Rien... rien. Seulement toi.

Son expression restait méfiante.

— Je ne te connais pas, reprit-elle.

— Je m'appelle Nicholas Pardee. (Je n'avais pas l'habitude de me présenter de cette manière, mais ici, dans ce cimetière, je me sentais tenu de décliner mon nom entier, comme si ça avait la moindre importance.) Je viens d'emménager dans la vieille maison, juste à côté du cimetière.

Je dus faire un effort pour ne pas grimacer. Tu parles de clichés ! *Salut, je viens de m'installer dans la bicoque du vieux Harleigh, j'aime me balader dans les cimetières et j'ai un gros chien qui s'appelle Fidèle.*

— Ah, oui ! répondit-elle avec un regard vers ma maison. J'en ai entendu parler. Moi, c'est Silla Kennicot. Nous habitons là-bas, expliqua-t-elle en désignant l'autre maison d'un geste, et puis elle parut se rappeler qu'elle tenait encore le couteau à la main. Elle le dissimula de nouveau derrière son dos.

J'inspirai profondément. Très bien, c'était ma voisine, une fille de mon âge, désirable, et qui avait probablement un grain. Ou alors c'était moi. Parce que tout ça ne tenait pas debout : moi, cette fille attirante, et ce qui ressemblait à... non. Pas question. Je sentais la peau de mon dos se hérisser comme si des piquants venaient de me pousser. J'aurais voulu balancer une vacherie pour me sentir mieux, pour reprendre pied, mais au lieu de ça, je dis quelque chose de complètement crétin.

— Silla... je n'avais encore jamais entendu ce nom. C'est joli.

Elle détourna les yeux et son visage devint aussi lisse que du verre. Quand elle parla, sa voix était si faible qu'elle paraissait prête à se briser.

— C'est un diminutif de Drusilla. Mon père enseignait le latin au lycée.

— Oh, le latin...

Enseignait. Au passé.

— Ça signifie « fort », ou quelque chose comme ça, fit-elle comme si c'était ironique.

Nous nous dévisagions. Je me demandais si je devais l'empoigner en hurlant que je savais parfaitement ce qu'elle faisait et qu'elle devait arrêter avant de faire du mal à quelqu'un, ou me conduire comme si nous étions tous deux normaux et que nous nous moquions bien du sang. Peut-être s'était-elle tailladé le pouce par maladresse, ou par accident. Je ne la connaissais pas assez pour le savoir. Peut-être cela n'avait-il rien à voir avec ma mère. Peut-être n'avais-je rien vu en réalité. Je refusais d'accorder un regard de plus à la feuille.

— Tu n'es plus au lycée ? demanda-t-elle.

— Euh, si, répondis-je, un peu trop fort parce que sa question m'avait déconcerté, je reprends demain. J'ai hâte d'y être, ajoutai-je avec mon plus beau sourire.

— Tu dois être en terminale, alors ?

— Ouais.

— Alors nous ne serons pas ensemble. Je suis en première.

— Je suis complètement nul en histoire, dis-je pour lui tendre une perche.

— Moi, je suis en AP[1], répondit-elle.

Elle sourit et ses yeux, plissés d'une authentique gaieté, parurent moins spectraux et immenses.

— Et merde, fis-je en riant.

Silla hocha la tête, puis baissa les yeux. Pendant que nous parlions, elle avait suivi du bout du pied le cercle tracé dans la terre devant elle. Maintenant, ce n'était plus qu'un gribouillage jonché d'herbes sèches et de feuilles mortes. Il ne restait plus rien d'étrange. Le soulagement que j'en éprouvai m'enhardit.

— Et ta main, ça va ? demandai-je.

---

1. *Advanced Placement* : programme de préparation à l'université.

— Oh, oui…

Elle sortit ses mains de derrière son dos et glissa le couteau replié dans la poche de son jean. Elle portait une bague à tous les doigts, qu'elle écarta pour mieux examiner son pouce maculé de sang.

— De l'eau oxygénée, dis-je brusquement.

C'était ce que maman utilisait autrefois. Je détestais l'odeur.

— Pardon ?

— Tu devrais te désinfecter avec ça.

— Ce n'est pas si grave. Juste une petite coupure, murmura-t-elle.

Le silence nous enveloppait, rompu seulement par les appels lointains de corbeaux.

Silla ouvrit la bouche, attendit un instant, puis poussa un léger soupir.

— Je devrais rentrer chez moi pour soigner ça, dit-elle.

J'aurais aimé avoir autre chose à dire, mais j'étais partagé entre le désir d'oublier ce que j'avais peut-être vu et celui de demander des explications. Tout ce que je savais, c'était que je ne voulais pas qu'elle s'en aille.

— Je peux te raccompagner ? demandai-je.

— Non, pas la peine. C'est à deux pas d'ici.

— Oui, bien sûr.

Je me penchai et ramassai le petit livre pour le lui donner. Il était tout simple et paraissait ancien, sans aucun titre sur la couverture.

— Un héritage de famille ? demandai-je sur le ton de la plaisanterie.

Silla se figea un instant, les lèvres entrouvertes, comme effrayée, et puis elle rit.

— Oui, c'est ça, répondit-elle. (Elle haussa les épaules comme si nous venions de nous raconter une bonne blague et prit le livre.) Merci. À plus tard, Nicholas.

Je la saluai de la main. Elle s'éloigna rapidement, presque sans bruit, mais après sa disparition dans l'obscurité, j'entendais encore résonner mon nom, prononcé avec l'intonation presque étrangère de sa voix paisible.

CHAPITRE 4

Silla

Alors que la porte à moustiquaire se refermait derrière moi, j'entendis le répondeur transmettre le message de Gram Judy : « Salut les petits, notre soirée loto traîne en longueur, probablement grâce à la vodka que j'ai versée dans le punch de Maggie. Je ne serai pas là pour le dîner, mais si vous avez besoin de quoi que ce soit, téléphonez-moi. Ciao. »

Parfait. J'étais survoltée et je voulais absolument parler avec Reese avant le retour de Gram Judy. Tout en me dirigeant vers la cuisine, je pensais à Nicholas Pardee, qui avait failli tout voir de ma séance de magie. Il ne m'était même pas venu à l'idée que je devrais faire attention au cimetière, où personne n'allait jamais, sauf moi. Mr Harleigh, le grand-père de Nicholas, avait été enterré dans le nouveau cimetière, à l'autre bout de la ville, comme tout le monde. C'était uniquement parce que mon père en avait fait la demande dans son testament que sa tombe et celle de ma mère étaient si près de chez nous.

En tout cas, Nicholas s'était montré gentil quand il m'avait parlé de ma main, et m'avait regardée avec une expression étrange très surprenante, comme s'il connaissait mon secret, même si c'était impossible. S'il avait vraiment vu la feuille, il aurait sûrement décidé que son imagination lui jouait des tours. Personne ne croit en la magie.

Tout en hochant la tête comme pour approuver mon propre raisonnement, j'allumai dans la cuisine et posai le livre de sorts sur la table. J'ouvris le robinet de l'évier et rinçai mon pouce. Les rideaux à ruchés de la fenêtre ouverte au-dessus de l'évier se gonflèrent dans la brise, et je me revis chanter mon air favori de la semaine, pendant que maman fredonnait à côté de moi en épluchant des patates dans son tablier préféré, imprimé de lapins de dessin animé. Maintenant, ce tablier était plié et rangé au fond d'un tiroir à côté du four.

Je séchai ma main et examinai la coupure. Elle était petite et nette, car la lame était tranchante, et elle m'élançait. Une partie de moi-même ne pouvait croire que la magie avait opéré et que je m'étais infligé cette blessure dans ce but, que j'avais eu le cran de le faire. Je me retournai et m'appuyai contre le plan de travail pour regarder le livre. Mon estomac se contracta et je me sentis oppressée. La magie n'était pas une chimère. J'avais transformé cette feuille, et il avait suffi pour cela de quelques lignes tracées dans la terre, de mon sang et de trois mots chuchotés.

La magie était une réalité et mon père n'était pas fou.

Le soulagement que j'en éprouvais était si intense que je dus m'asseoir à la table. Les seuls bruits que j'entendais étaient le léger battement de l'horloge de grand-père dans l'entrée et ma respiration. Je m'accoudai sur le bois et croisai les mains. Mes pieds martelaient le parquet comme pour s'enfuir loin, très loin d'ici, et j'étais incapable de les retenir. J'avais envie de courir, de hurler, de m'envoler dans le ciel et d'éclater de rire en regardant d'en haut le monde transformé.

Deux heures auparavant, je me sentais perdue comme n'importe quelle fille dont les parents sont morts et le frère renfrogné et distant. Maintenant, je savais que mon père se survivait dans le livre de sorts, dans la magie.

Un sourire passa fugitivement sur mon visage. J'imaginai un masque contre ma peau, un masque jaune et bleu vif saupoudré de paillettes d'or, avec une bouche souriante aux coins ornés de fleurs roses.

Il était huit heures du soir. Reese allait rentrer d'un instant à l'autre. J'étais incapable de me concentrer sur mes devoirs en l'attendant et la maison était d'une propreté parfaite. Ces derniers mois, j'avais passé le plus clair de mon temps à faire le ménage et la cuisine pour m'occuper et me distraire, mais on ne peut pas récurer indéfiniment des toilettes. Je me levai brusquement : le papier brun dans lequel le manuscrit était arrivé par la poste gisait à terre près de l'entrée. Je le roulai en boule et le jetai dans le conteneur de recyclage sous l'évier. Je déchargeai le lave-vaisselle et réarrangeai le bouquet de marguerites dans le vase de la salle à manger. Je balayai le parquet dans l'entrée et, autour des tapis, dans le bureau et dans la chambre de Gram Judy. Même après mon passage dans la cuisine, je n'avais pas assez de détritus pour remplir la poubelle. J'époussetai dans toutes les pièces, sauf le bureau de papa, mais il ne me fallut pas plus d'un chiffon parce que j'avais déjà fait la poussière l'avant-veille. Finalement, j'ouvris un des livres de poche de Reese, un roman policier historique, mais comme il commençait par un meurtre sanglant, je fus incapable de le lire. J'essayai alors l'un des magazines de gauche de Gram Judy, mais les mots dansaient sur la page et me rappelaient les runes et les ingrédients magiques.

La portière d'une voiture claqua au-dehors. Mon cœur battit violemment et je fermai les yeux en inspirant pour retrouver mon calme. Le bruit de pas familier de Reese résonna sur le porche et la porte s'ouvrit dans un grincement.

Je vins à sa rencontre en serrant le manuscrit contre ma poitrine.

Reese se tenait dans l'encadrement de la porte et me tournait le dos parce qu'il était occupé à racler la boue de ses bottes.

Il avait deux ans de plus que moi et il aurait normalement dû commencer ses études à l'université du Kansas, mais après la mort de nos parents, il avait refusé d'intégrer la fac et je n'avais pas eu le cœur de le lui reprocher.

Quand il se retourna, il sursauta à ma vue et tendit la main devant lui, heurtant le montant de la porte.

— Bon sang, Sil, qu'est-ce que tu fabriques ? s'exclama-t-il.

Je tenais le livre à deux mains comme une offrande.

— Qu'est-ce que c'est ? demanda-t-il en me l'arrachant.

Je grimaçai et me mordis la lèvre.

Il me contourna pour entrer dans la cuisine et jeta sur la table son portefeuille, puis le manuscrit. Il alla prendre dans le placard un verre qu'il remplit d'eau.

— D'où ça sort ? reprit-il.

— C'était à papa, répondis-je, horrifiée par sa brutalité.

Il s'immobilisa, le verre à la hauteur des lèvres, puis le reposa avec précaution sur le plan de travail et se retourna vers moi, les mâchoires contractées.

— Regarde, dis-je.

J'ouvris le livre, pris la lettre du Diacre en détournant les yeux de l'écriture de papa, et la tendis à Reese.

Lentement, comme s'il avançait la main sous l'eau, il la saisit. J'examinai son visage pendant qu'il la dépliait et la lisait. Il avait besoin de se raser ; à vrai dire, il en avait toujours besoin. Son teint était plus hâlé que jamais après toutes ces heures passées à travailler au grand air avec les moissonneurs. Le soleil avait doré ses cheveux et imprégné tous les pores de sa peau. Il en paraissait plus vieux – ou peut-être était-ce seulement à cause de maman et de papa.

Sa bouche se crispa et deux taches plus sombres colorèrent ses joues. Soudain, il froissa la lettre dans son poing. Je me précipitai vers lui.

— Reese !

— Foutaises, dit-il, puis il saisit le livre de sorts et le feuilleta.

— Ce ne sont pas des foutaises !

— Que veux-tu que ce soit ? La réalité ?

Il fit un pas en avant et lança le livre sur la table.

— Oui, ça l'est…

Je refermai mes mains sur son poing et lui ouvris les doigts de force pour reprendre la lettre. Les miens tremblaient.

— C'est complètement délirant, dit-il. Si c'est bien l'écriture de papa, c'est la preuve de ce que tout le monde raconte : il était fou et il a agi avec préméditation.

Ma langue se dessécha et se ratatina au fond de ma gorge. Comme toujours, je ne trouvais rien à répondre face à l'horrible conviction de Reese.

— Oui, Sil, avec préméditation, insista-t-il. Il avait prévu de l'abattre.

Sa voix se brisa et il serra les poings comme s'il voulait frapper le mur.

— Non. (Je me précipitai vers la table et saisis le manuscrit.) J'ai essayé l'un des sorts. La magie a opéré. Je…

— Conneries !

La sécheresse de sa voix fissura mon masque joyeux, qui glissa de mon visage.

Reese croisa les bras sur sa poitrine.

— Arrête tes conneries, Sil. Je suis fatigué et vraiment pas d'humeur à les écouter.

— Je ne raconte pas de conneries, répondis-je posément. Ça a marché. J'ai transformé une feuille morte grâce à la magie, Reese, et si la magie opère, alors papa n'était pas fou. Il n'a pas fait ce qu'on raconte.

— Dis-le, Silla : il a tué maman. C'est ce qu'on raconte parce que c'est la vérité.

Je secouai la tête et reposai lentement le livre sur la table.

— Lis-le. Lis-le attentivement, et après, je te montrerai, dis-je.

J'avais besoin de sortir. Je traversai l'entrée, sortis par la porte arrière de la maison, descendis les marches du patio et m'avançai sur l'herbe. Les appels des criquets et des cigales traversaient la nuit. Je fermai les yeux et vis maman et papa gisant, les membres entrelacés, dans une grande éclaboussure de sang. Le sang ruisselait en filets qui atteignaient mes chaussures, mais j'étais incapable de faire le moindre geste, je ne pouvais que les contempler en respirant l'air saturé de sang et de mort. Si je m'étais arraché les yeux, aurais-je pu effacer le souvenir de leurs corps étendus sur le sol du bureau ?

— Silla…

Reese sortit de la maison, le livre à la main.

— Pourquoi ne crois-tu pas en lui ? l'implorai-je.

— Je les ai… (Il se tut et saisit mon bras.) Je les ai vus comme toi. Pourquoi ne peux-tu pas regarder la réalité en face ?

— Si, je le peux, répondis-je en me dégageant.

— Tu ne vois que ce que tu veux voir, Silla. Tu avais déjà entendu parler de ce Diacre ? Non. Nous ne savons rien de lui, nous ne sommes même pas sûrs qu'il existe. Au mieux, c'est une mauvaise blague, au pis, c'est ce que papa croyait et ça ne prouve pas son innocence, mais seulement que c'était un fou dangereux.

La magie est une réalité, Reese. Ce soir, le monde a changé.

Je poussai un profond soupir. Il ne pouvait être sûr de rien sans l'avoir vu. Il était incapable de croire.

— C'était notre père. Je sais qu'il n'a pas fait cela, affirmai-je.

Reese lança le livre dans l'herbe.

— Si, il l'a fait... la police l'a prouvé, nom de Dieu ! répondit-il. Cela ne faisait aucun doute pour personne. Qu'est-ce que ça change que des sorts tordus marchent ? Il a appuyé sur cette foutue gâchette. Le shérif Todd était son ami. Tu ne crois pas qu'il aurait fait tout son possible pour...

Il s'interrompit et secoua la tête, exaspéré. Nous avions déjà eu plusieurs fois ce genre de conversation.

— Non, il ne l'a pas fait. La magie...

Il m'interrompit d'un geste violent, mais sa colère tomba soudain.

— Mon petit bourdon, dit-il. (Il s'approcha de moi et cette fois-ci, je ne reculai pas.) Ça fait trois mois maintenant. Il faut que tu l'acceptes.

— Comme toi ?

Il me serra dans ses bras et je posai la tête contre sa poitrine. La poussière de foin me chatouillait le nez, mêlée à une odeur de sueur et d'essence de tracteur. Une odeur familière et solide, comme Reese depuis toujours. Quelle impression cela faisait-il d'avoir son assurance, d'être sûr de soi et fort, de pouvoir se décharger de sa colère en frappant contre un mur ou en travaillant aux champs ?

— Ouais, répondit-il, mais ce mot était empreint d'amertume et j'étais soulagée de sentir que, s'il était certain que papa l'avait tuée, pour lui non plus, cela n'avait aucun sens.

— J'ai envie d'une bière, dit-il au bout d'un instant. Tu en veux une ?

— Non.

J'étais déjà assez sonnée comme ça.

— Où est Gram ?

— En train de dépouiller Mrs Margaret et Patty Grander.

— Ah oui, à sa soirée de loto… !

Il inclina la tête et je crus un instant qu'il allait s'excuser pour son coup de gueule, mais j'aurais alors été obligée de m'excuser à mon tour. Il poussa seulement un soupir.

— Je vais faire des sandwichs, d'ac' ? demanda-t-il.

— D'ac'. Je… je reste encore un moment ici.

Reese hocha la tête et rentra à la maison. Mes mocassins s'enfoncèrent lentement dans l'herbe. J'attendis que la terre monte au-dessus de mes chevilles, de mes mollets, de mes genoux et m'emprisonne jusqu'à ce que je me change en pierre.

CHAPITRE 5

18 mars 1904

Philip insiste pour que j'écrive tous mes souvenirs. C'est une idée ridicule et une perte de temps, car je n'ai aucune envie de me rappeler d'où je viens, mais cette sale brute refuse de m'apprendre quoi que ce soit de plus tant que je ne m'exécuterai pas !

Je vais donc raconter, contre mon gré, comment j'ai rencontré le docteur Philip Osborn (dit la Brute).

C'était l'an dernier, j'avais quatorze ans et je me souviens encore de l'odeur de la fabrique. Je la détestais tellement que quand j'ai senti les premiers étourdissements, j'ai été folle de joie. La grippe m'enverrait à l'hôpital Saint James ! J'étais la plus âgée et cette horrible Mrs Wheelock était furieuse de me perdre parce que je maniais la navette si vite. Je lui ai ri au nez alors que la fièvre me faisait trembler. On m'a entassée avec les autres dans une petite salle d'infirmerie complètement isolée à l'arrière de Saint James. Je me disais qu'ils allaient brûler la baraque quand nous serions tous morts, sans même se donner la peine de nous enterrer décemment.

La fillette qui tremblait dans le lit voisin du mien était persuadée que nous étions damnés, la petite idiote. Elle se cramponnait à moi et ses misérables prières parfaitement inutiles me cassaient les oreilles. J'étais bien décidée à ne pas mourir.

Quand j'ai vu pour la première fois le visage de Philip, j'ai compris que ma voisine se trompait d'adresse dans ses prières. Il avait un regard intense, et ses cheveux couleur de cuivre et ses mains de chirurgien aux doigts longs ont éveillé en moi quelque chose qui ne s'est plus jamais rendormi. Il était venu nous secourir, soulager les enfants malades s'il ne pouvait les guérir. J'ai observé le coin de sa bouche, je l'ai regardé frémir, trahir la vérité qu'il essayait de dissimuler alors qu'il auscultait ma voisine. Je l'ai observé pendant tout ce temps, et quand il m'a examinée, il a demandé : « Tu ne vas pas mourir, n'est-ce pas ? » Et j'ai répondu : « Non, monsieur. »

Une semaine plus tard, j'étais la seule survivante. Philip m'a fait sortir de Saint James et m'a emmenée dans sa grande maison en ville. Il a fait croire à tout le monde que j'étais morte, ce qui ne m'a pas gênée du tout, au contraire. J'avais détesté les années que j'avais passées avec Mrs Wheelock, et pour y échapper, j'étais prête à courir le risque de m'enfuir avec un inconnu. Philip m'a lavée et m'a donné une chambre pour moi seule ! Mais même avec le savon et l'eau très chaude, je n'ai pas réussi à démêler mes cheveux. Je me souviens que pendant un moment, j'ai pris peur parce que je croyais qu'il allait me renvoyer à la fabrique. Mais quand il m'a trouvée en pleurs par terre, il m'a simplement coupé les cheveux avec un minuscule couteau et il m'a dit : « Tous les problèmes peuvent se résoudre, Josephine Darly. Une fois que tu l'auras compris, tu sauras toujours te tirer d'affaire. Je t'apprendrai à lire et à écrire et, si tu t'appliques bien, peut-être autre chose. » J'ai cru qu'il parlait de ce que les hommes et les femmes font ensemble, et que je connaissais déjà. Ce que je me suis bien gardée de lui dire, je voulais qu'il me croie innocente. Et puis j'avais vraiment envie d'apprendre à lire et à écrire. Avec de l'instruction, je ne serais plus obligée de retourner travailler à la fabrique, et je l'éblouirais tellement par mon intelligence, mon esprit et ma beauté qu'il m'aimerait plus que tout au monde !

Comment aurais-je pu deviner alors que ce qu'il m'apprendrait est infiniment plus puissant que l'amour même ?

CHAPITRE 6

Nicholas

Le lycée de Yaleylah se composait de deux bâtiments en brique jaune : un immeuble de trois étages pour les cours et un gymnase. Entre les deux s'étendaient un parking, et, plus au sud, un carré d'herbe qui devait selon la saison servir de terrain de football américain, de foot, d'athlétisme ou de base-ball. Même à Chicago, l'équipe de base-ball ne devait partager son terrain qu'avec celle de softball.

L'humeur maussade qui m'est naturelle était encore aggravée parce que j'avais mal dormi, ayant rêvé toute la nuit que j'étais emprisonné dans le corps d'un chien (ne me demandez pas pourquoi je fais ce rêve récurrent : je ne veux pas le savoir). Par-dessus le marché, j'étais le nouveau venu débarqué de la grande ville et j'avais des idées sur la mode complètement différentes des leurs (mais les seules valables, à mon avis), et pareil pour la musique, la bouffe et la culture. Même ma manière de parler était différente de la leur, c'est dire.

Et puis cette fille que j'avais rencontrée au cimetière me trottait dans la tête. Je ne l'avais pas revue alors que j'étais allé me balader chaque nuit depuis samedi au milieu des tombes. À la fois avec espoir, parce que je pensais sans arrêt à elle, et avec appréhension, parce que je ne voulais pour rien au monde qu'elle fasse ce que je croyais l'avoir vue faire.

Ce matin-là, alors que je me rendais d'une salle de cours à une autre, je la cherchais encore des yeux. J'avais l'habitude de me dépêcher, parfois même de piquer un sprint entre deux cours, mais ici, presque toutes les salles de classe de terminale s'entassaient au premier étage. D'après mon estimation, il y avait seulement quatre cents élèves environ dans ce lycée, et il était clair que chacun connaissait le nom, la famille, etc., de tout le monde. Ce troupeau en bottes de cow-boys me donnait envie de vomir.

Le mercredi, en cours de maths, Mrs Trenchess nous ordonna de nous mettre par deux pour faire nos devoirs. Je n'avais pas de devoirs à faire, mais le type assis à la table voisine de l'autre côté de l'allée tendit le bras vers moi.

— Salut, moi, c'est Eric, dit-il.

Je levai les yeux du haïku salace que j'étais en train de composer entre des notes sur les fonctions logarithmiques, avec un haussement de sourcils qui signifiait : « Et alors ? »

Il frappa son pupitre du plat de la main, hilare.

— Il paraît que t'es vraiment un enfoiré. C'est ce que tout le monde raconte, reprit-il.

Je persistai dans mon silence.

Eric sortit un briquet en argent de la poche de son jean et l'alluma en se courbant derrière son pupitre pour le dissimuler à la vue de Mrs Trenchess.

— Ça va, Nick, je connais déjà ton nom, reprit-il.

La main en coupe autour de la flamme du briquet, il se pencha vers mon pupitre – dans un équilibre si précaire que je m'attendais à le voir s'étaler – afin de lire le poème griffonné dans la marge de mon cahier :

Irrémédiablement coincée,

Mrs Trenchess est une adversaire déclarée

De la survie de l'élève.

— C'est un haïku ? demanda-t-il après un silence.

Je ne pouvais pas me montrer tout à fait grossier avec quelqu'un qui s'y connaissait en poésie.

— J'avais pensé à le graver sur son bureau, à côté de : « Seuls les salauds jouent aux échecs », mais je n'étais pas sûr que ça volait assez haut.

Son rire était un aboiement aigu.

— T'en as d'autres à me montrer ?

J'hésitai un instant, et puis je pensai : « Oh, et puis pourquoi pas ? » Après avoir feuilleté mon cahier, je retrouvai mes poèmes les plus récents :

Formules, algorithmes et graphiques
Sont sinistres et soporifiques
Je m'en passe très bien
Le whisky suffit
À me maintenir dans le droit chemin.

Et :

Mocheté
Maquillée à la truelle
Qui croit que j'en ai quelque chose à foutre d'elle.

— Tiens, on dirait Sarah Turner, commenta Eric.

— C'était ce matin, en cours de civilisation occidentale. Elle était furax parce que je refusais de lui parler. Je n'ai même pas essayé de retenir son nom.

— Alors tu veux être poète ?

— Non.

Il se renversa sur sa chaise et attendit que je continue. Comme je me taisais toujours, il secoua la tête.

— J'ai entendu dire que les poètes sont de vrais tombeurs, dit-il.

Nous échangeâmes un sourire.

— Est-ce que tu connais Silla Kennicot ? demandai-je soudain.

Son visage se figea et le contour de sa bouche devint rigide comme s'il se retenait de faire la grimace.

— Oui, pourquoi ? répondit-il.

— Oh, c'est juste qu'on est voisins, elle et moi, dis-je avec un haussement d'épaules, comme si c'était sans aucune importance. Qu'est-ce que ça pouvait lui faire ?

— Ah oui, j'avais oublié. Tu l'as rencontrée ?

— Oui. Elle avait l'air plutôt bizarre.

Il se tut et ralluma son briquet.

— Tu parles ! dit-il. Depuis la mort de ses parents, elle est à côté de ses pompes. (Il s'interrompit.) On peut difficilement le lui reprocher.

Il s'attendait visiblement que je lui pose d'autres questions sur elle, mais je lui demandai seulement s'il avait besoin d'aide pour ses devoirs. Il répondit s'il avait eu l'intention de les faire.

Après la fin du cours, il se dirigea avec moi vers la salle de permanence. Alors que nous passions devant un tableau d'affichage, il s'arrêta et me montra un prospectus orange fluorescent sur lequel je lus : « MACBETH ! NOUS AVONS BESOIN DE RENFORTS POUR LA TROUPE ! POUR LA GLOIRE, FAITES TRAVAILLER VOTRE MÉMOIRE ! »

— Tu devrais venir jouer avec nous, dit Eric. Tu n'as pas besoin d'être populaire pour monter sur scène.

Le flot d'élèves me poussait vers le papier orange. Je lus au bas, en caractères plus petits : « FINANCÉ PAR LE CLUB DE THÉÂTRE LE FIL DU RASOIR. DANS LE RÔLE DU PRÉSIDENT : ERIC LEILENTHAL. »

— « Dans le rôle du président » ? Tu joues seulement au président ? demandai-je.

Franchement, il n'avait pas la tête de l'emploi. Je l'aurais plutôt placé dans la catégorie des joueurs de base-ball.

Il sortit un stylo de la poche de son jean et barra rageusement « dans le rôle du ».

— C'est cette salope ! dit-il en rangeant le stylo. Wendy Cole nous a tannés pour élire le nouveau président, mais j'étais déjà vice-président, et quand le président lui cède sa place, le vice-président peut lui succéder sans être élu.

— Oh, oh ! Un drame au club de théâtre !

— Ouais, et ta Silla chérie en fait partie. Ça te donne envie de t'inscrire ? demanda-t-il en ricanant.

Oui, et ça ne me déplaisait pas non plus qu'il se conduise comme un enfoiré. Et puis j'avais besoin d'une diversion pour échapper à Lilith.

— Bien sûr, répondis-je. Où et quand ?

— À l'auditorium après les cours. À plus tard, tu veux ? Faut que je retrouve Wendy.

Bon sang, où peuvent-ils bien planquer un auditorium ? me demandai-je tandis qu'il s'éloignait.

Silla

La journée de cours passa comme toujours à la vitesse de l'éclair. Depuis samedi soir, j'avais passé tous mes moments libres dans ma chambre, penchée sur le livre de sorts, que je lisais à voix haute comme pour apprendre un rôle. Je le parcourais de la première page à la dernière, et puis je recommençais en caressant du bout des doigts les indentations que l'écriture de mon père avait creusées dans l'épais papier. Les schémas se brouillaient devant mes yeux et j'entendais sa voix dire : *La magie sympathique opère par le biais des associations que nous faisons. Accélérer la teinture avec une goutte de sang. Extraire le poison avec du feu et nouer le tout de rubans rouges. La cire d'abeille fraîche est idéale pour les transformations. Goutte de sang. Soupçon de sang. Entailler. Sacrifier. Donner.*

J'avais tant de questions à lui poser. Que signifie la magie sympathique ? Pourquoi utilise-t-on le gingembre pour brûler les malédictions et pourquoi le sel est-il l'ingrédient idéal pour la protection et les sorts neutres ? Et qu'entendait-il par « neutre » ?

Toutes ces questions s'immisçaient dans mes journées de cours et les souvenirs affluaient et me submergeaient. Pas seulement les souvenirs de lecture du manuscrit, mais aussi les instants pendant lesquels la magie avait ranimé la feuille morte et Nicholas Pardee avait surgi de l'ombre où il était tapi comme un farfadet. Ils éclipsaient la vidéo que Mr Edward nous montrait en AP d'histoire, le cours de physique et même le débat organisé par Mrs Sackville sur *Le Retour au pays natal*[1]. J'essayai de me concentrer sur les questions de Mrs Sackville sur la nature des désaxés et l'identité sexuelle, mais tous les gens que je voyais me paraissaient pâles et inertes. Ce n'étaient plus que des pierres tombales. Seule la magie était réelle.

Ce soir, je montrerais à Reese ce que je savais faire. J'avais préparé tout ce que je pouvais préparer et tout relu. Maintenant, j'avais besoin de Reese, besoin de lui prouver que tout cela était bien réel, afin qu'il cesse de haïr papa et m'aide à percer tous les secrets de la magie. J'allais ressusciter quelque chose de plus impressionnant qu'une feuille, et alors il serait bien obligé de me croire.

À trois heures et demie, je pus enfin m'échapper et me rendre à l'auditorium. Là, je pouvais mettre les masques du théâtre et me perdre dans des mots qui n'étaient pas les miens. C'était un soulagement d'être assise au bord de la scène, les pieds ballants, pendant

1. Roman de Thomas Hardy, paru en 1878.

que Wendy et Melissa se disputaient pour savoir si les chansons de *Wicked*[1] étaient surfaites ou non. Leurs voix résonnaient au-dessus des rangées de fauteuils rouges, et les odeurs de peinture usagée et de rideaux sentant le renfermé me ramenaient à moi-même, à mon corps. J'avais toujours aimé le théâtre. Ici, je pouvais être n'importe qui, plus seulement la fille qui avait trouvé ses parents assassinés, la gamine maigre qui s'étiolait, avec des notes en chute libre et des cheveux taillés à la diable, mais Ophélie, Laura Wingfield[2], ou Christine Daaé[3]. Quand je me mettais dans la peau de quelqu'un d'autre, quand ses mots devenaient les miens, comme ses tourments et ses amours, j'avais l'impression de savoir qui j'étais.

Enfin, jusqu'ici. Quand j'étais Silla Kennicot, promise à la gloire sur le grand écran, présidente du club de théâtre et championne en médecine légale.

Eric entra dans la salle en compagnie de Nicholas Pardee et brandit le majeur dans notre direction. Je me renfrognai, mais Wendy gloussa.

— Il a dû lire mes prospectus, dit-elle.

Melissa rit à son tour.

— C'est ce que je vois, commenta-t-elle.

Je ramenai mes pieds sur la scène et m'assis en tailleur tout en observant Nicholas. J'avais continuellement pensé à lui et à la manière dont il s'était présenté dans le cimetière, où il paraissait dans son élément, avec son long nom désuet pour compléter l'ensemble. Ici, dans le monde réel, on l'appelait seulement Nick. Et loin de

1. Comédie musicale de Stephen Schwartz et Winnie Holtzman sur les sorcières du pays d'Oz, créée à Broadway en 2003.
2. Héroïne de *La Ménagerie de verre* (1944), pièce de Tennessee Williams.
3. Héroïne du *Fantôme de l'Opéra* (1910), roman de Gaston Leroux.

la mort, du sang et de la magie, il était difficile de le percevoir comme quelqu'un de mystérieux. Ça allait parfaitement avec sa démarche, alors qu'il avançait entre les rangées de sièges, et la brusquerie avec laquelle il s'assit à côté de Stokes, le professeur, pendant qu'Eric montait lourdement les marches et foudroyait Wendy du regard.

— Mignons, ces prospectus ! lança-t-il.

— Comme ton cul, chéri ! rétorqua Wendy en lui adressant un baiser.

Après l'avoir de nouveau envoyée balader d'un geste, il rejoignit Trent sur scène, où ils se débarrassèrent de leurs chaussures pour faire des exercices d'échauffement.

— Je veux mes sorcières sur le devant et au centre de la scène ! lança Stokes avant de s'adresser à Nick.

Heureusement, je connaissais bien la disposition de la scène, car, tout en allant prendre ma place et attendre le signal avec Wendy et Melissa, je ne pouvais détacher les yeux de Nick. Il était grand, même recroquevillé dans le petit fauteuil de théâtre où il était assis. Ses cheveux étaient plutôt longs et plaqués en arrière, contrairement à ceux des gars d'ici. Cette coiffure dégageait son visage, que je pouvais mieux voir que samedi soir.

— Tu sais, Silla, tu peux refermer la bouche, déclara Melissa.

Je dévisageai Melissa avec une moue rageuse. Wendy la poussa du coude.

— Laisse-la tranquille. C'est déjà un miracle qu'elle puisse s'intéresser à quelque chose, commenta-t-elle.

La gratitude que j'éprouvais pour son intervention s'évanouit aussitôt et je leur jetai un regard mauvais.

— Il est mignon, avança Melissa.

— Il vit dans cette vieille ferme près de chez moi, un peu plus loin sur la route, expliquai-je. Il vient juste d'arriver.

Elles me regardèrent comme s'il venait de me pousser un second visage. Wendy grimaça et Melissa éclata de rire.

— Sans blague, Sil, figure-toi qu'on était au courant ! Tout le monde en a parlé toute la journée. Jerry dit que c'est le petit-fils de Mr Harleigh.

Il ne ressemblait pas à Mr Harleigh, qui était toujours cassé en deux comme s'il voulait cacher quelque chose contre son estomac.

— Et en plus, sa belle-mère est un écrivain célébrissime, mais elle doit avoir un pseudo. Tu n'as pas entendu à midi Eric et Doug lancer des paris sur ce qu'elle écrit ?

Stokes nous adressa le signal de ses mains potelées et nous nous avançâmes vers l'endroit désigné.

— Pourquoi un écrivain célèbre voudrait-il vivre ici ? demandai-je, mais je n'entendis pas la réponse, car juste à cet instant, Nick leva les yeux et son regard rencontra le mien. Il eut un sourire en coin. Avec ses genoux et ses coudes saillants, il ressemblait à un épouvantail recroquevillé dans son siège, un épouvantail qui me souriait. Je détournai les yeux.

— On passe maintenant à la scène quatre ! lança Stokes.

Nicholas

Je ne connais rien au théâtre, mais même quelqu'un comme moi pouvait voir comment Silla se transformait en entrant dans un rôle.

C'était comme… je ne saurais pas l'expliquer. Elle était présente, mais ce n'était plus Silla. Sur scène, c'était une sorcière qui parlait d'yeux et de morceaux de lézard. Je l'avais déjà rencontrée dehors, au cimetière, mais ici, c'était différent et réel en même temps.

Apparemment, le théâtre n'était pas juste le passe-temps de ceux qui n'avaient pas réussi à entrer à l'université.

Mr Stokes mit fin à la répétition de la scène et Silla abandonna aussi soudainement son rôle que si elle avait appuyé sur un interrupteur. Son regard effleura le professeur, puis se posa sur moi. Je lui adressai un petit sourire. Elle détourna les yeux.

Je l'observai encore tandis que Mr Stokes faisait répéter un autre passage dans lequel elle ne jouait pas. Elle se tenait au bord de la scène, appuyée contre l'un des montants de l'arche. Comme elle ne tenait pas en place, ses bagues scintillaient dans l'éclairage de la scène, projetant des taches multicolores et dansantes sur le sol noir.

CHAPITRE 7

Silla

Après la répétition, Nick attendait sur le parking, adossé à la portière d'une décapotable noire aux lignes très pures.

Wendy me poussa de l'épaule.

— Il te dévore des yeux, observa-t-elle. Il est peut-être dingue. Tu sais, j'ai entendu dire que sa mère a fait un séjour à l'hôpital.

— L'hôpital ?

— L'hôpital psychiatrique.

— Hé ! vous êtes peut-être faits l'un pour l'autre ! gloussa Melissa.

J'aurais dû réagir immédiatement, mais Wendy me devança en la frappant au bras.

— Bravo pour ton tact, Melissa, commenta-t-elle.

Nous étions alors assez proches de Nick pour qu'il puisse m'adresser la parole.

— Salut, Silla, dit-il.

Je m'approchai prudemment de lui. Je savais que Wendy devait partir avec Melissa et son copain dans la vieille Camry de Melissa pour acheter des hamburgers à Evanstown. Je n'avais pas envie de les accompagner, et peut-être que Nick était un bon prétexte.

— Salut, Nick, répondis-je.

— Je peux te ramener chez toi ? C'est sur ma route.

Dans la lumière grise filtrant des nuages qui estompait les ombres de l'après-midi, je distinguais nettement les angles de son visage. Ses yeux étaient bruns, un brun sombre teinté de vert, de la couleur d'un champ fraîchement retourné. Ses cils courbes me faisaient penser aux rubans de cadeaux d'anniversaire.

— Silla ? demanda-t-il, intrigué.

— Pardon.

Je baissai le nez vers l'asphalte et ses rangers noires, que je contemplai un instant. Les doigts de Wendy effleurèrent les miens, ce qui signifiait : « Vas-y, idiote ! » Je relevai les yeux et souris à Nick.

— Oui, avec plaisir, répondis-je enfin.

— Super !

Il m'ouvrit la portière. Je saluai de la main Wendy, qui rejoignit Melissa en courant.

— Belle voiture, commentai-je en me glissant sur le siège du passager, car c'était probablement ce que j'étais censée dire.

— C'est celle de mon père, mais merci quand même.

Alors qu'il contournait l'avant et s'installait derrière le volant, j'observai son profil. Il avait dû avoir le nez cassé à un moment ou un autre. Avant que je n'aie le temps de le lui demander, il démarra en marche arrière et sortit du parking. Le vent ébouriffa mes cheveux et, l'espace d'un instant, je regrettai leur longueur d'autrefois, quand ils me cinglaient les joues et le cou. Je fermai les yeux et renversai la tête contre le cuir lisse du siège.

— Je ne sais pas si ma question sera déplacée ou non, dit Nick.

Mon estomac se contracta. Il allait m'interroger sur mes parents. Je gardai les yeux fermés.

— Comment se fait-il que tu ne joues pas Lady Macbeth ? Je veux dire que c'est toi la meilleure de la troupe, bien meilleure que la blonde qu'ils ont choisie pour ce rôle.

Je le regardai, interloquée. Ses mains étaient posées sur le volant et ses yeux rivés sur la route, mais il me jeta un bref coup d'œil, puis un second. Je sentis mes lèvres se détendre et je me laissai aller à sourire.

— Merci, mais je ne regrette pas le rôle, répondis-je. Les sorcières sont vraiment marrantes.

— Oui, enfin… je veux dire, je ne connais pas grand-chose au théâtre, mais je vois bien que tu es meilleure que ça.

Il se tut et haussa les épaules comme pour s'excuser de ce compliment.

J'eus soudain inexplicablement envie de le toucher, de poser la main sur son épaule ou sur son genou, mais je croisai les mains sur mes genoux et regardai les pierres scintillantes de mes bagues. Chacune me rappelait une parole ou une expression de mon père. J'inspirai profondément.

— Ce rôle de sorcière est une bénédiction pour moi, dis-je.

Nick fronça les sourcils dans le silence qui suivit et ne reprit la parole qu'après le troisième bloc de Main Street, quand il tourna à l'angle d'Ellison en direction de notre quartier.

— Pourquoi ? demanda-t-il.

Comme j'étais incapable de répondre en le regardant, je me détournai et observai les épis bruns de maïs desséché filant en sens opposé. Sous ce ciel gris, ils paraissaient presque dorés.

— À cause de mes parents, répondis-je, et comme il se taisait toujours, je supposai qu'il avait compris. J'ai bien lu le rôle de Lady Macbeth en audition, mais il y a une scène dans laquelle elle perd la tête et voit du sang sur ses mains. (Le frisson qui me secoua se perdit dans les vibrations de la voiture roulant à pleine vitesse.) Stokes ne voulait pas m'infliger cette scène à chaque représentation, sans parler des répétitions. Et puis, si c'était moi qui avais tenu le rôle, tout le monde dans l'assistance n'aurait plus pensé à Macbeth, ni à la pièce… mais seulement à un fait-divers tragique.

Je passai la langue sur mes lèvres et baissai les yeux.

Nick ne dit rien, sans doute parce qu'il n'y avait rien à dire.

Au bout d'un moment, la voiture ralentit et se gara sur le gravier crissant de l'allée de ma maison. Je me souvins d'avoir maculé sa poussière blanche de mes doigts ensanglantés. Si je gagnais un jour au loto, la première chose que je ferais serait de faire paver cette allée. Et la seconde, de partir vivre au Nouveau-Mexique.

Nicholas

J'ai garé la décapotable derrière une Volkswagen Rabbit au pare-chocs et à la vitre arrière couverts d'autocollants. Mon moteur ronronnait paisiblement. Je retirai la clef et lus tous les messages collés sur la vitre arrière. Apparemment, il y avait encore des gens qui arboraient des autocollants « Sauvez les baleines », ainsi que tous ceux des campagnes présidentielles du parti démocrate depuis les années 80.

Je me détournai et m'adossai à la portière en ramenant un genou sur le fauteuil. Immobile comme une statue, sauf ses cheveux noirs de fée agités par le vent, Silla contemplait ses mains croisées dans son giron. D'où venaient toutes ses bagues ? Elles ne ressemblaient pas à la pacotille qu'on achète pour trois fois rien. Leurs montures anciennes formaient des entrelacs et de gracieuses arabesques. J'aurais parié qu'au moins certaines des pierres étaient véritables. Mon regard remonta le long de ses bras jusqu'à son visage.

— Nous y sommes, Silla.

Elle releva lentement la tête.

— C'est ta voiture ? demandai-je.

Ses lèvres s'entrouvrirent comme si c'était la dernière question à laquelle elle se serait attendue.

— Euh, non, c'est celle de Gram Judy, dit-elle avec un sourire affectueux.

J'aurais voulu lui parler de samedi soir, lui demander si j'avais imaginé ce que j'avais cru voir parce que j'étais seul dans un cimetière par une nuit sans lune. Mais elle avait l'air fatiguée, et triste, aussi. Et si elle me traitait de dingue ? Je posai la main sur son poignet.

— Comment va ton pouce ? demandai-je.

— Mon pouce ? (Elle l'éleva en l'air et ses cils battirent avec une rapidité étonnante.) Ah oui… ça va. J'ai mis de l'eau oxygénée, comme tu me l'avais dit.

Elle me montra le sparadrap qui entourait la plaie.

— Tu devrais faire plus attention, dis-je.

Je n'étais pas censé parler sur un ton aussi condescendant, mais ce sparadrap me rappelait trop maman.

Elle sursauta comme si elle avait pris feu, empoigna son sac à dos posé à ses pieds et ouvrit la portière.

— Merci pour le trajet, dit-elle.

Je fis la grimace alors qu'elle tournait le dos, parce que je l'avais probablement fait fuir en me conduisant comme un connard.

— Quand tu veux, répondis-je. Je crois que je serai de toutes les répétitions ou presque.

— Oh, vraiment ? (Elle s'immobilisa après avoir doucement refermé la porte, puis se pencha vers moi. Avec élan, il me sembla, à moins que je ne me fisse des idées.) Je voulais justement te demander de quoi tu parlais avec Stokes.

— Je vais entrer dans la troupe.

Son sourire s'élargit. Il était sincère.

— C'est bien, dit-elle, et puis son sourire disparut dans le masque serein qu'elle n'ôtait jamais. À plus tard, Nick.

— Bonne nuit, Silla.

Je n'attendis pas qu'elle arrive en haut du porche et disparaisse à l'intérieur de la maison, mais démarrai et rejoignis la route en trombe.

Silla

Immobile sur le porche, j'écoutai décroître le moteur de la voiture de Nick. Il faisait frais dans l'ombre, et, comme d'habitude, je me demandai un instant ce que j'allais trouver à la maison cette fois-ci. Si, au moins, j'avais invité Nick à entrer et à rencontrer Gram Judy, je n'aurais pas été obligée de rentrer seule... C'était vraiment étrange de souhaiter que quelqu'un d'autre endure le même calvaire que soi.

J'appuyai le front contre la fraîcheur de la porte. J'entendais à l'intérieur les accords de folk de Joni Mitchell, l'une des chanteuses préférées de Gram. « Tu es dans mon sang comme du vin sacré », chantait-elle.

Un masque joyeux ferait l'affaire, bleu comme un lac de montagne avec des spirales argentées autour des yeux. Tout en l'imaginant sur mon visage, je poussai la porte.

— C'est toi, Drusilla ?

Mon sac à dos atterrit bruyamment sur le sol.

— Oui, Gram.

— Judy, rectifia-t-elle sans lever des yeux de son magazine quand j'entrai dans la cuisine.

Alors que j'attirais une chaise à moi, j'eus la vision très nette du livre de sorts enveloppé, bien en sûreté, dans plusieurs couches de papier brun, tel qu'il était avant que je ne l'ouvre et n'en libère tous les démons. À présent, il était caché sous le matelas de mon lit à l'étage. Le menton dans la main, je regardai la revue militante de Gram Judy.

— C'est bien, comme lecture ?

— Assez pour rester au courant et en colère, répondit-elle.

Elle le reposa sans douceur et sourit. Son sourire ressemblait à celui d'un petit fox-terrier affamé, mais j'avais appris au cours des dernières semaines que c'était l'expression la plus amicale de Gram Judy. Quand elle était arrivée à l'enterrement, nous l'avions tous prise pour l'un de ces chacals des villes venus écrire leur article sur l'horrible assassinat du petit patelin. Reese lui avait interdit l'accès de la maison jusqu'à ce qu'elle lui donne une claque sur l'épaule et dise : « J'étais la belle-mère préférée de ton papa. Pousse-toi et laisse-moi préparer le dîner. » Ni mon frère ni moi-même n'avions eu la force de protester. Pour finir, elle nous avait montré des photos du temps où nous étions encore petits, des photos d'elle, maman et papa pendant un séjour à Saint Louis dont ni Reese ni moi n'avions aucun souvenir. Son arrivée fut une bénédiction, parce qu'elle savait jongler avec les factures et parce qu'elle nous aida à placer comme il le fallait l'argent de l'assurance de maman et de papa.

Ses cheveux d'un blanc uni étaient assez longs pour que sa tresse forme une couronne autour de sa tête, coiffure qu'elle avait gardée depuis que j'avais coupé les miens. C'était sa seule concession au deuil, par solidarité avec nous. Je ne lui avais jamais avoué que j'avais coupé mes cheveux parce que leurs extrémités avaient trempé dans le sang de maman. Chaque fois qu'une mèche effleurait ma nuque, cela me rappelait ma conversation de cette nuit-là avec le shérif Todd devant un café refroidi, avec mes cheveux raides et rigides de sang brun séché.

— Silla, ma chérie, à quoi diable penses-tu ?

Je frémis sans répondre.

— Comme si je ne le savais pas, soupira Gram Judy en tendant la main vers son verre rempli de bourbon et de glaçons. (Elle le vida d'un seul mouvement du poignet, puis désigna la fenêtre de la cuisine.) Qui est ce garçon avec lequel tu es revenue ?

— Nick Pardee. Il vient d'arriver au lycée. (Je me levai, allai remplir un verre d'eau et apportai de la glace afin que Judy puisse se resservir.) C'est le petit-fils de Mr Harleigh, expliquai-je.

Quand je revins m'asseoir, Gram Judy se renversa dans sa chaise, les sourcils froncés, avec une expression pensive.

— Ah oui, celui qui habitait cette maison dans les bois, hein ? fit-elle. Ton père sortait avec une fille de cette famille quand il allait au lycée.

— Vraiment ?

— Oui, Daisy, ou Delilah, un prénom de ce genre. Je ne me souviens plus très bien. Ils ont rompu quelques mois avant qu'il rencontre ta mère. Je crois que ça a été plutôt soudain. Enfin, ton père se préparait à partir pour l'université et tout ça : ce n'est jamais le bon moment pour nouer une relation.

Gram devait penser qu'aucun moment n'était idéal pour nouer une relation. Mes bagues tintèrent comme des verres en cristal tandis que je frottais mes mains froides l'une contre l'autre.

— Il a rejoint le club de théâtre et il m'a proposé de me ramener chez moi parce que c'est sur sa route, repris-je.

— C'est bien poli de sa part.

Je levai les yeux. Judy dévissa le bouchon de la bouteille de bourbon et en versa un peu sur ses glaçons. Ses doigts étaient longs, noueux et aussi hâlés que le reste de son corps, mais ses ongles étaient parfaitement manucurés. Elle but une gorgée en m'observant par-dessus le bord de son verre. Je savais qu'elle ne me poserait pas de questions, me laissant libre de lui raconter ce que je voulais ou éprouvais le besoin de révéler. C'est ainsi qu'elle apprenait tout sur tous sans jamais donner l'impression de se mêler de ce qui ne la regardait pas. Avec de la patience et un usage nonchalant de l'alcool. Je me concentrai sur mon eau.

— Il est mignon, avançai-je.

— Tu devrais lui donner rendez-vous.

— Gram !

— Pourquoi pas ?

— Je... je ne sais pas, c'est tout.

Quand il me regarde, j'ai l'impression de fondre, pensai-je.

— Tu dois bien avoir une raison : il a mauvaise haleine ? Il n'est pas beau ?

Je haussai les épaules.

— Silla, s'il n'avait pas l'air de te plaire, je ne m'attendrais pas que tu sortes avec lui.

— Non, je... il a l'air gentil, répondis-je en me trémoussant sur ma chaise.

Cette conversation n'aurait jamais pu avoir lieu avec ma mère, qui m'aurait immédiatement rappelé de ne surtout pas embrasser à un premier rendez-vous. Gram Judy supposait sans doute que j'étais déjà allée jusqu'au bout avec un garçon.

— Alors où est le problème ?

— Je n'en ai pas envie.

— Ah ! fit-elle en roulant les yeux. C'est une excuse lamentable. Tu as besoin de sortir de ta coquille, de t'arracher à cette prostration morbide.

— Non, pas du tout.

Gram Judy baissa le menton et me dévisagea avec insistance.

— Judy, c'est seulement que… (Je cherchai frénétiquement une parade et me rappelai soudain notre rencontre au cimetière.) Je crois que je ne lui ai pas fait une très bonne impression, dis-je.

C'était vrai, mais bizarrement, cela n'avait pas paru le gêner.

— Foutaises ! s'exclama Judy. (Elle tendit les bras pardessus la table et saisit mes mains.) Ma chérie, ça te ferait du bien de sortir avec quelqu'un qui ne te connaît pas depuis toujours, qui ne te connaissait pas avant…

Je me mordis la langue et regardai nos mains, les miennes pâles et couvertes de bagues qui paraissaient trop lourdes pour mes os, et celles de Gram Judy, sereines, vieilles et élégantes.

— Tu veux dire, avant que je ne sois complètement diminuée ? chuchotai-je en sachant que c'était vrai.

Elle serra mes mains, et mes bagues me meurtrirent les doigts.

— Pas diminuée, mais un peu fragilisée. Tu as besoin d'une belle histoire d'amour pour te rappeler que ça existe et pour te réchauffer.

J'étais incapable d'en entendre plus. Tout en m'efforçant de ne pas rougir jusqu'aux oreilles, je retirai brusquement mes mains des siennes.

— J'ai du travail, déclarai-je.

Ce qu'il y a de bien, chez Gram Judy, c'est qu'elle comprend quand il ne faut pas insister.

— On dîne à huit heures, annonça-t-elle en se renversant dans sa chaise.

Nicholas

Comme les stations de radio locales ne diffusaient que de la country ou du rock évangélique, j'avais en permanence une pile de CD par terre devant le siège du passager et j'en fourrais toujours un au hasard dans le lecteur. L'heureux choix de cet après-midi était un album d'Ella Fitzgerald. Il était vieux et rayé, car il avait appartenu à ma mère. La moitié d'*Over the Rainbow* était effacée, ce qui n'était pas plus mal : il ne me fallait pas plus d'une minute pour aller chez Silla, ça remplissait parfaitement le trajet.

Mais dès les premières notes, je passai sur la fréquence radio. Je ne ressentais que de la frustration. Pourquoi ne m'étais-je pas arrêté au bord de la route quand Silla était encore dans la voiture avec moi pour l'interroger sur la feuille ? En général, ça ne me gênait pas de me montrer impoli ou même vache. Bon, d'accord, elle était jolie, ses parents venaient de mourir, et alors ? Si elle pratiquait la magie, il fallait que je le sache. J'avais passé cinq ans à refuser d'y penser, à chasser mes souvenirs, mais je ne pouvais plus me sortir de la tête cette image de Silla accroupie dans le cimetière. Et maintenant, quand je revoyais les doigts enveloppés de sparadraps de maman, ils étaient couverts des bagues de Silla.

Mes jointures blanchirent tandis que j'empoignais le volant. Je refusais que ces histoires resurgissent dans ma vie pour tout foutre en l'air. Je ne voulais qu'une chose : oublier tout ça, finir ma terminale et partir, loin de mon père, de Lilith et de ce trou perdu où la folie était dans l'air.

Sauf que je ne cessais plus de penser à Silla.

Tout en me maudissant, je me garai sur l'allée, derrière le garage ouvert dans lequel il y avait place pour deux voitures. L'autre décapotable de papa était garée à côté de la Grand Cherokee prétentieuse de Lilith. Fantastique : ils étaient tous les deux à la maison… Je préférais ne pas penser à ce qu'ils avaient pu faire pendant la journée. En descendant de voiture, je pris mon sac à bandoulière, le passai à mon épaule et traversai le garage pour entrer dans la cuisine. Peut-être pourrais-je monter directement dans ma chambre et faire comme si j'avais passé les deux dernières heures là-haut, plongé dans mes devoirs.

Mais non : Lilith était à la cuisine, un tablier à fleurs autour de la taille comme une parfaite petite ménagère. Ses ongles marron recourbés comme des griffes dégoulinaient de sang tandis qu'elle se détournait d'un poulet à moitié éventré. Je réprimai un sourire. Ça lui allait si bien !

— Salut, lui dis-je sans lui laisser le temps de me reprocher mon humeur maussade.

— Nick ! s'exclama-t-elle avec un sourire, et elle prit un torchon sur le plan de travail en granit pour s'essuyer les mains. Tu arrives bien tard ! Tu n'as pas été collé, au moins ?

J'hésitai une seconde. J'aurais facilement pu mentir, d'autant plus que ni elle ni mon père ne seraient allés le vérifier, mais tôt ou tard, j'aurais dû cracher le morceau.

— Non, répondis-je.

— Où étais-tu ? demanda-t-elle après un silence.

— Dans le coin.

Avec un pied, j'attirai à moi l'un des hauts tabourets de bar rangés sous le plan principal et m'assis.

— Qu'avons-nous pour le dîner ? demandai-je.

— Du poulet à la *caprese*.

— Où est papa ?

— Là-haut, dans son bureau.

M'étais-je montré assez sociable pour avoir le droit de passer une soirée tranquille, seul dans ma chambre ? Tout dépendait de l'humeur de Lilith. Elle recommençait à vider le poulet. Elle était plus grande que moi avec des talons plats, et plus grande que papa quand elle était nu-pieds. Longue, maigre et anguleuse, elle avait des cheveux noirs impeccablement coiffés même quand elle dormait, et la manie d'arquer les sourcils avec un air d'éternelle désapprobation.

— Bon, à plus tard, fis-je en descendant de mon tabouret.

Lilith acquiesça et je regardai droit devant moi par-dessus le carrelage à damier, sur mes gardes.

— Ah, Nick, j'oubliais...

— Quoi ?

Je m'immobilisai, le dos tourné. Ce ton dégagé signifiait à coup sûr qu'elle allait me balancer quelque chose.

— Il y a des lampes de poche dans l'armoire de l'entrée et d'autres juste derrière la porte de la cave.

Ce n'était pas ce à quoi je m'attendais.

— Ah, très bien, répondis-je avec une grimace d'exaspération qu'elle ne pouvait voir.

— C'est toujours utile quand on va traîner la nuit dans des coins perdus.

Je retins ma respiration. L'eau coula du robinet et j'entendis la porte du four s'ouvrir en grinçant, mais j'avais l'impression qu'elle était juste derrière moi, sa langue de dragon dardée vers ma nuque pour humer ma peur. Elle jouait à ce petit jeu depuis que je la connaissais.

Je sais ce que tu fais, Nick, et je peux le dire à ton père quand je veux.

J'inspirai longuement et profondément, puis expirai. Mon père m'entendait sortir tous les soirs, lui aussi. Et Lilith ne pouvait rien savoir au sujet de Silla et du cimetière. Je me retournai et lui décochai un sourire.

— Merci du renseignement, répondis-je.

Je montai l'escalier incurvé en laissant négligemment traîner ma main le long de la rampe en fer forgé et passai le deuxième étage pour me précipiter dans ma chambre au grenier. Son chaos était toujours un soulagement après l'austérité des étages inférieurs. J'avais tapissé les murs d'affiches de films et de prospectus ôtés de tableaux d'affichage là-bas, chez moi. C'étaient des souvenirs de tout ce que j'avais aimé et que je ne retrouverais plus ici, à Yaleylah, des groupes de punk rock, du slam dans les cafés et la possibilité d'aller à pied à Lincoln Square. Ici, la seule sortie était le bar du coin à côté du glacier.

Je laissai tomber mon sac sur le bureau, saisis mon CD le plus agressif et le fourrai dans le lecteur. Narkotika s'éveilla en sifflant dans le tintamarre de la batterie et la pulsation du clavier. Je montai le volume, puis fouillai sous mon lit et en retirai une boîte.

Le couvercle du coffre laqué, usé et éraflé était orné d'un vol d'oiseaux noirs sur un ciel violet. La clef s'était cassée en position de fermeture quand j'avais lancé le coffre à travers la pièce après le départ de maman. Quelques années plus tard, je l'avais forcé. Maintenant, le verrou en bronze pendait, brisé, et je le repoussai pour ouvrir le coffre.

À l'intérieur s'alignaient trois rangées de six petits compartiments en bois, dans quinze desquels étaient nichées de minces fioles en verre. Chacune contenait de la poudre, des débris métalliques, des pétales de fleurs séchées ou des graines. L'un d'eux renfermait des copeaux d'or, et un autre, de minuscules rubis à l'état brut.

Chaque fiole portait une étiquette couverte d'une petite écriture irréprochable. On pouvait lire, entre autres : carmot, fer, poudre d'os, ortie, chardon béni, écailles de serpent... Les trois derniers compartiments contenaient des carrés noirs de toile, de minces bandes de cire et des bobines de fil de couleur : les outils de travail de ma mère. L'aiguille avec laquelle elle prélevait le sang était une plume aiguisée. Je passai les doigts le long de ses barbes beiges tachetées. Une plume de dinde, supposai-je. Je n'avais jamais pensé à poser la question à maman quand elle était encore là.

J'arrachai cinq prospectus des murs et m'agenouillai pour les déchirer en petits morceaux aux formes approximatives de triangles, de carrés et d'éclairs jaunes, orange et rouges. Je les laissai choir sur le sol, saisis la fiole étiquetée « eau bénite » et la débouchai. Trempant la plume dans l'eau, je traçai un cercle sur ma paume gauche, sans appuyer assez fort pour l'entailler – pas encore.

Maman et moi avions joué cent fois à ce jeu quand j'étais petit. Elle traçait un cercle dans ma main avec l'eau, puis s'entaillait le doigt et, avec son sang, dessinait une étoile à sept branches à l'intérieur du cercle. Ça me chatouillait et je riais à chaque fois, mais sans jamais retirer ma main. Maman embrassait mes doigts et me disait que j'étais fort. Ensuite, elle me piquait rapidement la paume, dont une goutte de sang perlait pour se mêler au sien, et tout mon corps devenait brûlant et fourmillant d'excitation. Maman trempait les doigts dans le sang, puis marquait chaque bout de papier d'une empreinte sanglante. Ensemble, nous chuchotions : « Petits papiers, volez, dansez, veillez sur moi » en une litanie ininterrompue.

Je reproduisis ce rituel ici, dans mon grenier : le cercle d'eau, puis l'étoile de sang à sept pointes. L'eau diluait le sang, estompant les contours de mon étoile qui rosissaient. Ça me chatouillait comme autrefois, mais je ne riais plus. Le rire me restait en travers de la gorge, tranchant comme un éclat de pierre. Je trempai les doigts dans le sang, marquai d'empreintes mes bouts de papier déchiquetés et prononçai : « Petits papiers, volez, dansez, veillez sur moi. »

Au début, RAS. Les souvenirs de ma mère étaient comme des os brisés transperçant ma peau. Elle m'avait dupé, joué en me faisant croire à une magie qui n'existait pas.

Alors je me rappelai son sourire ravi, et les bouts de papier frémirent sur la moquette comme si un rayon de soleil les caressait, puis tremblèrent plus fort, enfin certains s'envolèrent et dansèrent en l'air, à quelques dizaines de centimètres du sol.

Je reculai précipitamment. Mes paumes laissèrent une traînée de sang sur le sol, rompant l'enchantement, et les bouts de papier retombèrent.

Je fourrai la fiole d'eau bénite dans le coffre, que je refermai violemment et repoussai sous le lit. Tout en ramassant les bouts de papier, je m'efforçais d'oublier le temps où j'étais un petit garçon qui s'endormait avec plusieurs douzaines d'étoiles en papier multicolores frémissant tout près du plafond au-dessus de sa tête. C'était meilleur que n'importe quelle veilleuse, couverture, n'importe quel doudou ou jouet, car seul l'amour de ma mère les maintenait là-haut, disait-elle. Tant qu'elles y resteraient, son sang et le mien seraient liés. Et rien ne pourrait m'atteindre.

Je froissai mes bouts de papier magiques dans mon poing et les jetai dans le sac en plastique qui me tenait lieu de poubelle.

Je n'avais que huit ans quand la première étoile jaune vif voilée de poussière était lentement retombée sur la moquette.

CHAPITRE 8

27 mars 1904

Voilà comment j'ai découvert la magie.

Depuis neuf mois que j'habitais chez lui, je n'avais fait que lire et écrire sous sa direction. Je copiais des pages et des pages des romances de Mrs Radcliffe et d'un livre idiot de Mr Twain. Le soir, Philip me lisait Whitman et Poe, et je notais tout ce que j'entendais jusqu'à ce que je sois capable d'écrire aussi vite qu'il parlait. Je préférais les rimes, parce qu'avec elles, c'est plus facile de deviner comment finira la phrase. La bibliothèque de Philip est toute petite, mais ses livres s'empilent si haut que j'ai l'impression que la maison va crouler sous leur poids. Un mur entier est composé de vieux livres qui craquent, pleins d'images de cadavres et de parties du corps humain ! Il y a toute une étagère d'œuvres de Shakespeare, mais Philip m'a dit un jour que je n'étais pas assez cultivée pour les lire. J'ai alors pris l'un de ces livres, une pièce de théâtre, La Tempête, *et j'ai lu et relu le discours d'une créature nommée Ariel jusqu'à ce qu'il reste prisonnier de ma mémoire. Ce soir-là, après le dîner, je me suis levée et je l'ai récité à Philip. À la fin, il a lentement applaudi et il m'a appelée son « petit lutin ». Il a soudain eu l'air triste et m'a demandé si je comprenais le sens de ce que disait Ariel.*

— Il a provoqué une tempête et tué des hommes pour l'amour de Prospero ! ai-je répondu.

— Pour l'amour de Prospero, a-t-il répété, et il a ri doucement. Petit lutin, veux-tu m'aider demain dans mon travail ?

Bien sûr, j'ai accepté.

Dès le lendemain, je l'ai aidé à recueillir du sang.

Ce sang est celui de ses patients. Il les saigne comme les médecins le faisaient dans l'ancien temps, mais pas pour les guérir : il dit avec dégoût que ces remèdes ne sont que de vieilles superstitions sans une once de vérité. Ses patients le laissent faire, car ils n'y connaissent rien, et même s'ils en savaient plus, personne n'écouterait des gens comme eux. Je ne comprends pas pourquoi diable il aide des gens qui ne veulent ou ne peuvent pas aller à l'hôpital, et qui sont pauvres et sales.

Je ne voulais pas retourner chez eux, mais maintenant que je suis propre et comme il faut, personne ne pourrait me reconnaître. Alors que leurs odeurs ne me dégoûtaient pas autrefois, elles me répugnent. Philip, lui, s'en moque bien ! Il s'agenouille devant leurs lits et ne paraît même pas remarquer qu'une femme est noire de crasse, ou qu'un enfant a le coin des lèvres encroûté de vomi ! Je regarde tout, immobile à côté de lui, en tenant la coupe en céramique dans laquelle il recueille le sang. Je fais comme si je n'avais jamais dormi dans un lit pareil aux leurs, tout défoncé et infesté de punaises et de puces, comme si je n'avais jamais été laide et comme si mes mains avaient toujours été aussi douces grâce aux huiles de Philip. Je ferme les yeux et je fais semblant d'avoir oublié les mouvements du métier à tisser et les secousses du fil qu'il fallait démêler avant que Mrs Wheelock ne s'en aperçoive. Je ne veux pas me souvenir de l'odeur d'oignons bouillis qui monte du feu chez ces gens, ni qu'autrefois, de telles mixtures étaient tout ce que j'avais à manger.

Je hais tout cela ! Et je le hais, lui, de me forcer à me rappeler mon ancienne vie, que je me suis juré sur mon âme immortelle de ne plus jamais retrouver.

Alors je chasse tous ces souvenirs, et soudain, nous devenons des comédiens sur une scène obscure, mon Prospero et moi, occupés à recueillir du sang pour nos recettes secrètes de minuit. Même si nous n'en tirons qu'une petite quantité à chaque patient, j'imagine que la coupe s'alourdit tellement entre mes mains que mes bras se mettent à trembler. Je transvase le sang dans des flacons que je prends dans son sac en cuir et que j'étiquette avec des encres de plusieurs couleurs et dans différents caractères. Les couleurs indiquent l'état de santé et les lettres la nature de la maladie. De retour à la maison, j'emporte les flacons au laboratoire et je les dispose en groupes et en rangs à la place qui leur revient.

Un après-midi, je me tenais dans le coin le plus sombre du laboratoire et j'élevais un flacon pour observer la manière dont le sang se divisait en coulant à l'intérieur. C'était vraiment étrange, et je me souviens de m'être demandé pourquoi il ne coulait pas de la même manière sous ma peau.

Philip est entré, le front baigné de sueur, sans remarquer ma présence. Il a bâillé à s'en faire craquer la mâchoire et il s'est laissé tomber assis dans le fauteuil qui est derrière son bureau. Les fenêtres étaient fermées et seules deux lampes à gaz étaient allumées, parce que je préfère la pénombre. Il s'est renversé dans son fauteuil et il a chuchoté : « Jamais je ne le saurai. »

Je n'ai pu m'empêcher de m'avancer derrière lui, et je lui ai massé les épaules comme Mrs Wheelock faisait avec Mr Wheelock quand il venait à la fabrique le vendredi.

— Josephine, a-t-il dit en saisissant mes mains, je ne t'avais pas vue, mon enfant…

Je me suis penchée vers lui et j'ai embrassé ses doigts. Je ne suis pas une enfant. Je suis son petit lutin.

Il m'a fait contourner son fauteuil afin que nous soyons face à face.

— Cela ne te dérange vraiment pas d'être ici, presque sans lumière, au milieu de tout ce sang ? a-t-il demandé.

J'ai ri.

— Non, toi, ça ne te dérange pas, a-t-il repris en secouant la tête. Viens ici.

Il s'est levé sans lâcher ma main. Ses doigts étaient froids dans les miens. Il m'a précédée vers la seule table qui n'était pas couverte de fioles et de flacons. Un cercle était gravé sur le dessus, un cercle aux contours maculés de taches sombres qui avaient imprégné le bois. Philip a pris un morceau de craie et dessiné un autre cercle à l'intérieur du premier. Il les a ensuite reliés par de nouvelles lignes, et puis il a tracé au centre une lettre étrange.

— Passe-moi ton mouchoir, a-t-il dit.

J'ai tiré de la poche de ma jupe le carré de linon qu'il m'avait donné pendant ma première semaine chez lui. Il est brodé au coin d'un minuscule papillon jaune et bleu.

— Merci.

Philip l'a pris et étendu sur cette étrange lettre tracée à la craie, le papillon sur le dessus. Il a ensuite chuchoté quelque chose dans une autre langue, deux mots qu'il a répétés plusieurs fois. Et puis il m'a tendu la main et je l'ai saisie.

De l'autre, il a brandi le couteau minuscule avec lequel il m'avait coupé les cheveux. J'ai inspiré profondément. « N'aie pas peur de moi, Josephine. Je vais te montrer le pouvoir que tu détiens », m'a-t-il dit.

J'ai serré les dents, ignoré la brûlure de mon estomac et écarté les doigts pour les empêcher de trembler. Quand Philip a posé la lame du couteau sur le plus long, j'ai poussé un gémissement. Il s'est immobilisé et il m'a regardée patiemment. « Je t'en prie, montre-moi », ai-je alors chuchoté.

Quand il m'a piqué le doigt, j'ai mordu le bout de ma langue pour lutter contre la douleur aiguë qui sabotait mon courage. Une goutte de sang a roulé comme une larme, lentement, avant de tomber sur le mouchoir, dont elle a teint le papillon en rouge.

« Penche-toi au-dessus de lui et dis : *Je te donne la vie* » m'a murmuré Philip.

J'ai incliné mon visage vers le sien. Nous étions plus proches que nous ne l'avions jamais été. Ses yeux sombres absorbaient *toute la lumière. Ma respiration était saccadée. Je désirais rester ici, je désirais cette intimité plus que tout au monde. J'ai donc contemplé le sang qui imprégnait la broderie et j'ai dit : « Je te donne la vie, petit papillon. »*

Le papillon a jailli de l'étoffe, vivant et guilleret. J'ai reculé et je n'ai gardé l'équilibre que parce que Philip m'entourait de son bras. Mon cœur battait aussi vite que les ailes du papillon, et comme lui, je me suis envolée, serrée dans les bras de mon Prospero, tandis que les perspectives d'un monde entièrement nouveau se dessinaient devant moi.

« Le sang de tout être humain est porteur de vie et d'énergie, Josephine », a-t-il dit alors que je regardais le papillon voleter. « Mais celui de certains, comme toi et moi, possède le pouvoir de Dieu et de Ses anges. »

Les ailes du papillon lançaient des éclairs bleus, dorés et écarlates dans la lumière de la lampe.

CHAPITRE 9

Silla

Après le dîner, je montai dans ma chambre et attendis que Gram Judy aille se coucher. Reese était sorti faire un tour. Quand il serait rentré et Gram Judy endormie, je pourrais m'échapper de ma chambre sur la pointe des pieds, aller le tirer du lit et l'emmener dehors pour lui prouver que la magie n'était pas une chimère.

J'attendis, relus le sort sur la régénération et me le récitai en tournant en rond, sous les yeux vigilants des masques de théâtre accrochés aux murs de ma chambre – mon public secret.

Reese rentra en faisant claquer la porte d'entrée, monta l'escalier pour aller prendre une douche, et à vingt heures trente-sept, Judy lança un : « Bonne nuit, les enfants ! » dans la cage d'escalier.

« Bonne nuit ! » répondis-je sur le même ton, et je perçus le « bonne nuit » de Reese à demi noyé sous le ruissellement de l'eau. Il sortit de la douche et je l'entendis entrer dans sa chambre.

Le front contre le verre froid de ma fenêtre, je scrutais l'obscurité de la cour devant la maison. La lumière jaune du porche illuminait l'érable dépouillé de ses feuilles, dont la plupart formaient des tas écarlates sur le sol. J'imaginai que j'insufflais la vie à ces feuilles et que je les faisais remonter en voletant comme des papillons pour les réunir à leurs branches.

Ce serait alors un érable altier dont la frondaison durerait jusqu'au printemps, un flamboiement sanglant sur les blancs et les gris de l'hiver.

Le quart d'heure d'attente supplémentaire ressembla à ces moments interminables pendant lesquels on regarde la lune se lever.

Enfin, je passai mes bottes, un sweater, et fourrai du sel, une demi-douzaine de bougies et le livre de sorts dans un sac en plastique. Mon couteau était en sécurité dans la poche arrière de mon jean.

Dans le couloir, je frappai doucement à la porte de Reese avant de la pousser. Il était inutile de frapper, car il était allongé sur son lit, des écouteurs sur les oreilles.

Avant la mort de papa et de maman, je l'aurais trouvé à son bureau, penché sur un puzzle de cinq mille pièces, un tableau impossible comme un ciel nocturne ou une plage vide. Ou bien il aurait joué à des jeux en ligne avec des amis de Saint Louis, ou lu un pavé de science-fiction en pestant contre le niveau lamentable de l'auteur en science physique.

À cet instant, son visage était las et immobile, les yeux clos, et seul son index remuait au rythme frénétique de la batterie.

Après l'enterrement, il avait arraché tous ses posters, et depuis, chaque fois que j'entrais dans sa chambre, je me sentais aussi vide que les murs. Le seul élément rompant leur étendue monotone était le cratère qui s'ouvrait à trente centimètres de la porte, où Reese avait envoyé un coup de poing. J'avais essayé de panser sa main et Gram Judy avait failli s'évanouir au boucan qu'il avait fait. Il avait eu de la chance de n'avoir rien cassé, ni sa main ni le mur.

Ce soir, il fallait que je l'amène à croire en la magie. Ça lui donnerait toujours quelque chose à se mettre sous la dent, un problème à résoudre. Il le ruminerait et le disséquerait jusqu'à ce que nous le comprenions sous tous les angles, de l'intérieur comme de l'extérieur.

— Hé ! dis-je en touchant son front.

Ses yeux s'ouvrirent soudain. Pendant un instant, nous ne fîmes que nous regarder. Mon assurance soigneusement entretenue s'évanouissait sous son regard sombre et scrutateur. Je baissai les yeux vers l'iPod posé sur sa poitrine.

Il fit pivoter ses jambes pour s'asseoir sur son lit.

— Qu'est-ce qui cloche, mon petit bourdon ? demanda-t-il.

— Rien. Je voudrais juste te demander quelque chose. (Je le regardai de nouveau dans les yeux et il haussa les sourcils.) Viens au cimetière avec moi pour que je te montre la magie, achevai-je précipitamment.

— Je croyais que c'était fini, ces conneries, Silla.

Son froncement de sourcils me rappelait papa. Je secouai la tête.

— J'ai fait des essais. Je veux te montrer quelque chose, insistai-je.

— Tout ça, c'est des foutaises, et on en a déjà parlé, non ?

— Et moi je te dis que non !

— Ce Diacre se paie ta tête. Il se paie notre tête. C'est sûrement un crétin du lycée, ou ce connard de Fenley qui bosse chez le shérif. Il n'a jamais pu me sentir.

— Comment pourrait-il imiter aussi bien l'écriture de papa ?

— Je ne sais pas. Il a peut-être volé un document.

— Et pourtant, la magie n'est pas une blague.

Reese serra ses lèvres, qui ne formèrent plus qu'une mince ligne. Je relevai légèrement le menton pour le mettre au défi de me traiter de folle.

— Silla… commença-t-il.

— Laisse-moi seulement te montrer.

— Mon petit bourdon…

— Non, Reese. Je t'en prie. (Je posai mes mains sur les siennes, et il les referma sur mes doigts glacés, car il ne voulait pas voir mes bagues.) Laisse-moi te montrer. Si dans une heure, tu penses toujours que je débloque, je ferai ce que tu voudras. Je verrai Miss Tripp, la psychologue scolaire, tous les jours à l'école, ou même un vrai thérapeute à Cape Girardeau. Tout ce que tu voudras.

Sa mâchoire restait contractée. J'attendais, je lisais la peur dans ses yeux et je me demandais à quoi il pensait. Était-il terrifié à l'idée que j'étais folle ? Ou, au contraire, avait-il peur que je ne le sois pas ? Il acquiesça lentement.

— D'accord, tu as une heure, répondit-il.

Sa voix était tendue et ses mains serraient étroitement les miennes.

Je me relevai aussitôt, soulagée.

— Apporte ça, dis-je en montrant du doigt le squelette de moineau qu'il avait laborieusement assemblé au cours de sa première année de lycée, pendant une période d'engouement pour la zoologie.

— Tu parles sérieusement ? demanda-t-il, les yeux rétrécis.

— Oui.

Sans lui laisser le temps de protester de nouveau, je me détournai et m'éclipsai. En descendant l'escalier, j'imaginai le masque idéal pour la circonstance. Il était à la fois féroce et spectaculaire, d'un noir scintillant, avec des lèvres rouges et deux épais traits rouges sur les yeux. Il épousait les contours de mon visage comme une seconde peau.

— C'est ridicule, grommela Reese tandis que nous nous accroupissions devant les tombes de papa et de maman.

Je m'étais battue pour qu'ils soient enterrés ensemble selon les dernières volontés de papa, même si tout le monde pensait qu'il ne le méritait pas.

— Attends seulement un peu. (Assise en tailleur sur le sol froid, je lui présentai le livre de sorts.) Là, ouvre-le à la fin, au sort de régénération.

Reese prit le livre et l'ouvrit dans un craquement.

— C'est complètement tordu, Sil. Papa était complètement tordu.

— Ou terrifié.

— Comme les fous sont terrifiés parce qu'ils croient qu'on les poursuit.

Je secouai la tête et commençai à disposer les bougies pendant que Reese feuilletait le livre. Les flammes jaillirent des allumettes comme de minuscules explosions dans l'obscurité. Quand nous fûmes sous la protection du cercle de feu, j'ouvris le sac de sel et en saupoudrai le sol en cercle autour des tombes de papa et de maman. Les grains scintillaient comme des diamants sur la terre sombre.

Une brise légère se leva et je frissonnai quand elle s'insinua le long de mon cou et sous ma veste.

— Tu as lu le passage sur la magie sympathique ? demandai-je à Reese.

— Ouais, et aussi celui sur les propriétés essentielles des composants. Et sur le symbolisme : les rubans pour lier, la cire pour faciliter les métamorphoses et la pierre polie par les eaux d'une rivière pour apaiser les douleurs. Je te dis que ce sont seulement des croyances populaires. Il n'y a aucune raison pour que ça marche. Papa écrivait probablement un article sur ce sujet, ou quelque chose de ce genre.

— Et le sang comme catalyseur ?

— C'est vieux comme le monde. Le sang a toujours été considéré comme magique par les peuples les moins évolués sur le plan scientifique. Et même à l'ère chrétienne, bon sang !

— Ça ne signifie pas que la magie n'est qu'une superstition.

— Si. Le sang n'est qu'un composé de protéines, d'oxygène, d'hormones et d'eau. S'il avait vraiment des propriétés uniques, on le saurait : quelqu'un l'aurait découvert tôt ou tard.

— Comme papa. Il l'a découvert.

Reese secoua la tête, et son visage était un masque comme le mien dans la lumière vacillante des bougies.

— Tout ça, ce sont des symboles, déclara-t-il. Ça relève de l'inconscient, de la psychologie : on concentre sa volonté sur quelque chose pour obtenir ce qu'on veut – ou pour se persuader qu'on obtient ce qu'on veut.

— Comment peux-tu l'affirmer après avoir seulement feuilleté le livre deux ou trois fois ? Tu ne vois que ce que tu veux voir.

— Et toi, alors ?

Je croisai les doigts jusqu'à ce que mes bagues me fassent mal et levai le menton.

— J'ignorais que tu en savais autant sur les croyances populaires, repris-je.

Il ne répondit pas et serra les dents. Même sous ce faible éclairage, je voyais les muscles de sa mâchoire se contracter.

— Reese ? insistai-je.

Il me foudroya du regard.

— Papa avait des livres sur ce genre de trucs, répondit-il.

Je me tus. Le vent agita les feuilles sèches de la forêt toute proche, celle qui entourait la maison de Nick. Une bourrasque rabattit des feuilles mortes sur les pierres tombales autour de nous et le cercle de sel frémit sans se rompre pour autant.

— Reese, repris-je en tendant la main pour toucher la sienne. (Je voyais saillir les jointures de ses doigts refermés sur le livre.) Tu sais, Reese, c'est extraordinaire. Ça n'a rien d'horrible. Ça réchauffe et ça stimule le sang. C'est réconfortant et… puissant.

Son froncement de sourcils s'accentua.

— Comme une drogue, fit-il.

— Peut-être. (Je saisis sa main qui tenait le livre et entrelaçai mes doigts aux siens.) Fais-moi confiance, c'est tout. Oublie seulement un instant ta colère contre papa. Je sais qu'il la mérite, mais… fais-le pour nous. Pour moi. Je t'en prie. Pense à tout ce que ça peut nous apporter.

Les yeux de Reese rencontrèrent les miens et je soutins son regard scrutateur. Je resserrai mon étreinte sur sa main, qui était aussi froide que la mienne.

— Mon Dieu, tu es tout son portrait avec ce regard, murmura-t-il. (Je soutenais toujours le sien, mais je sentais mon expression se teinter de nostalgie et de tristesse.) C'est d'accord, mon petit bourdon.

Soulagée que ce soit fini, je me rejetai en arrière.

— Place… place l'oiseau au centre du cercle, dis-je brusquement.

Le squelette aux ailes étendues était d'une grande délicatesse. Quand il l'avait assemblé, les larges orbites de ses yeux m'avaient effrayée, mais Reese m'avait dit : « C'est exactement la même chose qu'un de tes masques, sauf que celui-là était vivant. »

J'ajustai les petites plumes bleues et grises que Reese avait assemblées sur le squelette. C'étaient celles de l'oiseau qu'il avait trouvé mort sur les marches de notre porche. Peut-être se souviendrait-il ainsi de la sensation du vent qui les ébouriffait. Par le pouvoir de la magie sympathique, espérais-je.

J'allai m'asseoir de l'autre côté du cercle afin que Reese et moi fussions face à face, le squelette entre nous. Je dépliai la lame de mon couteau et l'appliquai contre ma paume. Comme cette fois-ci, il ne s'agissait pas d'une simple feuille, j'aurais probablement besoin de plus de sang que celui d'une coupure au pouce. Je ne pouvais courir le risque d'échouer devant Reese. Je me mordis l'intérieur de la lèvre et me préparai à affronter la sensation nauséeuse de la douleur. C'était le moment le plus difficile, mais j'étais consciente de la nécessité d'un sacrifice pour que la magie opère. Et je ne voulais pas hésiter devant mon frère.

J'entaillai ma paume.

Reese siffla entre ses dents et regarda fixement le sang qui formait une mare.

C'était aussi beau, sombre et scintillant que le ciel nocturne au creux de ma main. J'appuyai sur la lame pour faire couler le sang plus vite. La douleur jaillit de mon poignet et s'enroula autour de mon avant-bras comme un fil barbelé brûlant.

— Dépêche-toi, Silla, fit Reese. Il faut te mettre un pansement.

— Ça ira.

J'inspirai profondément pour chasser la douleur. Des larmes me piquèrent les yeux. Cette nuit de fin octobre sentait les feuilles brûlées. Je me penchai sur l'oiseau et fis goutter un filet de sang au-dessus des plumes jaunies. Il les éclaboussa comme de la peinture liquide, noir dans la lumière des bougies. J'imaginai des muscles, des tendons, de la chair et des plumes poussant sur le squelette. Je l'imaginai renaissant et chantant pour nous. « *Ago vita iterum* », chuchotai-je.

Ressuscite-le.

Les lèvres à quelques centimètres du squelette, je répétai dans un souffle les mots latins : « *Ago vita iterum. Ago vita iterum. Ago vita iterum.* »

À chaque phrase, une lourde goutte de sang tombait de ma main.

Je sentis nettement l'instant auquel la magie commençait à agir, bourdonnant dans ma paume et le long de mon bras comme un essaim de minuscules abeilles. Sifflant entre mes dents, je retirai la main que j'avais étendue au-dessus du squelette.

— Silla, dit Reese d'une voix plus haute et tremblante.

Il avait saisi ma main intacte et la serrait.

Le squelette frémit. Ses ailes frissonnèrent et se déployèrent comme s'il voulait prendre son envol. Des plumes longues et fines jaillirent de ses os et un œil apparut dans son orbite. Je le regardais fixement tandis que les filaments de muscles s'entrelaçaient autour de ses os et que les plumes s'étendaient et prenaient du volume. Les doigts de Reese broyaient les miens. Mon cœur se dilata et j'eus envie de chanter, de rire et de hurler de joie.

« Ago vita iterum ! » criai-je à l'oiseau. Les bougies grésillèrent, s'éteignirent et l'oiseau minuscule bondit en battant fréné-

tiquement des ailes. Il chanta faiblement avant de s'envoler dans le ciel noir, et disparut.

Nous étions maintenant seuls, dissimulés dans l'ombre du cimetière.

— Dieu du ciel… fit Reese, et il me lâcha. Il se pencha en avant et passa la main sur la terre, à l'endroit où les os gisaient un instant plus tôt. Les plumes disséminées avaient également disparu.

Je frissonnai, soudain prise de vertige, et serrai mes mains l'une contre l'autre. Le clair de lune ruisselait sur nous. Ma peau était froide faute de feu pour la réchauffer, mais je riais d'un rire léger et triomphant.

— Ô mon Dieu… ! (Reese ralluma l'une des bougies, puis fouilla dans le sac en plastique à la recherche de chiffons.) Tiens.

Je secouai la tête, mais il saisit ma main et appliqua un chiffon dessus.

— Bon sang, il faudra peut-être la recoudre, dit-il.

Ma paume était envahie de fourmillements et d'une sensation de chaleur. La douleur se tenait en équilibre instable sur le fil de la magie.

Cependant, à quelques mètres de nous à peine, l'oiseau tomba du ciel. Ses os se brisèrent sur le sol et ses plumes s'éparpillèrent, aussi sèches que des feuilles mortes.

CHAPITRE 10

5 mai 1904

Oh, la magie ! C'est d'elle seule que je veux me souvenir.

Cela ne ressemble à rien de ce que je peux exprimer. Aucun mot ne peut traduire ce que j'éprouve quand mon sang noir teinte un ruban rouge ou coule dans les sillons d'une rune gravée dans le bois. Ce frisson dans mes veines quand la magie brûle en moi, quand le sang me picote et me tourmente alors que je suis occupée à tout autre chose, et m'implore d'entailler ma chair pour le laisser sortir !

Bien sûr, ça me fait mal. Je n'ai pas encore surmonté l'instant écœurant qui précède chaque piqûre de mon aiguille, chaque incision du couteau de Philip. Je retiens mon souffle à chaque fois et j'ai l'impression que le monde entier en fait autant, dans l'attente de la vague de douleur qui libère le pouvoir. « Le sacrifice est la clef », dit Philip. Nous donnons afin de créer.

Et, oh ! ensuite, c'est le Paradis… Philip est mon ange annonciateur ? ou bien je suis Morgane et il est l'enchanteur qui m'apprend à gouverner le monde. À la lueur des chandelles, nous mélangeons des potions que nous faisons bouillir dans un chaudron de fer comme les sorcières d'autrefois. La fumée rosit mes joues et je lui souris souvent en espérant qu'il le remarquera.

Philip guérit autrui, est obsédé par le besoin de soigner et croit que le don de notre sang doit aider le genre humain. Ou du moins, les habitants de Boston. La plupart de ses sorts sont destinés à guérir, soigner migraines et fièvres, faciliter les naissances et adoucir les agonies. Il veut des sorts plus puissants, plus efficaces pour combattre les grandes épidémies, et a donc besoin de tout le sang qu'il peut voler. Son livre contient également des sorts qui permettent de changer la pierre en or et de retrouver des objets perdus. Il s'en est servi pour accroître son pouvoir, mais maintenant qu'il peut vivre dans l'aisance, il se désintéresse de ces choses. Moi, non. Je m'entraîne à transformer l'air en feu d'un claquement de mes doigts couverts de sang, et l'eau en glace, ou je la fais bouillir en prononçant un seul mot.

Qui pourrait pressentir cette magie dans la torsion d'un ruban ou le bec séché d'un canard ? Qui pourrait imaginer que de l'eau bénite soigne la toux à condition d'y mêler une goutte de sang ? Et les pierres ! Rugueuses et petites, souvent tranchantes, Philip m'a montré comment les tenir dans mes mains et leur insuffler la magie par des assemblages compliqués de sons, presque des mots, qui concentrent mes sorts et contiennent mon pouvoir. Quand j'en ai une en poche et une autre dans mon corset, je sens toute la journée ce fourmillement magique qui palpite au rythme de mon cœur.

Je ne veux pas perdre cela, jamais.

Nous pouvons tout.

CHAPITRE 11

Silla

Je n'ai pas pu aller au lycée jeudi.

Reese et moi sommes restés au cimetière jusqu'après minuit afin d'essayer des sorts. Reese a commencé par celui de la régénération pour guérir la blessure de ma main : jeudi, elle était encore rose et endolorie, mais cicatrisée sans avoir eu besoin d'un pansement.

Après ces soins, nous avons régénéré une centaine de feuilles mortes, en faisant des essais sur les mots, la quantité de sang et le nombre de feuilles que nous pouvions transformer en une seule fois. C'était enivrant : il suffisait d'une goutte de sang, et quand nous en répandions sur le cercle de sel, nous pouvions régénérer d'un seul coup toutes les feuilles, qui formaient une grande tapisserie florissante.

Cela faisait des mois que nous ne nous étions sentis aussi vivants : surexcités et euphoriques, nous lancions en l'air les feuilles marquées d'une traînée de sang afin qu'en retombant elles renaissent à la vie dans un déploiement d'émeraude.

J'imaginai maman et papa ressuscités par un murmure, et puis je me souvins de l'oiseau tombé du ciel qui n'était plus qu'un petit tas d'os et de plumes. Le sort n'avait pas d'effet permanent. Reese estimait que l'énergie contenue dans notre sang suffisait à ressusciter un être, mais pas à le maintenir en vie. Selon moi, cela s'expliquait par le fait que l'âme de l'oiseau avait depuis longtemps abandonné son corps.

Comme pour papa et maman. Leur esprit s'était enfui.

Hors de notre portée.

Quand je m'étais enfin glissée dans mon lit, je m'étais endormie d'un sommeil profond et sans rêve, si bien que je n'avais pas entendu sonner mon réveil le lendemain matin. Judy était venue l'éteindre et me secouer. Ma langue était lourde et pâteuse, mon front poisseux de sueur. J'avais l'impression que ma chair fondait sur mes os. Judy avait téléphoné au lycée, qui m'avait accordé une journée pour récupérer. Reese était également resté à la maison, même s'il était moins épuisé que moi. Nous avions passé l'après-midi à boire les bols de soupe à la tomate de Judy et à nous concerter à voix basse sur les ingrédients que nous devions commander sur Internet et les sorts que nous voulions essayer pendant le week-end. Il était clair que nous avions besoin de repos entre deux séances, et que la magie usait plus d'énergie que celle dont nous pouvions disposer, car ni lui ni moi n'avions perdu assez de sang pour expliquer notre léthargie.

Mais j'aurais voulu que cette journée ne finisse jamais. Quand je regardais Reese parler de la magie, il me semblait revoir le frère qu'il était autrefois, avant cet été. Toute sa vie, Reese avait appris comme si son cerveau était une éponge : il choisissait n'importe quel sujet, comme les greffes ou la génétique, et pendant trois semaines environ, il lisait tous les livres qu'il pouvait trouver sur ce sujet. Il passait presque tout son temps dans sa chambre, au milieu d'une pile de livres de bibliothèque et de documents imprimés sur Internet. Et puis soudain, tout disparaissait. Pendant une semaine ou deux, il n'en parlait plus, comme s'il était en train de traiter le tout dans les différentes parties de son cerveau. Enfin, l'information resurgissait, intégrée au reste de son existence comme si elle en avait toujours fait partie. Il en irait de même avec le livre de sorts.

Vendredi, Reese devrait retourner aux champs, et moi, je serais assez rétablie pour reprendre mes cours. J'aurais préféré rester à la maison pour pratiquer la magie, mais dès que Reese et Gram Judy me verraient mieux portante, il n'y aurait pas moyen d'échapper au lycée.

La troisième heure était un cours de physique. J'étais perdue dans des rêveries sur le bouillonnement de l'énergie dans mon sang quand Wendy me fit passer une note pour me demander si j'avais été malade.

« Panne d'oreiller », répondis-je par écrit.

« Contente que tu ailles mieux. Et avec Nick ? » demanda-t-elle par la même voie.

(Ah oui, j'avais oublié qu'il m'avait ramenée chez moi mercredi soir.)

« Ramenée chez moi », griffonnai-je.

« Et alors ? »

« Alors, rien. »

Wendy leva les sourcils et souligna deux fois son point d'interrogation. Je haussai simplement les épaules et me concentrai de nouveau sur le diagramme que Mr Faulks dessinait au tableau. Au bout d'un instant, Wendy sortit son brillant à lèvres rose et fit semblant de se remaquiller. En réalité, elle me signifiait par ce geste que j'étais libre de l'ignorer.

Un sentiment de culpabilité m'oppressa. En éloignant Wendy, je perdrais ma dernière amie. J'écrivis donc : « Je l'aime bien », et poussai le mot vers le bord de ma table pour qu'elle le remarque.

Ses yeux s'agrandirent et elle sourit. Elle hocha la tête, et les barrettes roses qui maintenaient ses cheveux blonds scintillèrent sous les néons.

« Parfait ! Ça ne te gênera donc pas que je sorte avec Eric », écrivit-elle.

« QUOI ? »

« Je ne veux pas marcher sur tes plates-bandes. »

« Mais tu le HAIS ! »

« Il est si mignon ! »

J'étais abasourdie. Deux ans auparavant, j'étais sortie pendant quelques mois avec Eric, parce que nous étions les deux seuls bizuts de la troupe d'*Oklahoma !*, mais une rivalité féroce les avait toujours opposés, Wendy et lui. Depuis qu'il m'avait succédé à la présidence du club de théâtre, elle le faisait continuellement tourner en bourrique.

Wendy haussa les épaules, puis esquissa un petit sourire coupable.

À la sortie du cours, elle me saisit par le coude et se pencha vers moi.

— Il faut que tu viennes à la fête de ce soir : j'ai besoin de renforts, murmura-t-elle.

— Quelle fête ?

Elle roula les yeux avec ostentation.

— Sil ! La soirée anti-foot ! Chez Eric. Enfin !

Oui, j'avais oublié : c'était un événement pour tous les clubs non sportifs du lycée, organisé à l'automne par le président du club de théâtre, le soir même où notre équipe de foot jouait contre nos plus grands adversaires, les Glouster Panthers. Je fis la grimace. Reese et moi avions décidé de faire de la magie ce soir… mais Wendy me regardait avec un sourire qui signifiait qu'elle était plus joyeuse qu'elle voulait le laisser paraître. Elle feignait seulement d'attacher moins d'importance à cette soirée qu'elle n'en avait réellement à ses yeux. Je me radoucis.

— Tu crois qu'Eric serait partant ? demandai-je.

— Il n'y a qu'un seul moyen de le savoir, déclara-t-elle sur un ton léger. Et toi, une soirée te fera le plus grand bien. Tu n'es pas sortie depuis cet été.

Je me mordillais le côté de la langue.

— C'est important, Silla, insista-t-elle. Et j'ai besoin de toi.

Comment aurais-je pu refuser ? Reese pouvait bien passer cette soirée seul.

— OK, je viendrai, répondis-je.

— Youpi ! couina-t-elle en faisant danser ses boucles comme des ressorts.

Nicholas

Je l'observais à la cafétéria où elle faisait la queue, alors qu'elle posait un bol de gelée sur son plateau. Ce jour-là, ses cheveux se dressaient dans une demi-douzaine de directions différentes et seul un mince bandeau bleu les retenait en arrière. Elle était finalement retournée au cimetière mercredi soir, mais cette fois-ci en compagnie d'un gars à la carrure de déménageur qui aurait pu broyer ma tête entre ses mains s'il l'avait voulu. Son frère, espérais-je. J'avais commencé à les épier, mais ça faisait un peu trop voyeur, même pour quelqu'un comme moi.

En parlant de voyeur, je n'avais pas eu besoin de passer plus de deux minutes sur Google pour découvrir le pot aux roses sur la famille de Silla. L'été dernier, son père avait abattu sa mère avant de se tuer. C'était elle qui les avait découverts à l'intérieur de la maison, quelques heures avant que son frère rentre et prévienne la police.

Pas étonnant qu'elle se balade au cimetière. Je veux dire qu'elle ne pouvait être que dérangée. Je sais ce que c'est de voir un peu trop de sang de sa propre mère, et je sais aussi qu'on ne s'en remet jamais.

Hier, Silla n'était pas venue au lycée, et si j'avais été encore plus de mauvais poil que d'habitude toute la journée, c'était probablement pour cette raison. Assister à la répétition pendant que Stokes lisait son rôle avait été une telle épreuve que je m'étais promis d'arrêter les frais si elle manquait encore une fois. Bien sûr, je me demandais si elle était malade à cause de la magie. Maman passait parfois plusieurs heures d'affilée au lit. Ce sont seulement des migraines, Nick, disait-elle, mais je savais à quoi m'en tenir.

Heureusement pour ma carrière théâtrale, Silla était de retour le vendredi. Elle avait l'air fatiguée, mais je commençais à croire que c'était normal chez elle. Et je n'y faisais pas vraiment attention quand je regardais ses jeans qui moulaient ses cuisses et épousaient le contour de ses hanches. Son amie Wendy saisit une portion supplémentaire de ragoût aux haricots verts et la déposa énergiquement sur le plateau de Silla, qui eut une moue de dégoût, mais se laissa faire. Elle ne protesta pas non plus quand Wendy choisit pour elle un petit pack bleu de chocolat à deux pour cent.

— On dirait que tu ne peux pas en décoller les yeux. (Eric rit en se laissant tomber sur le siège voisin du mien.) C'est un mauvais plan, mon pote.

— À cause de ses parents ?

— Parce qu'elle est dingue.

— Vraiment ? demandai-je en mastiquant mon propre ragoût aux haricots, qui était bien meilleur que celui de Chicago.

— Vraiment.

— Tout le monde l'est plus ou moins, non ?

— Mon pauvre vieux, tu es vraiment atteint.

J'embrochai un bout de viande et pointai ma fourchette vers lui.

— Écoute, ce n'est pas parce que tu n'es pas arrivé le premier… commençai-je.

— Si, en fait. (Les yeux d'Eric se tournèrent vers Silla et Wendy, qui s'asseyaient avec quelques autres filles près des baies vitrées.) En première année, quand elle était encore bandante.

— *Encore ? Elle est magnifique.*

— Elle n'est plus comme avant.

— Avant quoi ?

— Avant l'été où… ses parents…

Il s'enfourna un bout de viande, puis se retourna vers moi pour me lancer un regard qui signifiait clairement : « Argh ! »

J'acquiesçai comme si je savais tout, mais je n'avais encore demandé à personne de détails supplémentaires par rapport à ce que j'avais lu sur Internet. J'avais failli le faire plusieurs fois, mais j'avais toujours calé au dernier moment. C'était à elle et à personne d'autre que je voulais poser ces questions.

— Elle était jolie, reprit Eric. Et elle en voulait, mon vieux. Certains d'entre nous attendaient avec impatience que son frère parte à l'université. Mais ensuite, après ce qui est arrivé à ses parents… elle a perdu dix kilos aux plus mauvais endroits, si tu vois ce que je veux dire, et coupé ses cheveux. Et arrêté de flirter. Je ne peux pas vraiment le lui reprocher, mais maintenant, c'est un vrai squelette.

— Je suppose que j'ai de la chance de ne pas pouvoir faire la comparaison, dis-je, tout en sachant que quoi qu'il arrive, je préférerais sa nouvelle incarnation.

Silla

Le bureau de Miss Tripp était placé juste devant une fenêtre, mais elle ne s'en servait jamais quand j'étais là. Elle préférait m'inviter à m'asseoir avec elle sur le canapé en peluche jaune comme si nous ne faisions que prendre le thé.

— Alors, Drusilla, raconte-moi une chose intéressante que tu as faite cette semaine, dit-elle, et elle joignit les mains autour de ses genoux avec un sourire.

— J'ai rencontré mon nouveau voisin, marmonnai-je en me perchant sur le canapé.

Je saisis l'un des trois coussins violet vif, le posai sur mes genoux et caressai ses broderies. Si gentille qu'elle fût, c'était une épreuve de parler à Miss Tripp. J'ajustai mon masque serein, le masque vert marin bordé de coquillages, aux joues ornées de coraux éclatants semblables à un sourire factice.

— Ah oui, ce garçon qui s'appelle Nicholas, c'est bien lui ? Je suis sûre qu'il apprécie ton bon accueil. À mon arrivée ici, j'étais ravie de la gentillesse dont tout le monde a fait preuve envers moi.

Sa voix douce me demandait sans y paraître si je voulais bien la regarder. Comme je n'avais aucune raison de me montrer maussade, je m'y résolus. Miss Tripp avait l'un de ces charmants visages décrits dans les romans sentimentaux et d'épais cheveux bouclés dont des mèches s'échappaient toujours de sa queue-de-cheval. Elle portait des cardigans comme si c'étaient des vêtements désuets. Son sourire aurait probablement apaisé des filles moins ravagées que moi. « De quoi aimerais-tu parler aujourd'hui ? » m'avait-elle demandé la première fois que j'étais venue, mais elle avait rapidement mesuré l'étendue de mon désir de ne pas lui parler. Depuis, elle avait toujours un sujet de conversation. Alors que je lui rendais son sourire avec hésitation (un moyen comme un autre de gagner du temps), elle me posa une question :

— Quel est le plus beau cadeau que ton père t'ait fait ?

C'était le livre de sorts, même s'il ne me l'avait pas exactement donné, mais ça, je n'étais pas près de le révéler à Miss Tripp. Je baissai les yeux vers mes mains qui reposaient sur le coussin violet. Mes bagues brillaient doucement. Je remuai les doigts. J'avais envie de les écorcher pour faire de nouveau couler le sang et surgir la magie.

— Il m'a offert ces bagues, répondis-je.

Il avait également offert à Reese un bracelet orné d'une pierre luisante d'œil-de-tigre, mais Reese ne le portait plus depuis le mois de juillet. Il ne voulait même pas le regarder.

— Elles sont ravissantes.

— Il m'en a offert une à chaque anniversaire depuis mes neuf ans. J'aurais dû recevoir la dernière pour mon dix-huitième anniversaire.

Mon annulaire droit nu détonnait au milieu des autres. À quoi cette bague aurait-elle ressemblé ? Plus je grandissais, plus elles devenaient sophistiquées et coûteuses. Celle du printemps dernier était un anneau en or blanc serti d'« une émeraude taillée en émeraude », disait papa. Je la portais au majeur de la main gauche.

— Quand j'ai eu neuf ans, il m'a dit qu'il construirait autour de moi un arc-en-ciel qui serait comme une armure.

— Pour te protéger ?

— Oui.

— De quoi ?

Elle contemplait mes mains. Je joignis les doigts et les serrai contre mon estomac. Je sentais encore la démangeaison de la cicatrice de la nuit dernière.

— De tout, je suppose.

— Des monstres ordinaires qui guettent les petits enfants ? Des inconnus ? De la mort ?

Son ton était léger, mais quand elle leva les yeux, ils étaient embués de larmes. Je me demandai comment quelqu'un de si sensible pouvait être psychologue.

— Ou de lui ? reprit-elle.

J'eus l'impression d'avoir été frappée au diaphragme, et ma respiration se figea douloureusement dans ma poitrine.

— Peut-être aurais-tu préféré qu'il protège mieux ta mère ?

— Il ne l'a pas tuée, répondis-je d'une voix tendue.

Mes mains se crispèrent et les anneaux de mes bagues s'enfoncèrent dans la chair de mes doigts.

— Drusilla, ma chérie, j'aimerais que tu imagines juste un instant qu'il aurait pu le faire. Cela ne ferait pas de toi une traîtresse ou une fille insensible. Crois-tu qu'il aurait voulu que tu te dérobes devant la vérité ?

— Pourquoi tout le monde m'incite-t-il à haïr mon père ?

— Non, ce n'est pas ce que nous faisons, Drusilla.

— C'est l'impression que j'ai.

Elle hocha la tête comme si j'avais touché juste. Le sang me monta aux joues. Elle avait de nouveau réussi à me faire parler de mes sentiments. Je serrai les lèvres et m'accrochai mentalement au masque que j'avais invoqué avant d'entrer ici : le masque de calme et d'ordre, le masque de l'océan froid et sans fond. Ma rougeur disparut. Miss Tripp poussa un soupir.

— Drusilla... (Elle prononçait mon nom comme si elle voulait me le rappeler.) J'aimerais t'aider. Il n'y a rien de mal à éprouver ce que tu éprouves, tu comprends ce que je veux dire ? Je suis ici pour t'écouter, pour t'aider à comprendre la nature de ces sentiments, la raison pour laquelle tu les éprouves, pour démêler ce qu'il y a à démêler et te remettre sur les rails. Je ne suis pas ici pour vous condamner, toi et tes aspirations, et pas davantage ton père.

— Puis-je m'en aller ?

Il était encore tôt pour partir. La séance durait normalement une demi-heure.

— Bien sûr. Tu n'es pas prisonnière.

Elle se leva et me tendit la main. Quand je me levai à mon tour et lui laissai prendre la mienne, elle la serra chaleureusement. N'importe qui avait les mains plus chaudes que les miennes.

— À la semaine prochaine, à moins que tu ne préfères venir plus tôt, dit-elle. Ma porte t'est toujours ouverte.

— Oui, bien sûr.

Je dégageai ma main et pris mon sac à dos. La cicatrice rose et tendre de ma paume me démangea, comme un rappel de ce que j'avais fait et de ce que j'étais encore capable de faire.

CHAPITRE 12

17 avril 1905

Tout n'est pas si merveilleux.

J'ai bien du mal à écrire ce qui suit. Philip m'a dit : « Il faut que tu te souviennes », mais je ne veux me souvenir de rien, et moins encore de ce qui vient d'arriver.

Pourtant, une petite partie de moi-même comprend ce que je ne comprenais pas autrefois, sur l'importance du souvenir.

Commençons par le commencement. C'est ainsi qu'il faut procéder.

En décembre, Philip a rapporté à la maison un panier rempli de chatons. Il me les a donnés, il m'a montré comment tremper un chiffon dans du lait pour qu'ils puissent le sucer, et j'ai pris soin d'eux pendant qu'ils grandissaient. C'étaient de charmantes petites bêtes qui miaulaient, si douces, avec leurs petites dents aiguës et leurs pattes joueuses. J'emportais leur panier dans mon lit et dormais au milieu des chatons roulés en boule. Pendant trois semaines, ils ont été mes amis.

Et puis, ce matin-là, Philip m'a demandé de venir à son laboratoire avec l'un de mes chatons.

J'aurais dû deviner ce qui arriverait. D'une manière ou d'une autre, j'aurais dû le deviner.

Quand je suis entrée, il avait déjà tracé un cercle magique. Une mince tresse de cheveux noirs était lovée sur son bord, à côté de son couteau, de rubans, d'un paquet d'aiguilles et d'un rayon de miel. On avait fait appel à ses services pour un puissant sort de protection, pour une femme battue par son mari dont la grand-

mère était venue implorer Philip. Je tenais dans mes bras mon chaton, que j'avais nommé Sérénité, et caressais son pelage fauve pendant que Philip fabriquait une poupée avec la cire et les aiguilles. Il a enfoncé des yeux dans la tête et tracé une entaille représentant un sourire mauvais. Et puis il a noué un ruban autour du cou et collé la natte sur le crâne.

— Comment sa grand-mère a-t-elle su te trouver ? ai-je demandé.

Je me souviens que tout en s'affairant, Philip fronçait les sourcils d'un air féroce. Il n'aime guère ce genre de travail.

— Le Diacre la connaissait et il pratiquait ce genre de sorts pour les habitants du quartier pauvre et ceux de bon nombre de petites villes et de villages des environs, a répondu Philip. Elle a sûrement pensé que je marchais sur ses traces, et elle avait raison, bien sûr.

J'ignore ce qui est arrivé à ce Diacre, celui qui a enseigné à Philip ces rituels sanglants. Tantôt j'aimerais le rencontrer, tantôt je le redoute.

— Pourquoi ne pratiques-tu pas plus souvent ce genre de sorts ? ai-je demandé.

— C'est une sale besogne, mon petit lutin, et les gens demandent des choses que je ne veux pas leur donner. Ils ne demandent pas seulement des sorts pour guérir et donner la vie, mais aussi des malédictions parfois mortelles, comme celle-ci. Et plus il y a de gens qui savent ce que nous faisons, plus il devient difficile pour moi d'essayer de nouveaux sorts.

Il a déposé la poupée à l'intérieur du cercle et l'a contemplée en silence.

— Mais maintenant, tu aides une pauvre femme, ai-je observé.

— Il y a un prix à payer pour cela, ma chérie.

— Par son mari ? S'il la bat, il n'aura que ce qu'il mérite, ai-je dit haineusement. Je m'en souviens très bien, car Philip a relevé la tête pour me jeter un regard de blâme.

— Par nous tous, a-t-il répondu.

Il m'a tendu les mains pour que je lui remette Sérénité, et j'ai soudain compris ce qu'il voulait.

— Quoi ? Non ! ai-je crié.

J'ai serré sur ma poitrine le chaton qui miaulait et pressait ses pattes contre moi.

— C'est pour cette raison que je les ai apportés ici, Josephine. Donne-moi ce chaton.

— Un chat ! Tu disais que notre sang est unique parce qu'il détient le pouvoir magique. Si le sang d'autres êtres humains n'a aucun pouvoir, pourquoi prendre celui d'un chat ?

Philip a contourné la table et s'est approché de moi lentement et résolument. J'étais pétrifiée sur place.

— Certains animaux ont le même sang que nous, a-t-il dit avec calme. Ils sont connus pour cela : ce sont les chats, les corbeaux, certains chiens et les rats. Ils font de puissants animaux de compagnie pour les magiciens, mais ils doivent donner tout leur sang pour que la magie opère. Pas une simple goutte, mais tout leur sang.

Je secouais toujours la tête.

— Tu n'as qu'à te piquer le doigt, Philip, ai-je répondu.

— Non, je ne veux pas prendre mon sang pour ce genre de sort, ni le tien. Pas quand cela peut être utilisé contre nous.

— Contre nous ?

— D'autres que nous savent jeter des sorts. Même si leur propre sang n'est pas magique, ils peuvent utiliser le nôtre pour nous lancer une malédiction, retourner l'action de la poupée contre nous, et faire bien d'autres choses encore.

Sérénité fourrait la tête sous mon menton. Je sentais mes yeux se remplir de larmes, qui resurgissent alors que j'écris ces mots.

Philip me barrait le passage.

— Ce n'est pas un jeu, a-t-il dit. Tu prends tout cela beaucoup trop à la légère. Il faut que tu comprennes les sacrifices que cela représente, et l'équilibre à préserver.

J'ai alors compris qu'il m'avait confié les chatons pour cette raison. Mes doigts se crispaient sur Sérénité, mais Philip me l'a pris et il l'a tué sur sa table de laboratoire. Je me souviens de son sang brillant sur le visage de la poupée.

C'était la première nuit depuis que je vivais ici que je n'ai rien lu avec lui, ni parlé avec lui avant de me retirer dans ma chambre pour écrire tout ceci.

Maintenant, j'entends les autres chatons miauler pour que je les nourrisse, et j'ai envie de leur plonger la tête sous l'eau de ma baignoire.

CHAPITRE 13

Nicholas

Pour le meilleur ou pour le pire, j'allais ce soir m'imposer à la soirée anti-foot du lycée de Yaleylah et à tous ses partisans.

C'était seulement dommage que je doive m'y rendre sous la conduite de ma maléfique belle-mère. Le pneu arrière gauche de ma Sebring était à plat, crevé par un gravier perdu ou une autre saleté qui traînait sur la route, instruments d'un mauvais tour du destin. J'avais donc le choix entre rester à la maison avec papa et Lilith ou me faire déposer en voiture. Si j'avais eu le numéro de téléphone de Silla, je l'aurais appelée sans hésiter, mais je n'avais ni son numéro ni celui d'Eric. Et personne d'autre ne pouvait passer me prendre. J'avais bien demandé à papa de me dépanner, mais Lilith avait sauté sur l'occasion comme un loup enragé partant en chasse.

Avant de partir, je m'étais muni d'une flasque en étain remplie de whisky Coca.

Je descendais donc l'escalier en espérant pouvoir me glisser en douce dans la cuisine, où les clefs des voitures étaient accrochées, pour emprunter sa Jeep ou la voiture de papa. Hélas, elle m'attendait dans l'entrée, drapée dans un manteau rouge à la « Je veux boire ton sang », en faisant tourner autour de son doigt les clefs en question.

— C'est ta tenue pour la soirée ? demanda-t-elle.

Je ricanai malgré moi.

— Navré que mon style vestimentaire n'ait pas l'approbation des autorités compétentes, répliquai-je.

Mon ton sarcastique lui fit hausser les sourcils.

— En tout cas, tu ne passeras certainement pas inaperçu, déclara-t-elle.

— Formidable ! Bon, et maintenant, finissons-en, dis-je en passant devant elle pour sortir. Tandis qu'elle lançait un au revoir à papa, je tirai de la poche de ma veste le papier sur lequel était noté l'itinéraire. Je l'avais vérifié et revérifié pour parer à tout risque de me retrouver perdu sur des routes de campagne avec elle, ce qui aurait été un cadre idéal pour un film d'horreur – et je n'aurais pu prédire lequel de nous on aurait retrouvé mort sur le bas-côté.

Au lieu de tourner dans notre imposante allée, Lilith rétrograda sur le chemin de gravier en se contorsionnant pour regarder par la vitre arrière, les doigts plantés dans le dossier de mon fauteuil pour garder l'équilibre. Ses ongles acérés étaient désagréablement proches de mon épaule.

De maigres branches d'arbres noires se tendirent vers la voiture et éraflèrent le côté du passager alors qu'elle faisait une légère embardée sur la route. Visiblement, Lilith se souciait peu de la peinture de sa carrosserie. J'eus envie de la critiquer, mais comme je l'avais déjà vue tourner dans cette allée je ne sais combien de fois, je savais qu'elle le faisait juste pour m'énerver, en représailles contre mes sarcasmes sur les autorités compétentes. Et je ne voulais pas lui accorder cette satisfaction. Je me penchai donc en avant et allumai la radio. Une station nationale crachotante s'éveilla dans un grondement pour nous informer d'une gigantesque explosion aux Philippines. C'était impressionnant de recevoir cette émission de si loin. Et aussi que Lilith l'écoute.

Alors qu'elle s'engageait sur la route qui passait devant chez Silla, je cherchai d'autres stations afin de décourager toute tentative de conversation.

Mais ma recherche n'aboutit qu'à une seule station correcte sur quatre, les trois quarts ne livrant que des parasites, et celles que j'appelle correctes étaient si larmoyantes et si nasillardes que c'était un supplice pour les tympans.

— Eh bien, Nick ? demanda Lilith.

— Maintenant, tourne à gauche.

J'approchai mon papier de la fenêtre afin de lire les indications dans le clair de lune étonnamment lumineux.

Lilith s'exécuta et abandonna la route pour ce qui était censé être l'autoroute du comté. En tout cas, elle avait deux voies.

— Raconte-m'en donc un peu plus sur ta nouvelle fascination morbide pour le cimetière, Nick, reprit-elle. C'est si rare de te voir t'intéresser à quelque chose.

— Dans un peu plus d'un kilomètre, il faudra encore tourner à gauche, et ensuite, c'est tout près. Bon sang, j'aurais même pu y aller à pied !

— Dans le noir, mon chéri ? Tu n'as aucune idée de ce qui peut te guetter là-dedans.

— Ce sera toujours plus agréable que ce que je dois subir maintenant.

Du coin de l'œil, je la vis sourire.

— Comme réplique, c'est loin d'être aussi cinglant que ce à quoi je m'attendais. Tu perds de ton mordant, commenta-t-elle.

— C'était vraiment minable, comme embuscade. Si tu ne peux pas faire mieux, je suis bien obligé de me mettre à ton niveau.

Elle haussa les épaules et tapota le volant de ses ongles.

J'éteignis cette foutue radio qui ne pouvait rien jouer de potable. Si cette atmosphère de film d'horreur se prolongeait, j'allais bientôt me mettre à prier pour avoir une hache.

Silla

Le pick-up progressait en cahotant sur la route défoncée de la ferme des Leilenthal. J'abaissai la visière et contemplai mes yeux dans le miroir.

— Ça va ? demanda Reese avec un bref regard dans ma direction.

— Je n'ai pas envie d'aller à une soirée. Je préférerais m'exercer à la magie.

— Ça te fera du bien de te détendre un peu.

— Je sais. Seulement, c'est si peu de chose comparé à… l'excitation de la magie. J'ai envie d'être là-bas et de faire voler les feuilles ! Ou d'essayer le sort de possession. Peux-tu imaginer ce que ce serait d'habiter l'esprit d'un animal ? Un corbeau, par exemple, comme il le décrit dans son livre ? De survoler les champs, de descendre en piqué et de traverser les nuages…

Je fermai les yeux pour me représenter le cimetière vu du ciel, les tombes et les champs aux couleurs de l'automne se déroulant à l'infini.

— Ouais, fit Reese, mais pas ce soir. Demain après-midi. Ce soir, on fait semblant d'être normaux.

— C'est ça. Normaux.

Il y avait longtemps que je ne savais plus ce que c'était que d'être normal. J'ouvris mes mains posées sur mes genoux, les paumes tournées vers le ciel, et suivis des doigts la ligne rose de ma cicatrice. Pourquoi avais-je tellement envie de prendre un couteau et de regarder la lame entailler ma peau ? Qu'est-ce qui clochait chez moi ? Une sensation nauséeuse m'envahit. Je refermai ma main.

— Je croyais que tu aimais cette soirée anti-foot. Autrefois, en tout cas, reprit Reese.

— Maintenant, j'ai perdu de vue tous ceux qui y vont.

— Le petit frère de Doug joue bien dans ta pièce, non ?

— Eric, oui.

— Tu n'as qu'à passer la soirée avec lui.

— J'aimerais mieux que tu restes avec moi.

— Vraiment ? Tu veux passer une soirée pendue aux basques de ton frère ?

Il fit la grimace, mais quand il me regarda, je lus de la compréhension dans ses yeux.

— Je préférerais rester à la maison, dis-je.

Il tourna dans l'allée de la ferme. Le trajet n'avait duré que trois minutes. Wendy avait promis de convaincre sa petite sœur de dormir chez une amie, et j'aurais pu – et même dû – venir à pied, mais comme Reese allait voir le match de foot puisqu'il était libre ce soir, il avait voulu me déposer au passage.

Au-devant de nous, le feu d'un bûcher illuminait les silhouettes noires des arbres aux branches tendues. Reese se gara à côté d'une rangée de voitures, éteignit le moteur et se tourna vers moi.

— Si tu as besoin de quoi que ce soit, appelle-moi, dit-il. Je peux être là en un quart d'heure. Après, on ira chez Barley. Téléphone-moi si quelqu'un te ramène à la maison. Sinon, je repasserai vers minuit, d'accord ?

— D'accord. (Je me laissai glisser de mon siège, puis m'immobilisai, perchée sur le bord.) Reese ?

— Oui ?

J'ouvris la bouche pour dire : « Ne bois pas. »

— Je suis heureuse que tu aies des amis et que tu aies toujours envie de les voir, dis-je.

Il tendit la main, la posa sur mon coude et voulut parler à son tour, mais soudain, il baissa les yeux, laissa retomber sa main et haussa les épaules.

— Tu sais, si j'étais à la fac, je ne verrais plus du tout ces gars-là, alors à quelque chose malheur est bon, pas vrai ? déclara-t-il, et il se força à sourire.

Ce n'était pas si mal, comme mensonge.

— Bien vu, répliquai-je. À plus, Reese.

— Bonne soirée, mon petit bourdon.

Des éclats de rouille volèrent quand je claquai la vieille portière. Je restai immobile, adossée à la Chevrolet bleue de Sherry Oliss tandis que Reese repartait en marche arrière, tournait et s'éloignait.

Derrière moi, les baffles gigantesques des frères Leilenthal qui encadraient la porte de l'écurie crachaient de la country endiablée. J'aurais préféré du Johnny Cash, quelque chose de sinistre, tout à fait indiqué pour une fille qui ne pensait qu'à se taillader. Je fermai les yeux et m'exhortai à rejoindre les autres, en espérant que l'envie de le faire allait miraculeusement s'emparer de moi.

Le miracle n'eut pas lieu.

Je me détournai néanmoins et m'avançai vers le feu à travers les hautes herbes.

Il était environ neuf heures et une trentaine de personnes se tenaient autour du foyer, d'autres à l'intérieur de l'écurie. Je restai à la lisière de la lumière et scrutai les ombres orange, à la recherche d'un visage connu, ou plutôt d'un visage que j'aurais été heureuse de voir. Je connaissais tout le monde. Quelques membres du club de théâtre bavardaient à côté de l'écurie ; Nick était parmi eux, dans un costume trois-pièces à rayures sorti tout droit d'un épisode de *Guys and Dolls*[1]. Il était entouré non seulement d'Eric et de quelques autres gars, mais aussi d'une bande de filles. Kelsey Abrigale tripotait les revers de sa veste avec insistance et Molly Morris riait beaucoup trop fort dès qu'il ouvrait la bouche.

Pendant un instant, j'envisageai de me diriger droit sur lui pour découvrir s'il m'avait ramenée chez moi l'autre jour parce qu'il m'aimait bien ou seulement parce qu'il aimait flirter. Peut-être que l'an dernier, je me serais tenue tout près de lui et l'aurais taquiné sur son chapeau si sexy, mais maintenant… maintenant que d'autres filles minaudaient sans dissimuler leur intérêt pour lui, pourquoi aurait-il accordé une pensée à une excentrique qui aimait traîner au cimetière ?

Et puis je n'avais pas besoin de tout ça. J'avais la magie, la vraie. Au lieu de rejoindre les autres, je m'assis sur un tronc d'arbre abattu pour contempler le feu, les silhouettes noires des lycéens et les étoiles scintillantes au-dessus de nous. La pleine lune était suspendue dans le ciel à ma gauche et cela me fit penser à une potion censée rester dehors toute la nuit dont l'action, selon les notes de papa, était plus efficace pendant la pleine lune. Reese avait déclaré que c'était n'importe quoi jusqu'à ce que je lui rappelle que nous avions transformé un squelette en oiseau vivant seulement avec du sel et du sang : qui pouvait prédire ce que le clair de lune donnerait comme résultats ?

L'après-midi avait été très doux, parfait pour un mois d'octobre, mais à présent il faisait frisquet et je regrettais

1. Comédie musicale jouée à Broadway depuis 1950.

de ne pas avoir emporté de veste. Je restais donc plantée là, dans mon coin, à m'apitoyer sur moi-même au lieu d'aller bavarder avec mes amis et faire plus ample connaissance avec un garçon très attirant. C'était pathétique. « Lève-toi et approche-toi du feu », m'exhortai-je. Je frottai mes mains l'une contre l'autre. Dans l'air froid, mes bagues roulaient autour de mes doigts. Au semestre précédent, je n'aurais eu aucune difficulté à engager la conversation ou à danser. J'aimais bavarder avec mes camarades, j'aimais parler d'une foule de choses, profs, théâtre ou musique. Maintenant, tout cela me paraissait artificiel. Seul le sang était réel.

Je passai ma langue sur mes lèvres. Elles étaient sèches et froides.

Un éclat de rire attira mon attention. Erin Pills. Nous avions joué ensemble dans *Into the Woods* l'année dernière et elle avait un an de moins que moi. Ce serait bien le diable si je ne trouvais pas quelque chose à lui raconter, à elle et au groupe de filles qui l'accompagnait. Je fis le tour du bûcher. Je sentais déjà à plus de trois mètres la chaleur du feu me caresser les bras.

Dieu merci, Wendy était également là.

— Salut, lui dis-je.

— Silla !

Wendy sourit et son brillant à lèvres scintilla. Je n'aurais jamais pu porter ce truc à paillettes – j'aurais eu l'impression d'avoir de la poussière sur la peau.

Quand je hochai la tête, elle me saisit les mains et m'entraîna à l'écart.

— À ton avis, quelle doit être ma stratégie ? demanda-t-elle en jetant des coups d'œil autour d'elle. Le prendre par surprise, par exemple en l'embrassant sans crier gare ? Ou me montrer toute gentille avec lui ?

— Te montrer toute gentille ne consisterait-il pas justement à lui fourrer ta langue dans la bouche ?

— Hum, très juste.

Je regardai Eric, qui se tenait près de Nick.

— Moi, je l'embrasserais, dis-je en regardant les lèvres de Nick, qui en ce moment même flirtait avec Molly.

— Ouais, tu as raison. C'est ce que je vais faire. (Elle sourit.) Il est si sexy avec cette épée au côté ! J'ai vraiment hâte de le voir en kilt.

— Je crois que Stokes a dit que nous ne serions pas costumés.

Son visage s'allongea.

— Mince alors ! Enfin, bon, il me plaît quand même. (Elle se tut et me lança un regard de côté : autrefois, elle s'en remettait à moi pour prendre toutes les décisions.) Tu penses que je ferais mieux de m'abstenir ?

— Il y a longtemps que je ne le vois plus, répondis-je, mais je pris la main de Wendy pour me montrer encourageante. Je crois que s'il te plaît, tu devrais tenter ta chance. Il a toujours été marrant comme type, tu te souviens ?

— Il est là-bas avec Nick. Nous pourrions… faire d'une pierre deux coups, dit-elle en serrant les lèvres.

Je suivis son regard en direction de l'écurie. Le groupe riait de quelque chose que Nick venait de dire, et il me regardait. Mon Dieu ! Mon masque protecteur fondait, et il pouvait voir mes yeux gris et ma peau froide. Je détournai les yeux et regardai Wendy.

— Je ne suis pas sûre d'être prête, tu comprends ? fis-je.

— Tu veux dire, à sortir avec lui ? (Wendy faillit lever les yeux au ciel, mais se retint juste à temps.) Silla, tu ne peux pas toujours reculer…

— Tu parles comme ma grand-mère, dis-je.

— Je veux dire que ça ira mieux seulement si tu le veux bien.

Je me mordis l'intérieur de la lèvre. Je n'avais aucune envie que la mort de mes parents aille *mieux*.

— Viens avec moi, dit-elle, et elle me tira par la main, me laissant le choix entre la suivre ou me dégager violemment.

Nick sourit à notre approche et je frissonnai de la tête aux pieds.

— Bonsoir, Silla, dit-il quand nous fûmes à portée de voix.

Il restait immobile, le coude appuyé sur l'épaule d'Eric. Son verre en plastique déborda alors qu'il le levait en guise de salut.

— Salut, Nick, répondis-je.

Je regardai Eric, Molly et Kelsey et leur souris.

— Salut, fit Eric en relevant le menton.

— Salut, Silla, dit Molly.

Elle donna un coup de coude à Kelsey et elles gloussèrent.

— Tu veux boire quelque chose ? demanda Wendy, les yeux rivés sur Eric.

Eric se dégagea du coude de Nick avec un haussement d'épaules et tendit la main à Wendy.

— Ouais, bien sûr, répondit-il.

Elle me regarda avec un large sourire et ils s'éloignèrent en me laissant seule avec Nick et les filles. J'esquissai une moue.

— C'est ta première soirée anti-foot, Nick ? demandai-je. Comment ça se présente ?

— Mieux maintenant, dit-il, et il s'approcha de moi, excluant de fait Molly et Kels de la conversation. Tu veux danser ?

Il me tendit la main.

Les coins de ma bouche se relevèrent et mon regard rencontra celui de Nick. J'imaginai des sequins roses scintillants en arabesque sur ma joue.

— Oui, avec plaisir, répondis-je.

La musique avait changé, on jouait maintenant une chanson d'amour douce et lancinante. Je glissai ma main dans la sienne ; il m'entraîna à l'écart du groupe et plus près du feu.

Molly et Kels me foudroyèrent du regard au passage.

— Eric avait vraiment hâte de se débarrasser de moi, dis-je presque joyeusement, car j'étais ravie.

— Non, ce n'est pas à cause de toi qu'il est parti, répondit Nick, dont la main posée légèrement sur ma taille me brûlait à travers mes épaisseurs de T-shirts. Il croit me rendre service.

— Et c'est le cas ? demandai-je, tandis que mon sourire s'élargissait.

Nick se tut, leva un doigt et abaissa le bord de son feutre comme pour saluer.

— Et comment ! fit-il, et il serra mes doigts dans les siens. Bon sang, tu grelottes ! Attends. (Il plongea la main dans la poche intérieure de sa veste et en sortit une flasque.) Ça te réchauffera.

— Non, merci.

— C'est seulement du Jameson. Du whisky.

Je fis la grimace.

— Et c'est bon pour le moral ?

Son expression pleine d'espoir me fit rire.

— D'accord, d'accord ! dit-il en rempochant la flasque. Alors on dansera seulement, pour te réchauffer.

Il saisit ma main et m'entraîna vers le brasier à travers la foule. Personne d'autre ne dansait. Nick pivota afin de tourner le dos au feu et sourit. Je distinguais à peine ses traits dans la lumière orange qui flamboyait derrière lui. Il se pencha vers moi, prit mon autre main et m'attira à lui. Ses yeux étaient dissimulés dans l'ombre de son feutre. Mon cœur battit plus vite et je dus cligner des yeux, éblouie par le halo de lumière qui le cernait. C'était Méphistophélès qui me souriait et me tentait en m'invitant, moi, son docteur Faust, à danser.

Je fermai les yeux et fis un pas en avant. Mes mains trouvèrent ses épaules à tâtons et les os de mes doigts absorbèrent la chaleur du feu. Le corps de Nick était chaud, lui aussi. Je suivais ses mouvements, laissant mes pieds me porter où il m'emmenait. Ses mains serraient ma taille juste au-dessus de la ceinture de mon jean taille basse, me guidaient, m'attiraient, me repoussaient, me faisaient virevolter, avancer et glisser. Ses doigts pressaient doucement mes hanches et j'avais envie de m'agripper à ses épaules, de me hisser dans ses bras, de m'oublier dans la danse, le feu orange vacillant et la nuit noire.

La musique changea encore et il me murmura à l'oreille : « C'est presque du swing. Tu sais swinguer ? » Il me relâcha presque entièrement, ne me tenant plus que par une main, et me fit tourner sous son bras. Je me dégageai, puis revins sur lui, heurtant son corps, mais il suivit le mouvement, me plaqua contre sa poitrine et nous fit basculer. Je retins mon souffle, il me redressa, me fit tourner, et je ne pouvais plus me concentrer, mais seulement fermer les yeux et sentir la pression de ses mains qui me poussaient, m'attiraient à lui, le heurt de sa hanche contre la mienne indiquant à mon corps où il devait aller et ce qu'il devait faire. Je sentais mon sang courir dans mes veines, rapide et puissant, et chanter comme il le faisait toujours juste avant l'irruption de la magie. Sauf que nous ne faisions que danser.

Lorsqu'il me fit tourner, les bras en arc au-dessus de la tête, je rejetai la tête en arrière. Les étoiles tournaient au-dessus de nous et la lune était là, très pleine, toute proche de nous. Je ris, laissant glisser à terre une partie du poids qui avait si longtemps pesé sur mes épaules.

Nick m'attira brusquement à lui. Mon corps heurta le sien. Les mains à plat sur mon dos, il me fit de nouveau basculer, plus bas cette fois-ci, et me retint en équilibre. Je m'accrochai à ses épaules.

— Je te tiens, ne t'inquiète pas, Silla, dit-il.

Je me souvins alors du moment où il avait surgi derrière le monument funéraire, ce samedi soir, l'air parfaitement à l'aise, dans son élément, là, avec moi, et je me demandai si le sang de n'importe qui pouvait faire l'affaire. Pourrait-il pratiquer la magie, Nicholas, mon compagnon du cimetière ? Pourrais-je faire ressortir cette part de lui qui m'avait rencontrée la première nuit où j'avais saigné pour la magie ? Mon euphorie retomba et je détournai les yeux.

Il me redressa doucement.

— Silla, est-ce que j'ai dit quelque chose de gênant ? demanda-t-il.

Son torse était si chaud sous mes paumes que l'espace d'un instant je faillis m'abandonner contre lui et enfouir mon visage dans son cou. J'avais envie de ce que ses mains me promettaient. Au lieu de cela, je m'écartai de lui et affichai un sourire radieux.

— Non, pas du tout, répondis-je.

— Silla, répéta-t-il, et le froncement de ses sourcils fit remuer l'ombre qui dissimulait ses yeux.

— Tu n'as pas entendu ce qu'on raconte ? Je suis dingue. (Je me détournai et ajoutai :) C'est dans les gènes.

Nicholas

Elle laissa derrière elle un grand trou noir d'air glacé. En s'éloignant, elle serrait ses épaules entre ses mains, et le scintillement de ses bagues était comme un signal. « Merde ! » sifflai-je entre mes dents, et je me lançai à sa poursuite. Je la dépassai et m'arrêtai face à elle.

— Silla, dis-je, attends.

Elle s'immobilisa, les yeux baissés. La lumière aveuglante de l'écurie éclairait violemment son visage. Il y avait des paillettes dans son fard à paupières et son rouge à lèvres était d'un beige assorti à ses T-shirts moulants superposés. Elle releva enfin les yeux. J'étais si proche d'elle que je n'aurais eu qu'à me pencher légèrement pour l'embrasser, mais elle avait l'air très fatiguée. D'une fatigue qui marquait les coins de ses yeux et de ses lèvres.

Pendant quelques secondes, je vis à travers sa peau ivoirine tout le réseau de ses veines, de ses muscles et de ses tendons.

Ça me fit mal. J'avais terriblement envie de l'embrasser.

— Quoi ? demanda-t-elle, les doigts crispés sur ses coudes.

— Tu veux que je t'apporte quelque chose à boire ?

Elle acquiesça.

— Il y a une cruche d'eau à l'écurie, dit-elle. La mère d'Eric y tient, parce que ça, au moins, ça ne se corse pas avec de l'alcool.

— Parfait, répondis-je.

Je me demandai si je devais lui tendre la main, mais me ravisai et lui fis signe de passer en premier.

De longs néons illuminaient le parquet de l'écurie et les bottes de foin qui tenaient lieu de bancs. Trois plateaux de nourriture presque entièrement nettoyés étaient posés sur une table basse, à côté d'un banc couvert de bouteilles de soda de deux litres et de piles de gobelets en plastique. J'en pris deux et suivis Silla dans un coin de la salle, la cruche d'eau à la main.

Nous nous assîmes sur une botte de foin, moi à cheval, elle les genoux serrés l'un contre l'autre. Les bottes de cow-boy dont les bouts dépassaient du bas de ses jeans étaient rouges, et tout simplement adorables. Je ravalai tous les commentaires déplaisants que j'avais pu faire sur les santiags.

Trois autres personnes seulement étaient là, près des snacks. Je bus une gorgée d'eau et observai le fin profil de Silla.

— Je n'ai rien entendu dire à ce sujet, repris-je, ce qui était bien entendu un mensonge. En réalité, j'avais appris beaucoup par Eric.

— Entendu dire quoi ? demanda-t-elle, brusquement tirée de sa rêverie.

— Que tu es dingue.

— Oh ! (Elle baissa de nouveau les yeux et fit tourner l'eau dans son verre.) Enfin, tu n'es ici que depuis une semaine à peine.

— C'est à toi de tout me raconter. (Elle rit.) Non, vraiment. Si c'est toi qui me le racontes, ta version sera la première que j'entendrai, dis-je avec un sourire, et je redressai légèrement mon chapeau sur mon front.

— Tu es vraiment quelqu'un de spécial, Nick.

Elle se tourna et passa une jambe par-dessus la botte de foin.

— Je n'ai pas l'habitude de ces « Tout le monde sait tout sur tout le monde » des petites villes, expliquai-je. Chez moi, on ne s'intéresse pas trop à la vie des autres et tout le monde est plus ou moins dingue.

— C'est vraiment le rêve, commenta-t-elle. Son sourire s'effaça tandis qu'elle m'observait. Je louchai ostensiblement.

— Très bien, Nick. (Elle sourit devant mon expression, puis termina son eau.) Voilà ce qui s'est passé cet été. Ce jour-là, je suis rentrée chez moi après avoir passé l'après-midi avec Wendy, Beth et Melissa. Nous avions fait du shopping et j'avais acheté une jolie paire de jeans. À mon arrivée, j'ai vu que les deux voitures de mon père et de ma mère étaient garées devant la maison, ce qui n'avait rien d'extraordinaire : en été, papa n'avait pas de cours réguliers. Mais la porte était ouverte alors qu'il faisait presque quarante degrés. Je suis entrée, j'ai posé mon sac, et tout à coup, j'ai senti cette odeur horrible. (Elle releva le menton, et poursuivit en me regardant droit dans les yeux :) Celle du sang. Je les ai trouvés dans le bureau de papa. Ils étaient effondrés l'un sur l'autre. La poitrine de ma mère et la tête de mon père étaient criblées de trous énormes. On aurait cru que quelqu'un avait aspergé la pièce de litres de peinture rouge vif. Le sol était tout gluant. Je suis restée immobile dans l'encadrement de la porte. J'étais comme pétrifiée. Ça puait et... ils étaient enlacés. Il y avait du sang jusque sur le bureau et les étagères de la bibliothèque. J'aurais dû observer plus attentivement les lieux pour essayer de comprendre comment c'était arrivé, mais qui aurait...

Elle secoua la tête, battit des paupières et serra les poings entre ses genoux. Et puis elle détourna les yeux et inspira profondément. Pendant un instant, je la crus à bout de forces, mais elle reprit doucement la parole.

— Reese m'a trouvée là une heure plus tard. J'étais agenouillée et je regardais dans le vide. Mes jeans étaient imbibés de sang. Il m'a traînée dehors et il m'a laissée devant la maison, au soleil, pendant qu'il téléphonait à la police. Je ne l'avais même pas fait. J'avais trouvé mes parents morts, baignant dans leur sang, et j'étais restée plantée là, immobile.

Je ne dis pas ce qui tombait sous le sens : *Qu'aurais-tu pu faire ? Qui pourrait te le reprocher ?*

— C'est pour ça que les gens croient que tu es dingue ? demandai-je.

— Non, répondit-elle avec un curieux sourire en coin. Ils pensent que je suis cinglée parce que, selon la version officielle, mon père est devenu fou et a assassiné ma mère avant de se suicider. Et aussi parce que j'ai piqué une crise quand on me l'a appris, et ça s'est su.

— Ça... ça me paraît tout à fait normal comme réaction. À ta place, j'aurais pété les plombs, moi aussi.

— C'était le crime le plus violent de toute l'histoire de notre ville. Jusqu'à ce jour, tout le monde aimait bien mon père. Il était calme, gentil, et c'était vraiment un bon professeur, mais apparemment, cette façade dissimulait un psychopathe, dit Silla, et ses mâchoires se contractèrent.

— Et ça a fait flipper tout le monde, surtout parce qu'il travaillait au lycée, hein ?

Elle me lança un regard surpris.

— Oui, exactement, répondit-elle. C'était une bande de lâches qui en réalité ne lui faisaient pas confiance. S'ils avaient cru en lui, ils auraient fait plus d'efforts pour chercher le coupable.

Deux taches rouge vif apparurent sur ses joues. Elle se tordait nerveusement les doigts.

Je lui pris la main. Sa peau était plus chaude que toutes les fois précédentes où je l'avais touchée. Le centre de sa paume était barré d'une mince ligne rose qui ressemblait à une vieille cicatrice. Les bords tendaient la peau, déformant légèrement sa ligne de vie. C'était peut-être un accident, peut-être avait-elle trébuché avant de se rattraper à un rocher, ou saisi une assiette cassée, ou n'importe quoi de ce genre.

Mais je savais que ce n'était rien de tout ça, aussi sûrement que je n'avais aucune envie de passer le reste de mes jours dans cette ville de cow-boys. J'étais certain que Silla s'était infligé elle-même cette blessure.

Elle siffla soudain entre ses dents et dégagea sa main de la mienne.

— Silla… dis-je en scrutant son visage.

Parle-moi de la magie, pensai-je.

Elle évitait mon regard.

— Il faut que je m'en aille, fit-elle.

— Très bien, allons-y, dis-je. Je me levai et la tirai par la main.

— Nick, tu n'es pas obligé… je veux dire… tu ferais mieux de rester ici.

— Non, les soirées, ce n'est pas mon truc, et franchement, pour ce qui est de piquer une crise, j'ai envie d'attaquer ces baffles à la hache.

— Tu peux me ramener chez moi ?

Je fis la grimace.

— En fait, je n'ai pas ma voiture. L'un des pneus a crevé ce matin.

Silla hésita et rentra légèrement la lèvre inférieure.

— Tu peux me raccompagner à pied, alors ? demanda-t-elle.

— Bien sûr !

Nous sortîmes de l'écurie main dans la main. Je réussis à accrocher au passage le regard d'Eric et le saluai de la main.

— Par où allons-nous ? demandai-je à Silla.

Plusieurs personnes nous regardèrent, puis remarquèrent nos mains et notre départ ensemble. Parfait. Silla nous entraîna vers la droite.

— C'est seulement à trois kilomètres par là, expliqua-t-elle avec un geste.

— Pas de problème, sauf si tu attrapes froid.

— Je survivrai.

— Le whisky te sauvera de l'hypothermie.

Elle s'arrêta et me lança un regard oblique.

— Et toi ? demanda-t-elle.

— Je l'espère, répondis-je avec un sourire.

Nous marchâmes en silence pendant quelques minutes. Il n'y avait pas de chemin et nous piétinions des herbes qui nous arrivaient au genou. Mon pantalon aurait sûrement besoin d'un nettoyage à sec et je regrettais de ne pas porter quelque chose de plus adapté... Silla, elle, avançait droit devant elle en se moquant complètement de ses vêtements. J'essayai d'imaginer mon ex-petite amie foulant autre chose que du béton ou des pelouses bien tondues, ce qui m'arracha un gloussement.

— Qu'est-ce qui te fait rire ? demanda Silla.

— J'imaginais des filles de Chicago m'entraînant à travers champs comme en ce moment.

— Ça te manque ?

— Les filles chichiteuses ? Sûrement pas. Je me sens bien mieux maintenant.

— Non, Chicago.

— Oh... (Je laissai traîner cette syllabe comme si je venais seulement de comprendre ce qu'elle voulait dire. Elle roula les yeux et sourit.) Ça, oui. Sans arrêt. Il y avait toujours quelque chose à faire là-bas, des cinémas, des clubs, des bibliothèques. Avec le métro aérien, je pouvais aller n'importe où. (Je haussai les épaules.) Je n'avais même pas besoin de voiture.

— Ça devait être la cohue.

— Ouais. C'était chouette.

— Pourquoi es-tu venu vivre ici ?

— Eh bien, parce que mon père est avocat et parce qu'il pensait que c'était dans l'intérêt de ma belle-mère de quitter Chicago. À cause d'un type qui la poursuivait, ou quelque chose de ce genre. Enfin, c'est ce qu'ils m'ont dit, et c'était toute une histoire. Ça ne m'étonnerait pas qu'il y ait quelque chose de louche là-dessous. Ou alors elle en a rajouté pour apitoyer mon père. Ils sont mariés depuis quelques mois seulement. Elle a peut-être profité de cette histoire pour mieux lui mettre le grappin dessus et pour nous faire venir ici.

— Mince alors… !

— En fait, grand-papa Harleigh a clamsé juste au bon moment.

— Tu le connaissais bien ?

— Non. Je ne l'ai rencontré qu'une fois. Je ne sais pas pourquoi il m'a laissé la maison. Je suppose qu'il n'avait pas d'autre parent.

— Tu comptes retourner à Chicago après le lycée ?

— Tôt ou tard, sûrement. De temps en temps.

— Mais pas pour y vivre ?

— Non.

— Qu'est-ce que tu vas faire ? Aller à l'université ?

Nous sautâmes ensemble par-dessus un minuscule ruisseau d'irrigation.

— Non, partir à la recherche de ma mère.

— Tu ne sais pas où elle est ?

— Aux dernières nouvelles, quelque part au Nouveau-Mexique, à jouer au Peau-Rouge.

— Hein ?

— Nous avons quelques gouttes de sang cherokee, presque rien en fait, mais elle nous a annoncé qu'elle s'était sentie appelée à vivre selon les « anciennes traditions ». Comme je n'avais pas son adresse, je ne pouvais pas lui expliquer que les Cherokee n'ont jamais vécu dans le désert.

— Tu avais quel âge quand elle est partie ?

— La première fois ? Huit ans. Je ne me souviens de rien, sauf de l'hôpital. Elle avait laissé du sang dans toute la salle de bains après une tentative de suicide qui avait tout du cliché. Et elle avait pris des drogues, d'après mon père. Elle a fait une cure de désintoxication, puis replongé quand j'avais neuf ans, refait une tentative de suicide, une cure de désintoxication, et ainsi de suite. Et puis un jour, elle a baisé avec son dealer et papa en a profité pour divorcer. Il a obtenu la garde à plein temps et, en gros, une injonction. La dernière fois que je l'ai vue, j'avais treize ans. Je reçois encore une carte postale d'elle de temps en temps. Elle affirme qu'elle est désintoxiquée et sur la bonne voie. Je serai peut-être fixé là-dessus après le lycée. Mon père ne pourra plus m'empêcher de la voir quand j'aurai dix-huit ans.

Je me tus. Il y avait longtemps que je ne m'étais pas épanché ainsi. Je suppose que c'était la nuit des révélations.

Pendant un instant, Silla ne dit rien. Je regardais mes chaussures noires luisantes qui foulaient les herbes mortes et j'imaginais ma mère assise dans un hôtel ou à un arrêt de bus, en train de griffonner quelques mots sur une carte et de coller un timbre, avant d'oublier de nouveau mon existence pour quelques mois. Ou de saisir un rasoir pour s'ouvrir les poignets. Ç'aurait été naïf de croire qu'elle avait arrêté. C'était comme une dépendance chez elle. Pour une raison qu'elle n'a jamais confiée à personne, elle avait horreur de son propre sang. Quand elle ne pouvait pas se vider de lui, elle se servait de la drogue pour diluer le pouvoir magique qu'il contenait.

— C'est vraiment moche, Nicholas, fit enfin Silla sur un ton solennel, comme pour mettre fin à un rituel et reconnaître les épreuves que j'avais été seul à traverser.

— J'aime quand tu m'appelles par mon nom, avouai-je. Ça a l'air… vrai.

— Nicholas, répéta-t-elle plus lentement.

Je frissonnai et dus faire rouler mes épaules en arrière pour me reprendre.

— Et toi, Silla ? demandai-je. Qu'est-ce que tu veux faire après le lycée ?

Elle fit la grimace et j'aurais bien aimé savoir ce qui lui traversait l'esprit à cet instant.

— Je ne sais pas, répondit-elle. J'irai à la fac, je suppose. Je voulais postuler à Southwestern State, à Springfield. Ils ont un programme de théâtre fantastique.

— Tu veux faire du théâtre, donc.

— J'ai toujours aimé ça. Le jeu, le public, la langue, l'action, et l'énergie qui s'en dégage. Mais il faut que je ressente tout ça de nouveau, tu comprends ?

— Et je suppose que tu ne ressens pas grand-chose en ce moment.

— C'est plus facile comme ça.

L'occasion était trop belle pour la laisser passer. Je m'arrêtai. Quand elle s'en aperçut, elle en fit autant et se tourna vers moi, les sourcils levés. Je fis un pas vers elle, lâchai sa main, plaçai les miennes en haut de son cou et l'embrassai.

Juste une douce pression des lèvres, pour voir comment elle réagirait. Je sentais le parfum léger et poudreux de son maquillage. Son rouge à lèvres avait un arrière-goût de fruit acidulé.

Elle agrippa les revers de ma veste et se pencha vers moi. Je sentis soudain très nettement mon sang affluer dans mes oreilles, noyant les appels d'insectes nocturnes et le bruissement du vent dans les feuilles sèches. Silla frissonna, éloigna ses lèvres des miennes et nicha son front dans mon cou. Son nez était gelé. Je la serrai dans mes bras, le menton posé sur le haut de son crâne. Elle se blottit contre moi comme si elle se réfugiait dans un abri. J'embrassai ses cheveux et elle releva la tête.

— Nicholas, dit-elle.

— Oui ? murmurai-je.

Ses mains remontèrent le long de ma poitrine et elle les enfouit dans mes cheveux. Mon feutre tomba à terre. Elle m'embrassa avec violence, comme si elle voulait me briser les dents. Suffoquant, je l'empoignai par les épaules, lui mordis les lèvres et lui rendis son baiser. Nous nous embrassions comme si nous étions en compétition, en nous accrochant fébrilement l'un à l'autre.

Silla se dégagea soudain et se détourna. Sa respiration précipitée était le reflet de la mienne.

J'avais la tête qui tournait un peu et je me sentais violemment excité.

— Silla ? Ça va ?

Elle hocha la tête et se retourna pour me faire face. Ses yeux étaient aussi lumineux que la lune. Elle leva la main gauche, celle à la minuscule cicatrice rose. Le bout de son majeur était sombre et luisant.

— Je saigne, dit-elle.

— Oh, merde, je suis désolé ! fis-je, prêt à rentrer sous terre, et je tendis la main vers la sienne.

— Non, non, ce n'est rien, c'est seulement... du sang.

Elle secoua la tête comme pour chasser des pensées déplaisantes, et puis me sourit avec effort. Je vis alors la goutte de sang sur sa lèvre.

Je compris soudain. Cette odeur pénétrante, surtout dans sa bouche, devait être particulièrement éprouvante pour elle qui avait trouvé ses parents baignant dans leur sang. Comment pouvait-elle pratiquer la magie ? Je déglutis péniblement.

— On pourrait peut-être repartir, dis-je.

— Oui.

Mais nous restions immobiles. Et soudain, nous nous embrassâmes de nouveau, pressés l'un contre l'autre. Je sentais l'arrière-goût âcre de son sang qui me donnait le vertige, mais en même temps, j'étais euphorique. Je volais très haut, mon cœur battait à tout rompre et faisait bouillonner le sang dans mes veines.

Silla trébucha et tomba en arrière. Je voulus la rattraper, mais elle atterrit avec un petit grognement aigu de fille sur une épaisse touffe d'herbe.

— Pardon, Silla, je...

Elle appuya les mains sur l'herbe, qui se métamorphosa soudain. Elle frémit, ses verts et ses ors devinrent intenses et virèrent au jaune aveuglant. Des fleurs magenta s'épanouirent sur leurs tiges, des boutons violets, bleu électrique et orange fluorescent s'ouvrirent comme s'ils explosaient. Silla était au milieu d'un pays d'Oz en Technicolor.

Au milieu de ces couleurs, sa bouche s'entrouvrit et ses doigts caressèrent les pointes des herbes et les bords des pétales.

Mon cerveau vrombissait comme un hélicoptère miniature, un jouet d'enfant, tournant sans trêve, et je n'entendais plus que le rugissement de ses pales. Je n'avais jamais rien vu de semblable.

Silla porta les mains à sa bouche, puis se redressa en titubant et s'écarta.

— Je n'ai rien dit ! s'exclama-t-elle comme si cela pouvait inverser la métamorphose. Elle se heurta à ma poitrine. Le vent commença à arracher les pétales des fleurs et à les disperser.

Silla pivota et me fit face.

— Mon Dieu, Nick, tu... bafouilla-t-elle.

C'était le moment idéal pour tout lui révéler. C'est ce que j'aurais dû faire. J'aurais dû la prendre par les épaules et lui expliquer calmement qu'elle n'avait pas besoin de s'inquiéter, ni de s'affoler, car je savais. Je savais tout.

— Nick, chuchota-t-elle, et ses doigts glacés saisirent les miens.

— Tout va bien, fis-je doucement, incapable de me confesser (peut-être parce que je ne pouvais penser qu'à une chose : m'embrasserait-elle de nouveau ?). Je n'ai pas imaginé tout cela, n'est-ce pas ? demandai-je.

— Non. C'est... la magie. Je... je sais que tu ne peux pas me croire, que c'est trop invraisemblable, dit-elle en retirant ses mains.

— Non, j'ai vu ce qui s'est passé avec la feuille samedi soir. J'ai vu ce que tu as fait. Je n'en étais pas tout à fait sûr, mais il me semblait bien l'avoir vu. Et ce soir, j'en ai la confirmation.

Ce n'était que trop vrai. Avant, je n'en étais pas sûr. Je ne voulais pas l'être.

Elle aspira l'air entre ses dents.

— Si ce n'était pas moi qui l'avais fait, je n'y croirais pas, déclara-t-elle.

Je ne répondis pas. Je passai seulement ma langue sur mes lèvres encore brûlantes de ses baisers. Tout en moi aspirait à la saisir, à l'embrasser et à l'entraîner de nouveau dans la magie. L'hélicoptère grondait toujours sous mon crâne.

— C'est la magie, Nicholas, reprit Silla. La magie du sang. Tu ne devrais pas y croire.

Je saisis ses mains, l'attirai à moi et l'embrassai.

— Et pourtant, j'y crois, répondis-je.

Et toi, au milieu de toutes ces fleurs, tu es ce que j'ai vu de plus beau, pensai-je.

Silla

Alors que nous avancions dans le pâturage de Mr Meroon en faisant attention aux bouses, je continuais à regarder Nick de temps à autre. J'avais envie d'empoigner encore ses cheveux, de glisser mes doigts dedans et de l'embrasser. L'expression de son visage était difficile à déchiffrer dans la lueur de la lune, mais il était visible que quelque chose le tracassait. Moi, peut-être. Et la magie du sang. J'espérais qu'il ne se préparait pas à prendre la tangente.

Le vent frais hérissa la peau de mes bras et je pressai le pas. J'aurais dû me sentir plus troublée que je ne l'étais d'avoir fait de la magie par accident, mais j'en étais tout simplement incapable. C'était une nuit splendide et j'étais avec un type merveilleux qui me faisait rire et ne me prenait pas pour une folle. La magie avait été une explosion spontanée, née de mon euphorie et de ma surexcitation, et le sang de ma lèvre avait joué le rôle d'un catalyseur. Le sang de nos baisers. C'était notre élan l'un vers l'autre qui avait tout déclenché.

— C'est le cimetière qui est là-bas ? demanda Nick, ce qui me ramena à l'instant présent. J'avais des fourmis dans les doigts.

Des pierres tombales d'un blanc laiteux venaient d'apparaître derrière un mur en pierre bas.

— Oui. Ta maison est par là, répondis-je en tendant le bras vers la droite. Et cette masse sombre, ce sont les bois qui l'entourent.

— Je vois. (Il hocha la tête, l'air pensif.) Pourquoi étais-tu là-bas l'autre nuit, avec cette feuille ? C'est censé se passer dans un cimetière ?

— Non, je ne pense pas, mais j'aime être là-bas, près de mon père.

Nous enjambâmes le mur du cimetière.

— On enterre beaucoup de gens ici ?

— Non, mes parents étaient les premiers à être enterrés là depuis des années. Ton grand-père est dans le nouveau cimetière, qui est plus beau que celui-ci, au nord de Yaleylah. Pourtant, je ne comprends pas comment on peut avoir envie d'être enterré là-bas. C'est tellement froid. Et artificiel. La mort n'est rien de tout ça, dis-je à voix plus basse.

— Les gens ont peut-être justement envie que ce soit comme ça. Regarde ces cimetières militaires, ces rangées de petites pierres tombales blanches identiques. Toutes simples et bien en ordre. L'exact opposé de la guerre.

J'avais envie de lui tenir encore la main. Il allait un peu au-devant de moi et contournait à l'instant une longue tombe basse. Je l'observais. Il était grand et dégingandé, comme ces jeunes animaux aux pattes encore mal dégrossies et beaucoup trop longues dont on sait qu'en grandissant, ils deviendront magnifiques. Avec des cheveux ébouriffés sous un chapeau.

Je cessai de sourire quand je me rendis compte que je tombais amoureuse de Nick dans le cimetière où mes parents étaient enterrés. J'accélérai pour le rattraper. Il me jeta un coup d'œil par-dessus son épaule.

— Ça va ? demanda-t-il, et il leva les sourcils, ce qui éclaira son visage.

— Oui, oui.

Je baissai le menton et poursuivis mon chemin en courant presque sur le sentier envahi d'herbes.

— En coupant par là, nous pourrons longer le mur qui fait le tour de ma maison, expliquai-je.

Ses sourcils se haussèrent encore. Je me tus et ris nerveusement.

— Si euh.. si tu veux bien venir chez moi, tu es le bienvenu, bredouillai-je.

Il se glissa derrière moi, m'embrassa de nouveau en m'emprisonnant dans ses bras, et me fit basculer en arrière comme si nous dansions encore.

— J'en serais ravi, répondit-il tout près de ma bouche, et il nous redressa.

Le souffle coupé, j'acquiesçai en silence, puis me dégageai pour le précéder sur le sentier glissant.

CHAPITRE 14

Silla

Les yeux sur la bouilloire, je me concentrais sur le sifflement léger des bulles éclatant à l'intérieur, tout en m'efforçant d'ignorer le bras de Nick qui frôlait le mien. Il écarta le rideau blanc de la cuisine pour jeter un coup d'œil au-dehors.

— Ma belle-mère tomberait raide morte en entrant ici, dit-il. Je peux l'inviter à passer ?

— Pourquoi est-ce que tu la détestes ?

Je me hissai sur le plan de travail et m'assis à côté des deux tasses assorties. Les étiquettes des sachets de thé pendaient par-dessus les bords.

— Elle s'est pointée au bureau de papa pour demander de l'aide à cause de ce type qui la harcelait. Je suis prêt à parier que le soir même, ils étaient au lit.

Il haussa les épaules, les yeux toujours fixés sur la fenêtre.

Je croisai les chevilles et balançai doucement les jambes. Mes talons heurtaient la porte du placard. Nick tourna la tête et surprit mon regard posé sur lui. Je baissai les yeux vers mes bagues. Il se dirigea vers la table, tira une chaise à lui et s'assit.

— Enfin, reprit-il, Lilith n'a qu'un mot à dire et mon père obéit. Quand nous avons appris la mort de mon grand-père, elle a répété en boucle : « C'est l'endroit idéal pour un romancier ! » Et en plus de sa carrière, elle ne veut pas élever d'enfants en ville. Des enfants ! Tu te rends compte ? Je veux dire, il a presque cinquante ans.

— Et elle ?

— Oh, elle est plus jeune. Elle a trente-deux ans.

La bouilloire chanta et je descendis du plan de travail au moment où elle commençait à siffler. Je versai l'eau bouillante dans les tasses, que je recouvris de leurs soucoupes. « Pour que ça infuse mieux », expliquai-je en réponse au haussement de sourcils interrogateur de Nick. Je portai les tasses avec précaution jusqu'à la table, m'assis en face de lui et m'accoudai.

— Tu n'es pas... obligé de rester, tu sais, dis-je.

Il était aussi immobile qu'une statue.

— Tu préfères que je m'en aille ? demanda-t-il doucement en me regardant dans les yeux, puis son regard descendit vers mes lèvres.

Avant même de me rendre compte de ce que je faisais, je repoussai ma chaise, me levai et me dirigeai vers lui. Dans la lumière vive de la cuisine, il paraissait plus vieux, et calme. Et fort. Ses mains posées sur ses genoux étaient larges et paraissaient assez grandes pour recevoir tout ce que je pouvais lui donner. Le brun de ses yeux était plus clair dans le prisme lumineux du lustre en cuivre. Il battit des paupières. Je lui caressai la joue en descendant du coin de son œil, à l'endroit qui serait un jour creusé de rides.

Mes yeux se fermèrent juste au moment où je l'embrassais.

Nous restâmes un long moment immobiles, lèvres contre lèvres, respirant à peine, et puis Nick posa les mains sur mes hanches et je me laissai glisser sur ses genoux. J'ouvris les yeux ; il était tout proche de moi.

J'embrassai le coin de ses lèvres, sa joue, de nouveau sa bouche, et entrouvris la mienne pour qu'il puisse la goûter. Nous prenions tout notre temps et je me sentais vraiment bien, à l'embrasser et à respirer l'odeur de sa peau et du gel avec lequel il lissait ses cheveux. Je sentais des picotements à la surface de ma peau, mais les baisers ne me faisaient pas mal comme la magie.

Ses mains remontèrent le long de mon cou pour se placer des deux côtés de ma mâchoire tandis que ses doigts jouaient avec les cheveux derrière mes oreilles. Des frissons montaient le long de mon dos et nous nous embrassions comme si cela ne devait jamais finir. Je ne voulais plus m'arrêter.

La portière d'une voiture claqua et ce bruit étouffé vint rompre ma torpeur heureuse. Je m'écartai, le souffle court, et mes yeux rencontrèrent ceux de Nick. Ils étaient troubles et leur expression un peu hébétée. « Pourquoi ? » demanda-t-il très doucement, comme un enfant mis au coin par les adultes pour des raisons incompréhensibles. Je lui donnai un baiser léger.

— Quelqu'un vient d'arriver, expliquai-je.

Il fronça les sourcils, comprit ce que je venais de lui dire, puis battit des paupières, le tout très lentement. La peau tendre sous ses yeux semblait m'implorer de la toucher.

— Oh ! dit-il. Ton frère ?

— Peut-être. Ou Gram Judy.

Je me levai à contrecœur. Nick se passa les mains dans les cheveux, s'immobilisa, puis roula les yeux au ciel comme pour évaluer les dégâts. Ses cheveux se dressaient dans tous les sens. Je gloussai.

— Bon sang, où est la salle de bains ? demanda-t-il.

— À l'étage, première porte à gauche.

Il s'éclipsa et j'ôtai les soucoupes posées sur nos tasses de thé. Un nuage de vapeur monta. Finalement, nous ne nous étions pas embrassés si longtemps, même si cela m'avait paru durer une éternité. Je fermai les yeux et frissonnai en m'appuyant à la table. Mes joues étaient brûlantes et mes lèvres irritées. La minuscule entaille à l'intérieur de ma lèvre qui avait saigné ce soir m'élançait au même rythme que le battement de mon cœur. Jamais je ne m'étais encore sentie ainsi – aussi électrisée.

La porte de la maison s'ouvrit, puis j'entendis le pas de Gram et le choc de son sac en cuir sur le carrelage de l'entrée. J'étais soulagée que ce ne soit pas Reese, mais je me souvins tout à coup que je devais le prévenir que je n'étais plus à la soirée.

Je sortis mon portable de ma poche et lui envoyai un SMS : « RENTRÉE SAINE ET SAUVE ! »

Je venais de finir quand Gram Judy entra.

— Salut ! dis-je. Je rempochai mon portable et lui offris ma tasse de thé, à laquelle je n'avais pas touché.

— Tiens, tu es rentrée, Silla ? Merci, ma chérie, répondit-elle. (Elle prit la tasse et se laissa tomber assise sur une chaise, déboutonna sa veste d'une main et, de l'autre, ôta les clips des perles qui dansaient à ses oreilles.) Quelle soirée ! Ces filles regardent des films vraiment ridicules.

— C'était chez Mrs Pensimonry ?

— Oui ! Tu savais donc que ce serait épouvantable ?

— Son petit-fils était en classe avec Reese. Il a dit à Reese qu'elle se gave de documentaires animaliers depuis qu'elle a la télé en satellite.

— Tu savais qu'il y a des émissions entièrement consacrées au sauvetage d'animaux maltraités par leurs maîtres ? J'ai failli éclater de rire, et puis j'ai vu l'air horrifié des autres devant ces scènes. Si j'avais réclamé quelque chose d'un peu plus exigeant intellectuellement, j'aurais été mise à l'index.

— Tu y retourneras le mois prochain ? demandai-je.

Je versai de l'eau dans une troisième tasse et pris un sachet de thé dans le placard.

— Eh bien, comme Penny m'a promis un film avec Cary Grant, je pense que oui, répondit-elle avant de boire une gorgée de thé. Et ta soirée ?

— Pas mal, répondis-je avec un haussement d'épaules en m'asseyant.

— Comment es-tu rentrée ?

Nick entra dans la cuisine à point nommé. Il était presque correctement coiffé.

— Je te présente Nicholas Pardee, annonçai-je en savourant la longueur de son nom. Et Nick, voici Gram Judee.

Judy se leva, la main tendue.

— Oui, je vois qui c'est, dit-elle.

Ils se serrèrent la main.

— Ravi de vous rencontrer, dit Nick. Êtes-vous la grand-mère de Silla ?

— J'ai été mariée avec son grand-père pendant quelques années, mais seulement après la naissance de son père.

— Vous n'êtes pas d'ici, ou est-ce que je me trompe ?

— Non, et vu la manière dont vous prononcez les voyelles, je suppose que vous non plus.

Nick sourit et Judy lui rendit son sourire. J'observai cet instant de complicité entre eux avec une pointe d'envie.

Judy, qui avait bien entendu vécu à Chicago, bombarda Nick de questions sur le front de mer et les expositions de la galerie Atlas, qui était sa préférée. Il n'avait jamais entendu parler de cette galerie, mais il lui raconta ce qu'on pouvait voir au Shedd Aquarium. Bientôt, Judy parla de son troisième mari (celui qui venait juste après mon grand-père), qui avait un appartement en ville au début des années quatre-vingt. Nick semblait intéressé, ou était meilleur acteur que la plupart des gars de ma connaissance. Il acquiesçait, posait des questions et les coins de sa bouche se relevaient légèrement. Le menton dans la main, je contemplais la courbe de sa pommette, son oreille et ses mèches de cheveux raides qui avaient grand besoin d'un peigne ou de gel. Mais ce désordre lui allait bien.

Je n'avais encore jamais éprouvé une envie aussi soudaine d'être avec quelqu'un. J'étais déjà sortie avec des garçons, mais j'avais seulement flirté en gardant mes distances, parce que je savais que j'irais à l'université et que je ne voulais pas de relation à long terme. J'avais aussi lié amitié avec pas mal de types au club de théâtre et fréquenté les amis de Reese, pour deux desquels j'avais eu le coup de foudre. Il y avait eu Eric, bien sûr, et Petey en seconde. Mais avec Nick, c'était différent : je ne me consumais pas en attendant qu'il me remarque, me sourie ou me demande de sortir avec lui. Depuis ce soir, il était clair que ce désir était partagé. Et sa manière de me regarder, pas seulement comme s'il voulait m'embrasser jusqu'à la fin des temps, mais aussi comme s'il voyait à travers les masques… Je frissonnai d'impatience.

Tout comme le livre de sorts, il avait surgi dans ma vie alors que je ne voulais qu'oublier et survivre. Ce livre m'attirait par les réponses qu'il apportait. Par la possibilité d'une véritable explication de la mort de mes parents. Par la magie. Et Nick, comment m'attirait-il ? Par tout ce à quoi j'avais renoncé quand j'étais agenouillée dans le sang de mes parents ? Tout ce qui avait disparu de ma vie pour céder la place à l'odeur du sang et à la peur : l'amusement, le rire, les rendez-vous, la vitesse en voiture, les projets pour l'année à venir, puis la suivante…

Ou peut-être seulement les baisers. Peut-être seulement quelques heures loin de la maison. Quelqu'un à qui je pourrais me fier, avec un peu de chance. Ou peut-être même l'amour ?

— Silla ?

— Hein ?

Nick et Gram Judy me regardaient.

— Tu dors debout, fit Judy, et elle secoua la tête sans pouvoir réprimer un sourire. Après la semaine que tu as eue, tu ferais mieux d'aller te coucher.

— Je peux rentrer à pied, dit Nick en se levant. C'est à deux pas d'ici.

— Non, je vais te reconduire... je peux emprunter ta voiture, Gram ? demandai-je.

Je me levai, mais la tête me tourna soudain. C'était sûrement à cause des fleurs. Je les avais fait apparaître si vite, si brusquement... J'avais épuisé mon énergie en fleurs et en baisers.

— Allons, allons, c'est ridicule ! Nick est un grand garçon. Il peut marcher. Tu es bien trop fatiguée pour conduire et c'est un gentleman, conclut Gram en balayant toute objection d'un geste, et puis elle prit les trois tasses et les déposa dans l'évier.

— Ça ira très bien, Silla, dit Nick en prenant ma main. Tu me raccompagnes jusqu'à mi-chemin ?

Il entremêla ses doigts aux miens. La cicatrice rose de ma paume me picota.

— Oui, répondis-je.

Dehors, je l'emmenai au bout de la cour, à l'endroit où les buissons de forsythias formaient une haie haute et peu fournie. Il y avait une brèche par laquelle on pouvait se faufiler. De l'autre côté, on n'était plus qu'à une douzaine de pas du mur branlant du cimetière.

Nous marchions en silence, les doigts entrelacés. La lune brillait d'un tel éclat que seules les plus grosses étoiles étaient visibles. Quelques nuages effilés venus de l'ouest, poussés par le vent, ressemblaient à des coups de pinceau gris foncé sur l'horizon. Je soupirai et serrai la main de Nick. Et soudain, cette pensée importune me vint : *Il aurait plu à maman.*

Ma gorge se serra et je détournai la tête afin que Nick ne puisse lire cette douleur soudaine sur mon visage. Désormais, peu importait si je tenais à quelqu'un : jamais plus je ne me sentirais un peu mal à l'aise en le présentant à ma mère, ni nerveuse quand papa l'examinerait de la tête aux pieds avant de déclarer : « Tu n'as pas fait pire qu'Ophélie. » Si le garçon riait de cette remarque, il était admis.

— Silla ?

Nick me tira doucement par la main afin que je me tourne vers lui. Nous étions à égale distance de nos maisons, à côté d'une statue de chérubin crasseuse. Je baissais les yeux, car je n'étais pas encore sûre d'avoir retrouvé mon sang-froid. Mon masque vert de mer attendait juste au-dessous de la surface.

— À quoi penses-tu ? demanda-t-il.

— À Ophélie.

— Le personnage de Shakespeare, celle qu'Hamlet a éconduite ?

— Ouais.

— Celle qui s'est jetée à l'eau ?

— Ouais.

Il s'approcha si près de moi que j'avais le choix entre lever les yeux ou le laisser m'aplatir le nez avec son menton. Nos lèvres se joignirent, et puis il s'écarta de moi.

— On pourrait peut-être trouver une héroïne plus heureuse ? murmura-t-il. Par exemple... Euh... Bon sang, toutes les héroïnes de Shakespeare que je connais sont tragiques ! N'y en a-t-il pas une seule qui finit heureuse avec beaucoup d'enfants ?

— Miranda, dans *La Tempête*. Elle est initiée à la magie.

Son père était un grand magicien, pensai-je, et j'eus un rire sans joie.

— D'accord pour Miranda. Et merci pour cette belle soirée.

La lueur de la lune soulignait les angles de son visage.

— J'ai vraiment passé... un bon moment, répondis-je, et je fus immédiatement frappée par la stupidité de cette formule.

Pour me débarrasser de la gêne que j'éprouvais, je l'embrassai. Il me rendit mon baiser sans se rapprocher de moi. Seules nos lèvres se touchaient. J'aurais voulu ouvrir sa bouche toute grande et plonger dedans, mais il s'écarta.

— Alors, petite magicienne, tu voudrais bien me montrer un peu plus de tes talents ? demanda-t-il.

Un frisson parcourut mon dos.

— Oui, répondis-je. Retrouve-moi au cimetière demain après-midi.

Je l'embrassai de nouveau et je me pressai contre lui. Je ne voulais pas qu'il s'en aille. Il me repoussa avec un grognement.

— Si tu continues comme ça, je ne serai plus capable de repartir, dit-il.

Je pris sur moi et reculai.

— Désolée, fis-je alors que sa chaleur me manquait déjà.

— Il n'y a pas de quoi. C'est seulement... (Il tendit la main, mais la laissa retomber.) À demain.

— Oui, à demain.

Il restait immobile. Nous nous regardâmes un instant, et puis un sourire se dessina lentement sur son visage.

— Ça te dirait qu'on dîne ensemble un de ces soirs ?

Je gloussai, surprise de la joie authentique que j'éprouvais à l'idée d'un rendez-vous avec Nick.

— Oui, répondis-je.

— Ça roule.

Après un petit salut désinvolte, il s'éloigna rapidement entre les rangées de tombes.

— Au revoir, chuchotai-je, et je restai plantée sous la lune jusqu'au moment où je commençai à grelotter.

Nicholas

Fille entourée de fleurs,
Baiser en Technicolor,
Pendant de longues heures
Me manqueront encore…

J'étais d'une humeur fantastique, ce qui expliquait probablement pourquoi les rimes bouillonnaient sous mon crâne et pourquoi je ne me donnais même pas la peine de rentrer chez moi en douce. J'entrai directement par le garage en flanquant au passage un coup de pied aux bottes de jardinage boueuses de Lilith, et arrivai dans la cuisine. Peut-être même que je fredonnais.

Mes semelles claquèrent sur le carrelage alors que je me dirigeais vers le réfrigérateur, où je pris du jus d'orange et une saucisse à demi mangée.

— Nick, c'est toi ?

— Ouais ! répondis-je, en me moquant éperdument que Lilith essaie de se montrer sociable avec moi.

Elle entra dans la pièce d'un pas glissant, le bas de sa robe de chambre en soie traînant sur le sol.

— Je peux te faire cuire quelque chose si tu as faim, dit-elle.

— Laisse tomber, tu veux ? répliquai-je avec un sourire.

Elle se figea.

— Que veux-tu dire ?

— Tu sais bien, le rôle de la maman, de la gentille petite femme au foyer, répondis-je.

Je n'attendais rien de particulier comme réaction, peut-être un éclat, ou une réplique mordante suivie d'une sortie. Je me hissai sur le plan de travail avec une pensée pour Silla. Ma flasque dissimulée dans la poche arrière de mon pantalon me meurtrit les fesses, mais je ne voulais pas la sortir devant Lilith.

— Descends de là, Nick.

Je ne bougeai pas et mordis dans la saucisse.

— Je ne fais qu'aggraver mon cas, à ce que je vois. (Elle attira à elle l'un des tabourets du plan de travail central et s'assit avec précaution, ses longs doigts joints comme si elle allait prier pour le salut de mon âme.) Que voudrais-tu que je fasse exactement ? Que je t'ignore ? Que je te jette dehors dès que tu auras fini le lycée ?

— Ce serait bien agréable, pour changer.

— Mais ça ne réjouirait pas ton père.

— C'est difficile à dire : il m'ignore si soigneusement.

Pendant un instant, je crus qu'elle allait prendre la défense de papa, mais elle poussa seulement un soupir.

— Tu as passé une bonne soirée ? demanda-t-elle. Tu n'es pas rentré si tard.

— J'ai fait une touche, ne t'inquiète pas.

Elle pinça les lèvres.

— Une touche ? J'espère que ça ne signifie pas que tu as eu des relations sexuelles, Nicholas.

Je décidai aussitôt que seule Silla avait le droit de m'appeler ainsi.

— Nick. Moi, c'est Nick, compris ? Et cette conversation est grotesque. (Je me laissai glisser du plan de travail et atterris bruyamment à terre.) Je vais me coucher. (Je remballai la saucisse dans son plastique, la rangeai dans le frigo et me retournai pour regarder Lilith.) La dépanneuse arrivera demain à neuf heures. Salut.

— Bonne nuit, Nick.

Elle se leva avec langueur. Je sortis en sentant la démangeaison de son regard entre mes omoplates. Répugnant !

Silla

La pleine lune éclairait mon chemin presque comme le soleil aurait pu le faire. Peu pressée de rentrer, je m'offrai un moment de flânerie.

Mes doigts caressaient au passage les pierres tombales familières : *David Klauser-Keating, que son âme repose en paix, mort en 1953*. Les Klauser habitaient encore ici et étaient propriétaires de l'une des stations-service. Juste à côté, *Miss Margaret Barrywood, 1912-1929, notre fille bien-aimée*. Elle avait mon âge quand elle était morte. Je m'arrêtai devant sa tombe, pianotai des doigts sur le granit rugueux du monument funéraire et me demandai si on l'avait embrassée.

Je le lui souhaitais.

Je souris, de ce sourire secret qui transforme tout le visage, des lèvres aux racines des cheveux. Un rire fusa de ma bouche et je plaquai ma main dessus, gênée de m'être oubliée. Je renversai la tête en arrière et souris à la lune qui brillait juste au-dessus de moi comme un projecteur : *Et maintenant, Silla Kennicot entre en scène*. Pour la première fois depuis longtemps, je brûlais de remonter sur les planches, de me retrouver devant les rideaux tirés, les bras ouverts, jouant du geste et de la voix pour demander à l'assistance de me porter sur ses applaudissements. Ici, mon public, c'étaient les pierres tombales, et je voulais qu'elles se rappellent cet instant comme elles se rappelaient la nuit au cours de laquelle j'avais fait couler le sang et régénéré la feuille dans le cimetière.

La nuit au cours de laquelle je m'étais moi-même sentie renaître.

Saisie d'une brusque inspiration, je partis en courant vers la tombe de mes parents. J'ignorais s'ils tendaient l'oreille, eux aussi, et si leur esprit reconnaîtrait même cette fille ardente et vivante, mais il fallait absolument que je leur parle de Nick.

Je voyais mes spectateurs en pierre passer devant moi comme l'éclair tandis que je courais, avec la brûlure de l'air froid dans la gorge et les poumons. Je ralentis, puis m'arrêtai dans un crissement de feuilles mortes sous mes bottes. Quelque chose n'allait pas. Une odeur forte dans l'air pur.

Retenant mon souffle, je contournai lentement la large tombe aux deux dalles.

Un sanglot horrifié jaillit de ma gorge.

Une traînée rouge balafrait leurs noms. Je pressai les poings contre mon ventre. La terre sur le dessus de leurs tombes avait été remuée, mais pas n'importe comment. Ma respiration était saccadée comme si un oiseau lié à ma langue battait des ailes contre mes dents. Je m'accroupis lentement et posai les mains à plat sur le sol. Elles me démangeaient, surtout la cicatrice sur ma paume gauche qui palpitait comme si le sang coulant à l'intérieur voulait en jaillir.

Je suivis du regard le dessin tracé sur la terre. Les angles et les lignes étaient bien nets. Tout cela n'avait rien de fortuit. C'était un symbole, mais il ne me rappelait aucun de ceux que j'avais vus dans le livre de papa. Ce qui signifiait que Reese n'en était pas l'auteur, même si je ne voyais vraiment pas pourquoi il l'aurait fait.

Quelqu'un d'autre connaissait la magie, et ce quelqu'un était ici, tout proche de moi.

Ce quelqu'un avait peut-être utilisé la magie contre papa, pour les tuer, maman et lui.

Je reculai en titubant et heurtai de l'épaule l'angle d'une pierre tombale. Je m'immobilisai et regardai autour de moi, en quête du moindre détail insolite, du moindre mouvement, mais tout était paisible sous la lueur argentée de la lune. Il n'y avait pas même un souffle de vent. Dans ce silence absolu, la présence des morts qui m'avait réconfortée un instant plus tôt devenait oppressante. Des regards invisibles pesaient sur ma nuque et me faisaient frissonner jusqu'au bout des doigts.

Pourtant, j'étais seule.

Je m'enfuis en courant.

CHAPITRE 15

Silla

Le téléphone portable de Reese sonnait en continu, mais il ne répondait toujours pas.

Adossée à la porte de ma chambre, je ramenai mes genoux contre ma poitrine.

« Réponds », ordonnai-je d'une voix sifflante.

Mais la sonnerie se prolongeait. Enfin, son répondeur prit le relais : « Reese à l'appareil », suivi d'un bip.

« Reese, il faut que tu rentres, dis-je. Je suis à la maison, et avant, j'étais au cimetière. Quelqu'un d'autre que nous a des pouvoirs magiques. Je te l'avais dit, je t'avais dit que ça pouvait expliquer un tas de choses sur ce qui est arrivé à papa et maman, et j'avais raison. Quelqu'un d'autre s'y connaît en magie. Rentre, s'il te plaît. Ne t'en fais pas pour moi, tout va bien. »

Ces derniers mots n'étaient plus qu'un murmure, et je raccrochai brusquement.

Qu'allais-je faire ?

Je pressai le téléphone contre mon front et fermai les yeux. Au rez-de-chaussée, Gram Judy regardait la télévision dans sa chambre. On n'entendait que les rires préenregistrés dans la maison, et au-dehors, le vent qui sifflait dans les arbres.

Je m'agenouillai et m'avançai à quatre pattes vers mon lit pour retirer le livre de sorts de sous le matelas. Je le feuilletai, à la recherche d'un symbole semblable à celui qu'on avait dessiné sur la tombe de mes parents. Les traits noirs se détachaient avec netteté sur le papier ancien dont je tournais les pages.

Je ne découvris rien. Aucun des symboles ne correspondait au dessin. Le plus ressemblant était une étoile à sept pointes censée conjurer les maléfices.

Je téléphonai de nouveau à Reese, qui ne répondit toujours pas. Donc, rien de nouveau de ce côté-là non plus.

Peut-être prenait-il simplement du bon temps dans un bar, où il ne pouvait pas entendre son téléphone. Pour lui, tout allait bien : il avait probablement lu mon message précédent l'informant que j'étais bien rentrée, et ne s'inquiétait donc pas. Moi non plus, je n'avais aucune raison de m'en faire, du moins jusqu'après minuit, heure à laquelle il devrait être rentré – c'est-à-dire dans moins d'une demi-heure.

D'ici son retour, je n'avais rien à faire. Je ne savais même pas ce que nous ferions à son retour.

Je m'allongeai sur mon lit et restai immobile, les yeux au plafond. Au-dessous de moi, le lit semblait se balancer doucement comme un hamac bercé par la brise. Quand je fermais les yeux, cette sensation se dissipait, mais je voyais alors la giclée de sang sur la pierre tombale et la tache rouge qui avait imbibé la moquette du bureau.

Il valait mieux regarder le plafond et se balancer malgré le vertige.

La magie m'avait épuisée, même si je n'avais perdu que très peu de sang quand j'avais fait apparaître les fleurs. Mon pouvoir avait surgi sans crier gare, pour me laisser vidée de toute énergie. Et je savais que l'excitation des baisers, puis la poussée d'adrénaline devant la tombe profanée n'avaient rien arrangé.

On doit pouvoir contrôler les effets de la magie, me dis-je. Peut-être la pratique suffirait-elle, tout comme l'entraînement sportif pour le corps. Le pouvoir magique était peut-être semblable à un muscle, douloureux quand on commence seulement à s'en servir.

Ou peut-être… peut-être mon sang n'était-il pas indispensable. Peut-être pourrais-je me servir de celui d'un autre être vivant. Un animal, par exemple. Les histoires de sorcières regorgeaient de sacrifices d'animaux, bêtes sauvages ou animaux de compagnie.

Je sautai à bas de mon lit. Ça tenait parfaitement debout.

Je pris un sweat-shirt et mon téléphone portable au cas où Reese appellerait, ouvris la porte de ma chambre avec précaution et descendis à pas de loup. Dans la pénombre de la cuisine, je bus un verre d'eau, puis m'appuyai au plan de travail, les yeux fermés, pour écouter les bruits nocturnes. La maison grinçait doucement, et au-dehors, le vent rabattait les branches minces des arbres contre les fenêtres du rez-de-chaussée, ce même vent qui soufflait à travers champs. J'avais toujours adoré ce bruit : il me donnait l'impression d'être entourée d'eau.

Seul le murmure paisible de la télévision dans la chambre de Gram Judy rompait ce silence, et je regrettai un instant de ne pouvoir lui demander conseil.

Alors je m'imaginai assise à la table de la cuisine avec papa, en train de lui poser toutes les questions que j'avais en tête. Pourquoi avions-nous ce pouvoir ? Pourquoi mon sang pouvait-il transformer des herbes sèches en fleurs ? Pourquoi cette énergie me brûlait-elle ? Et il me dessinerait la réponse avec un stylo sur un bout de papier, comme quand il écrivait des phrases en latin pour moi après le dîner, presque tous les soirs quand j'étais en troisième année de collège. Pendant ce temps, maman débarrassait la table, s'arrêtant un instant pour passer les doigts dans les cheveux de papa, comme sans y penser.

Et il me répondrait qu'il en allait ainsi avec la magie parce que j'étais d'une espèce à part : mon sang détenait ce pouvoir.

Je me retournai vers le plan de travail, y déposai mon verre et posai les mains à plat sur le carrelage froid. Les couteaux de cuisine brillaient sur le fond noir de leur support mural en aimant. Je saisis le couteau à viande. Son manche en bois était frais et lisse. J'aurais également besoin d'un récipient pour recueillir le sang.

Ma gorge se dessécha et je déglutis à plusieurs reprises.

Mr Meroon avait toujours posé des pièges à lapins au milieu des arbres à la lisière de ses champs. Quand nous étions enfants, Reese et moi les visitions pour libérer les lapins. Comme nous remettions toujours les pièges en place, Mr Meroon n'avait jamais deviné que quelqu'un y avait touché, et il changeait rarement leur emplacement. Dix ans plus tard, je savais encore exactement où les trouver.

Lorsque j'arrivai là-bas, il était presque une heure du matin. À cette heure de la nuit, tout dormait. Les cigales et les grenouilles avaient cessé de se lamenter, et le seul bruit qui m'accompagnait était celui du vent. Le sol du sous-bois craquait sous mes bottes tandis que j'écartais avec précaution les mûriers et les fougères, à la recherche des pièges.

La troisième longue cage que je découvris était occupée. Je m'agenouillai et posai à terre le couteau et le Tupperware. Quand je touchai le bois du piège, mes mains tremblaient. « Calme-toi », m'exhortai-je. Ce n'était qu'un lapin. Un rongeur. Et Mr Meroon l'aurait tué quoi qu'il arrive, puis écorché. Je pouvais donc aussi bien prendre son sang. Je posai le Tupperware sur mes genoux et l'ouvris. Le plastique épais était taché par de nombreuses années d'usage. Je me souvins de maman vidant soigneusement des restes de ragoût dedans. Elle ne voulait jamais trop remplir les boîtes, de peur que le couvercle n'écrase les aliments. Même ses restes devaient avoir belle allure.

Mais ces souvenirs de maman n'avaient pas leur place dans ce sous-bois à une heure du matin.

Il était toujours aussi facile qu'autrefois d'ouvrir le piège. Plongeant la main à l'intérieur, je saisis l'une des pattes du lapin et tirai dessus. L'animal brun et hirsute haletait et se démenait en griffant les parois. Je me mordis la lèvre, puis le clouai au sol avec mes deux mains. Ses pattes arrière tressautaient. Tâtonnant de la main droite à la recherche du couteau de boucher, je me mis à genoux. Le battement de mon cœur résonnait jusque dans mes oreilles. Mon estomac était comme rempli de lourdes pierres en chute libre. *Tu peux le faire, Silla. Un, deux, trois*. J'étais comme en transe et paralysée.

Le lapin se débattit, et tandis que je cherchais une meilleure prise sur sa fourrure, il se mit à hurler, comme une sirène ou un bébé, d'un cri sans fin. Ma gorge se contracta et ma respiration se figea. J'accentuai ma pression sur lui, mais il se débattait et criait toujours. Mes doigts saisirent le manche du couteau. Je refoulais des larmes de panique. Avais-je vraiment besoin de faire cela ? Et en étais-je capable ? Mon estomac se retournait, semblait remonter jusqu'à ma gorge, j'allais vomir d'un instant à l'autre.

Je pensai à maman et à papa, morts tous deux. Je pensai à Reese, qui vivait encore, et je me dis que je devais découvrir tout ce qui me permettrait de le protéger. Il le fallait absolument. Et je n'avais personne à qui demander conseil.

Il le fallait.

Pressant la lame contre le cou du lapin, je pesai sur elle de tout mon poids.

Le hurlement s'interrompit tandis que la lame transperçait fourrure, peau, muscles et os, puis s'enfonçait dans le sol. Le sang ruissela sur ma main et sur la lame, pour être aussitôt absorbé par la terre. Je lâchai l'animal et le couteau, me rejetai en arrière sur mes talons, puis m'essuyai frénétiquement les mains sur mon jean. J'aspirai une énorme et douloureuse goulée d'air. Je regardais fixement le lapin décapité et le sang ruisselant.

Soudain, je me rappelai le Tupperware.

Je me retournai et le ramassai, en proie à une sensation de vertige, puis ordonnai à ma main d'empoigner les pattes arrière du lapin, de le soulever et de le maintenir au-dessus du récipient. Mon corps obéit à la voix qui lui dictait ces ordres, mais j'avais l'impression d'assister à la scène en simple spectatrice.

Le sang coulait vite, éclaboussant le récipient, puis formant une mare pourpre qui s'étendit et remplit le fond. Je respirais péniblement, par saccades. Comme mon bras qui tenait le lapin se fatiguait, j'en changeai. Je contemplais le sang, qui reliait comme un cordage le vieux Tupperware de ma mère au cou tranché de l'animal.

Le lapin se vida rapidement de son sang, dont seule une petite quantité resta dans le Tupperware. Beaucoup s'était perdu en se répandant à terre, et la pauvre bête ne devait pas peser plus d'un kilo et demi.

Je restais immobile, refoulant la nausée qui montait de ma gorge. J'avais fait ça. Je ne pouvais y croire. Je jetai le cadavre. Il nourrirait un coyote.

La tête roula à côté du couteau. Je la ramassai en l'empoignant par une oreille, la lançai loin de moi, de toutes mes forces, et l'entendis atterrir avec un craquement dans les broussailles.

Je refermai le couvercle du récipient, puis ramassai mon couteau à tâtons. Mes mains étaient poisseuses de sang et le Tupperware refroidissait déjà. Immobile au milieu de la clairière, j'écoutais les paisibles bruits nocturnes de la forêt. Ma respiration résonnait bruyamment dans mes oreilles.

Soudain, l'odeur me frappa de plein fouet. La puanteur du sang. Je suffoquai et tombai à genoux.

Lorsque je fus assez loin de l'odeur pour réussir à me relever, les premières lueurs du jour teintaient déjà le ciel à l'est. Alors que je traversais en titubant la pelouse de notre maison, la camionnette de Reese déboucha dans un crissement de roues sur le gravier de l'allée. Pour moi, c'était toujours le bruit le plus horrible au monde. Le sang sur mes mains, dans mes narines, sur le gravier... il me suffisait de fermer les yeux pour tout revoir avec une clarté parfaite.

Reese descendit sans se presser de sa camionnette dont il referma doucement la portière, sans doute pour ne pas nous réveiller, Judy et moi. À ma vue, il eut un mouvement de recul et son coude heurta la portière. « Silla ? » dit-il, puis, secouant la tête, il se dirigea vers moi. Alors qu'il scrutait l'obscurité, il ralentit, puis accéléra, et franchit en courant les derniers mètres qui me séparaient de lui.

— Ça va ? Qu'est-ce qui se passe ? demanda-t-il.

Il voulut me saisir les mains, mais je serrais le couteau dans l'une et le Tupperware dans l'autre.

— Silla ? Qu'est-ce que tu fais avec ce couteau ? demanda-t-il avec circonspection, comme pour approcher un animal sauvage.

— J'ai tué un lapin, répondis-je en lui tendant le Tupperware.

Il le prit machinalement, puis faillit le lâcher.

— Mince ! s'exclama-t-il.

— Ce n'est que du sang.

— Tu... (Les yeux agrandis, il nous regardait tour à tour, moi et le récipient.) Tu as sacrifié un animal ?

— Mr Meroon l'aurait tué de toute manière.

— Pour le manger, bon sang !

— Je l'ai donné en pâture aux animaux de la forêt.

Je le vis se raidir. Ses doigts tressaillirent et il serra les dents.

— D'accord, mon petit bourdon, mais tu me fiches un peu la frousse, tu sais. Tu parles comme une vraie folle.

— Tel père, telle fille.

J'avais la tête qui tournait et j'étais prête à m'évanouir.

Ignorant mes divagations, Reese posa le Tupperware à terre comme si c'était du poison, puis m'ôta délicatement le couteau de la main.

— Tu es couverte de sang, fit-il.

Il se pencha en avant et enfonça la lame dans la terre.

— Il y en a plus sur moi que dans le Tupperware, répondis-je. Maman n'aurait pas été contente.

Son regard plongea dans le mien.

— Tu parles ! dit-il.

Nous nous faisions face à moins d'un mètre de distance. Nous étions de la même taille, mais il était plus vigoureux que moi grâce au fameux chromosome Y et à ses années de foot. Maman disait toujours que nous avions les yeux de papa, pâles et curieux. Je pensai soudain que le sang du lapin serait maintenant inefficace : il était trop vieux, et bien mort. Un vrai gâchis.

— Tu devrais consulter les messages que j'ai laissés sur ton téléphone, dis-je.

Il fronça les sourcils.

— Je les ai lus. Tu es rentrée saine et sauve, non ? demanda-t-il en plongeant la main dans sa poche pour prendre son téléphone.

— Oui, mais… chuchotai-je.

Il ouvrit son téléphone avec son pouce et pressa un bouton avant de le porter à son oreille.

Je m'éloignai, les jambes aussi lourdes que du béton, pour aller m'asseoir sur les marches du porche.

Les yeux de Reese s'ouvrirent tout grands et il me dévisagea, les lèvres serrées. Je haussai les épaules, puis posai la tête contre la rampe.

— Silla, bon sang ! (Il était juste en face de moi, les mains posées sur mes épaules, et il me forçait à me relever.) Ça va ? Qu'est-ce qui s'est passé ? Qui est-ce ?

— Je ne sais pas, répondis-je en secouant la tête machinalement.

— Montre-moi tout ça.

— Non, je suis trop fatiguée. Attends… attends juste quelques heures. Quand le soleil sera assez haut dans le ciel pour dissiper les ombres de la nuit.

Je m'appuyai à lui, la tête sur son épaule, les bras croisés et les poings serrés contre mes côtes.

— Je ne crois pas que ça marchera, repris-je.

— Quoi ?

— Le sang du lapin.

— Sil, tu...

— Il est mort, maintenant. J'ai mal réfléchi... il est trop vieux. C'est trop tard. Et, mon Dieu, un lapin... ! Qu'est-ce qui m'a pris ?

Reese me serra dans ses bras et nous restâmes assis côte à côte sur les marches. Je posai de nouveau la tête sur son épaule.

— Raconte-moi ce qui est arrivé, dit-il.

Je lui racontai tout, des baisers qui avaient fait éclore les fleurs à la découverte des tombes profanées. Et mon espoir, mon besoin de découvrir dans la magie une vérité qui ne me renverrait pas directement à mon propre sang.

Quand j'eus fini, Reese était si silencieux que j'ouvris les yeux et l'observai. Il couvait la maison de Nick d'un regard féroce.

— Reese... arrête, dis-je.

— Il t'a fait saigner, bon Dieu !

— Ce n'est pas ce qui compte. (Je saisis son menton d'une main et le tournai vers moi.) Arrête de me couver.

— Jamais, répondit-il en se dégageant.

Je soutins son regard de mon air le plus sévère. Au bout d'un instant, il hocha la tête.

— Très bien, parce que cet après-midi, il vient travailler avec nous, déclarai-je. Enfin, il va essayer.

— Silla !

— Ce serait une bonne chose de savoir s'il en est capable, si ça peut marcher seulement avec notre sang ou avec celui de quelqu'un d'autre.

Reese poussa un grognement exaspéré, mais sa curiosité l'emporta finalement.

— Tu as raison... grommela-t-il. Ce sera intéressant, comme expérience.

— J'ai réfléchi à la manière dont on aurait pu se servir de la magie pour tuer papa et maman, dis-je sur le ton le plus dégagé que je pus prendre. Maintenant, nous savons que quelqu'un d'autre peut le faire.

Il serra les dents et je sentis les muscles de sa mâchoire saillir contre mon crâne.

— Dans ses notes sur le sort de possession, papa ne parle que d'oiseaux, mais pourquoi ne pourrait-on pas se servir d'un être humain ? poursuivis-je.

— Qu'est-ce que tu racontes, Silla ! s'écria Reese, et il s'écarta de moi.

Il battit lentement des paupières, l'équivalent chez lui du sablier sur l'écran d'un ordinateur en train de traiter une information.

— Ça se tient, admit-il enfin. Il y a des tas de récits sur des sorcières qui possèdent des animaux et même d'autres personnes. Des sorcières, et des démons, bien sûr, fit-il doucement sans me regarder. Tu veux dire que quelqu'un a possédé papa pour le forcer à tuer maman, puis à se suicider ?

— Pourquoi pas ? répondis-je en me blottissant de nouveau contre son épaule.

— Mais qui ? Qui aurait voulu faire une chose pareille ? Et qui en aurait été capable ?

— Je ne sais pas. Un autre sorcier, peut-être.

— Enfin, Silla, on n'est pas chez Harry Potter…

— Ça fait tout drôle d'appeler papa un « sorcier ».

— Le Diacre le désigne comme un magicien.

— Comme Houdini…

— Peut-être, répondit Reese en posant doucement sa tête sur la mienne. Houdini pratiquait les sciences occultes.

Je grommelai et resserrai mon étreinte sur mes côtes. Reese passa un bras autour de mes épaules.

— Il faut essayer le sort de possession, dis-je. Pour voir si ça marche.

— C'est encore trop difficile pour nous, Sil. Il faut avancer par étapes.

— On risque de ne pas avoir le temps.

— Il existe peut-être un moyen de se protéger contre ce sort.

— Comme ces talismans contre les maléfices ?

Reese poussa un soupir.

— Papa les connaissait certainement tous, mais il était quand même vulnérable, objecta-t-il.

À cette idée, je saisis sa main et la serrai.

— Il faut faire quelque chose, insistai-je.

— Nous ferions mieux de découvrir qui a fait ça.

— Je me demande si on ne pourrait pas modifier le sort qui permet de retrouver les objets perdus. La personne que nous recherchons est en quelque sorte perdue, elle aussi. C'est nous qui l'avons perdue.

— Peut-être, acquiesça Reese, et il bâilla à se décrocher la mâchoire.

C'était contagieux, et je l'imitai en me serrant contre lui.

Notre maison était orientée au nord-ouest, ce qui signifiait que toutes les étoiles seraient visibles encore une heure au moins. Je repérai les constellations que je connaissais : la Grande Ourse, Persée… L'air froid de l'aube sentait les feuilles humides et la fumée. Et le parfum.

— Tu sens l'eau de toilette pour filles, dis-je à Reese.

— J'étais avec Danielle.

— Beurk !

— Après tes escapades avec Nick Pardee, ça te va bien de jeter la pierre aux autres.

— Oui, bon, ça va…

— Tu lui fais vraiment confiance ?

— Gram l'aime bien, répondis-je d'une toute petite voix.

Reese poussa un soupir.

— Nous découvrirons qui a fait ça, Silla, dit-il. Il le faut.

Je ne répondis pas et contemplai de nouveau les étoiles. Je voulais les voir évoluer dans le ciel. J'en avais toujours rêvé.

CHAPITRE 16

14 juin 1905

J'ai pressenti notre destin !

Ce matin, Philip m'a emmenée en forêt pour m'enseigner l'art de la possession. Il m'a d'abord mise en garde comme il le fait toujours, en me disant que si c'est un précieux instrument d'apprentissage, c'est aussi une arme dangereuse et une tentation. J'adore la tentation.

Je m'attendais à ce que ce soit très difficile, car, malgré toute sa science dans ce domaine, Philip sue sang et eau pour posséder le moindre geai, mais quand mon tour est venu, je suis entrée dans le corps de cet oiseau comme si je savais voler depuis toujours ! Quand je suis tombée du ciel pour réintégrer mon propre corps, je riais et je me sentais euphorique. Allongé près de moi, Philip me regardait danser.

— Tu ne te sens pas épuisée ? a-t-il demandé, appuyé sur un coude.

Je me suis arrêtée, je lui ai souri en regardant ses cheveux blonds tombant sur son front, sa veste déboutonnée et ses longues jambes, et j'ai secoué la tête.

— Je me sens vivante, ai-je répondu.

Je me suis laissée tomber à côté de lui, j'ai passé les bras autour de son cou et je l'ai embrassé sans cesser de sourire.

— Josie ! a-t-il protesté en me repoussant.

Je lui ai fait ma plus belle moue et il a gloussé. Il a secoué la tête, puis touché ma joue brûlante.

— Josie, tu es ivre de magie, a-t-il repris.

— Oui !

Il a ri.

— Je n'ai jamais été doué dans l'art de la possession, a-t-il dit. Cela me laisse épuisé pour plusieurs heures. Mais je crois que toi, tu pourrais posséder un être humain, si tu le voulais, et aussi longtemps que tu le voudrais.

— Un être humain ?

Cette pensée m'a frappée comme la foudre. Un millier d'idées réjouissantes et malicieuses ont traversé mon esprit, mais Philip a secoué la tête.

— Josephine, ce n'est pas un jeu, a-t-il déclaré. Au temps du Diacre, des hommes et des femmes ont été mis à mort pour avoir fait tout ce que nous faisons.

— Mis à mort ? Pourquoi devrait-on nous tuer ? Pour avoir pratiqué la magie, pour avoir guéri et protégé autrui contre les mauvais sorts ?

— Nous sommes des sorciers, mon petit lutin.

J'ai porté les mains à ma bouche et regardé, autour de moi, les ombres de la forêt. J'y avais déjà pensé, mais sans jamais prononcer ce mot à voix haute.

— Des sorciers, ai-je répété, plus calme. Mais notre magie n'est pas l'œuvre du diable.

— Ne suis-je pas ton maître en sorcellerie qui t'enseigne de sombres secrets ?

— Non, je sais bien que non. Tu ne veux même pas m'embrasser.

Il se mit à rire et son regard se posa sur mes lèvres. Je sais qu'il m'embrassera bientôt.

Depuis, j'ai pensé à ce qu'il m'a dit sur la mise à mort des nôtres, mais cela ne m'inquiète pas. Je possède de véritables pouvoirs. Personne ne me gardera enchaînée, car mon sang peut transformer le fer en eau. Je pourrais aussi traverser les murs, et maintenant… maintenant, je sais que je peux me projeter dans un autre être vivant : qu'il serait facile d'ouvrir n'importe quelle cage ! Philip et moi sommes invincibles. Comme Dieu. Ou comme le diable.

Quand il nous enferme dans son laboratoire, ou quand il nous mène hors de la ville pour ramasser des herbes, des pierres et de la terre, je songe qu'un jour, peut-être, il m'aimera comme je l'adore. Nos doigts se frôlent et nos sangs se mêlent déjà.

CHAPITRE 17

Nicholas

Je m'étais endormi avec la fenêtre ouverte, et le lendemain matin, à mon réveil, j'étais enroulé dans mes draps, comme un *burrito*. Cette saleté de rêve de chien m'avait une fois de plus réveillé, et j'eus un mal fou à sortir de mon lit en entendant la sonnerie techno de mon portable.

Une fois habillé et descendu au rez-de-chaussée, j'eus tout juste le temps d'emporter un biscuit avant de monter dans la dépanneuse. Dans ma hâte, je trébuchai sur les bottes de jardinage de Lilith.

Tout en les ramassant pour les déposer à plusieurs mètres de la porte, je pensai qu'elle aurait vraiment pu ranger ces saletés ailleurs. D'ailleurs, elle n'avait pas de jardinage à faire en ce moment. On était fin octobre et le sol était glacial.

Je fis le trajet dans la cabine de la dépanneuse à côté d'un type en chemise de flanelle. Je dus prendre sur moi pour ne pas lui avouer que je me foutais bien que les Rams de Saint Louis jouent ce dimanche et ne pas le prier de me laisser regarder en paix le paysage à travers la vitre en pensant à Silla. À mon arrivée, je rencontrai Eric à l'épicerie Mercer. C'était juste à côté de la station-service, qui faisait également office de droguerie, et d'un glacier, d'un bar, d'un magasin de matériel informatique et de trois boutiques d'antiquités qui ouvraient déjà. Bon, d'accord, c'était pratique de n'avoir qu'un bloc à parcourir pour trouver tout ce qu'on pouvait acheter en ville, si on avait besoin de vieux meubles, de bière ou de marteaux.

Juste derrière les portes vitrées coulissantes de l'épicerie, il y avait le petit comptoir d'un café tenu par une certaine Mrs April McGee, devant lequel on faisait déjà la queue à 9 h 45 ce samedi matin.

— Laisse-moi le temps de me remettre du choc : le glacier n'est pas l'unique lieu de rendez-vous de la jeunesse de Yaleylah ? demandai-je à Eric.

— Après ce commentaire, c'est toi qui vas payer le café, mon salaud, répondit-il. Je prends deux sachets de sucre dans le mien.

Je m'exécutai en riant et le rejoignis quelques minutes plus tard dans la quincaillerie de l'autre côté de la rue. Je lui tendis le gobelet en carton, puis m'absorbai dans la contemplation du matériel exposé en vitrine.

— Qu'est-ce que tu cherches ? demandai-je.

— Des marteaux.

Je souris.

— Qu'est-ce que ça a de si comique ? Vous n'avez pas de marteaux à Chicago, ou vous ne savez pas à quoi ça ressemble ?

— Mais si. Tu as bien dit « marteaux » au pluriel ?

— Ouais. Pour le club de théâtre. Nous – et toi aussi, ô nouveau membre de la troupe – devons construire une estrade pour notre prochain spectacle, cette semaine après les cours.

— Merveilleux !

Je bus une gorgée de café, qui à ma grande surprise était bon, et m'avançai pour examiner les marteaux pendus à leurs crochets métalliques. Ils étaient de toutes tailles, certains aussi petits que ma main, d'autres longs comme mon avant-bras. Que pouvait-on bien fabriquer avec un tout petit marteau ? Je me rendis compte que je n'avais aucun besoin de savoir qu'il existait une telle variété de ces outils. Je me retournai donc, pour me retrouver face à Eric, qui faisait son choix comme si n'importe quel marteau ne faisait pas aussi bien l'affaire qu'un autre.

— Je peux te poser une question qui te paraîtra sûrement bizarre ? demandai-je.

— Bien sûr, vas-y, répondit-il avec un haussement d'épaules.

— As-tu déjà entendu raconter des histoires étranges sur mon grand-père ?

— Mr Harleigh ? (Il me jeta un regard rapide, puis haussa de nouveau les épaules.) Bien sûr. Il vivait tout seul à côté d'un cimetière, mon vieux : lequel d'entre nous n'a pas déliré sur lui ?

— Tout ce qu'on racontait, ce n'était donc que des bobards ?

Le regard qu'il me lança signifiait : Qu'est-ce que tu crois ?

— Écoute, repris-je, je ne l'ai jamais vraiment connu.

— Tu veux un peu de couleur locale pour te faire une idée, c'est ça ?

— Tu as tout compris.

— Bon, voilà la meilleure sur lui, tu es prêt ? (Il s'immobilisa. Seule la fumée de son café remuait.) On raconte qu'à sa mort, il avait deux cents ans, reprit-il presque dans un chuchotement. Et que pendant une demi-douzaine de générations, il s'est servi des os du cimetière pour fabriquer une potion d'immortalité, mais qu'il a abandonné quand... (Il se tut soudain et détourna les yeux d'un air coupable, comme s'il se rendait compte qu'il allait dire du mal de ma famille.)

Je m'aperçus alors que je retenais mon souffle. Je me ressaisis.

— Quand quoi ? demandai-je.

Toute son affectation l'abandonna d'un seul coup.

— Quand ta mère a perdu la boule, répondit-il.

— Oh…

Je sentis mes bras se couvrir de chair de poule, mais j'essayai de donner le change avec un sourire ironique.

— Oui, elle a bien pété les plombs, approuvai-je.

Eric me donna une claque sur l'épaule, visiblement soulagé.

— Ouais, on est tous au courant, dit-il. Content que tu le sois aussi.

— C'était difficile de l'ignorer.

— Tu devrais faire gaffe, toi aussi.

— Pourquoi ? Tu veux dire que c'est de famille ? Ne t'en fais pas trop pour moi. Mon père est l'homme le plus normal et le plus ennuyeux de la planète.

— Non, mon pote, je ne parlais pas des gènes, mais du cimetière, répondit Eric avec un sourire.

— Le cimetière ?

— C'est comme un foyer maléfique, déclara-t-il, et son visage s'anima soudain. On raconte un tas d'histoires sur ce cimetière depuis la nuit des temps. Ma grand-mère disait que les animaux l'évitaient – les vaches, les chevaux, les chiens et tout – et qu'on avait vu là-bas d'étranges lumières. Et puis, réfléchis un peu : qui habite juste à côté, et quelles sont les seules personnes, depuis trente ans et à deux cents kilomètres à la ronde, à être devenues folles, à avoir tué ou s'être fait tuer ?

Le café me donna soudain des aigreurs d'estomac. Eric se mit à rire.

— Ça te donnera de quoi méditer tout en dévorant Silla des yeux, dit-il.

Il avait raison, même si j'aurais préféré le contraire. Et encore, il ne se doutait de rien pour la magie.

Silla

Les corbeaux battaient paresseusement des ailes à quelques mètres de la tombe de mes parents. Reese et moi leur avions jeté un gros pain coupé en morceaux pour les attirer. Ils paraissaient satisfaits de sautiller et de jacasser en se disputant les miettes. Le ciel d'un bleu uni s'étendait au-dessus de nos têtes, le monde déployait ses ors autour de nous, et nous, nous étions assis dans ce cimetière, au milieu de pierres tombales en ruine et d'herbes sèches.

J'étais allongée au centre d'un cercle de sel et de bougies.

Mon sang palpitait dans mes doigts et mes orteils, et l'herbe chatouillait ma peau. Les yeux fermés, je respirais méthodiquement en me concentrant sur le mouvement de mon diaphragme. J'enfonçai mes ongles dans la terre fraîche qui sentait bon. Le pouvoir courait comme du feu à travers mes veines et ma tête était douloureuse comme si on m'avait pendue par les pieds et secouée.

Pourtant, la magie n'opérait pas.

Je poussai un soupir et essayai de me détendre, de me fondre dans le sol, de m'oublier.

— Ça ne marche pas ? demanda Reese.

— Apparemment, non !

— Ce n'est pas comme si tu apprenais simplement à dessiner un triangle. C'est comme une langue entièrement nouvelle, Sil.

J'ouvris les yeux. La tête de Reese se détachait sur le ciel d'un bleu intense, et dans cette lumière, je ne pouvais distinguer l'expression de son visage, ni deviner s'il était sérieux. Je supposai que non et lui tirai la langue. Il se mit à rire.

— Mais je veux y arriver ! m'exclamai-je, et je m'arc-boutai pour m'asseoir. Pourquoi ça ne marche pas alors que tout le reste a été facile ? Je sens... je sens que ça bouillonne en moi, du haut de mon crâne... (Je touchai le sang dont mon front était badigeonné)... jusqu'au bout de mes doigts. (Je lui montrai les runes sanglantes qu'il avait peintes sur mes paumes.) Ça bat au rythme de mon cœur et je ne veux que ça, Reese, je...

— Peut-être que tu le veux trop, justement.

— Ça ne tient pas debout. Dans son bouquin, papa parle de « volonté » et de « foi ». Vouloir devrait tout rendre plus facile, au contraire.

— Ça signifie donc qu'une partie de toi n'y croit pas vraiment.

Je me mordis l'intérieur de la lèvre.

— C'est... différent de tout le reste, dis-je. Les autres sorts consistaient à modifier autre chose que moi, mais là, c'est comme si je devais jeter mon moi par-dessus bord.

Reese ricana.

— Tu aimes ce que tu es, Silla, c'est tout, déclara-t-il. Tu as toujours été comme ça. Et tu as toujours parfaitement su qui tu étais.

— Ce n'est plus ce que je ressens maintenant.

Le visage de Reese devint pensif.

— Tu as peur ? demanda-t-il.

Avais-je peur ? À cette idée, je me trémoussai sur le sol froid, mal à l'aise.

— Et toi ? répondis-je.

— Je ne crois pas. Pense à tout ce qu'on pourrait apprendre en passant dans le corps d'un animal : voler, chasser avec un renard, par exemple... dit-il, le visage tourné vers la forêt.

Je lui saisis la main.

— Tu pourrais te perdre, fis-je. Comment un corbeau peut-il porter le poids de l'âme d'un être humain ?

Il secoua la tête et se retourna vers moi.

— Non, il n'y a pas d'incarnation de l'âme... pas en tant qu'entité dotée d'une masse, répondit-il. L'âme devrait pouvoir tenir sur une tête d'épingle, comme tous les anges.

Je frissonnai malgré le soleil. Les corbeaux s'agitaient et sautillaient, oublieux de notre présence.

— En tout cas, moi, je vais tenter le coup, reprit Reese. Je n'ai pas peur de me perdre.

J'inspirai profondément, puis hochai la tête.

— D'accord. À ton tour, dis-je.

Je me levai lentement pour sortir du cercle. Mes genoux fléchirent et le sol se déroba sous moi. Reese me rattrapa par la main.

— Hé là, Sil... !

— J'ai la tête qui tourne.

— Ça va si mal que ça ?

— Oui. J'ai fait un gros effort, je sentais la magie qui essayait d'agir et ça m'a épuisée. (Reese me soutint pendant que je m'agenouillais pour m'adosser à la pierre tombale de maman et de papa.) Bon sang, j'ai la nausée...

— Papa avait écrit une note là-dessus, tu l'as lue ?

— Ouais.

Reese la relut néanmoins à voix haute.

— « Recommande gingembre ou infusion à la camomille pour soigner l'estomac après la possession, qui peut avoir un effet délétère sur le corps. Eau et sucre pour le mal de tête. » Il y a des raisins et des biscuits dans le sac.

Il me tendit le sac à dos, dont je sortis une bouteille d'eau et des raisins sous plastique.

— Pouah ! fis-je, car je n'avais aucun appétit.

— Bois.

— Je crois que mon corps n'apprécie pas d'être une coquille vide.

— C'est très intelligent de sa part.

— Beuh ! m'exclamai-je, mais j'ouvris le sac en plastique et pris quelques grains de raisin.

— À moi de jouer. Tu as le couteau ?

Reese s'accroupit à l'intérieur du cercle. Je lui tendis le couteau et le regardai lacérer sa paume.

— Dommage pour le sang du lapin, dit-il en serrant les lèvres.

Le sang du lapin avait coagulé en une gelée répugnante, et j'avais tout jeté. Pauvre lapin sacrifié pour rien.

— Nous devrions peut-être n'utiliser que notre propre sang. Pour que ce soit un vrai sacrifice, tu comprends, comme dit papa. Si seulement on pouvait lui poser la question…

— Là, au moins, nous savons ce que notre sang deviendra, commenta Reese, la main en coupe.

Je tendis la mienne non sans hésitation, puis trempai les doigts dans la mare écarlate. C'était chaud, gluant et répugnant. Je fis la grimace, mais pris sur moi et, d'une main tremblante, traçai une rune sur le front de Reese. De sa main libre, il tira sur le col de son sweater. Je peignis la même rune sur son cœur et sur ses paumes. Alors il tendit sa main entaillée et pivota sur lui-même en laissant goutter le sang pour renforcer l'effet du cercle de sel. Ce geste devait aider l'âme à retrouver le corps auquel elle appartenait, du moins selon les instructions de papa. Et tous les ingrédients de ce sort se réduisaient à ceci : du sang, du feu pour la métamorphose, un peu d'imagination et quelques mots de latin. J'avais remarqué que la plupart des sorts à effet immédiat nécessitaient moins de rituels que les autres. C'étaient les sorts les plus durables, comme les charmes de protection ou les potions de santé et de richesse, qui demandaient le plus de temps et de préparatifs.

Je pliai un torchon et le pressai contre la paume de Reese.

— Maintenant, détends-toi bien pour prononcer l'incantation, ordonnai-je. Concentre-toi sur chaque syllabe et imagine-toi sous la forme de l'oiseau.

— Moi aussi, j'ai lu les instructions pour ce sort, Silla, répondit-il, et il ferma les yeux. Et comme ça fait un moment que tu essaies, j'ai eu tout le temps d'entendre et de retenir l'incantation.

Je lui donnai une tape sur le bras.

— Ce n'était pas de la tarte, figure-toi !

— Bon, bon...

Reese inspira lentement et profondément, puis croisa ses mains contre son ventre, sur lequel reposait le torchon taché de sang. À mesure qu'il se détendait, sa mâchoire se desserrait et ses paupières battaient plus vite. Une brise agita ses cheveux et j'eus soudain la chair de poule. Je jetai un coup d'œil aux corbeaux, qui sautillaient en battant des ailes, et regrettai que le soleil soit si éblouissant. Le pain avait presque disparu. Les corbeaux venaient souvent ici en faisant parfois un crochet par chez nous. Quand j'étais petite, j'avais donné un nom à chacun. Ils étaient nombreux et j'étais certainement incapable de les distinguer les uns des autres, mais comme à l'époque, je n'avais que six ans, personne ne m'avait contredite.

La respiration de Reese s'altéra tout à coup, et devint plus rapide comme s'il essayait de la calquer sur celle de l'oiseau. Puis, sans crier gare, tout son corps se détendit. Sa tête dodelina, ses doigts lâchèrent prise et il s'affaissa en arrière.

Les bougies s'éteignirent.

Je m'approchai précipitamment de lui. Il avait réussi !

Les corbeaux battirent des ailes et je tournai vivement la tête vers eux. Je sentis monter une nausée que je refoulai en enfonçant les poings dans mon ventre, puis, les yeux plissés, observai attentivement les oiseaux. L'un d'eux paraissait pétrifié sur place. Sous mon regard, il tressaillit, s'envola, alla se percher sur une pierre tombale et cligna lentement des yeux. Un nuage voila le soleil, nous plongeant dans l'ombre ; le corbeau agita ses ailes et tout son corps frémit. Il prit son envol, puis s'éleva au-dessus du cimetière.

Les autres corbeaux croassèrent, caquetèrent et s'élancèrent dans son sillage. Je restai immobile, appuyée à la pierre tombale de mes parents. Bientôt, bien trop tôt, je fus incapable de dire lequel des oiseaux virevoltant et plongeant était mon frère. Je m'approchai du cercle de sel autant que je le pouvais sans l'abîmer. La poitrine de Reese s'élevait et s'abaissait doucement, comme s'il était plongé dans un profond sommeil. Je pensai de nouveau à l'âme. *Je n'ai pas peur de me perdre,* avait-il dit. Je me demandai si c'était simplement l'effet de sa volonté.

C'était agréable de voir son visage calme et serein. Ces jours-ci, je regrettais parfois de ne pas ressentir plus d'émotions, de ne pas pouvoir émerger de ma torpeur comme d'une coquille. Reese, au contraire, ressentait tout, et pour deux. Cela le poussait à lancer des objets, à trop boire et à coucher avec d'anciennes petites amies auxquelles il ne tenait pas vraiment.

Tout à coup, j'eus l'impression que le sol se dérobait sous mes pieds et je me cramponnai à la pierre tombale la plus proche. Il fallait absolument que je mange un de ces fichus biscuits et que je boive de l'eau. Pourquoi ne réussissais-je pas à me métamorphoser ? La veille au soir, j'avais fait éclore une foule de fleurs sans même y penser, comme si le pouvoir de mon sang s'était soudain éveillé, avide de magie. Mais à présent... à présent, j'échouais.

Soudain, le corps de Reese tressaillit, ses hanches décollèrent du sol et ses yeux s'ouvrirent. Puis il s'effondra et éclata de rire. Il balaya le sol de ses bras, détruisant le cercle.

— Silla ! Ô mon Dieu !

Mon cœur retrouva sa place, dans ma poitrine. Reese était sain et sauf.

Il se retourna sur le ventre avec un large sourire.

— Silla, c'était incroyable ! Je volais. Je sentais la résistance du vent à mes ailes comme si je nageais. Je ne pouvais pas tomber... il n'y avait rien d'assez lourd pour me tirer vers le bas !

— Mince alors, murmurai-je, en luttant sans grand succès contre une vague de jalousie.

Il acquiesça, puis se mit à genoux. Il regarda autour de lui et ne s'immobilisa qu'après avoir repéré le corbeau dont il avait abandonné le corps. L'oiseau sautillait en rond.

— Je ne sais pas comment t'expliquer... je savais des choses sans les avoir jamais apprises. Et puis... reprit-il après avoir fermé les yeux... les couleurs étaient... les arbres étaient de milliers de verts différents, et le ciel… mon Dieu ! Le ciel n'était pas bleu, mais bleu, blanc, argenté, vert et d'autres tons de bleu encore… il n'y a pas de mots pour décrire ça. Le vent sifflait dans mes plumes, je plongeais, tournoyais, virais, et je savais toujours ce qui allait arriver, où étaient les nuages, ce qui était trop haut, et mes ailes – mes ailes ! – mes muscles et mes os se souvenaient des mouvements qu'il fallait faire, mes pattes étaient repliées sous moi… (Il oscilla, puis ouvrit les yeux.) Holà ! J'ai la tête qui tourne…

Il tendit la main et je la saisis. Il avait l'air d'un petit garçon.

— Ça paraît extraordinaire, dis-je.

— Et ça l'était. Tu y arriveras, toi aussi. Je t'aiderai.

Il me serra la main. Je l'entraînai hors du cercle, puis lançai le sac de biscuits sur ses genoux.

Nicholas

Quand j'arrivai au cimetière, Silla et son frère se reposaient en grignotant des biscuits. Tous deux portaient des jeans, des sweaters et leur front était maculé de sang, un barbouillage macabre qui vous faisait oublier le paysage idyllique – celui d'un cimetière entre parenthèses. Bref, le tout était passablement morbide.

Je ralentis, levai la main et lançai un « Salut ! ».

Silla se leva lentement, les yeux plissés comme si elle avait mal à la tête.

— Salut, Nick. Je te présente mon frère Reese.

Reese se leva à son tour et me tendit la main.

— Salut, dit-il.

Je la serrai, soulagé qu'il ne se livre pas à l'une de ces démonstrations machos qui consistent à vous broyer les phalanges.

— Enchanté, répondis-je.

Il était deux fois plus costaud que moi sans être plus grand, mais il avait l'aisance de celui qui doit ses muscles à son travail et non à des heures de combat titanesque en salle de gym.

— Moi aussi, répondit-il, et il s'adossa à la pierre tombale, les bras croisés.

En temps normal, j'aurais fait un commentaire sur son ego assez énorme pour soutenir la pierre tout seul, mais je ne voulais pas le mettre en rogne d'entrée, et Silla non plus.

— Une petite faim ? demanda-t-elle, immobile, les mains croisées devant elle. Sa main gauche était enveloppée d'un bout de chiffon bleu.

J'avais envie de l'embrasser. Il y avait environ quinze heures que nous ne nous étions vus. J'avais envie de prendre son visage entre mes mains et de l'embrasser à en perdre le souffle, mais je me contentai de secouer la tête.

— Non, merci, je n'ai pas faim, répondis-je.

— On se reposait en mangeant un morceau. Le sort que nous avons essayé est assez fatigant. Tu veux t'asseoir avec nous ? demanda-t-elle en désignant le sol.

Je regardai le cercle de sel. Les cristaux grossiers scintillaient au soleil comme des diamants. Devant Reese, je ne pouvais rien dire à Silla de ce que j'avais envie de lui dire.

— Ah oui, la magie... Qu'avez-vous fait aujourd'hui ? demandai-je.

— Reese a volé.

— Volé ?

Je lui lançai un regard rapide, mais il me répondit seulement par un sourire suffisant.

— C'est un sort de possession, expliqua Silla. Il a projeté son esprit dans le corps d'un de ces corbeaux, et il a volé.

Un peu plus loin sur ma gauche, les corbeaux sautillaient, certains sur des pierres tombales, d'autres sur l'herbe, qu'ils fouillaient du bec en se disputant des bouts de feuilles rouges.

— C'est incroyable, dis-je à Silla.

Un peu du sang séché de son front avait coulé sur l'arête de son nez, comme si on l'avait frappée avec une bûchette, et Reese aussi.

— Ce sang sur votre visage, c'est pour le sort ? demandai-je.

Un liquide chaud goutte dans mon œil, je l'essuie et j'entends la voix de maman : « Nicky, mon chéri, ne fais pas ça. »

Je fronçai les sourcils et chassai ce souvenir.

— C'est pour accroître la capacité de l'esprit à se détacher du corps, ou quelque chose comme ça, expliqua Silla.

— Par le *chakra* du troisième œil, achevai-je, pour dissimuler mon malaise sous une grosse connerie.

— Le quoi ? demanda Reese avec un regard mauvais.

— Oh, euh, les *chakras* sont les points d'énergie vitale du corps, vous savez ? (Comme ni l'un ni l'autre n'acquiesçait, j'enchaînai.) Ça vient de l'hindouisme… c'est très New Age aussi… enfin bon, on s'en fout.

Silla me prit par la main et me fit asseoir à côté d'elle.

— Je suis contente que tu sois venu, dit-elle.

— Moi aussi, répondis-je en entrelaçant mes doigts aux siens, qui étaient glacés.

De plus près, je reconnus le symbole barbouillé sur son front.

Pense au petit chien, Nick, fais comme si tu courais sur l'herbe avec lui. Qu'est-ce que ça te fait de sentir cette herbe sous tes pattes ? Et que sentent tes oreilles pendantes ? Je frissonnai. *La possession.*

— Nick ? interrogea Silla.

Elle serra ma main et embrassa la jointure de mon index.

— Je... (Je souris avec effort en regardant Reese.) Je crois que je suis un peu nerveux. Le sang, ce n'est pas vraiment mon truc. (Ce qui était presque la vérité.)

Reese lança à Silla un regard signifiant clairement que je ne l'impressionnais guère.

— Si tu veux participer à tout ça, il faudra bien t'y faire, dit-il sèchement, et il déplia la lame d'un couteau de poche.

Silla

Nous étions assis en triangle à l'intérieur du cercle de sel. Avant de venir, Reese et moi avions discuté du sort que nous voulions essayer avec Nick. Le hic, avec la plupart des sorts, c'était qu'on ne pouvait jamais savoir immédiatement s'ils opéraient. L'action d'un sort de protection, par exemple, ne devenait évidente que s'il échouait. Un sort censé porter chance n'agissait que sur le long terme. Nous aurions pu essayer le sort de clairvoyance afin de découvrir qui avait tué maman et papa, mais aucun de nous ne voulait en parler avec Nick pour le moment. Et l'un des ingrédients de ce sort était une plante, l'achillée, que nous n'avions pas. D'autres sorts nécessitaient des ingrédients plus difficiles à se procurer, ou que nous ne connaissions même pas.

Nous allions donc tenter une métamorphose, qui était un bon vieux sort de base.

Quand nous fûmes en position, nos genoux se touchant presque pour former un triangle, Reese prit un bol en céramique placé à côté de la pierre tombale. Ses bords étaient dentelés comme ceux d'une tarte et un *koi*[1] orange était gravé au fond. Gram Judy l'avait choisi sur catalogue en août, et rangé dès son arrivée dans l'armoire aux porcelaines pour ne plus y toucher.

Je sortis du sac à dos une bouteille de vin et la posai entre Reese et moi.

— Tu es sûre d'être prête, Sil ? demanda Reese. Pas trop fatiguée ?

— Ça va. Il faut bien que je réussisse au moins quelque chose aujourd'hui.

Je pris le couteau qui était resté sur l'herbe. Pour le sort de possession, Reese et moi avions entaillé le gras de nos paumes, car nous avions besoin d'une certaine quantité de sang pour peindre les runes. Ça m'avait fait vraiment mal sur le moment et je sentais encore un élancement sourd dans la main gauche. Mais pour ce sort-là, une seule goutte suffirait.

Reese versa l'eau d'une gourde dans le bol en céramique. L'eau limpide éclaboussa les parois.

Les corbeaux ricanèrent comme s'ils savaient quelque chose que nous ignorions, et nous attendîmes tous trois que l'eau s'immobilisât dans le bol. Les rayons du soleil miroitaient sur les vaguelettes de la surface et je détournai les yeux, éblouie par ces fugitifs éclats argentés. Je surpris le regard de Nick sur moi et souris. Il me rendit mon sourire.

Reese saisit la bouteille de vin et en dévissa le bouchon.

— Du vin ? interrogea Nick, les sourcils levés.

— C'est le plus vieux truc de ce livre, répondit Reese avec un sourire.

---

1. Terme japonais désignant une variété de carpe.

Nick fronça les sourcils, regarda l'eau, puis moi.

— L'eau changée en vin, commenta-t-il.

J'acquiesçai et sentis mon cœur battre plus vite.

— Tu imagines un peu ? chuchotai-je.

— Ça ne sera pas nécessaire, répondit-il. (Tendant le bras par-dessus nos genoux, il me saisit la main.)

Reese s'éclaircit la gorge.

— Prêts ? demanda-t-il.

Nick et moi-même commençâmes à inspirer profondément, puis à expirer, les lèvres serrées, simultanément, comme si nous nous étions mis d'accord. S'il n'avait pas serré mes doigts dans les siens, ils auraient tremblé : nous devions absolument agir ensemble.

— Prêt, Nick ? demandai-je doucement. Quand Reese aura versé le vin, nous devrons dire : « *Fio novus.* » Ça signifie : « Transforme-toi. »

— Pourquoi du latin ? interrogea Nick, l'air moins curieux qu'intrigué.

— Parce que c'est... c'est comme ça dans le livre, répondis-je, penaude, en tapotant la couverture dont la couleur se confondait avec celle de l'herbe sèche.

— En versant quelques gouttes de vin, nous indiquons quelle transformation nous voulons opérer, expliqua Reese. Notre sang apporte l'énergie, nos paroles la volonté.

— OK, j'ai pigé, acquiesça Nick.

— Vin, dit Reese en inclinant la bouteille et en versant un mince filet de liquide brun foncé, qui se répandit presque immédiatement dans l'eau. Le centre du bol prit une teinte légèrement plus sombre. Les reflets du soleil qui dansaient devant mes yeux étaient maintenant moins aveuglants.

Je me penchai sur le bol et Nick et Reese posèrent chacun une main sur l'un de mes genoux. Je piquai le bout de mon index, puis l'élevai pour regarder la goutte de sang qui se formait lentement.

Ma main me brûlait, et je sentis l'énergie jaillie de mes entrailles monter dans mon bras et se concentrer dans ma main. Le pouvoir magique palpitait dans cette minuscule goutte de sang qui trembla au bout de mon doigt tandis que je retenais mon souffle, puis tomba dans l'eau.

Elle toucha la surface avec un petit bruit d'éclaboussure et s'y maintint sous la forme d'une sphère, d'une bulle de sang cramoisie flottant sur l'eau.

— *Fio novus,* murmurai-je. Transforme-toi.

— *Fio novus,* répéta Nick.

Nous le répétâmes ensemble, en nous penchant si près de l'eau que notre respiration la faisait frémir.

La surface trembla, se rida et reflua comme sous l'effet d'un tremblement de terre. Au centre, où mon sang était tombé, un étrange vortex violet se forma et déploya des tentacules vers les bords du récipient, la surface et le petit *koi* orange du fond. Comme de l'huile, ces tentacules ne se mêlèrent pas immédiatement à l'eau. C'était un organisme vivant, une plante aquatique qui croissait et s'étendait. L'estomac contracté, je me mordis la langue, osant à peine respirer.

— *Fio novus !* sifflai-je.

L'organisme explosa, transformant l'eau en un liquide sombre et scintillant qui léchait doucement les bords dentelés du bol.

Immobiles, nous le regardions fixement. Je songeai aux sorcières de Macbeth réunies autour de leur chaudron.

Dites-moi, mystérieuses et noires sorcières de minuit, que tramez-vous ?

Un acte qui n'a pas de nom.

Nous étions aussi silencieux que les pierres tombales autour de nous.

Nicholas

Je tendis la main, trempai les doigts dans le bol, puis les portai à ma bouche. J'hésitai seulement une seconde avant de goûter. Une saveur aigre-douce se répandit sur ma langue.

Silla m'observait, les yeux agrandis.

— Alors ? demanda Reese.

— C'est du vin, répondis-je avec un rire étonné. De la piquette, mais du vin.

Avec un cri de triomphe, Silla trempa à son tour les doigts dans le liquide.

Après l'avoir goûté, elle fit la grimace.

— Pouah ! Je crois que j'ai encore besoin d'entraînement, déclara-t-elle.

— Tu n'aimes pas le vin, de toute façon, fit Reese avec un sourire. La prochaine fois, on devrait peut-être essayer de transformer l'eau en chocolat.

Elle éclata de rire et ils échangèrent un regard. Leur complicité était visible même dans cette foutue ligne étincelante de soleil qui les séparait. Je me dis que, de toute façon, je ne me serais jamais entendu avec des frères et sœurs.

Ils se tournèrent vers moi d'un seul mouvement.

— À ton tour, mon pote, dit Reese.

J'ouvris la bouche, mais pour une fois, je ne trouvai aucune vacherie à répondre.

— Tu ne veux pas ? demanda Silla.

Elle avait posé la main sur mon genou et j'étais incapable de réfléchir.

— Nous voulons savoir si nous sommes les seuls à posséder ce pouvoir, si c'est de famille, ou si toi aussi, tu l'as.

Reese se leva, le bol de mauvais vin à la main, s'éloigna de quelques pas et en jeta le contenu sur une tombe au hasard.

— Nicholas…

L'invocation de mon nom entier me rendit soudain l'usage de la parole.

— D'accord, marmonnai-je. (Je pris sa main posée sur mon genou, la gardai dans la mienne et en soulevai l'index pour embrasser la minuscule coupure.) Je veux bien essayer.

Bien entendu, je savais que je pouvais réussir.

Reese se rassit, reposa le bol au centre du cercle et vida dedans le reste d'eau. Silla me serra la main, la lâcha, puis chercha du regard le couteau qu'elle avait laissé tomber dans l'herbe. Elle le trouva et me le tendit.

— Attends, intervint Reese, tu es sûr de n'avoir aucune maladie ?

— C'est toi qui couches avec Danielle Fenton, riposta Silla avec une moue d'exaspération.

Le regard de Reese pesait sur moi. Je le soutins d'un air dégagé, comme si je me moquais bien de cette nouvelle démonstration de force de sa part. C'était un peu agaçant de devoir en passer encore par là, mais après tout, grâce à Lilith, j'étais rodé. Et puis j'avais l'impression que Reese n'avait rien contre moi personnellement. Il refusait seulement que je touche à sa sœur, une attitude que je pouvais tout à fait respecter. Il faudrait bien qu'il se fasse à cette idée, mais je ne l'en respectais pas moins.

Finalement, il hocha la tête et Silla me tendit le couteau avec un petit soupir excédé.

Reese versa encore quelques gouttes de vin dans le bol, et Silla et lui posèrent la main sur mes genoux afin de refermer le cercle, comme nous l'avions fait avec elle un instant plus tôt.

J'appuyai la pointe de la lame sur le bout de mon index et l'enfonçai. La douleur fut immédiate. Je m'étais entaillé trop profondément, mais il faut dire que ce couteau était moins précis que la plume de maman.

Je serrai les dents pour ne pas flancher et passer pour un tocard, plaçai mon doigt au-dessus du bol et me concentrai sur ce que je voulais. Plusieurs gouttes tombèrent et s'écrasèrent lourdement à la surface. Tout mon corps fourmilla soudain sous l'afflux de la magie. Je ne me souvenais pas d'avoir éprouvé de telles sensations auparavant.

— Que l'eau se mue en vin, dis-je sans y penser, distrait par l'irruption de la magie. Larmes du ciel, devenez suc du raisin. (Je perçus plus que je ne la vis l'hésitation de Silla et de Reese, mais je n'en poursuivis pas moins mon incantation.) Que l'eau se mue en vin. Que l'eau se mue en vin. Sang de mon corps, le pouvoir est mien. Que l'eau se mue en vin.

Sans bruit, en un éclair, l'eau du bol se transforma en vin de couleur sombre.

— Nick ! s'exclama Silla d'une voix étouffée, les mains plaquées sur la bouche.

Reese trempa le doigt dans le bol et goûta. Les coins de sa bouche s'abaissèrent en une expression méditative.

— C'est meilleur qu'avant, commenta-t-il.

Je haussai les épaules.

— J'improvise en vers, expliquai-je. Comme dans les films.

Et ma mère m'a appris à faire rimer les sorts comme des poèmes, ajoutai-je en pensée.

— Et comme Shakespeare, renchérit Silla avec un rire et un hochement de tête.

— En tout cas, nous avons les réponses à deux questions, déclara Reese, et il goûta de nouveau au vin que j'avais créé. Premièrement, tu sais jeter des sorts, et deuxièmement, nous pouvons nous passer du latin.

— C'est le sens qui compte, approuva Silla.

Je suçais le bout de mon doigt qui saignait encore. Le goût me rappela les baisers que j'avais donnés à Silla. Reese frappa dans ses mains, poussa un cri étouffé et regarda sa paume blessée.

— Nous devrions maintenant faire un brin de toilette et aller dîner, dit-il. Et puis dormir un peu. Nick, tu risques d'être rétamé après cette séance, alors vas-y mollo ce soir.

— Bien sûr, répondis-je en pliant mon doigt, dont le saignement avait ralenti.

— Peut-être, reprit Reese en levant les yeux au ciel, puis en embrassant du regard toute l'étendue du cimetière, peut-être que les prochaines fois, on ferait mieux de se retrouver chez nous, dans l'arrière-cour, quand Judy n'est pas là : on serait plus tranquilles.

— Non, il faut continuer ici, près de papa et de maman, déclara Silla.

— Ils ne sont plus ici, Silla.

— Mais moi, ici, je ne risque pas de les oublier. Je veux dire…

Pour éviter le regard de Reese, elle effaça le cercle de sel, puis ramassa le livre de sorts, qu'elle jeta dans son sac à dos. Je l'aidai à ranger la boîte de sel, le couteau et le paquet de bougies entamées. Quand tout fut remballé, elle s'adressa de nouveau à son frère, qui était resté silencieux.

— Je veux dire que c'est une sorte de lien avec eux, cette magie. Quand je suis ici, je me souviens toujours pourquoi j'en fais.

Elle versa le vin comme une offrande au pied de la tombe de ses parents.

— Je crois que je comprends ce que tu veux dire, répondit Reese, et il prit le bol et le sac à dos. Je rentre en vitesse pour me coller sous la douche.

— Vas-y, fit-elle avec un fugitif sourire qu'il ne lui rendit pas.

— Au fait, dis-je sous le coup d'une idée subite, vous pouvez me prêter le livre ? J'aimerais le regarder de plus près, si ça ne vous ennuie pas.

Reese tendit le sac à Silla pour qu'elle y prenne le livre.

— À plus tard, dit-il, et il fila.

Je me demandais ce qui l'avait mis de mauvais poil.

Silla et moi restâmes seuls, face à face. Elle serrait le petit livre contre sa poitrine, les mains posées dessus en un geste protecteur. Je m'approchai d'elle et touchai la tranche du doigt.

— J'en prendrai soin, dis-je.

— Je sais.

— Je te le promets.

— Je sais.

Je refermai les mains sur le livre, mais elle ne le lâcha pas. Elle me dévisageait en silence.

— Silla, ça va ? demandai-je, et je l'attirai à moi, centimètre par centimètre, en tirant sur le livre.

— Ouais, répondit-elle.

Sa lèvre inférieure remua comme si elle en mordillait l'intérieur, mais moi, je voulais être le seul à la mordiller.

Comme si elle avait lu dans mes pensées, elle lâcha le livre et me serra dans ses bras. Je lui rendis son étreinte.

— Quand puis-je t'inviter à dîner ? demandai-je. Lundi ? Mardi ?

— Mercredi, je n'ai pas de répétition.

— Parfait, mercredi.

Je fis alors ce dont j'avais envie depuis mon arrivée ici : je lui relevai le menton et l'embrassai. En plein jour, avec l'écho persistant de mon pouvoir magique dans les oreilles, c'était différent, plus réel, comme la preuve que je n'avais pas rêvé depuis la veille au soir.

Elle sourit en m'embrassant et je me serrai plus fort contre elle, savourant la sensation de son corps contre le mien, séparés uniquement par le livre. J'avais envie d'aller plus loin.

— Nick… (Elle recula et inspira profondément, en me laissant le livre entre les mains.) Gram Judy nous attend pour dîner. Je dois m'en aller, désolée.

— Moi aussi.

Vraiment désolé, pensai-je.

Je la regardai s'éloigner pendant quelques secondes seulement, mais ces secondes en valaient la peine.

Silla

Tout brillait et exultait autour de moi cet après-midi. Alors que j'enjambais le mur du cimetière, j'entendais des oiseaux chanter et pépier comme pour approuver nos séances de magie. La tête me tournait sans que je sache si c'était la magie ou les baisers. Je ne le savais pas et je n'avais pas envie de le savoir. Peu importait, car, magie ou baisers, je comptais bien m'en donner tout mon soûl dans les jours à venir.

Je faillis m'étaler en entendant la voix de Reese.

— Viens voir un peu par là, mon petit bourdon !

Le nez au ras de la haie de forsythias, je mis un moment à le repérer, puis je m'approchai de lui et m'accroupis.

— Qu'est-ce qu'il y a ? demandai-je.

— Là, regarde. (Il me montrait l'herbe jaune et clairsemée qui laissait à nu des plaques de terre.) Imagine que ces petites parcelles de terre forment un ensemble, comme ça, dit-il en suivant leur tracé du doigt. Tu ne trouves pas qu'on dirait un fragment de rune ?

— Ô mon Dieu ! Tu crois que c'est papa ?

— Ouais. Ça ressemble au dessin à triple étoile du sort de protection. Et ça, regarde. (Il se leva en m'aidant à en faire autant, puis resta derrière moi.) Tu vois l'herbe sèche, là-bas, le long de la haie ? Je crois qu'elle fait le tour de la maison, comme un cercle.

Bouche bée, je regardai des deux côtés. Le cercle était à peine discernable, car en cette saison, toute l'herbe était jaunie.

— Comment l'as-tu remarqué ? demandai-je.

— Quand je volais, à la décoloration de l'herbe, répondit-il avec un bref regard vers le ciel. Comme je te l'ai dit, de là-haut, je voyais tout différemment.

— Va par là, ordonnai-je, le doigt tendu vers le sud, moi, je vais de l'autre côté, et on verra bien si c'est un cercle.

Maintenant que je savais ce que je cherchais, l'herbe décolorée était comme une route en brique jaune, un chemin doré qui faisait le tour de la maison. Juste à l'entrée de l'allée, je découvris une nouvelle zone clairsemée. En suivant son tracé, je reconstituai la rune.

Reese et moi nous retrouvâmes quelques minutes plus tard. Mes doigts tremblaient un peu. Je fourrai mes mains dans mes poches pour le dissimuler.

— J'en ai trouvé une autre, au quart du chemin, dis-je.

— Moi aussi, répondit-il. (Son air grave me révéla que cette découverte ne l'enchantait pas plus que moi.) L'herbe a dû se dessécher à la mort de papa.

Je sentis mes genoux se dérober sous moi. Il avait raison. L'herbe n'était pas aussi sèche au printemps, ni même au début de l'été. Sinon, maman l'aurait remarqué et elle aurait piqué une colère.

— C'était pour nous protéger, chuchotai-je, en me concentrant sur la magie pour oublier l'herbe. Si c'est bien la rune du sort de protection, tout se tient. Papa a protégé la maison.

Reese ne dit rien, mais je devinai sa pensée : pas assez bien.

CHAPITRE 18

10 août 1905

J'ai bien vu comment il la regardait la semaine dernière, pendant que nous soignions les domestiques de son père.

Nous étions venus chez lui à cause d'une épidémie de grippe, cette maladie qui avait failli m'emporter et grâce à laquelle Philip m'avait remarquée. Comme toujours, il voulait guérir ces gens, mais je refusais qu'il découvre une autre jeune fille. C'était la seule fille de la maison, Miss Maria Foster. Elle nous a apporté du thé froid et des torchons. Les yeux de Philip s'attardaient sur ses lèvres et les longs cils noirs palpitant sur ses joues. Il l'a remerciée avec bien plus de douceur qu'il ne m'en a jamais montré, et en gardant bien trop longuement sa main dans la sienne.

Et il ne l'a pas oubliée ensuite. Assise à côté de lui, je lui chatouillais l'oreille, lui passais les doigts dans les cheveux et l'agaçais pour attirer son attention, mais il continuait à écrire dans son maudit journal intime. Soudain, j'ai lu dedans le nom de cette fille. Je le lui ai arraché des mains et je l'ai lancé à travers la pièce. Il m'a soulevée à bout de bras et a dit que j'étais insupportable et mal élevée. Je lui ai hurlé qu'il préférait les manières idiotes d'une fille riche et stupide à mon dévouement pour lui et ses secrets.

Il m'a répondu qu'en effet, il préférait ses manières. Je suis partie le soir même et je suis allée devant chez elle. J'ai attendu qu'elle paraisse à la fenêtre de sa chambre, et dès que j'ai vu son visage, j'ai pris possession d'elle. Mon propre corps est brutalement retombé contre le mur de la ruelle, mais je m'en moquais. J'étais devenue Miss Foster. Je portais son corset, sa crinoline, ses bottines, et je respirais par ses lèvres et ses poumons. J'avais désormais une servante pour m'habiller le soir et une autre pour me servir à table. On me faisait la révérence et on m'avançait une chaise. Mr Foster me tapotait la main et Mrs Foster me réprimandait quand je mangeais trop, mais toujours avec douceur. Et mes frères me taquinaient, mais quand nous nous sommes retirés au salon, c'est à moi qu'ils ont demandé de jouer du piano. Bien entendu, j'ai refusé puisque je ne sais pas en jouer, mais je leur ai lu des poèmes de Tennyson. L'un de nos invités, un certain Mr Dumbar, s'est montré plein d'attentions pour moi, il me prenait par le coude et bavardait avec moi sur une foule de choses. Je crains bien d'avoir laissé à tout le monde l'impression que Miss Maria était très fatiguée ce soir-là, car j'ai dû esquiver bon nombre de sujets de conversation. Ce n'est pas surprenant que Philip soit entiché d'elle : elle est non seulement gracieuse, mais aimable et cultivée. Je le vois à la manière dont on la traite : tous l'admirent.

Quand je suis montée dans sa chambre, la tête me tournait et j'avais l'impression que j'allais me détacher de son corps d'un moment à l'autre. Je l'ai vite ramenée à sa fenêtre afin de réintégrer le mien. En bas, à quatre pattes dans la ruelle, j'ai longuement vomi et dû attendre un moment avant de pouvoir repartir.

Je suis revenue tous les soirs de la semaine pour emprunter l'apparence de Miss Maria Foster. Elle n'a encore soufflé mot à personne de ses absences, mais cela ne durera pas éternellement. Je dois me servir d'elle tant que je le pourrai.

Sous son apparence, je suis admirée de tous.

CHAPITRE 19

Nicholas

Papa et Lilith buvaient des margaritas sur le patio arrière de la maison. Après avoir caché le livre de sorts derrière un buisson de fleurs desséché, je les rejoignis.

La carafe de margarita avait un éclat vert fluorescent dans la lumière du soleil. Du sel et des tranches de citron étaient disposés dans une petite assiette sur la table. Lilith semblait regarder dans le vide pendant que papa parcourait une pile de feuilles, stylo rouge et marqueur en main. J'espérai qu'il relisait des testaments, et non un manuscrit de Lilith, ou rien d'aussi gentil et typiquement conjugal.

— Salut, dis-je en me frottant la nuque sans pouvoir desserrer l'étau qui cernait mon crâne.

— Bonsoir, Nick. Comment s'est passé ton après-midi ? demanda papa en posant son stylo.

— Et ta voiture ? ajouta Lilith, qui suivait du doigt le bord de son verre.

— Très bien, et oui, elle est réparée, répondis-je d'une voix tendue à cause de mon mal de crâne.

Ce n'était pas la magie qui l'avait provoqué, mais les souvenirs affluant à ma mémoire.

Maman presse ses doigts contre mon front en disant : « Je te bannis de ce corps. » Je sens comme un claquement et une tension dans mon estomac. Assis par terre, je regarde maman qui couvre de la main la face d'un chien, notre chien Singe.

Toujours cette saleté de rêve récurrent.

— Ah, très bien, reprit Lilith, sinon, on aurait toujours pu la faire remorquer jusqu'à Cape Girardeau, pour éviter les garages du coin.

— Pourquoi ? ripostai-je avec un regard mauvais. Si on est ici, c'est bien pour la couleur locale, non ?

Elle m'observa sans répondre par-dessus le bord de son verre.

— Papa, j'aimerais parler un instant avec toi, dis-je.

— Bien sûr, Nick, de quoi ?

Je gardai un silence significatif.

— ... euh, seuls, précisai-je enfin.

Lilith se laissa glisser de sa chaise.

— Je vais chercher de la bruschetta, annonça-t-elle. Je me disais justement que ce serait délicieux de manger des tomates.

Quand elle eut disparu derrière la porte vitrée, papa et moi nous regardâmes sans un mot.

Sa tenue décontractée de week-end à la maison n'aurait pas été déplacée dans une salle de tribunal : jean repassé, chemise boutonnée jusqu'au cou et cheveux bien peignés. Et il attendait que je parle. Je priai pour qu'il ne gaspille pas sa salive en me posant des questions.

Bon sang, Nick, accouche ! Mais par où commencer ? J'avais la gorge sèche. Je n'avais aucune envie de parler de tout ça avec lui, mais je ne pouvais plus le faire avec maman, ni avec mon grand-père. Et puis il devait bien savoir quelque chose sur ce qui m'était arrivé ici autrefois, non ? Sinon, il était encore plus con que ce que je croyais. Je transférai tout mon poids sur la plante de mes pieds, puis me laissai retomber sur mes talons.

— Pourquoi est-ce que je n'ai jamais vraiment connu grand-père ? demandai-je.

Son front se plissa, peut-être de contrariété ?

— Ta mère ne voulait plus le voir, répondit-il.

Le soleil me chauffait les épaules et la nuque tandis que je m'efforçais de rassembler mes pensées en une question compréhensible pour lui.

— Je sais, mais pourquoi ? repris-je. Que s'est-il passé la fois où elle m'a amené ici, quand j'avais sept ans ?

— De quoi te souviens-tu au juste ?

— Papa !

— Tu as été malade pendant tout ce séjour, Nick. Ta mère m'a raconté que son père s'est conduit comme si on t'avait jeté une malédiction, et qu'il a complètement perdu les pédales. Elle a affirmé qu'il t'a lacéré la joue d'un coup de couteau. Alors elle est repartie avec toi.

Sauf que le coup de couteau avait été porté par maman, je m'en souvenais très nettement. Je me rappelais son sourire réconfortant et ses promesses tandis que la lame m'entaillait la joue. Qu'avait-elle en tête ? La coupure de mon doigt me démangea soudain.

— Nick, mon petit, qu'est-ce qui ne va pas ?

Ma détresse avait dû se lire sur mon visage comme si j'étais un héros de feuilleton télé.

— Tu n'as jamais su comment elle se faisait toutes ces blessures ? demandai-je.

Me mentait-il, ou avait-elle toujours gardé le secret ? Pourquoi ne savait-il rien, bon sang ? S'en moquait-il complètement ?

— Elle était très maladroite, répondit-il. Heureusement, de ce côté, tu ne tiens pas d'elle. Elle se coupait sans arrêt, à la cuisine et avec tout ce qui dépassait : arêtes de feuilles de papier, clous, échardes… tout ce qui coupait, il fallait qu'elle se blesse avec. Mais pourquoi me demandes-tu ça ?

Il ne savait donc rien. Il n'avait jamais rien voulu savoir, pour ne pas avoir à l'aider.

— Comme ça, je me souviens seulement de tous ses pansements, dis-je.

Les coins de sa bouche s'abaissèrent.

— Elle a arrêté de se blesser quand tu étais petit, reprit-il, juste avant...

— ... avant sa première tentative dans la baignoire ? achevai-je. *Et juste après notre séjour chez grand-père,* pensai-je.

Il hocha la tête.

— Voilà une étrange conversation par une si belle journée, Nick, déclara-t-il.

J'eus soudain envie de l'injurier, mais je me maîtrisai pour lui fournir une explication plausible, que son cerveau obtus puisse faire semblant de comprendre.

— J'habite maintenant la maison où elle a vécu, répondis-je. Et je vais à la même école qu'elle.

— C'est vrai.

— Je pense parfois à elle, ici, et je me demande si elle serait devenue aussi folle si elle n'était pas partie, dis-je.

Papa réussit à paraître triste en haussant seulement le sourcil gauche, mais s'il croyait pouvoir m'apitoyer, il rêvait.

— C'est cet endroit qu'elle essayait toujours de fuir, Nick. Son passé et sa famille. Elle a toujours voulu laisser sa famille ici, y compris quand elle en a elle-même fondé une.

Que lui était-il arrivé de si terrible pour qu'elle ait éprouvé un tel besoin de fuir ? Des mauvais traitements ? De la part de son père ? Ou bien la magie ? Quelque chose qui se serait passé au cimetière, comme Eric l'avait laissé entendre ? Ou bien cela avait-il un rapport avec moi ?

— Elle ne t'a jamais rien dit de ce qu'elle ne supportait pas ? demandai-je. *Et toi, tu ne lui as jamais posé de questions ?* pensai-je.

Papa expira brusquement par le nez, visiblement en proie à une exaspération grandissante.

— Nick, tout ce qu'elle disait était de plus en plus confus. Je n'ai vraiment pas envie de me souvenir de tout ça. Je suis désolé.

Désolé, tu parles.

La porte en verre coulissant s'ouvrit et Lilith apparut avec un plateau de toasts et de tomates hachées.

— Alors, les garçons, votre tête-à-tête est terminé ? Vous avez faim ?

— Ouais, répondis-je.

— Ça m'a l'air délicieux, dit papa, et il se leva pour avancer une chaise à Lilith.

— Oh, merci, mon chéri...

— Où était la chambre de maman ? Tu le sais ? demandai-je à mon père.

Nous levâmes les yeux vers l'arrière de la ferme. La fenêtre de mon grenier était ouverte, mais les rideaux des autres dissimulaient l'intérieur.

Ce fut Lilith qui répondit à ma question.

— C'est la dernière à droite, au bout du couloir du deuxième étage, dit-elle.

— Comment le sais-tu ? demandai-je plus sèchement que je n'en avais eu l'intention.

Le visage de Lilith resta pourtant serein.

— Son nom était peint dans l'armoire de cette chambre, expliqua-t-elle. Je l'ai découvert pendant ma première visite avec l'entrepreneur, en juillet.

J'aurais sans doute dû m'excuser, car après tout, c'était une explication parfaitement rationnelle. Papa pensait visiblement que j'aurais dû le faire, mais je n'en tins aucun compte et fis le tour de la maison pour récupérer le livre de sorts avant de rentrer.

Au bout du couloir du deuxième étage, je trouvai la chambre de ma mère. Je restai immobile devant la porte, la main posée dessus, puis, les yeux fermés, j'appuyai la tête contre le battant.

— Tu t'es servie de lui, Donna ! Comment as-tu osé ?

— Il le fallait, papa. Je n'avais pas le choix.

— Si. Ce n'est pas ton animal de compagnie, mais un enfant. Ton enfant. Mon petit-fils.

— Il n'y avait pas d'autre solution.

Mes mains tremblent et mon visage est douloureux de mes efforts pour refouler la fureur qui m'envahit. Je descends de mon lit, en sueur, tremblant comme maintenant, mais de fièvre. Je les entends se quereller. J'entends maman crier et sangloter.

— Va-t'en. Rentre chez toi avec ce gamin, et arrête avec tout ça. Tu es mauvaise, ma fille, et ce que tu fais est mal.

Mais maintenant, ils n'étaient plus là. Ce n'était plus qu'un souvenir. Après quelques respirations, je poussai la porte de la chambre.

La pièce était vide. Elle mesurait dans les douze mètres carrés, avec des murs d'un blanc immaculé et de vieux meubles entassés dans un coin.

J'ouvris l'armoire en espérant retrouver le nom de ma mère à l'intérieur, mais tout avait été repeint en blanc pour s'harmoniser avec la couleur de la chambre. Qu'avait donc Lilith contre les couleurs ?

Je tirai brutalement les rideaux de la fenêtre et jetai un regard mauvais dans la cour. Comme ce n'était pas l'angle idéal pour projeter ma haine sur Lilith, je regardai en direction de la maison de Silla, mais la forêt la dissimulait. D'ici, je ne voyais même pas le cimetière, seulement des arbres aux feuilles d'un vert tirant sur le brun.

J'étais assis par terre, au milieu de la chambre, le livre de sorts pesant dans ma main. Je le feuilletai avec précaution.

Certains symboles me paraissaient vaguement familiers, comme d'autres versions de sorts que je connaissais, de même origine, mais dans un style légèrement différent. Dans l'ensemble, les ingrédients étaient les mêmes que ceux de la boîte laquée de maman. Je n'en avais jamais vraiment douté, mais j'avais désormais la confirmation que les deux genres de magie ne faisaient qu'un.

Robert Kennicot.

Ce nom apparaissait en signature au bas de l'une des pages. Je lâchai le livre, et le bruit de sa chute sur le parquet résonna dans la pièce vide.

« Robbie Kennicot », chuchote maman. Adossé à son genou, je me penche au-dessus du miroir, les mains posées à plat sur le sol. La surface du miroir se brouille et je reste bouche bée tandis que le reflet de maman se fond dans des nuées grises. Un autre visage apparaît, un visage d'homme que je ne connais pas, l'air vieux jeu, avec de petites lunettes rondes. Elles me paraissent bizarres parce que leurs verres sont roses. « Oh, Robbie ! » s'exclame maman. Une goutte d'eau s'écrase sur la surface du miroir, et en un éclair, le visage de maman réapparaît. Elle retourne le miroir et me caresse la joue. « Mon chéri, nous allons le sauver, hein, Nicky ? » dit-elle.

Je me relevai d'un bond et me précipitai dans ma chambre pour aller y chercher la boîte laquée. Je pris également un miroir de poche dans la salle de bains, des allumettes et du sel à la cuisine et des bougies appartenant à

Lilith au cellier. Je savais exactement quel sort j'allais jeter et je n'avais pas besoin de ce foutu livre. Je me souvenais très bien de ce sort.

Je me souvenais de *tous* les sorts.

Comme si quelque chose avait explosé ou avait été démoli en moi, je me souvenais maintenant des leçons de mon enfance que j'avais si désespérément tenté d'oublier : où se procurer les herbes, comment les faire sécher quand on les avait soi-même cueillies, comment dessiner ce que je ne pouvais écrire ; les rimes qui aident à se concentrer sur ce qu'on projette, la goutte de sang répandue à terre qui vous ancre au sol, atténuant l'épuisement d'après la magie. Les paroles de maman resurgissaient à ma mémoire dans un grondement de torrent, mais je les comprenais sans avoir besoin de les entendre.

Mes veines étaient brûlantes et la température de la pièce avoisinait les quarante degrés.

Je fis mes préparatifs à la hâte, le cercle de sel, les bougies aux quatre coins de la pièce, je versai dans le creux de ma main des fleurs séchées d'achillée que j'écrasai sur le miroir. De la pointe de la plume, je piquai le bout de mon index et, avec mon sang, traçai la rune de circonstance sur le miroir. Je glissai ensuite sous lui la dernière carte postale de maman, remontant à huit mois, que j'avais dissimulée à son arrivée dans le couvercle de la boîte laquée. Elle me disait dans son écriture déliée : « Le désert est l'endroit qui me convient, Nicky. C'est si facile de s'y perdre, ce qui est bien quand on a l'habitude de se sentir perdu. Je t'embrasse, maman. »

Je posai le miroir à plat sur le sol, en scrutai les profondeurs à travers mon sang, les mains posées de chaque côté de lui comme quand j'étais petit, et chuchotai le nom de ma mère au-dessus de la rune qui séchait.

Comme si j'essayais de voir à travers une image en 3D, je cessai de fixer un point précis et mes traits dans le miroir devinrent flous.

« Donna Harleigh, dis-je. Maman. »

Une brise souffla dans les poils de mes avant-bras. J'entendis le bruissement du vent dans des feuilles et l'écho de rires juvéniles. Mes yeux dans le miroir furent remplacés par d'autres yeux, plus sombres encore, dans un visage plus vieux et plus étroit que le mien. Ses cheveux tombèrent sur son front et elle leva la main pour les balayer. Ce geste retroussa sa manche et de minuscules cicatrices argentées brillèrent sur son poignet.

Elle souriait. Soudain, l'image disparut.

À présent, seuls mes yeux furieux me dévisageaient dans le miroir.

CHAPITRE 20

23 août 1905

Je l'ai menée à Philip. Il était retourné la voir deux fois sous prétexte d'apporter de nouveaux médicaments, en me laissant seule à la maison les deux fois. Il s'éprenait d'elle, et je comptais bien en tirer profit.

J'ai sonné à la porte de sa maison et il m'a ouvert, la surprise peinte sur son beau visage. J'ai fait sourire Miss Foster.

— Entrez, Miss Foster, a-t-il dit, et il s'est effacé d'une démarche mal assurée.

Je suis entrée en lui tendant la main.

— Que puis-je faire pour vous ? a-t-il demandé.

La crainte respectueuse qui se lisait dans son regard était si disproportionnée et si ridicule que j'ai éclaté de rire. Il a reculé, mais j'ai saisi son visage entre mes mains.

— Oh, docteur Osborn, je vous adore, ai-je dit, et je l'ai embrassé.

Pendant un instant, il s'est laissé faire, ses mains doucement posées sur ma taille, il a accueilli mes lèvres et la suavité du parfum de Miss Foster. Et puis il l'a repoussée, toujours avec douceur. Moi, il ne me traite jamais avec tant d'égards !

— Miss Foster, je dois absolument parler à votre père, a-t-il déclaré.

Soudain, avant que je n'aie le temps de dire un mot, il s'est figé.

— Josephine ! s'est-il exclamé d'une voix sifflante.

— Comment as-tu deviné ? ai-je demandé, stupéfaite, puis je me suis mise à danser et à rire.

— À tes yeux, a-t-il répondu, les bras croisés sur sa poitrine. Tes yeux, Josie. Comment as-tu pu ?

J'ai déformé le visage de Miss Foster en un rictus.

— Tu es prêt à l'épouser ! Tu es prêt à lui offrir tout ce que nous avons parce qu'elle est douce, gentille et STUPIDE !

Ses doigts se sont resserrés sur ses coudes et leurs jointures ont blanchi.

— Suis-moi, a-t-il ordonné.

Nous sommes retournés devant la maison des Foster, où j'ai abandonné Miss Foster, suffocante d'angoisse pour sa santé. Quand j'ai rouvert mes propres yeux, Philip m'a giflée.

— Ne te sers plus jamais d'elle, ni de personne d'autre, a-t-il dit. Je ne t'ai pas enseigné ces dons pour faire le mal.

— Mais toi, tu m'as fait mal, ai-je répondu en ouvrant les bras. Tu me promets tout, pour le reprendre à la vue d'une jolie fille qui est TOUT ce que je ne suis PAS !

— Tu ne peux pas être elle, mais seulement un petit esprit jaloux et intrigant.

Avant que des larmes de rage ne me trahissent, je l'ai planté là, dans la ruelle.

Je lui ai donné, ainsi qu'à moi-même, plusieurs heures pour se calmer, et puis je suis rentrée avec une bouteille de son cognac préféré. Il l'a prise sans un mot et nous en a versé à chacun un verre. Nous nous sommes assis et nous avons bu en silence. Mon verre était presque vide quand j'ai repris la parole.

— Qu'y avait-il dans mes yeux ?

— Je n'y voyais pas mon reflet, ce qui est un signe certain de possession.

J'ai poussé un soupir.

— Pourquoi l'aimes-tu ? ai-je demandé.

— Je ne l'aime pas. (Il a vidé son verre à son tour.) Certainement pas.

— Si.

— Non, mais elle est charmante, et tant d'autres choses que je ne suis pas.

— Tu es un gentleman, Philip. Tu pourrais l'épouser si tu le voulais.

— Et ensuite ? Lui apprendre à mesurer le sang comme à toi ? Du reste, je ne suis pas un gentleman. Je suis d'une condition inférieure à la tienne, Josie.

— Mais tu t'es élevé au-dessus de cette condition et personne ne sait rien de tes origines.

— Le Diacre m'a rencontré dans un cimetière, a-t-il dit en reposant sa tête contre le dossier du sofa. Je faisais partie d'une bande de résurrectionnistes, ces gens qui volaient des cadavres pour les vendre à des écoles de médecine. Il a reconnu le pouvoir de mon sang comme j'ai reconnu le tien, et il m'a emmené pour m'enseigner la magie. Mon Dieu, il y a si longtemps de cela…

Je me suis assise à côté de lui et j'ai posé la main sur son genou.

— Ce n'est qu'une impression, Philip, ai-je dit. Tu es à peine plus vieux que moi.

Les coins de sa bouche se sont abaissés.

— J'ai cent ans, Josephine, a-t-il répondu.

Je ne l'aurais pas cru encore capable de me surprendre.

— Comment as-tu fait ? ai-je chuchoté.

— Grâce à un sort, bien sûr. Ou, plus exactement, une potion inopérante sur ceux qui n'ont pas notre pouvoir. Le Diacre l'a essayée sur plusieurs d'entre eux, et a toujours échoué.

— De quel sort s'agit-il ? ai-je demandé en me redressant.

— Carmot. Ça s'appelle le carmot.

— Montre-moi comment faire, Philip, je t'en prie, ai-je dit en lui saisissant les mains.

Les doigts mêlés aux miens, il hésitait encore.

— Je te jure que je ne toucherai plus ni à elle, ni à personne d'autre, ai-je repris. Je serai bonne, Philip. Aide-moi, et ensemble, nous ferons tout ce qui plaît à Dieu.

— Nous ne valons pas mieux l'un que l'autre, n'est-ce pas ? a-t-il répondu.

J'ai souri.

— Je te promets de tenir mes engagements, ai-je dit, et j'ai pris son visage entre mes mains. Tu n'as pas besoin d'elle, Philip.

Je l'ai embrassé et il m'a rendu mon baiser. Je voudrais ne jamais oublier l'ardeur désespérée avec laquelle ses doigts se crispaient sur mes hanches.

CHAPITRE 21

Nicholas

J'ai dormi d'un sommeil lourd, épuisé et en nage, comme si je pouvais évacuer ma frustration par tous les pores de ma peau. Mais dès que je m'endormais profondément, je me réveillais en sursaut comme si une alarme s'activait pour m'empêcher de rêver.

Je ne voulais qu'une chose : voir Silla pour tout lui avouer, lui révéler que je m'y connaissais en magie, que je savais que ce qu'elle cherchait était possible, mais que jusqu'à la veille, mon seul souvenir de la magie était le mal qu'elle faisait, car elle avait détruit ma mère.

Je décidai d'attendre midi au plus tôt. Je ne voulais pas y aller trop fort en déballant d'un seul coup tout ce que j'avais dissimulé, et dire ensuite que je regrettais de lui avoir menti. Elle me prendrait au mieux pour un taré.

Je descendis en douce prendre une boîte de céréales à la cuisine. De retour dans ma chambre, j'allumai mon ordinateur. Afin de démêler le chaos des souvenirs qui m'assaillaient, je fis une liste des ingrédients que contenait la boîte laquée de maman, une autre des sorts du livre de Mr Kennicot, et une troisième des ingrédients mentionnés dans ce livre, que je comparai à ceux de maman. Les sorts pouvaient être classés en trois catégories : guérison, métamorphose et protection. La seule exception était le sort de possession, que je rangeai finalement dans les métamorphoses, alors qu'il me paraissait bien moins inoffensif qu'elles. Les yeux fermés, j'essayai de me rappeler tous les autres sorts de maman, mais ça remontait à trop loin pour que je pusse retrouver des souvenirs précis par un effort conscient. Maman m'avait toujours présenté la magie comme un jeu auquel elle se prêtait avec moi, en m'enseignant l'art… de ne pas faire certaines choses. Enfant, je n'avais jamais envisagé d'apprendre sérieusement ce qu'elle me montrait, et maintenant que j'en avais l'âge, maman était hors circuit et je haïssais la magie.

De rapides recherches sur Internet me permirent de retrouver tous les ingrédients qui m'étaient inconnus. Il s'agissait en général de noms obscurs de plantes communes, dont quelques-unes étaient vénéneuses, d'autres employées au Moyen Âge pour la fabrication de potions portant des noms tels qu'« onguents pour le vol » ou « remèdes universels ». Le carmot était la seule exception. La fiole de la boîte laquée ne contenait plus que quelques millimètres de poudre couleur de rouille. Et le mot n'expliquait pas la nature de la chose. D'après la définition d'Internet, le carmot était l'ingrédient secret de la pierre philosophale, le Saint Graal de l'alchimie par lequel on pouvait accéder à l'immortalité.

Mais personne ne savait en quoi il consistait exactement.

Personne sauf, semblait-il, ma mère, qui n'avait jamais voulu devenir immortelle.

Je consultai l'horloge de mon ordinateur. Il n'était que dix heures, probablement trop tôt pour aller chez Silla. Je lus donc mes e-mails sans enthousiasme, pour la première fois en une semaine. Il n'y avait pas grand-chose à part quelques annonces de la scène musicale de Chicago sur les principaux groupes qui passaient à l'Anthem Dog, et des billets à prix réduit pour dîner au Red Velvet. Je trouvai quand même trois messages de Mikey et un de Kate, qui se demandaient ce que je fabriquais et pourquoi je ne leur avais pas téléphoné, ni envoyé d'e-mails.

J'ai fréquenté des sorciers qui pratiquent la magie avec leur sang, et du coup, je vous ai oubliés pendant une semaine, répondis-je mentalement.

Il était impossible de leur expliquer qui était Silla, ni à quoi ressemblait la vie à Yaleylah. Je naviguai quand même sur des sites où je traînais autrefois, sans remettre mon statut à jour, ni répondre aux notifications.

Quand mon estomac m'informa que j'avais assez fait l'idiot, il était presque midi.

Je fourrai le livre de sorts dans mon sac à bandoulière et descendis. Lilith travaillait sur son ordinateur portable dans la salle à manger au milieu de feuilles couvertes de corrections en violet. Elle leva les yeux, mais elle planait si haut qu'elle ne me reconnut même pas. Je décidai de profiter de l'aubaine pour aller me préparer un sandwich à la cuisine. Je n'avais pas la moindre idée d'où papa pouvait être.

Après avoir englouti le sandwich, je décollai sur un : « Je sors, à plus ! »

La camionnette de Reese n'était pas garée dans l'allée, mais la petite Wolkswagen, si, de même qu'une minuscule Toyota argentée couverte de poussière toute récente. Je fronçai les sourcils, mais n'en montai pas moins les marches grinçantes du porche et frappai à la porte. À l'ombre, il faisait nettement plus frais et je n'étais plus obligé de plisser les yeux à cause du soleil. Il n'y avait pas un nuage dans le ciel.

— J'arrive ! lança la voix de Gram Judy par les fenêtres ouvertes.

Peut-être l'invité était-il seulement l'un de ses amis. Quand elle ouvrit la porte, je me redressai et arborai un large sourire.

— Bonjour, Nick ! fit-elle, tout sourire.

Des anneaux d'or se balançaient à ses oreilles et ses cheveux blancs étaient dissimulés sous un foulard bleu et violet.

— Entre, reprit-elle. Silla fait un petit somme en haut. Reese et elle ont veillé tard hier soir. Je vais vite voir si elle dort encore.

Elle traversa l'entrée et ses hauts talons crépitèrent sur le parquet comme des gouttes de pluie. Je la suivis plus lentement vers l'escalier, en remarquant au passage deux tasses de thé sur la table de la cuisine.

L'une des portes donnant sur l'entrée s'ouvrit et une femme apparut. J'entrevis derrière sa tête des rayons de livres, ceux d'une bibliothèque ou d'un cabinet de travail, supposai-je.

— Bonjour, dit-elle avec un doux sourire, tandis que je la saluais d'un coup de menton. Vous devez être Nick Pardee.

Bon Dieu, ce que je pouvais détester les petites villes ! Cette femme avait l'air de sortir de l'église : jupe au genou, cardigan bordé de perles, épais cheveux relevés en l'une de ces torsades censées être élégantes. Elle ne devait pas avoir plus de trente ans, peut-être un peu moins, c'était difficile à dire. Elle s'entendrait probablement très bien avec Lilith.

— Je suis ravie de faire ta connaissance, Nick, reprit-elle. Je suis Miss Tripp et je travaille au lycée.

— Êtes-vous une amie de Judy ? demandai-je, le regard tourné vers les marches que Judy venait de gravir au trot.

— Plutôt de Silla. Je passais voir comment elle allait.

— Elle va bien, répondis-je, et je dus faire un effort pour ne pas croiser les bras sur ma poitrine.

Miss Tripp sourit de nouveau.

— Je n'en doute pas, Nick, dit-elle.

— J'ignorais que les professeurs faisaient des visites à domicile.

— Je suis psychologue et j'aide Silla depuis quelques mois. Elle en a bien besoin.

Le regard de Miss Tripp se tourna de nouveau vers la bibliothèque. Je crispai la main sur la bandoulière de mon sac.

— Elle s'en sort très bien, affirmai-je.

— Nick, elle a subi un choc terrible, il faut que tu t'en rendes compte, et tu peux certainement comprendre qu'elle a besoin de toute l'aide qu'on peut lui apporter, fit-elle avec une moue que je n'avais pas l'habitude de voir sur le visage d'un professeur, mais elle essayait probablement de montrer sa sympathie.

— Que faisiez-vous là-bas ? demandai-je en désignant le bureau du menton.

Je ne tenais pas à parler de Silla plus longtemps. Ces visites à domicile de psychologues faisaient-elles partie du train-train des petites villes ?

— Oh, je voulais juste m'imprégner de l'atmosphère du lieu : c'est là qu'elle les a découverts, répondit Miss Tripp, et elle pivota sur elle-même pour jeter un coup d'œil par la porte du bureau. On peut donc considérer ce lieu comme le foyer de sa souffrance.

Je ne pus m'empêcher de m'avancer pour mieux voir, mais sans entrer dans la pièce. Le bureau massif était presque au centre, sur un tapis tissé à la main. Les murs étaient couverts de rayons dont les livres, anciens ou exemplaires de poche, étaient entassés pêle-mêle comme si leur propriétaire ne faisait aucune différence entre eux. Un portrait de famille faisait face au bureau. Silla devait avoir environ huit ans quand la photo avait été prise ; rose et l'air en pleine santé dans une robe blanche à fanfreluches, elle paraissait sortir tout droit d'une publicité. Reese semblait sourire à contrecœur, comme s'il était furieux de devoir rester immobile si longtemps, supposai-je. Je l'aurais été moi aussi à son âge. Enfin, si j'avais eu une famille avec laquelle poser pour une photo. Leur père tenait sa femme et sa fille par l'épaule. Rien en lui ne laissait deviner qu'il se mêlait de quoi que ce soit d'ésotérique. Il avait l'air vieux jeu typique d'un professeur de latin.

— Connais-tu Silla depuis assez longtemps pour avoir remarqué des changements récents chez elle ? demanda Miss Tripp, qui était juste derrière moi.

Je fermai la porte du bureau et m'adossai à elle pour faire face à la psychologue.

— Non. Je pense qu'elle va bien, déclarai-je.

— Sans être malade ni particulièrement en difficulté, elle peut avoir besoin d'aide, de quelqu'un à qui parler. Elle peut avoir besoin d'une foule de choses.

— Êtes-vous censée me parler de tout ça ? demandai-je, et cette fois-ci, je ne pus résister à l'envie de croiser les bras. Ses fins sourcils s'abaissèrent.

— Dans certaines circonstances, Nick, j'estime qu'il faut savoir demander de l'aide. Surtout si j'ai peur que l'un de mes patients ne se fasse du mal.

L'apparition de Judy dans l'escalier m'épargna une riposte.

— Je suis désolée pour vous, mais elle dort comme une souche, annonça-t-elle.

— Merci, Mrs Fosgate, dit Miss Tripp, je suis sûre que je trouverai un moment pour lui parler demain au lycée.

— Ouais, moi aussi, intervins-je. Bon, je me sauve. Si elle ne se réveille pas trop tard, pourrez-vous lui demander de me téléphoner, Judy ?

— Tu es sûr de ne pas vouloir prendre le thé ?

— Tout à fait sûr, répondis-je avec un sourire, dissimulant mon malaise de mon mieux.

— C'est une bonne chose que nous ayons fait connaissance, Nick, déclara Miss Tripp. Si tu as besoin de quoi que ce soit, n'hésite pas à passer me voir à mon bureau. Ou si quelque chose t'inquiète, n'importe quoi.

— Bien sûr... répondis-je d'une voix traînante, afin de bien lui faire comprendre à quel point une telle visite était improbable. À plus tard, Judy.

Je retrouvai tout seul le chemin de la sortie.

CHAPITRE 22

2 novembre 1906

Nous nous servons de cadavres pour vivre éternellement, ce qui, comme le souligne Philip, ne manque pas d'ironie.

C'est une sale besogne, et même si nous pouvions payer quelqu'un pour déterrer ou voler un cadavre, Philip estime comme toujours qu'il vaut mieux le faire nous-mêmes. Comme avec les chats qu'il m'avait apportés, il faut savoir faire des sacrifices pour la magie. Je l'ai donc suivi au cimetière et j'ai appris à exhumer un corps. Nous prélevons les os, et, après en avoir ôté la chair, les réduisons en une poudre que nous mélangeons avec des champignons de cimetière, du gingembre et des bouts de nos cheveux et de nos ongles. Enfin, nous ajoutons trois gouttes de sang à la potion.

Je l'ai bue en serrant la tasse dans mes mains pour qu'elles ne tremblent pas, car je voulais dissimuler mon exaltation. Philip n'éprouvait aucun plaisir à prendre la potion. Il fronçait même les sourcils en buvant. J'ai touché son visage et je lui ai dit combien j'étais heureuse que nous puissions rester éternellement ensemble. Et j'ai ajouté que leurs os ne manqueraient pas aux morts.

— Ce que nous faisons est mal, a-t-il chuchoté, c'est contre nature, mais j'ai vécu si longtemps que maintenant, j'ai peur de mourir.

— Je ne te laisserai pas mourir, mon Prospero.

Il m'a embrassée, puis a murmuré qu'avec moi, il avait l'impression que tout en valait la peine, et que j'avais fait revivre la magie en lui.

Le lendemain matin, la tête contre son épaule, je lui ai demandé combien de temps nous serions tranquilles avant d'avoir à nouveau besoin d'os.

— Si nous avons de la chance, trois ans, a-t-il répondu.

Il m'a raconté qu'un jour, le Diacre s'était servi des os d'une sorcière. Sa potion avait agi pendant trente ans, et après l'avoir bue, il avait pu ordonner à sa chair de s'ouvrir pour libérer son sang, puis de se refermer. Après cela, tout le monde l'avait cru capable de guérisons miraculeuses.

— Quand tu mourras, ai-je dit à Philip en embrassant sa main, je broierai tes os et je deviendrai immortelle.

CHAPITRE 23

Silla

Ce lundi matin ensoleillé apportait les premiers froids de l'automne. J'attendis Nick devant le portail du lycée aussi longtemps que je le pus. La première sonnerie de la cloche retentit faiblement à travers le parking. J'étais mal lunée parce que Judy m'avait appris que Miss Tripp était venue à la maison pendant que je dormais. Judy n'avait pas voulu me réveiller, car elle pensait qu'on ne devait pas me forcer à parler avec cette femme en dehors de l'école si je ne le voulais pas. Mais comme Nick était passé au même moment, je n'avais pas pu le voir, lui non plus. Enfin, Reese s'était rendu sans moi à un magasin d'antiquités et de brocante à deux heures d'ici pour dénicher la plus grande quantité possible d'herbes, de cire d'abeille, de rubans et autres ingrédients magiques. Je ne pouvais m'empêcher de me réjouir qu'il n'en ait pas trouvé certains, parce que je lui en voulais de ne pas m'avoir emmenée. Nous devrions les commander sur Internet.

Un flot de lycéens se déversa sur le parking et passa devant moi. Je n'avais toujours pas vu Wendy, ni Melissa, mais elles étaient en retard la plupart du temps, surtout quand elles venaient ensemble. En revanche, Eric m'adressa un petit salut pour la première fois depuis plusieurs mois, mais comme j'en étais trop surprise pour lui répondre, il était peu probable qu'il renouvellerait sa tentative. Wendy s'était-elle déclarée, ou étaient-ils même sortis ensemble l'autre soir ? Bon sang, pourquoi n'avais-je même pas pensé à lui téléphoner pour le savoir ?

Le soleil avait surgi au-dessus des chênes qui entouraient le lycée et la seconde sonnerie allait retentir quand la décapotable de Nick déboucha sur le parking dans un hurlement de pneus. Même à plusieurs dizaines de mètres, je pouvais le voir serrer les freins et empoigner son sac avec des gestes brusques. Je m'enfuis littéralement à l'intérieur du lycée, car je n'avais pas le courage de l'affronter en rogne. Qu'est-ce qui clochait ? À cette idée, ma propre mauvaise humeur s'évanouit.

Il fonça vers le bâtiment du lycée, moulinant des coudes comme si c'étaient des pistons. Il passa la main dans ses cheveux pour les lisser, car il avait visiblement conduit en plein vent. Il grinçait des dents.

— Nick ? dis-je, sur mes gardes.

— Quoi ? riposta-t-il, mais son visage exprima aussitôt le regret. Excuse-moi, Silla.

— Qu'est-ce qui ne va pas ? demandai-je, et je lui pris la main.

Il la retourna et entrelaça ses doigts aux miens.

— Ma saleté de belle-mère sera ici toute la journée, annonça-t-il.

— Pourquoi ?

— Elle doit faire une intervention en cours d'anglais pour expliquer ce que c'est que d'être un véritable auteur vivant.

— Ça m'a l'air intéressant.

— Ça sera comme… (Il poussa un soupir.) Ça devrait te plaire. Putain de merde…

Je gloussai et passai les bras autour de sa taille.

— Personne ne la trouvera plus cool que toi, dis-je.

— Ce n'est pas… c'est seulement que… je sais comment elle est en réalité. Froide, et une vraie peau de vache. Je n'ai aucune envie qu'on vienne me brancher sur elle à la fin de son numéro de garce new-yorkaise sophistiquée qui a réussi, tu vois le genre, celle qui a mis le grappin sur mon père.

— Attends, j'ai un petit remontant, dis-je en levant le visage vers lui, et il pressa ses lèvres contre les miennes.

— Ça va mieux, déclara-t-il, la bouche tout contre la mienne. (Il m'embrassa plus fort et me fit ployer en arrière, les bras passés autour de ma taille pour me retenir.) Désolé de t'avoir manquée hier, reprit-il alors que nous nous redressions.

J'acquiesçai en tirant sur mon sweater, qui avait remonté sur mes hanches.

— Ouais, j'ai eu envie d'étrangler Judy parce qu'elle ne m'avait pas réveillée.

— Elle m'a dit que tu t'étais couchée tard, c'est ça ?

— Ouais, avec Reese, on a essayé de soigner nos mains, mais avec un succès limité.

Je lui montrai ma paume gauche. À côté de la minuscule cicatrice s'étendait la coupure de samedi, qui formait une croûte et semblait dater d'une semaine.

— On était juste trop crevés, commentai-je.

Nick passa le pouce sur la balafre.

— J'ai ma petite idée là-dessus, dit-il. (Sans me laisser le temps de lui demander laquelle, il tapota son sac.) J'ai le livre, et aussi des choses à te dire.

La dernière sonnerie retentit.

— On se retrouve après les cours ? À la répétition ? demandai-je en rebroussant chemin vers la porte.

— À midi, plutôt ?

— Non, j'ai promis à Wendy de l'aider à préparer son audition.

— D'accord, à trois heures et demie, alors. Je te rejoindrai peut-être entre deux cours pour d'autres petits remontants, dit-il, et il me donna rapidement un dernier baiser.

Nicholas

Ça a été encore pire que ce que j'avais prévu.

Lilith a fait son entrée dans une veste en soie qui lui descendait jusqu'aux genoux et dont les manches évasées étaient ornées de broderies brillantes. Elle arborait un maquillage spectaculaire, des ongles rouge sang et un sourire de vampire qui a captivé l'attention de chaque élève. Mr Alford allait probablement emporter ce souvenir chez lui et le garder pour un moment d'intimité. Je m'affaissai sur ma chaise et levai les yeux vers les carreaux du plafond.

Silla

En seconde moitié de matinée, la belle-mère de Nick a posé un carton sur le bureau de Mrs Sackville et commencé à en sortir des romans. Elle avait des allures de star de cinéma avec des grandes lunettes de soleil perchées sur son crâne et le long collier qui lui tombait jusqu'à la taille. Ses talons d'au moins dix centimètres étaient assortis à ses ongles. Sackville a joint les mains et nous a présenté Mary Pardee, ce qui m'a désarçonnée. Mary ?

— Mrs Pardee écrit des ouvrages de fiction sous le nom de Tonia Eastlake, et trois de ses romans vont être adaptés au cinéma. *Meurtre en lamé argent* est sorti sur grand écran l'an dernier. Elle a commencé à écrire alors qu'elle était encore au lycée, comme vous ! Nous allons donc lui accorder toute notre attention, c'est entendu ?

Des mains se sont aussitôt levées. Mrs Pardee a ri, révélant des dents blanches impeccables.

— Chacun aura son tour, je serai là toute la journée, a-t-elle dit d'une voix si chaude et si suave que j'ai immédiatement compris pourquoi Nick la haïssait.

Wendy a sifflé entre ses dents pour m'alerter et m'a montré les quelques lignes qu'elle venait de griffonner en marge de son cahier : « La belle-mère de Nick ? Sérieux ? »

J'ai hoché la tête, puis haussé les épaules. Les yeux de Wendy se sont agrandis et elle a arrondi les lèvres comme pour siffler. J'ai pris un bout de papier sur lequel j'ai écrit : « Il ne l'aime pas. »

« Pourquoi ? »

« C'est une peau de vache, d'après lui. »

« Maman adore ses livres. »

« Mon père m'a dit qu'ils ne valaient pas un pet de lapin. Il en avait lu un il y a quelques années, et les scènes de sexe étaient grotesques. (C'était sympa de parler enfin de quelque chose de normal.) Ils le faisaient par terre. »

« Oh ! »

« Ouais, dans la cuisine. »

« MDR. (La main de Wendy s'est immobilisée et elle m'a regardée avec un léger froncement de sourcils.) Mrs T. m'a demandé de passer la voir aujourd'hui. »

J´ai serré les lèvres sans rien répondre.

« Je ne sais pas ce qu'elle veut », a poursuivi Wendy.

« Elle est passée chez moi hier. »

« Pourquoi ? »

« Elle croit que je vais me tuer. »

« Hein ?!? »

« Judy a dit que Tripp voulait absolument intervenir hier. »

J'ai haussé les épaules et Wendy a roulé les yeux.

« Et ta main, qu'est-ce qu'elle a ? » a-t-elle écrit.

« Clou rouillé. »

« Tétanos ! »

« Non, ça va. »

Si nous n'avions pas assez d'énergie pour guérir nos mains tout seuls, nous devrions nous en tenir aux sorts ne nécessitant qu'une simple piqûre, ou entailler des parties moins visibles de notre corps. J'ai fait diversion en posant une question qui me brûlait les lèvres : « Sortie avec Eric ? »

« OUI ! Ce type embrasse divinement. Tu m'avais caché des choses. »

« Tu n'avais pas un peu trop bu ? »

Wendy tapota la table de son stylo avec un regard mauvais.

« Désolée, ai-je repris, mais rien qu'à l'idée de l'embrasser, j'ai envie de vomir. »

« Parfait ! (Wendy a souri.) Il est à moi. »

Je commençais à écrire : « Tu as vu les chaussures de belle-maman ? » quand Mrs Pardee commença à parler du cimetière.

— C'est un cadre idéal pour quelqu'un comme moi, peuplé d'esprits, avec une atmosphère… l'atmosphère est très importante pour un écrivain. Je peux tout juste le voir de la fenêtre de ma chambre, et savez-vous que… a-t-elle dit en baissant la voix sur un ton de conspirateur, certaines nuits, j'ai vu des lumières là-bas, les lueurs vacillantes de bougies ou les esprits de fantômes errants et solitaires…

Des gloussements se sont élevés parmi mes camarades, car nous entendions ce genre d'histoires depuis notre enfance. Mrs Pardee a parcouru leurs rangs du regard et quand elle m'a repérée, elle a fait une pause, puis son sourire s'est imperceptiblement élargi.

J'ai senti mes avant-bras se couvrir de chair de poule et mes doigts se sont crispés sur mon stylo.

Nicholas

Silla laissa tomber un épais cahier noir dans son casier. Je lui frôlai le dos de la main.

— Hé, comment ça va ?

— Ta belle-mère me donne la chair de poule, répondit-elle, puis elle se retourna et referma le casier d'un coup d'épaule. Je posai les mains à plat contre le mur, l'enfermant entre mes bras.

— Raconte-moi.

— Tu crois qu'elle sait ce que nous fabriquons au cimetière ?

— Peut-être. Elle t'a dit quoi ?

— Seulement qu'elle avait vu des lueurs et des fantômes se balader là-bas en pleine nuit, mais en le disant, elle me regardait. Je ne pense pas qu'elle pouvait me reconnaître, Nick : elle n'est même pas censée savoir à quoi je ressemble.

La cloche sonna.

— On verra bien ce qu'elle sait, mais si elle a quelque chose derrière la tête, elle ne fera rien ici, au lycée.

— Tu as raison.

Alors qu'elle se détachait du mur pour repartir, je lui saisis la main.

— Hé, il y a autre chose, non ? demandai-je.

Ses doigts étaient froids, mais ses bagues presque brûlantes. Elle ferma les yeux pendant quelques secondes, puis poussa un soupir.

— Ma psy est de plus en plus sur mon dos, répondit-elle. Et maintenant, elle passe par mes amies. Je fais confiance à Wendy, mais si jamais elle s'adresse à Melissa ou à Beth, elles lui déballeront tous les commérages et toutes les saletés qui leur passeront par la tête.

— Tu parles de Miss Tripp ?

La lèvre inférieure de Silla saillit, elle se dégagea et croisa les bras contre son ventre.

— Oui. Est-ce qu'elle a aussi cuisiné mon fichu petit copain ?

Je souris et fis un pas vers elle. Elle recula, les yeux baissés.

— Ton quoi ? murmurai-je.

— Ne me serre pas de si près, fit-elle en frappant ma poitrine du plat de la main. Elle détournait les yeux, mais les coins de sa bouche frémissaient comme si elle réprimait un sourire.

— Je ne peux pas m'en empêcher.

— Je sais.

Elle se dressa sur la pointe des pieds pour m'embrasser. Je respirai son haleine en me souvenant d'elle entourée de toutes ces fleurs multicolores magiques.

— Silla, commençai-je, j'ai quelque chose d'important à te dire.

— Vas-y, répondit-elle, les sourcils haussés.

— C'est…

— N'allez-vous pas être en retard pour vos cours ?

Je me figeai en entendant la voix de Lilith, suivie d'une autre :

— Mr Pardee, Miss Kennicot, il y a déjà deux minutes que la cloche a sonné.

Silla se laissa retomber sur ses talons, les yeux agrandis, et nous nous retournâmes en même temps. Lilith se tenait à côté du directeur adjoint du lycée, qui n'était plus qu'un froncement de sourcils. Il portait le carton contenant les romans de Lilith.

— Désolée, dit Silla, et elle se pencha pour ramasser son sac.

Je réussis à ne pas ricaner en regardant Lilith tandis que Silla s'éloignait en vitesse.

— Vous aussi, Mr Pardee, reprit le directeur adjoint.

— Bonne continuation, ajouta Lilith.

— C'est ça, lançai-je par-dessus mon épaule, en feignant d'ignorer la brûlure de leurs regards dans mon dos.

Silla

Wendy avait dû sauter son repas de midi pour aller voir Miss Tripp. Je m'efforçais de n'éprouver aucun ressentiment envers la psy, mais je n'en avais pas moins envie de la boycotter pendant le reste de la semaine. Et comme Nick était obligé de déjeuner avec sa belle-mère, je ne pouvais pas passer cette heure-là avec lui non plus. Tout ce dont j'avais envie, en réalité, c'était de me rouler en boule dans un lit pour me rendormir. Je me glissai donc dans les coulisses de l'auditorium, trouvai le sofa du décor de *Maison de poupée* et m'assoupis aussitôt. J'arrivai en retard en cours de physique.

À la sortie des cours, je me hâtai vers le parking pour retrouver Nick et lui rappeler que je devais passer quelques minutes avec Wendy pour l'aider à préparer son audition. Il m'annonça qu'il allait prêter main forte à la troupe de théâtre pour peindre à la bombe un décor sur le terrain de foot.

— Je te rejoins dès que j'ai fini, lui promis-je.

Wendy m'attendait dans la classe de Mr Stokes avec ses partitions étalées sur plusieurs tables.

— Salut, dis-je. (Je me glissai à côté d'elle et me détendis en respirant l'odeur familière de poussière de craie et de térébenthine.) Alors, tu as fait ton choix ?

Elle leva les yeux et je dus faire un effort pour ne pas tiquer. Peut-être était-ce à cause de la lumière d'après-midi qui se déversait par la baie vitrée derrière elle, mais Wendy avait l'air bizarre. Elle sourit, puis haussa les épaules.

— C'est pour m'aider à le faire que tu es ici, non ? demanda-t-elle.

— Ouais. Ça va ?

— Très bien ! répondit-elle en riant.

Je hochai la tête, puis tendis la main vers la pile de partitions la plus proche. *A New Life* de *Jekyll and Hyde* était au sommet. C'était l'une des chansons qu'elle préférait pour chanter en voiture, et qui allait vraiment bien avec sa voix de mezzo-soprano.

— J'espère que c'est en haut de la pile parce que c'est l'un de tes premiers choix, dis-je.

— Je veux, répondit Wendy, qui m'observait, une main levée, jouant avec les étoiles argent et rouges qui pendaient à son oreille. Et puis elle se tut.

— Eh bien... (Je réfléchis un instant.) Ils veulent une chanson et deux monologues, c'est ça ? Alors, quels monologues t'a proposés Stokes ?

Elle parut d'abord déconcertée, puis se pencha pour fouiller dans son sac à dos.

— Euh, ceux-là, déclara-t-elle en sortant un dossier qu'elle ouvrit.

Il contenait deux monologues photocopiés couverts d'indications scéniques en rose.

— Le monologue de la reine Catherine dans *Henry VIII* et un extrait de *CSI : Neverland*. (Elle gloussa.) C'est assez drôle : « Neuf-zéro-zéro, quelle est la raison de votre appel ? Avez-vous été enlevé par des pirates ? »

Je souris. Elle était plus fofolle que d'habitude.

— Mais pourquoi Catherine ? demandai-je.

— Tu es sérieuse ?

— Non, mais enfin, ce n'est pas un rôle particulièrement prisé...

— C'est peut-être justement une bonne raison de le prendre.

— Moi, j'aurais choisi une reine plus jeune. Je veux dire... c'est un rôle de femme mûre.

— Je peux très bien le jouer.

Wendy serra les lèvres et se leva. Je vis alors ce qui clochait : elle n'avait pas son brillant à lèvres. C'était bizarre, mais je fus vraiment soulagée d'avoir compris ce qui n'allait pas. Elle monta sur l'estrade tapissée de moquette à l'avant de la salle, éleva la feuille de papier à la hauteur de ses yeux et déclama : « Hélas, sire, en quoi vous ai-je offensé ? En quoi ma conduite vous a-t-elle déplu, pour que vous me repoussiez et me retiriez votre faveur ? (Soudain, son visage exprima l'affliction, et le changement était si spectaculaire que, sur le moment, j'en fus frappée.) Le ciel m'est témoin, poursuivit-elle presque dans un murmure, que j'ai été une loyale et humble épouse, toujours soumise à votre volonté, craignant de vous déplaire, guettant chaque expression de votre visage, heureuse ou désolée à votre gré. (Elle poussa un soupir.) Quand ai-je contrarié vos désirs... ou ne les ai-je faits miens ?

Elle se tut, les yeux fixés sur le texte. Mon rire lui fit froncer les sourcils.

— D'accord, je suis convaincue, affirmai-je. C'était vraiment bon.

Elle haussa les sourcils et leva le menton avec hauteur.

— Évidemment, dit-elle.

Ce jeu de physionomie me rappela la belle-mère de Nick et, par association, celui-ci, l'odeur de son gel et la chaleur de ses doigts. *Concentre-toi !* m'exhortai-je. *Concentre-toi sur Wendy*. Je tapotai la table avec la partition.

— Bon, je crois que la chanson de Lucie ira très bien avec ça, dis-je. Cela dit, tu pourrais peut-être choisir quelque chose de plus dramatique, non ? Mais cet air-là va vraiment bien avec ta voix. (Je soulevai la partition de « A New Life » et découvris en dessous celle de « Your Daddy's Son » de *Ragtime*.) Oh ! Ça aussi, c'est très bon !

Comme Wendy ne répondait pas, je levai les yeux. Elle me dévisageait, les yeux légèrement plus plissés que d'habitude, les mains pendant le long de ses hanches. Le monologue était tombé à terre.

— Wen ?

Elle descendit de l'estrade.

— Silla ? répondit-elle.

— Qu'est-ce qui ne va pas ?

Miss Tripp lui avait-elle dit quelque chose ? L'avait-elle effrayée au point qu'elle se sentait bouleversée ou inquiète en ma présence ?

— Mais rien.

— Tu as l'air… changée.

— Vraiment ? demanda-t-elle d'un air excessivement ingénu, comme quand nous jouions de la pantomime.

D'habitude, elle ne me dissimulait rien.

— Qu'est-ce que Miss Tripp t'a raconté ? insistai-je.

— La psy ? gloussa Wendy. Elle pense que tu es folle à lier.

Folle à lier ? Cette expression évoquait pêle-mêle plusieurs générations de théâtre : les pièces de Shakespeare, la *commedia dell'arte*, les drames de Tennessee Williams.

— Tu devrais... tu devrais peut-être t'allonger un instant, dis-je.

Son corps remua : l'une de ses épaules s'affaissa, elle pencha la tête sur le côté et esquissa une petite moue.

— Je pensais justement à ton père, fit-elle.

Le bois de ma chaise me parut soudain très dur et anguleux.

— À mon père ?

Wendy se rapprocha de moi et hocha la tête.

— Tu ne te demandes jamais ce qu'il a pensé pendant ses derniers instants ? demanda-t-elle. Sur toi ? Sur ta mère ? Sur son propre passé, peut-être ?

— Non, jamais, répondis-je, le dos rivé à ma chaise.

— Pourquoi ?

— Je n'y pense pas, c'est tout. Écoute, Wendy, je n'ai pas envie de parler de ça. Si tu n'as plus besoin de moi, je me sauve.

— Je ne veux pas que tu t'en ailles.

Elle empoigna une chaise, la fit pivoter et s'assit à cheval sur elle malgré sa jupe. Elle s'accouda au dossier et sourit.

— Je t'aime bien, Silla, reprit-elle.

Sans son brillant à lèvres à paillettes et avec cette expression scrutatrice, je la reconnaissais à peine. La pièce était inondée de soleil, mais rien de cette lumière ne se reflétait dans ses yeux. Comme si elle n'était pas vraiment présente. *Oh non !... non...* Soudain, je compris tout : c'était le corps de Wendy, les lèvres de Wendy, les mains de Wendy, mais pas Wendy. Pas mon amie. Un frisson monta de mes reins, me contraignant à me redresser sur mon siège.

— Tu n'es pas Wendy, chuchotai-je.

Ses lèvres s'entrouvrirent et nous nous regardâmes en silence tandis que le monde continuait à tourner sans nous. Elle eut un lent sourire. Ses épaules se redressèrent, puis elle s'affaissa et se laissa glisser sur la table, où elle resta vautrée comme un lion.

— Tu as l'esprit aussi vif que ton père, dit-elle d'une voix traînante.

Mon cœur battait de manière désordonnée, frappant mes poumons comme des sacs de sable, si bien que je pouvais à peine respirer.

Elle passa les mains dans les cheveux de Wendy et les ébouriffa.

— Qui es-tu ? demandai-je, furieuse de sentir trembler ma voix.

— Juste une vieille connaissance de ton papa, répondit-elle.

Son intonation et sa manière de découvrir les dents me soulevaient le cœur. Je mordis l'intérieur de ma lèvre et rassemblai tout mon courage.

— Le Diacre, dis-je.

— Ah ! (Wendy renversa la tête en arrière et rit.) Non, pas ce cher Arthur. Tu rêves…

— Laisse Wendy en paix. Elle ne sait rien.

Elle se pencha par-dessus la table devant laquelle elle était assise et croisa les mains de Wendy comme pour prier.

— Je voulais découvrir si tu lui avais révélé quelque chose et savoir ce que les élèves racontaient, mais je crois que tu en as dit davantage à ton petit ami qu'à ta meilleure copine.

— Révélé quoi ?

— Tu sais très bien de quoi je parle, répondit Wendy avec un rictus.

Je secouai la tête. Je me sentais glacée.

— Que veux-tu ?

— La tombe de ton père.

— Tu l'as retournée. C'est toi qui as fait ça.

— J'ai essayé. (L'irritation seyait mal au visage de Wendy. Cette chose ou cette personne qui avait pris possession d'elle déformait ses traits agréables et juvéniles en une grimace hargneuse.) Mais tu as élaboré un obstacle qui m'empêche d'y accéder.

— Je ne comprends pas de quoi tu parles.

— Une protection, un sort de protection qui fait que je ne peux parvenir aux corps sans les réduire en cendres, ou quelque chose du même ordre. Ce qu'il t'a dit de faire, tu vas maintenant le défaire, déclara-t-elle avec un geste de main désinvolte, comme si nous discutions de détails de mise en scène.

Je secouai lentement la tête, incrédule.

— Non, je n'ai rien fait, affirmai-je.

Le visage de Wendy ricana.

— Si, Drusilla. J'ai senti ton sang qui imprégnait la terre comme un poison.

— Très bien ! crachai-je, mourant d'envie de la frapper, mais seulement capable d'agripper les bords de la table, comme si, en lâchant prise, je risquais de sombrer dans le néant.

Le corps de Wendy se pencha et fouilla dans son sac à dos. Quand sa main réapparut, elle tenait un coupe-papier en argent.

— Je l'ai pris dans le bureau de Mr Edmer, dit-elle. Il le laissait traîner comme ça, en ce jour et par les temps qui courent, tu te rends compte ?

— Arrête tout de suite.

— Silla… (L'être qui possédait Wendy brandit la lame effilée et l'appuya délicatement contre la peau douce sous la mâchoire de Wendy.) Si je veux, je peux l'enfoncer jusqu'au cerveau de ton amie, annonça-t-elle.

— Alors tu mourras.

Mais je savais que c'était faux. Je me souvins du sort de possession, de la facilité avec laquelle Reese avait possédé le corbeau, et je voyais maintenant celle avec laquelle cette créature semblait posséder Wendy. Qu'était-il arrivé à Wendy ? Où était-elle en ce moment ? Emprisonnée quelque part ?

— Mon corps est tout près d'ici, ma chérie. Je n'ai qu'un saut à faire pour le réintégrer.

— Comme… (La compréhension ne me vint que lentement.) Comme quand tu as tué mes parents.

— Oui. (La créature sourit comme si elle allait mordre.) Dis-moi ce que tu as fait.

— Je n'ai rien fait, je le jure. Sauf essayer quelques sorts. (La pointe du coupe-papier entailla la peau de Wendy.) Papa ne m'a rien appris. Il n'a jamais… (J'inspirai frénétiquement entre mes dents pour retrouver mon sang-froid.) Il ne m'a pas enseigné la magie. J'ai seulement le livre.

Le corps de Wendy se figea. Elle me dévisageait sans ciller. Je ne voyais rien dans ses yeux, nulle étincelle, nulle expression. Ils étaient aussi ternes que ceux d'un cadavre.

— Quel livre ? demanda-t-elle. (Elle prononçait ces mots comme un professeur de diction, en accentuant le « q » et le « r ».)

Je ne répondis pas tout de suite. Une partie de moi-même avait envie de se jeter sur elle, au mépris du danger que courait Wendy, mais je me redressai. Moi aussi, j'avais des pouvoirs, puisque j'avais ce qu'elle voulait.

— Donnant donnant, répondis-je. Ma réponse contre la tienne.

Je me représentai un masque de vaillance : une tête de dragon rouge grondante.

— J'ai la vie de ton amie entre les mains, ma mignonne. Et si je la tue, c'est toi qu'on accusera.

Son sourire sinueux me donnait la nausée.

— Dis-moi seulement ton nom et je te donnerai le titre du livre, repris-je.

Les ongles de Wendy tambourinèrent sur le dossier de sa chaise.

— Tu as du cran, dit-elle. Ça me plaît. Josephine. Je m'appelle Josephine Darly.

Je m'imaginai sifflant ma réponse entre des dents aussi acérées que des lames de rasoir.

— *Notes sur la transformation et la transcendance*, répondis-je.

Wendy éclata de rire.

— C'est tout lui, ça ! Qu'est-ce que c'est ? demanda-t-elle.

— Pourquoi le veux-tu ?

— Non, je sais ce que c'est : son livre de sorts, ce vieux bouquin dans lequel il notait les sorts qu'il avait essayés. Je croyais qu'il avait brûlé dans l'incendie.

Je me retins de l'interroger sur cet incendie. Je ne pouvais me permettre de gaspiller une seule question.

— Ce livre est rempli de sorts, des sorts puissants, déclarai-je. Pourquoi le veux-tu ? Tu sais visiblement… tu t'y connais en sorts.

Il me fallait une arme. Sur le bureau de Stokes s'empilaient d'épais volumes, mais ils étaient hors de ma portée. Je n'avais devant moi que des feuilles de papier volantes. Et mon couteau de poche était interdit dans l'enceinte du lycée.

— Arrête de tergiverser, Silla, dit Josephine en appuyant la pointe de la lame contre la peau de Wendy, qui se boursoufla.

J'ouvris la bouche, la refermai et regardai fixement le mince filet de sang ruisselant le long du cou de Wendy.

— Je ne l'ai pas, répondis-je.

— Qui l'a, alors ?

— Je ne te le dirai pas.

— Où l'as-tu caché ? J'ai fouillé ta maison avant de les tuer et il n'y était pas.

J'imaginai le corps de mon père, possédé, rôdant chez nous, fouillant dans nos affaires, avec cette âme monstrueuse regardant à travers ses yeux, et j'eus l'impression que quelque chose se rompait en moi.

— Non, je ne te le dirai pas ! hurlai-je.

Je me ruai sur elle et saisis le coupe-papier, nous précipitant à terre. Des tables se renversèrent autour de nous et la tête de Wendy heurta brutalement le sol. Elle poussa un cri de douleur. Je m'agrippai des deux mains à son poignet en pesant de tout mon poids pour repousser la lame.

— Laisse-la tranquille !

— Dis-moi où... est... le livre de sorts, gronda Wendy, les dents serrées, en luttant pour reprendre le coupe-papier.

— Non.

Elle se détendit soudain et je basculai en avant avec un petit cri. Le coupe-papier m'échappa des mains, atterrit bruyamment sur le sol et Wendy s'enfuit à quatre pattes. Je restai assise, hors d'haleine, la main refermée sur le coupe-papier.

Le silence régnait dans la salle. J'avais de nouveau mal à la tête, comme si la douleur n'avait fait qu'attendre un moment de faiblesse pour revenir à la charge.

— Silla, reprit Josephine, si tu m'aides, je t'enseignerai l'immortalité.

Voilà ce que je désirais plus que tout depuis une semaine : un professeur. Quelqu'un pour répondre à mes questions et me révéler la magie sous tous ses aspects. Je m'imaginai assise à la table de la cuisine face à elle, plongée dans le livre de sorts, l'exaltation et la stupéfaction circulant entre nous comme un courant électrique. Mais c'était la seule personne au monde que je ne pourrais jamais, au grand jamais, accepter comme professeur.

— Pourquoi as-tu tué mon père ? demandai-je.

— Encore un peu de donnant donnant ? (Elle repoussa les cheveux de Wendy de son visage et me regarda droit dans les yeux.) C'est lui qui a fait de moi son ennemie, Silla. Ne crois pas un seul instant que c'était quelqu'un de bien. Il tuait et il mentait. Il mentait comme il respirait.

— Non !

Elle me tendit la main de Wendy.

— Viens, suis-moi et je t'enseignerai tout ce que tu es capable de devenir, Silla. Pense au pouvoir, à la magie…

Je déglutis et mon poing se resserra sur le coupe-papier.

Elle sourit, mais il n'y avait toujours rien derrière les yeux de Wendy.

— Je peux t'apprendre le secret de l'immortalité. Avec les os de ton père…

— Ses os !

C'était pour cette raison qu'elle voulait accéder à sa tombe. Je me levai et brandis le coupe-papier comme une épée.

— Ce sont des ingrédients indispensables, ma chérie.

— Tu ne les auras pas.

— Pourquoi le protèges-tu ? C'est à cause de lui que ta mère est morte, ricana-t-elle.

— Non, c'est toi qui l'as tuée, pas mon père. (Ma voix se brisa. L'envie de me ruer sur elle, de l'attaquer, me faisait trembler de la tête aux pieds.) C'est toi. Va-t'en, disparais d'ici ! Laisse-nous tranquilles, dis-je en détachant les syllabes de ces derniers mots.

Je me tenais au-dessus d'elle, brandissant le coupe-papier qui brillait dans la lumière d'après-midi.

— Donne-moi le livre de sorts et je réfléchirai à ta demande, répondit-elle.

— Non.

Le coupe-papier frémissait dans ma main tandis que Wendy se relevait en m'adressant un large sourire.

— Je peux t'enlever encore davantage que je ne l'ai déjà fait, ma chère, déclara-t-elle.

Je ne répondis pas, incapable d'articuler un mot. Je songeais que je trouverais bien un moyen de protéger Reese, Judy, et tout le monde. Son sourire s'effaça lentement.

— Je parie… je parie que ton petit ami sait des choses, dit-elle.

Sans me laisser le temps de réagir, elle fonça sur moi et me déséquilibra d'un coup d'épaule. Je tombai en me heurtant les reins et le dos au bord de la table. Je restai un instant assise, à bout de souffle, tandis que ma vision se brouillait, puis redevenait normale, et que mon cerveau hurlait de douleur.

Josephine avait disparu avec le corps de Wendy. Où était-elle ?

Je me relevai précipitamment et pivotai sur moi-même dans la salle vide.

Nick. Elle était partie à la poursuite de Nick.

CHAPITRE 24

13 juin 1937

Tant d'années ont passé depuis mon départ de Boston, où ce vieux livre dormait dans la bibliothèque au milieu de volumes de science et de poésie oubliés du siècle dernier…

Ce que j'ai fait et les endroits où j'ai vécu jusqu'ici importent-ils vraiment ?

Philip affirmerait que oui, et ajouterait que je dois me souvenir de tout, alors que je ne cesse de me répéter : comment pourrais-je oublier ?

C'est la Grande Guerre qui nous a fait quitter Boston.

L'après-guerre, la dévastation de l'Europe ont attiré mon Prospero comme s'il était un fantôme revenu hanter ces lieux, lui ôtant le sommeil jusqu'à ce que j'accepte de traverser l'océan avec lui.

En Europe, j'ai puisé un réconfort dans la vie en société, tandis que Philip préférait les quartiers pauvres et les villes et villages ravagés. Dans les grandes villes, où beaucoup n'avaient rien, quelques-uns possédaient assez pour noyer leur chagrin dans la danse et la boisson. De Londres, nous nous sommes rendus à Édimbourg, puis en France, où j'ai trouvé ma terre d'élection à Paris.

Oh, comme je me souviens de ces nuits lors desquelles j'ai aidé Philip à oublier la guerre le temps d'une soirée, par la danse, le théâtre et la fréquentation de la société la plus raffinée d'Europe ! J'excelle à rassembler une foule autour de moi, et Philip est si paisible, si beau et si doux qu'il est impossible de ne pas l'adorer.

Sa plus grande joie était de se rendre à des conférences scientifiques et philosophiques, tandis que j'organisais de fantastiques séances pour tous ceux qui s'intéressaient davantage à l'ésotérisme. Nous nous retrouvions ensuite dans l'appartement ou dans la maison que j'avais achetée avec l'or de ma fabrication, et il me régalait de toutes les idées qui bouillonnaient dans son esprit. Je l'écoutais et l'aimais plus que jamais pour l'ardeur qui colorait ses joues et l'exaltation que la connaissance fait toujours naître en lui. Nous pouvions passer la nuit à débattre de théories et imaginer tout ce que le pouvoir de notre sang nous permettrait d'accomplir. Philip le considère comme un privilège et une responsabilité, moi comme un don. Il nous rend plus doués, plus forts, capables de tout. La plupart du temps, nos discussions se terminaient en rires et en caresses aussi facilement que le granit se mue en or.

Comme je suis heureuse ! Quand il prononce mon nom, je frissonne, et nos sorts ne sont jamais plus puissants que lorsque nous les essayons ensemble, en mêlant nos sangs. La seule ombre à ma félicité est son refus de m'épouser après toutes ces années. C'est la seule chose sur laquelle il est prêt à mentir sans scrupules, et quand je lui demande pourquoi, malgré son sens moral et sa rigueur de vues, il se moque que nous vivions comme mari et femme sans l'être, il me répond toujours la même chose :

— Josephine, tu finiras par te lasser de moi, et si nous sommes mariés, tu seras prise au piège.

— C'est pour cette raison qu'on a inventé le divorce, mon chéri, lui dis-je, mais seulement parce qu'il ne me croit pas quand je lui jure que je ne me lasserai jamais de lui, même dans mille ans.

— Tu connais le pouvoir des rituels : il n'est pas si facile de les rompre simplement avec du papier, un stylo et une douzaine d'avocats.

— Mais je t'aime !

— Moi aussi, je t'aime, répond-il en m'embrassant.

Je le crois, et c'est pourquoi demain, nous quitterons de nouveau Boston dans notre Tin Lizzie[1] *toute neuve pour repartir vers l'ouest, dans l'État du Kansas, où le Diacre a acheté des terres au milieu des collines de silex. Il a fait savoir à Philip qu'il accepte enfin de me rencontrer et qu'il voudrait lui montrer une nouvelle méthode de guérison. Le Kansas ! Je n'ai guère d'espoir d'y rencontrer une société intéressante, et je me demande pourquoi le Diacre a choisi un endroit pareil.*

Mon séjour en Europe m'apparaît maintenant comme un rêve, peut-être parce que je n'avais pas emporté là-bas le livre dans lequel je tiens mon journal, ni noté les événements au fur et à mesure de leur déroulement. Je vais maintenant fourrer ce livre dans mon sac, car je crois que Philip avait raison quand il m'avait dit, il y a bien des années, que le seul moyen de garder ses souvenirs est de les noter.

1. Modèle de Ford très populaire dans les premières décennies du XXe siècle.

CHAPITRE 25

Nicholas

Alors que j'aspergeais de peinture un panneau circulaire en contreplaqué, je me surpris à siffloter. La peinture était violette et je n'avais aucune idée de ce que le tout devait représenter au final, mais je m'en foutais. Cette tiède fin d'après-midi se teintait de cette étrange lumière dorée qu'on ne voyait jamais à Chicago. J'ignorais si c'était lié à un autre type de pollution ou à l'absence de gratte-ciel en acier miroitant, mais ça me plaisait bien. Les feuilles en paraissaient plus épaisses et plus gonflées lorsqu'elles changeaient de couleur à l'automne, au lieu de virer seulement au brun terne. Accroupi sur mes talons, je contemplais la cime des arbres et, à l'arrière-plan, le ciel d'un bleu si pâle qu'il en était presque argenté. Aurais-je remarqué ce genre de détail autrefois ?

À quelques mètres de moi, d'autres membres de la troupe assemblaient à coups de marteau ce qui allait probablement devenir une plateforme, et j'étais content d'être dans mon coin. Le vent souffla dans les arbres, dont les feuilles ondulèrent en une longue vague comme les abrutis dans les tribunes pendant un match de foot. Je remarquai alors que je sifflotais.

Ce n'était pas un air précis, et c'était sûrement faux, mais ça ne changeait rien au fait que mes lèvres s'arrondissaient et que du bruit en sortait. Je m'interrompis. Dans le silence qui m'entourait, j'entendais enfler les rires de la troupe et le moteur d'une voiture. Plus loin, sur le terrain de foot, les joueurs poussaient d'étranges ahanements comme s'ils étaient en train de s'étriper.

Et moi, je sifflotais.

Je pensais à Silla.

Dès qu'elle me rejoindrait, je lui parlerais de ma mère, de la boîte laquée, de la magie d'autrefois. Ensuite, je lui montrerais quelque chose de beau pour voir son visage s'illuminer. Je l'embrasserais, nous rentrerions chez elle pour fabriquer des amulettes avec son frère, et puis nous ferions tous les deux une longue promenade. Quelque chose de très romantique, comme en rêvent les filles. Sur le pré derrière chez moi, à côté du mur du cimetière, j'étendrais une couverture. Je volerais une bouteille de vin à Lilith, si je pouvais persuader Silla d'en boire, j'apporterais aussi du chocolat noir et nous ferions tout seuls un vrai pique-nique qui durerait toute la nuit si ça ne tenait qu'à moi.

Baisers en offrande
Comme des feuilles virant au rouge sang,
Rouge comme des langues et des cœurs.

Il fallait que je note ce poème malgré son absence de rimes. Je me retournai, repérai mon sac en bandoulière grand ouvert sur l'herbe et me dirigeai vers lui. Derrière moi, un corbeau croassa, puis se posa si brutalement sur l'un des arbres qu'il mit en fuite un essaim de petits oiseaux, qui s'envolèrent et tournoyèrent dans le ciel comme des confettis fous. Ma nuque me picota, comme toujours quand j'éprouve la sensation déplaisante d'être observé. En jetant un coup d'œil vers le lycée, je remarquai que la Jeep de Lilith trônait toujours sur le parking.

Que fabriquait-elle encore là ? Je poussai un soupir excédé. Au même instant, les portes donnant sur l'arrière du bâtiment du lycée s'ouvrirent à la volée et Wendy, l'amie de Silla, se précipita dans ma direction.

— Nick ! appela-t-elle.

Je me redressai avec un froncement de sourcils. Elle fonça vers moi comme si sa vie en dépendait.

Silla. Il avait dû lui arriver quelque chose.

Je rejoignis Wendy en courant.

— Où est Silla ? criai-je.

— Tu as le livre ?

— Le livre ? Le... (Je ralentis à mesure que je m'approchais d'elle.) Où est Silla ?

— À l'intérieur. (Wendy était hors d'haleine, mais elle réussit pourtant à m'adresser un fugitif sourire. Ses cheveux étaient en bataille.) Elle va bien. Elle veut juste que je lui apporte le livre de sorts.

— Pourquoi ?

Les portes du bâtiment se rouvrirent avec la même brutalité et Silla sortit à son tour en courant, chacune de ses foulées empreinte de l'énergie du désespoir. Je regardai de nouveau Wendy. Son expression changea à peine, mais ses lèvres se pincèrent.

Je reculai d'un pas.

— Nick ! hurla Silla, maintenant à mi-chemin. Ce n'est pas Wendy ! Ce n'est pas...

Wendy se détourna, puis, sans crier gare, me frappa en plein sur la bouche. La douleur explosa dans mon crâne et je sentis le goût du sang. Je reculai, titubant, et portai la main à mes lèvres. Wendy pivota sur elle-même, puis me dépassa pour se ruer vers mon sac.

— Non !

Silla voulut l'empoigner par les cheveux, mais ils lui glissèrent entre les doigts. Je les rejoignis en trois longues foulées et saisis le bras de Wendy. Elle essaya de se dégager, mais je la tenais ferme. Elle se débattit, découvrant les dents comme un loup, avec un grondement.

— Laisse-moi !

— Ce n'est pas Wendy, répéta Silla d'une voix oppressée.

Le corps de Wendy m'envoyait des coups de pied, mais je la maintenais à distance. Je passai ma main libre sur ma bouche saignante, puis frappai Wendy au front du plat de cette même main.

— Je te chasse de ce corps ! lançai-je en faisant appel à toute ma volonté. Le pouvoir jaillit de ma main, me brûlant la paume. *Un visage inconnu et furieux lançait au mien : « Je te chasse ! » dans un grondement.*

Wendy s'effondra comme un tas de baguettes de bois.

— Wendy !

Silla s'agenouilla à côté du corps de son amie, mais les yeux de Wendy restaient fermés. Elle respirait cependant, calmement, comme si elle était évanouie.

Le silence était complet. Même les coups de marteau avaient cessé. Je jetai un coup d'œil par-dessus mon épaule et vis les membres de la troupe qui nous regardaient fixement, bras ballants, bouche bée.

Bon Dieu ! J'espérais qu'ils n'avaient rien entendu de ce que nous avions dit.

À la lisière de la forêt, un corbeau poussa un cri. Un autre l'imita.

— Nicholas...

Je regardai Silla. Assise par terre, la tête de Wendy sur les genoux, elle m'observait.

— Comment as-tu fait ça ? (L'immensité du ciel se reflétait dans ses larges yeux.) Ce n'était pas dans le livre.

C'était une improvisation, aurais-je pu répondre. Ou bien : une inspiration. Mais quand je la regardai dans les yeux, je compris que je serais incapable de lui mentir.

— C'est ma mère qui me l'a appris, répondis-je.

Ce n'était pas le moment romantique que j'avais espéré. Ma voix était basse et sans timbre. J'étais très mal parti.

Son changement d'expression fut impressionnant. Bouleversé et à nu un instant plus tôt, son visage se durcit et se figea soudain.

Les corbeaux croassèrent de nouveau, s'envolèrent et se dirigèrent vers nous. Le regard de Silla se tourna vers eux, alors que je ne pouvais détacher les yeux d'elle. Elle se releva, puis se pencha lentement pour ramasser mon sac. Elle le brandit et s'adressa aux corbeaux : « Je l'ai ! Le voici. Venez donc me chercher ! » Puis, sans m'accorder un regard, elle partit en courant vers le parking. Je me précipitai à sa suite.

— Silla, attends ! criai-je. Ma voiture…

Elle m'ignora purement et simplement. Je la rattrapai, tendis la main et lui saisis le coude.

— Silla, arrête !

Elle se dégagea.

— Laisse-moi ! (Ses yeux se rétrécirent et fixèrent quelque chose derrière moi.) Ils arrivent. Il faut que je les éloigne de Wendy.

— Viens, on va prendre ma voiture pour foutre le… dis-je en l'empoignant par le coude.

— Comment puis-je savoir si tu n'es pas possédé ? répondit-elle avec un mouvement de recul.

Son regard se posa de nouveau sur un objet derrière moi.

Je tournai la tête et vis les corbeaux qui nous regardaient. Ils ne faisaient que nous observer, la tête penchée sur le côté. Certains erraient en titubant, comme désemparés.

— Tu peux me demander ce que tu veux, dis-je à Silla après m'être retourné vers elle.

— Peut-être n'as-tu jamais été ce que tu prétendais être.

Cette accusation calmement portée me fit l'effet d'un coup dans la poitrine.

— Silla, chuchotai-je, incapable de parler plus fort.

Elle eut une moue, pivota sur elle-même, mais ne s'éloigna pas.

— Elle pourrait posséder n'importe qui au lycée, déclara-t-elle, et ses doigts se crispèrent sur la bandoulière de mon sac. Il faut que je la tienne à distance de Wendy. De tout le monde. Et du livre.

— Laisse... laisse-moi te ramener chez toi, dis-je.

Elle hocha lentement la tête, puis observa, au-delà de l'essaim de corbeaux posés sur l'herbe, Wendy qui s'asseyait lentement, entourée de plusieurs membres de la troupe. Silla serra de nouveau les lèvres, puis les poings.

— Allons-y, fit-elle.

Les corbeaux ne nous suivirent pas. Ils n'en avaient nullement besoin. La personne qui les possédait, ou qui avait possédé Wendy, savait que nous avions le livre de sorts et où vivait Silla.

Je n'irais donc pas chez elle.

Pendant tout le trajet, elle scruta les arbres, les champs, la route et le ciel. L'ennemi pouvait être n'importe où, dans le corps de n'importe quel oiseau, dans celui des vaches ou du chien que nous venions de dépasser, n'importe où. Les mains crispées sur le volant, je me concentrais sur la route. Le vent nous giflait à mesure que j'accélérais. Moi, au moins, je savais que je n'étais rien d'autre que moi-même.

Quelques minutes à peine s'étaient écoulées quand Silla reprit la parole.

— Ce n'est pas le chemin de ma maison, dit-elle, et elle s'écarta de moi en se pressant contre la portière comme si elle voulait rentrer dedans. Arrête-toi !

Je secouai la tête sans la regarder.

— Il sait où nous allons, répondis-je. Il nous attend peut-être là-bas. Nous n'allons pas nous jeter dans la gueule du loup.

— Peut-être qu'en ce moment même, il s'en prend à mon frère ou à Judy. Ramène-moi chez moi, ordonna-t-elle en appuyant sur ces derniers mots.

— Non.

— Tu m'enlèves ou quoi ? demanda-t-elle, mais une bourrasque dispersa sa phrase.

— Mais non !

— En tout cas, ça y ressemble beaucoup. Arrête-toi immédiatement.

— Silla…

Sans me laisser achever ma phrase, elle défit sa ceinture de sécurité et posa la main sur la poignée de la portière.

Je serrai les freins. La voiture fit une embardée et Silla fut projetée en avant, mais se retint en s'appuyant des mains sur le tableau de bord.

J'eus l'impression que le monde tournait à une vitesse vertigineuse et je me sentis ballotté dans une douzaine de directions à la fois. Enfin, tout s'arrêta.

Je tremblais, la voiture tremblait, mais la route et les champs étaient fermement ancrés au sol.

Je levai lentement le pied de la pédale de frein. Il pesait une tonne. Les roues arrière quittèrent l'asphalte pour le gravier du bas-côté, où elles s'immobilisèrent. Je respirai de nouveau.

— Silla ? appelai-je juste au moment où elle ouvrait la portière et descendait de voiture.

Je l'entendis escalader le talus à quatre pattes pendant que j'éteignais le moteur, et me précipitai derrière elle.

— Attends ! criai-je.

Je me lançai à sa poursuite alors qu'elle dégringolait au fond du fossé pour remonter de l'autre côté, dans un champ de maïs moissonné, mon sac toujours passé à l'épaule.

Mes bottes s'enfonçaient dans l'herbe humide, mais dès que j'arrivai en terrain plat, je n'eus aucun mal à la rattraper. « Silla ! » appelai-je alors que je n'étais plus qu'à quelques mètres d'elle. Elle pivota en faisant tournoyer mon sac et me l'expédia dans le ventre.

Tout l'air que contenaient mes poumons en fut chassé et je me pliai en deux. « Bon sang ! » soufflai-je dès que je pus reprendre ma respiration. J'avais de la chance que le sac ne m'ait pas atteint un peu plus bas.

— Tu m'as menti.

Je me redressai et rencontrai son regard mauvais.

— J'allais tout te raconter, répondis-je.

— Mais oui, bien sûr ! C'est vraiment minable, comme excuse, Nick.

Ses lèvres se crispèrent et la souffrance succéda à la fureur sur son visage.

— J'étais... je t'avais dit que je voulais te parler de quelque chose d'important.

— Comme c'est commode…

— Écoute, ce n'était pas le bon moment, c'est tout.

— Ce que je vois, c'est que je ne peux pas te faire confiance.

Elle recula et son visage se figea de nouveau. Ignorant la douleur qui me broyait la poitrine, je tendis les mains vers elle.

— Qu'est-ce que j'étais censé dire ? demandai-je. C'est de la magie. C'est un secret. Ce n'est pas quelque chose qu'on va crier sur les toits.

— Mais tu m'as vue jeter des sorts. Tu savais à quoi t'en tenir. Et tu y as participé. Voyons, tu as eu je ne sais combien d'occasions d'en parler, fit-elle en croisant les poings contre son ventre. Vendredi soir, par exemple, quand nous avions… Ou samedi, au cimetière.

— Je…

— Jusqu'ici, nous n'avons fait que patauger, essayer de comprendre, de tirer le meilleur parti de la moindre information, et pendant tout ce temps, tu savais ! Comment as-tu pu faire semblant de ne rien y connaître ?

— Silla…

Elle secoua la tête.

— Pourquoi devrais-je te faire confiance ? Comment le pourrais-je ?

Je m'avançai vers elle et l'empoignai.

— Écoute-moi, je t'en prie, dis-je.

Silence. Elle se raidissait entre mes mains, mais elle m'observait. Ses cheveux ébouriffés par le vent se dressaient en tous sens et ses joues étaient rouges. Je m'humectai les lèvres, puis la relâchai lentement.

— Je détestais la magie. Je ne voulais plus y penser, et encore moins en parler, expliquai-je. (Pas de réaction.) Et je ne me souvenais pas de tout, enfin, pas clairement.

Ma mère… tu sais qu'elle était rarement là. Et quand elle en faisait avec moi… j'étais encore très jeune. Je n'avais même pas huit ans, tu comprends ?

— Mais quand tu nous as vus en faire, tu as retrouvé la mémoire.

Sa voix était calme. Ses yeux descendirent, s'arrêtèrent sur mes lèvres, puis se fermèrent comme si l'attente de ma réponse la faisait souffrir.

Je ne voulais pas qu'elle se détache et s'éloigne de moi.

— Arrête, dis-je.

Elle rouvrit les yeux.

— Arrêter quoi ? demanda-t-elle, et elle s'écarta de moi.

— De te cacher, comme quand tu es sur scène. De te dissimuler derrière des masques.

— Je ne me cache pas. Je… je fais face. J'essaie de survivre, de surmonter ce qui m'est arrivé de pire. Je suis désolée si ma méthode ne te plaît pas, Nick, répondit-elle en crachant littéralement mon nom.

— Ne joue pas la garce non plus.

Elle se détourna et s'éloigna.

— Ça aussi, c'est se cacher ! lançai-je avec un rictus.

Elle s'arrêta, se retourna, puis marcha droit sur moi.

— Que veux-tu de moi ? Tu m'as menti, et maintenant, tu t'en prends à moi ! Très bien, vas-y. Je peux encaisser ça. Je peux encaisser un tas de choses, dit-elle, et elle pressa les poings contre son ventre.

— Moi aussi, je suis mêlé à tout ça, Silla.

— Ah bon ? L'assassinat de mes parents par un dingue qui pratique la possession est censé avoir un rapport avec toi ? Lequel ?

— Qu'est-ce que tu racontes ?

— Comment, qu'est-ce que je raconte ?

— L'assassinat de tes parents ? Tu crois qu'ils ont été assassinés par quelqu'un qui pratique la magie ? Je ne savais pas que tu avais cette idée en tête. Parlant de mensonge, en voilà un joli par omission. « À propos, mon cher Nick, cette personne qui nous poursuit est peut-être un assassin. » Depuis combien de temps le penses-tu ? Combien de temps l'as-tu gardé pour toi ?

La bouche de Silla se referma brusquement. Ses genoux fléchirent, elle tomba assise, ramena ses jambes contre elle et noua les bras autour de ses genoux. Je l'observais, aussi essoufflé que si je venais de courir un marathon.

— Tu as raison, dit-elle à mes orteils d'une voix sans timbre. C'était dangereux pour toi de ne rien savoir, et pour moi de t'impliquer dans cette histoire sans même te parler des risques.

Je m'accroupis à côté d'elle.

— Si tu avais cru que c'était seulement un jeu, de la rigolade, et s'il t'était arrivé quelque chose... (Elle ferma les yeux.) Je suis désolée.

— Tu te souviens de ce que je t'ai raconté sur ma mère ? Qu'elle a essayé de se tuer ?

— Oui.

— Elle s'est ouvert les poignets pour se vider de son sang.

Silla releva la tête juste assez pour rencontrer mon regard.

— Oh ! fit-elle, et je vis à son expression qu'elle comprenait à l'instant, qu'elle saisissait la signification de cette tentative de suicide.

— Mon grand-père lui avait dit qu'elle était malfaisante et que la magie était maléfique.

— Pourquoi ?

— Je ne sais pas, dis-je en me laissant tomber assis face à elle, je ne me souviens plus, mais je crois que je ferais bien de retrouver la mémoire.

Nous nous regardâmes en silence pendant un moment.

— Quand je t'ai dit que je ne me souvenais pas de tout, ce n'était pas un mensonge, repris-je. Et tout ce dont je me souvenais était comme… souillé : même si la magie avait été un amusement au début, c'est en fin de compte la raison pour laquelle ma mère a essayé de se suicider et s'est droguée pour diluer le pouvoir de son sang. Je me demande même si elle ne m'a pas jeté un sort pour que j'oublie tout, parce que tout m'est revenu d'un seul coup, et en force, samedi dernier, quand je vous ai vus essayer le sort de possession, Reese et toi. Ma mère le connaissait aussi et elle me l'a appris.

— Tu ne pouvais pas savoir s'il était possible de me faire confiance, murmura Silla. Tu ne pouvais pas savoir si je n'avais pas de mauvaises intentions, moi aussi, si je ne faisais pas un usage maléfique de la magie.

— Oui.

Elle hocha maladroitement la tête.

— Je n'avais pas pensé à ça avant, fit-elle.

— Je crois aussi… commençai-je avec hésitation. (Elle haussa les sourcils d'un air interrogateur, et je m'éclaircis la gorge.) Je crois que ma mère a fait quelque chose de répréhensible, mais quant à ton père, j'ai lu son livre de sorts, et il ne contient aucune malédiction, rien de négatif. Ce sont seulement des sorts de guérison, de protection et de métamorphose. Je suis sûr que ton père était quelqu'un de bien.

Soudain, elle se mit à pleurer. Son visage était enfoui dans ses mains et il s'en échappait des bruits, des sanglots et des reniflements. Ils étaient étouffés parce qu'elle se recroquevillait sur elle-même, en une boule minuscule. Ses épaules tremblaient. Je touchai doucement le haut de son crâne, sans être sûr qu'elle veuille que je la réconforte ou que je passe simplement mon bras autour d'elle.

Cela ne dura pas plus de quelques instants, tandis que le blé ondulait autour de nous en vagues sèches.

Puis, après un reniflement bruyant, Silla releva la tête. Elle s'essuya les joues et les yeux et murmura plusieurs fois : « Désolée. » Je ne dis rien et lui offris ma manche en guise de mouchoir. Elle eut un sourire tremblant, puis secoua la tête.

— Ça va, dit-elle. Mince, je suis vraiment désolée.

— Ne t'en fais pas. Tu te sens mieux ?

J'avais entendu dire que ça soulageait parfois de pleurer.

— Euh, oui, renifla-t-elle. Non, en fait, pas du tout. J'ai comme l'impression que mon cerveau n'est plus qu'une grosse boule de coton et de morve.

— Comme ta tête, alors, déclarai-je avec le plus grand sérieux, ce qui lui arracha un éclat de rire.

— S'il te plaît, ne me fais pas rire, j'ai trop mal, dit-elle en pressant le dos de ses mains contre ses yeux.

J'attendis qu'elle se remette complètement.

— J'avais peur, tu comprends ? dit-elle, les yeux sur ses mains refermées sur ses genoux. Peur que mon père ne mérite ce qui leur est arrivé, à maman et à lui, peur que ce ne soit lui qui l'ait provoqué. La femme qui les a tués m'a dit que c'était un menteur, quelqu'un d'ignoble qui l'avait trahie. Et les gens d'ici racontent le même genre de choses sur lui.

— Les gens se trompent.

Elle inspira, retint l'air dans ses poumons, puis expira lentement. Son visage était parsemé de plaques roses et ses yeux bouffis. C'était vraiment une chance pour elle que je ne sois pas un miroir. Tout à coup, ses yeux s'ouvrirent tout grands.

— Ô mon Dieu, il faut que j'appelle Reese ! fit-elle. Je dois le prévenir pour qu'il rentre à la maison. Mais j'ai… j'ai laissé mon sac à dos au lycée.

— Mon portable est dans le mien, dis-je en lui touchant la main. Et je peux t'emmener où tu veux.

CHAPITRE 26

Silla

Ma respiration sifflait dans ma gorge comme le vent dans les épis de maïs bruns derrière moi, avec un bruit sec, saccadé et creux.

Je fermai les yeux et me concentrai sur la faible chaleur du soleil contre ma nuque et la rudesse des brins d'herbe sous mes fesses. Un corbeau lança un appel dans le lointain et mon estomac se crispa.

Je composai le numéro de Reese sur le portable de Nick et regardai fixement l'écran jusqu'à ce que la sonnerie retentisse.

Pourvu que ce soit Reese qui réponde. Pourvu que ce soit mon frère.

Il décrocha à la cinquième sonnerie.

— Ouais ?

— C'est Silla.

— Tu as pleuré, mon petit bourdon.

Le soulagement m'inonda comme une pluie froide.

— Ça va, dis-je. Il faut que tu rentres. La personne qui a tué papa et maman est encore dans le coin. Elle s'appelle Josephine Darly. Aujourd'hui, elle a possédé Wendy et essayé de nous voler le livre de sorts. J'ai peur de ce qu'elle prépare.

Reese resta un instant silencieux. J'entendais à l'arrière-plan le grondement d'un tracteur et les hurlements d'une conversation.

— Nous pourrions essayer les sorts de protection du livre, dit-il enfin. Nick est avec toi ? Tu as le livre ?

— Oui.

— Il va falloir l'éplucher en cherchant... (Il se tut.) Écoute, je ne peux pas en parler ici, chuchota-t-il. Je rentre.

— Ça m'énerve que les sorts plus puissants soient les plus compliqués. Pourquoi ne pourrions-nous pas tout bêtement nous barbouiller les uns les autres avec un peu de notre sang ? demandai-je sur un ton léger, pour atténuer la tension, mais ma tentative tomba à plat.

— Ouais.

— On se retrouve à la maison, alors.

— Fais bien attention à toi, Silla.

— Toi aussi.

Reese raccrocha.

Nick, qui avait franchi le fossé dans l'autre sens, remonta dans la décapotable et la gara sur le bas-côté. Tout en l'observant, je sentis la crispation dans mon ventre se relâcher lentement. Alors qu'il descendait de voiture, il évoluait comme une marionnette maladroite, si bien qu'il était facile d'imaginer quelqu'un d'autre en train de tirer les ficelles. Pourtant, je n'en croyais rien. Le soleil allumait dans ses cheveux des reflets rouges d'une intensité surprenante, et je me demandai s'il s'en doutait seulement. J'aurais aimé oublier Josephine et mes parents, la magie, la possession, le sang, tout, pour attirer Nick à moi, passer les mains dans ses cheveux et y découvrir d'autres couleurs.

Au lieu de cela, je composai le numéro de Wendy et tombai sur son répondeur. Sa voix pétulante et joyeuse déclara : « Youpi ! Vous avez failli joindre Wendy... laissez-lui un message ! »

— Salut, c'est Silla, dis-je. Je voulais être sûre que tu allais bien. J'ai déconné, je sais. C'est seulement... (Je m'humectai les lèvres et mentis :) Euh… j'ai perdu les pédales, tu comprends ? À cause du sang. Enfin, poursuivis-je dans un murmure, je sais que tu vas bien, mais je n'ai pas mon portable sur moi. Tu peux me rappeler chez moi si tu veux, ou à ce numéro… c'est celui de Nick. Désolée pour tout.

Je raccrochai avant de déblatérer d'autres balivernes. Je savais que Wendy me croirait : ces derniers temps, j'avais réagi de manière si stupidement hystérique dès qu'il était question de sang, et à propos de tout et de rien, que mes explications lui paraîtraient crédibles.

Mon Dieu, j'avais vraiment horreur de pleurer ainsi. Ensuite, je me sentais mal pendant plusieurs jours. Et pleurer devant quelqu'un d'autre que ma mère… qui bien entendu ne s'inquiéterait jamais plus que je pleure ou non… Je me ressaisis, fermai les yeux et inspirai longuement. Il fallait absolument que je me calme. Il s'était passé tant de choses en une heure à peine, en moins d'une heure, mais je pouvais retrouver mon sang-froid. Je pouvais de nouveau aller bien.

Le paisible masque vert de mer s'ajusta sur mon visage. Tandis que Nick contournait l'avant de la voiture en le tapotant de sa clef, je songeai à ce qu'il m'avait dit sur les masques derrière lesquels je me dissimulais. Peut-être avait-il raison pour le masque blanc et argenté, qui était froid et censé incarner le vide, mais le masque vert, ou le masque de ciel et de soleil pour la joie, et tant d'autres, faisaient tout simplement partie de moi.

Après une dernière inspiration pour récupérer, je me dirigeai vers la voiture. Nick sortit du coffre une boîte qu'il fourra sous son bras.

— Qu'est-ce que c'est ? demandai-je en m'appuyant de la hanche contre le phare arrière.

Je touchai du doigt le ravissant couvercle laqué orné de corbeaux noirs en incrustation sur un fond de ciel violet.

— C'est le coffret de magie de ma mère, expliqua-t-il, puis, après avoir poussé le loquet brisé, il l'ouvrit.

Je ne pus retenir une exclamation devant son contenu, minuscules fioles de verre remplies de poudres de toutes les couleurs et d'échantillons de plantes séchées, de graines et de paillettes métalliques, à côté desquelles je vis également le tuyau d'une plume, de petits bouts de papier, des rubans et de la cire.

— Nick… soufflai-je.

Il prit une fiole au verre très fin et trouble, refermée par un bouchon de liège et pourvue d'une étiquette sur laquelle je lus : « chardon béni » dans l'écriture de mon père.

— Nick ! répétai-je. (Je saisis la fiole et caressai le papier gondolé de l'étiquette.) C'est l'écriture de mon père.

Il fouilla dans son sac qui pendait encore à mon épaule, en sortit le livre, l'ouvrit et s'arrêta sur une page pour en comparer l'écriture à celle de l'étiquette. C'était la même, sans l'ombre d'un doute.

— Ils devaient s'en servir ensemble, dit-il après avoir levé les yeux vers moi.

— Judy m'a raconté qu'ils sortaient ensemble au lycée.

Si mes joues n'avaient pas été rougies par les larmes, j'aurais piqué un fard.

Nick reposa le livre sur la voiture et se frotta le visage de la main.

— Bon sang, ça se complique, commenta-t-il.

Je m'approchai de lui et posai ma joue contre la sienne.

— Oui, chuchotai-je. Rentrons.

CHAPITRE 27

Septembre 1937

Le Diacre… quel homme… et quelle créature !

Il est simple, et jeune et beau comme un ange ? ou un démon. Quand il affirme que notre pouvoir vient du sang du diable, cela paraît tomber sous le sens. Il pourrait séduire un prêtre s'il le voulait, mais il n'en fait rien, et c'est ce qui le rend si étrange à mes yeux. Si étrange et si merveilleux. Il ne se sert pas de son pouvoir magique pour mentir ou abuser autrui. Il se contente d'exister, tout simplement. Tout comme une tempête semble l'expression de la fureur, de la frénésie et du désir, alors qu'en réalité elle n'est que pluie et vent, indifférente aux réactions qu'elle peut provoquer. Le Diacre est un élément naturel.

Philip est plongé dans les expériences nouvelles auxquelles ils se livrent tous deux, sur des drogues et des arômes guérisseurs, le tout parfaitement assommant. J'observe le Diacre et je me demande comment il est devenu ce qu'il est. Ce matin, il a levé les yeux vers moi et il a souri. J'ai lu dans ses yeux ce que je n'ai jamais vu dans ceux de Philip.

Un défi.

Alors que Philip transvasait des teintures d'une éprouvette dans une autre, le Diacre m'a proposé de m'aventurer avec lui dans la nature sauvage, dans les hautes herbes des prairies, avec la promesse de nouvelles révélations en magie.

Comme je suis heureuse d'avoir accepté… Il m'a ouvert l'esprit !

Je n'aurais jamais imaginé auparavant que je pouvais posséder tout un vol d'oies juste au moment où il descend vers un lac, ou un arbre… un arbre ! Oh, j'ai peine à exprimer ce qu'on ressent à descendre dans ses racines, à monter jusqu'au sommet de ses plus hautes feuilles et à onduler comme une chevelure dans le vent… Un sentiment de puissance et de paix infini, peut-être. Le Diacre affirme que c'est la sensation du divin.

Mais la paix ne me divertit pas longtemps. Je préfère courir dans la prairie avec les coyotes ou fendre l'air avec les aigles. Aux côtés du Diacre, j'ai chassé, tué et senti au creux de l'estomac la pesanteur de la viande déchiquetée par mes propres griffes.

Il y a bien longtemps, Philip m'avait enseigné que la possession exerce une dangereuse tentation. Mais ici, il n'y a pas de tentation, car je ne résiste pas à la sauvagerie et au danger. Je suis le monde entier à moi seule.

CHAPITRE 28

Nicholas

Pendant notre trajet en voiture, je racontai à Silla les souvenirs que j'avais de ma mère, et en particulier l'instant auquel elle m'avait annoncé que nous allions sauver Robbie Kennicot. Silla me parla de la profanation de la tombe de ses parents et de la lettre d'un certain Diacre qui lui avait envoyé le livre de sorts par la poste.

— Attends un peu, lui dis-je alors que je prenais le virage pour remonter la rue dans laquelle nous habitions, tu es en train de me dire que vendredi dernier, pendant la soirée du club de théâtre, Josephine a essayé de déterrer les os de ton père ?

— Ça ne pouvait être que ce soir-là.

— Merde !

Les bottes de jardinage. Des bottes toutes boueuses alors que la terre était bien trop froide pour jardiner…

— Qu'est-ce qu'il y a, Nick ? demanda Silla en posant la main sur mon bras.

Je secouai la tête. C'était comme si plusieurs pièces d'un puzzle s'imbriquaient soudain. Je dus me concentrer pour ne pas érafler la carrosserie de la Sebring contre le portail en entrant dans l'allée. Dès que je me fus garé, je me tournai vers Silla.

— Lilith, dis-je. (Elle ne dit rien et attendit que je poursuive.) J'ai trébuché sur ses bottes toutes boueuses en rentrant chez moi vendredi soir. Et tes parents sont morts en juillet, c'est bien ça ? Elle était ici à ce moment-là pour préparer notre emménagement. Et elle était au lycée aujourd'hui.

J'avais l'impression que le monde se refermait sur moi pour m'engloutir. J'avais beau détester Lilith, je n'avais jamais envisagé qu'elle pût assassiner quelqu'un.

Silla posa les mains sur mon visage.

— Nick, Nick, dit-elle, et elle m'embrassa en ne faisant que caresser ma bouche de la sienne.

Et tout retrouva sa place. Je répétai son geste en serrant son visage entre mes mains. Au bout d'un instant, nous nous interrompîmes et restâmes immobiles, front contre front.

— Il vaut mieux rentrer pour parler de tout ça plus en détail, Nick, dit Silla. Nous finirons bien par trouver une solution.

L'un des coins de ma bouche se releva en un sourire. En quelques minutes à peine, j'étais passé du rôle du consolateur à celui du consolé.

— D'accord, répondis-je.

Alors que je descendais de voiture, la camionnette de Reese déboucha dans l'allée. Je fermai ma portière et j'allais le saluer quand Silla poussa un hurlement.

Des ailes me frappèrent au visage et la douleur me brûla le front tandis qu'un petit oiseau me griffait les yeux. Je me recroquevillai sur moi-même tout en le repoussant et fis le tour de la voiture en courant. « Silla ! La maison ! » hurlai-je. Je la distinguais à peine, en train de se défendre face à une demi-douzaine de geais bleus qui poussaient d'horribles cris rauques et perçants. De petites griffes s'attaquèrent à mon cou. Je virai sur moi-même. Les oiseaux me griffaient les mains, me donnaient des coups de bec et essayaient de se poser sur ma tête. Ils étaient partout. Ils formaient un nuage.

Je m'enfuis. L'espace d'un éclair, j'eus l'impression de perdre conscience, puis je me rendis compte que je courais toujours, trébuchais, me rattrapais en tendant les mains en avant, et puis…

Silla

Les oiseaux reculèrent d'un même mouvement, ce qui me laissa un répit pour reprendre ma respiration. « Nick ! » criai-je, je regardai autour de moi et je le vis. L'une de ses mains plongea dans son sac et en sortit le livre. Un rictus se dessina sur son visage. *Non, oh non, pas ça…*

Je m'élançai vers lui. Alors que je tendais la main vers lui, son visage se crispa et il tomba à genoux. Les geais crièrent et s'abattirent en masse sur mon dos, lacérant mon T-shirt. Je battis des bras pour garder mon équilibre et tournoyai sur moi-même pour les chasser tandis qu'une douleur brûlante s'épanouissait dans tout mon corps.

Le rugissement jailli de la gorge de Reese résonna comme un cri de guerre. Il était armé d'une pelle et d'un couvercle de poubelle en plastique dont il se servait comme bouclier. Je tombai à côté de Nick, qui luttait pour rester debout. Le livre de sorts gisait ouvert, face contre terre, les pages recourbées. Je le saisis et Nick m'empoigna par le bras. « Ça va ? » fit-il rapidement. Nous nous relevâmes et nous approchâmes de Reese en titubant.

« Suivez-moi ! » hurla-t-il en faisant décrire un arc à sa pelle. Les bruits d'impact sur les corps me donnaient la nausée. Nous nous repliâmes vers la maison, dont

Judy nous ouvrit la porte à la volée. Nick et moi-même faillîmes trébucher sur les marches du porche, mais Reese restait ferme et calme. Dès que nous fûmes à l'intérieur, il lâcha la pelle et claqua la porte.

Nicholas

Judy emmena Silla à l'étage pour qu'elle puisse se faire panser le dos et se changer. J'étais assis à la table de la cuisine pendant que Reese désinfectait à l'eau oxygénée les plaies que j'avais au cou.

Il ne parlait pas et je n'en avais pas plus envie que lui. Je fermais les yeux et serrais les dents pour lutter contre la douleur. Je me souvins de ce que j'avais éprouvé pendant ce moment de possession qui m'avait paru si long, une perte d'orientation, un engourdissement, comme si j'étais paralysé ou plongé tout éveillé dans un étrange coma. Mais j'avais senti précisément à quel instant sa prise sur moi s'était relâchée : son sentiment de triomphe quand elle avait refermé la main sur le livre de sorts l'avait distraite et j'en avais profité pour me libérer.

Mais j'ignorais si j'en serais de nouveau capable. Je frissonnai.

— Désolé, marmonna Reese en posant un sparadrap à la racine de mes cheveux.

— Ça va être un plaisir de l'arracher.

Il grommela.

— Merci, repris-je.

— Ouais.

Il alla se laver les mains à l'évier et je me penchai en avant, les coudes sur la table, le visage enfoui dans les mains.

— Je reviens de suite, dit-il.

Il se dirigea vers l'entrée et empoigna la pelle au passage.

— Attends, qu'est-ce que tu fais ? demandai-je.

— Tu as laissé tomber le livre de sorts. Il faut bien aller le récupérer.

Je me levai et tirai les clefs de ma voiture de la poche de mon jean.

— J'y vais, dis-je. Couvre-moi. Il y a aussi dans le coffre de ma voiture quelque chose dont nous avons besoin.

Après avoir compté jusqu'à trois, nous ouvrîmes la porte et nous ruâmes au-dehors. Je glissai sur le gravier, me rattrapai péniblement sur une main et saisis le livre de sorts. Je remarquai alors que Reese ne faisait pas de grands gestes et que les oiseaux avaient disparu. Le ciel était vide. Pas le moindre bruissement de feuille, aucun bruit ne venait troubler le calme de l'après-midi. « Bon sang, j'ai horreur de tout ça », marmonnai-je en enfonçant la clef dans la serrure du coffre.

Reese grogna. Il se déplaçait à demi accroupi dans une position de joueur de base-ball, en serrant étroitement la pelle.

Quand j'eus la boîte de maman sous le bras et le livre dans l'autre main, je lui fis un signe de tête, refermai le coffre et nous rentrâmes. Nous n'étions pas sortis plus de deux minutes.

Nous nous laissâmes tomber assis à la table de la cuisine, la boîte et le livre entre nous. Mon sac à bandoulière se balançait au dos de ma chaise.

Au bout d'un instant, Reese se releva brusquement et se dirigea vers le plan de travail. Je fermai les yeux et ne les rouvris qu'en entendant le choc d'une tasse sur la table. Je sentis l'odeur du café. « Ô mon Dieu ! » Serrant les mains autour de la boisson chaude, je l'inhalai.

Reese tira la chaise voisine de la mienne et posa sa tasse de café sur ses genoux.

— Reese, commençai-je. (Il me jeta un regard indifférent.) Pour la magie, je n'étais pas un débutant.

Il cilla à peine, et puis un imperceptible changement d'expression assombrit son visage. Cela me rappela le peu de réaction de mon père.

— Ma mère en faisait et elle m'en a appris un peu quand j'étais gosse, expliquai-je.

Les muscles de sa mâchoire se contractèrent, puis se relâchèrent. Je pense que ce dernier mouvement était délibéré. Il posa sa tasse sur la table, étendit les mains et les fit glisser vers moi, le regard mauvais.

— Ta mère en faisait, répéta-t-il.

— Oui.

— C'est sérieux ?

— Oui.

— Et tu as juste... fait semblant de ne rien savoir.

— C'était plus prudent.

Il se pencha en avant et la chaise grinça sous lui comme une menace proférée à voix haute. Je repris la parole sans lui laisser le temps de me devancer.

— Écoute, c'était ma décision et je ne vais pas me sentir coupable à cause de ça, alors tu ferais mieux de l'encaisser.

— Silla est au courant ? (Il parlait vraiment bas.)

— Oui. Elle venait juste de l'apprendre. Elle m'a parlé de vos parents et... et de tout le reste.

J'aurais voulu ajouter que je comprenais ce qu'ils ressentaient, mais j'étais certain que Reese serait peu sensible à ma sympathie.

— Bon, dit-il. (Il se rassit et siffla entre ses dents.) Apparemment, nous avons de quoi discuter.

— Je, euh, je vais chercher Silla, dis-je, et je me forçai à ne pas m'éloigner trop vite alors qu'en réalité, je me défilais. J'aurais été incapable de dire s'il se détendait vraiment ou s'il attendait juste le bon moment pour m'en coller une, auquel cas je voulais que Silla soit témoin de la scène.

Silla

— Eh bien, quelle aventure !

Judy fit irruption dans la salle de bains et ouvrit à la volée la petite armoire à pharmacie pourvue d'un miroir. Ses mains voletaient comme si elle ne pouvait pas tenir en place sous peine de s'évanouir.

— Ces oiseaux sont devenus fous ! Ça doit être une tempête qui se prépare, ou peut-être qu'il y a eu un léger tremblement de terre, quelque chose que nous ne pouvons même pas détecter. Les oiseaux sont très sensibles à ce genre de perturbations, tu sais.

Je me laissai tomber assise sur le siège des toilettes en tendant les mains. Les minuscules écorchures luisaient. Judy s'accroupit devant moi avec une boîte en carton contenant des sparadraps, un torchon, des boules de coton et la bouteille d'eau oxygénée. Elle trempa le torchon dans le lavabo et me nettoya la nuque. Je tressaillis, bien que cela ne me fît pas vraiment mal.

— Ouais, ces oiseaux sont fous, chuchotai-je.

— Ça va, ma chérie ? demanda Gram Judy en s'immobilisant.

— Non.

Je la regardai fixement. Que savais-je d'elle, au fond ? Seulement ce qu'elle m'avait raconté. Comme je l'avais dit à Nick, elle aurait tout aussi bien pu être quelqu'un de tout à fait différent. Elle était arrivée juste après la mort de papa et de maman, alors que nous ne gardions d'elle qu'un vague souvenir, trop vague pour savoir si sa personnalité avait changé.

J'eus soudain la nausée et je me laissai glisser des toilettes, au cas où j'aurais besoin de les utiliser.

— Là, là, ma chérie, fit Judy, et elle me caressa le dos en décrivant des cercles. Là, c'est fini. Il est arrivé autre chose ? Qu'est-ce qui ne va pas ?

Le front contre la porcelaine froide des toilettes, je secouai seulement la tête en réponse. Mais je ne devais pas me laisser détruire par cette idée : je ne pourrais plus vivre normalement si je commençais à soupçonner tous ceux qui m'entouraient. Ce ne pouvait pas être Gram. Pourquoi aurait-elle attendu tout ce temps avant de passer à l'acte ? Elle aurait pu nous assassiner dans notre lit à n'importe quel moment.

Cette pensée était étrangement rassurante. Je poussai un soupir, me retournai et me roulai en boule sur le dallage entre les toilettes et le lavabo. Je tendis mes mains à Judy, qui commença à les nettoyer avec son torchon, les yeux baissés, mais ses lèvres serrées m'indiquaient qu'elle ne lâcherait pas prise aussi facilement.

Je me mordis les lèvres sous la brûlure de l'eau oxygénée dont elle tamponnait mes coupures avec du coton. Cela me réveilla comme de l'eau froide et je pus lui poser ma question.

— Judy, est-ce que tu te souviens de la mère de Nick, et de quoi que ce soit… de bizarre sur elle ?

Assise sur ses talons, Judy garda mes mains entre les siennes et inclina la tête de côté avec un air pensif. Ses cheveux argentés formaient une lourde tresse dont l'extrémité effleurait le carrelage.

— Mon Dieu, ça faisait... (Elle fronça les sourcils et leva les yeux vers le plafond.)... peut-être un an que j'étais mariée avec Douglas. La mère de Nick... comment s'appelle-t-elle ? Daisy ?

— Donna, murmurai-je.

— Oui, c'est ça. Quand je suis arrivée ici, Robbie et elle sortaient ensemble depuis un certain temps déjà, mais ils ont brusquement rompu au début de leur année de terminale. Doug et moi étions un peu inquiets, parce que Robbie était devenu beaucoup plus réservé et que certains de ses goûts avaient changé : il avait quitté son équipe de foot et il travaillait plus qu'avant. Ce n'était pas qu'il ne faisait rien auparavant, mais c'était ce changement si soudain qui était étrange. Enfin, il grandissait et il allait partir pour étudier à l'université de Saint Louis.

Judy leva la main et saisit une mèche échappée de sa tresse. Dans la lumière de la salle de bains, ses ongles manucurés brillaient faiblement.

— Que s'est-il passé, Judy ? demandai-je.

Je joignis mes mains blessées et les appuyai doucement contre mon estomac qui gargouillait.

— Une nuit, je me suis réveillée. J'avais eu la migraine toute la journée. Je suis descendue au rez-de-chaussée pour prendre du lait, et j'ai entendu des voix dehors alors qu'il était très tard, deux heures du matin ou dans ces eaux-là. J'ai jeté un coup d'œil au-dehors. Donna était accroupie devant le porche. Elle remuait la terre au pied des marches. J'ai ouvert la porte pour l'inviter à entrer. Je pensais que peut-être elle n'arrivait pas à dormir, elle non plus, et qu'elle était venue ici pour... je ne sais pas pourquoi. Pour être plus près de Robbie, peut-être. Ça faisait seulement une semaine qu'ils étaient séparés, et je me souvenais de ce que c'est quand on aime pour la première fois. (Judy eut un sourire douloureux, ses doigts se détachèrent de ses cheveux et elle croisa les mains.) Enfin, quand je suis sortie sur le porche, elle s'est enfuie. J'ai regardé ce qu'elle faisait à mon arrivée, et j'ai vu quelque chose qui était à demi enfoui. Je l'ai déterré. C'était une petite bourse en cuir mince, comme ces sachets dans lesquels les Indiens portent leurs remèdes, dit-elle en levant les doigts pour indiquer la taille de l'objet. Robbie est sorti à son tour et il m'a demandé ce qui clochait. Je lui ai montré la bourse et raconté ce que j'avais vu. Je me souviens qu'il a froncé les sourcils en scrutant l'obscurité dans la direction dans laquelle Donna s'était enfuie. « Je m'en charge », a-t-il dit. Je lui ai donné la bourse et dit que tout finirait par s'arranger, qu'elle lui pardonnerait, mais il ne paraissait pas me croire. Le lendemain, je lui ai demandé ce que signifiait cette bourse. Il m'a répondu avec un haussement d'épaules que c'était un talisman et qu'il n'y avait pas de quoi s'inquiéter.

Je perçus du coin de l'œil un léger mouvement et regardai vers la porte. Nick se tenait dans l'encadrement, une main contre le montant, les doigts crispés sur le bois comme s'il devait s'appuyer pour rester debout.

— Nick, chuchotai-je.

Je me relevai en prenant appui sur le siège des toilettes, me dirigeai vers lui et posai la main sur sa poitrine.

— Je, euh, je suis monté voir comment tu allais, expliqua-t-il, sans me regarder, car il avait les yeux rivés sur Judy.

Elle se leva aussi et avec nous trois dedans, la salle de bains se retrouva presque bondée.

— Laisse-moi te panser les mains, Nick, dit-elle.

Elle prit son nécessaire de pharmacie et le déposa dans le lavabo.

Je m'écartai et Nick se laissa soigner, les yeux sur les doigts virevoltants de Judy. Ses épaules étaient raides. J'aurais aimé me presser contre lui, embrasser sa nuque et masser ses muscles tendus pour l'apaiser.

— Je me souviens que Donna est partie avant les examens de fin d'année. Mr et Mrs Harleigh ont raconté qu'elle allait vivre chez une tante dans le nord.

La tête de Nick se redressa brusquement et son regard rencontra celui de Judy dans le miroir.

— Elle a été internée en hôpital psychiatrique, dit-il. Ça lui est arrivé régulièrement pendant toute ma vie. Elle était folle. Elle est toujours folle.

Judy hocha la tête avec sympathie, puis lui tapota la main.

Je m'avançai et posai les mains sur la taille de Nick, mais comme Judy était là, je laissai beaucoup d'espace entre nous.

— Tu crois qu'elle faisait de la magie ? demandai-je à Judy.

— Oh, je ne sais pas.

Elle s'écarta de Nick et commença à ranger les sparadraps et le reste. Nick prit l'une de mes mains et nous restâmes côte à côte pour l'écouter. Je regrettais de ne pas pouvoir regarder le visage de Nick sans que ça se remarque.

Judy referma l'armoire à pharmacie d'un coup sec.

— Je suppose qu'elle-même le croyait. Moi, en ce temps-là, ce genre de choses ne m'intéressait pas tellement. Mais après mon divorce avec Doug, j'ai passé plusieurs années en Hongrie, et là-bas, j'ai appris pas mal sur les croyances populaires. Les deux dames chez qui j'habitais ne sortaient jamais sans avoir fourré une pièce dans leur chaussure gauche pour se protéger des mauvais sorts. Et je peux vous jurer que l'une d'elles a guéri un bébé de la fièvre en le baignant dans du lait et en lui chantant un petit air. (Elle sourit.) Je préfère le Tylenol, bien sûr, mais ce n'est pas à moi de juger et je ne nierai jamais le pouvoir de la prière.

— Nous pensons que quelqu'un se sert de la magie contre nous, Gram, dis-je, faisant le grand plongeon, quitte à nous noyer tous dans la vérité. Et que c'est cette personne qui a tué papa et maman.

— Quoi ? Oh, non, ma chérie, c'est impossible. On ne peut pas vraiment faire de mal avec la magie populaire, surtout pas à quelqu'un comme ton père, qui avait tellement la tête sur les épaules !

Je serrai la main de Nick.

— Tu crois vraiment que papa, le Robbie que tu as connu, aurait été capable de tuer maman ? Il n'est pas devenu fou comme ça, même si c'est ce que tout le monde raconte.

Judy secoua lentement la tête.

— Oh, Silla, vraiment, je ne sais pas. Je ne crois pas que nous puissions le savoir.

— Si, nous pouvons. (J'inspirai profondément, puis hochai la tête. J'avais pris ma décision.) Descendons, je vais vous montrer quelque chose.

Nicholas

Silla me précéda dans l'escalier et me fit asseoir à la table de la cuisine comme si j'étais traumatisé, ce qui était peut-être le cas. Je pensais sans arrêt à maman, quand elle avait mon âge et recherchait désespérément je ne savais quoi, et puis j'arrêtai, parce que je ne voulais plus penser à elle.

L'odeur aigre-douce de vomi, maman penchée au-dessus des toilettes, se vomissant dessus. Et moi qui claquais la porte de la salle de bains et courais me cacher dans ma chambre en pensant à l'aiguille qui roulait sur les dalles de la salle de bains.

Je regardai Silla prendre au passage une fleur desséchée dans le vase de l'entrée et la poser sur la table de la cuisine devant Judy. Elle se piqua le doigt, chuchota quelques mots en latin, et les pétales jaunes froissés se défripèrent et retrouvèrent leur éclat. Judy poussa une exclamation étouffée, mais moi, je ne ressentis aucun émerveillement cette fois-ci. Mon cerveau était comme du fromage mou.

— Oh !

Judy battit des paupières et tendit la main pour toucher la fleur du bout de son doigt osseux.

— Je n'ai même plus besoin de sel, chuchota Silla en se renversant dans sa chaise.

Tandis que Judy saisissait la fleur et l'examinait, le temps que la réalité de la magie s'impose à elle, Reese nous foudroya du regard, moi, comme d'habitude, et Silla probablement parce qu'elle avait vendu la mèche à Judy sans le consulter. Je tâchai de puiser un peu de réconfort dans son exaspération, mais je ne pensais qu'à maman. Maman qui essayait d'enfouir un talisman devant la maison de Silla, et qui était amoureuse du père de Silla.

— Il faut trouver un plan, dit Reese. Silla, raconte-nous ce qui est arrivé.

Silla serra les mains autour de sa tasse de café et leur raconta tout ce qui s'était passé avec Josephine et Wendy au lycée. Elle ne dit rien de mes soupçons sur Lilith. Quand elle eut terminé, elle baissa la tête pour boire une gorgée de café et Judy secoua la tête.

— Ça, c'est le bouquet ! fit-elle. J'ai bien envie de rencontrer cette vieille sorcière pour la gifler à tour de bras.

Reese ouvrit le livre de sorts en posant les mains sur les coins pour le maintenir sur la table.

— Il y a à cette page ce qui semble être le meilleur sort de protection, dit-il. Nous avons besoin d'un élément en argent pour le préserver, un talisman, par exemple, à moins que quelqu'un ne soit prêt à écorcher un chat et à tanner sa peau pour en faire du cuir.

Silla serra les lèvres et je tiquai.

— Mon Dieu ! s'exclama Judy.

— C'est bien ce que je pensais, commenta Reese avec un sourire qui n'avait rien de joyeux. Dans ce cas, c'est plus compliqué, parce que nous allons devoir préparer une potion et faire tremper l'argent dedans. Et cette potion se compose d'ingrédients que nous n'avons pas : de la rue, de l'antimoine et de l'agripaume, que j'ai commandés sur Internet, mais qui ne nous seront livrés que mercredi, une grande plume d'oiseau sauvage, une bougie noire (j'en ai acheté tout un paquet hier), du sel et du sang, bien sûr, de l'eau courante que nous pourrons prendre dans le ruisseau de Meroon, et enfin des pierres de focalisation, ne me demandez pas ce que c'est, merci papa pour le flou artistique.

— J'ai de l'antimoine et de l'agripaume, dis-je en ouvrant lentement la boîte laquée de maman.

Mes mains étaient encore lourdes comme du plomb. Je devais déjà me replonger là-dedans alors que je n'étais pas encore remis de l'attaque des oiseaux. Je soulevai le couvercle de la boîte, et Reese et Judy se penchèrent au-dessus d'elle pour en examiner le contenu.

— Bon sang, fit Reese, elle appartenait à ta mère ?

— Ouais.

— Il y en a un paquet ! Parfait. C'est une plume de dinde ? demanda-t-il en passant le doigt sur le tuyau avec lequel on se piquait.

— Non, ce n'est pas un ingrédient. Ça sert seulement à prélever le sang.

— Il y a des plumes de corbeau au cimetière, intervint Silla.

— OK, marmonna Reese.

L'air complètement absent, il prenait des fioles dont il lisait les étiquettes avant de les remettre en place. Il saisit un flacon triangulaire rempli de minuscules perles argentées et passa le pouce sur les lettres de l'étiquette. C'était l'écriture de son père. La fiole réintégra sa niche un peu trop brutalement.

— Donc, on a bien tout ? demanda Silla en se mordillant la lèvre inférieure. Sauf l'argent et les pierres de focalisation. (J'acquiesçai.) Nick et moi allons faire un saut au centre commercial de Cape Girardeau pour acheter des talismans. C'est ouvert jusqu'à neuf heures. Nous verrons aussi si nous pouvons trouver des pierres, ou leur équivalent.

— Je vais chercher la plume, l'eau courante et commencer à préparer la potion, dit Reese. Elle est censée reposer au clair de lune pendant une nuit. La lune était déjà pleine la nuit dernière, mais j'espère que ça ira quand même… oh, merde ! Ce n'est pas… fit-il, le regard tourné vers la fenêtre.

— … pas vraiment ensoleillé, comme temps, acheva Gram Judy. Et nous aurons sûrement une nuit étoilée.

— Fantastique ! Enfin bon, soupira Reese.

Nous nous regardâmes en silence. C'était parfaitement surréaliste. Quatre personnes s'adonnaient à la magie dans une cuisine de campagne parce qu'elles étaient persécutées par un assassin fou adepte de la possession qui lançait des oiseaux sur elles.

Silla rompit le silence.

— Avant de nous séparer, il faudrait choisir un mot de passe afin d'être sûrs que nous sommes tous et toujours… nous-mêmes, dit-elle.

— Bonne idée, mon petit bourdon, approuva Reese d'un air lugubre.

Le silence retomba entre nous, mais au lieu de paraître étrange, il donnait l'impression que nous avions tous attendu cet instant précis. Depuis que j'avais emménagé ici, tout n'avait été qu'un enchaînement aboutissant à cette heure. Peut-être même depuis ma naissance : qui pouvait savoir à combien de temps tout cela remontait ?

L'une des ampoules du lustre en cuivre clignota, ce qui mit fin à notre silence.

— « Je suis tellement plongé dans le sang que même si je ne pouvais plus avancer, rebrousser chemin serait aussi épuisant que de continuer », chuchota Silla.

— Quelque chose de facile à retenir, s'il te plaît, fit Reese en levant les yeux au ciel.

— Vous ne pouvez rien retenir de *Macbeth*, bande de philistins ? rétorqua-t-elle avec l'ombre d'un sourire.

— « Disparais, disparais, tache maudite » ?

— Et celle-là : « Étoiles, dissimulez vos feux, voilez mes désirs secrets et ténébreux » ?

— Moi, j'aimerais bien les voir, tes dé… répondis-je machinalement, mais Dieu merci, je m'interrompis avant de prononcer quelque chose d'impardonnable devant sa grand-mère.

Et devant son grand frère.

— Quelque chose de simple, vous voulez bien ? demanda Reese avec un regard furieux.

Gram Judy leva le doigt.

— Je sais ! dit-elle. Supercalifragilisticexpialidocious !

Silla

La sonnerie stridente du téléphone faillit me faire tomber de ma chaise. Je me levai d'un bond, espérant que c'était Wendy, et décrochai.

— Allô ?

— Silla ?

Bouche bée, je me retournai vers ma famille et mon petit ami, en proie à un abject sentiment d'horreur.

— Miss Tripp ? répondis-je.

— Je suis vraiment contente que tu aies l'air d'aller bien, Silla. Je voulais juste prendre de tes nouvelles et m'assurer que tu viendrais au lycée demain. Il est impératif d'avancer à ce jour ton rendez-vous de vendredi pour parler de l'incident qui s'est produit avec Miss Cole cet après-midi.

— L'incident ? répétai-je en appuyant l'arrière de ma tête contre le mur.

Reese, le nez plongé dans la boîte de Nick, m'ignorait, mais Nick et Gram Judy me regardaient avec sympathie.

— Miss Cole est complètement désorientée, et un témoin affirme que Nick Pardee et toi l'avez agressée. Je viens d'en parler avec le père de Nick et nous sommes tous très inquiets.

— C'est... c'est ce que Wendy a raconté ? chuchotai-je tandis que mon regard rencontrait celui de Nick.

— J'en ai bien peur. Elle est très secouée. Elle est chez elle en ce moment.

Je fermai les yeux et ma gorge se serra. Ô mon Dieu, Wendy ! Je ne savais que dire.

— Silla ?

— Oui, chuchotai-je, car ma voix refusait de fonctionner normalement.

— Tu viendras bien demain ?

— Je…

— J'insiste pour que tu viennes. Je ne veux pas mêler la police à cette histoire. Il vaut mieux parler calmement de tout cela ensemble. Judy Fosgate est-elle ton tuteur légal ?

— Quoi ? Mon tuteur légal ? (Reese releva la tête en entendant ces mots.) Je n'en ai pas, enfin, je ne crois pas. J'ai presque dix-huit ans et il… il n'en a jamais été question jusqu'ici.

Reese se leva brusquement et se dirigea vers moi, la main tendue.

— Eh bien, Silla, quelqu'un doit être responsable de toi, poursuivit Miss Tripp. Je…

Je ne résistai pas quand Reese ôta le téléphone de ma main inerte.

— Reese Kennicot à l'appareil, dit-il. Que puis-je faire pour vous ?

Je reculai et heurtai Nick, qui posa les mains sur mes épaules.

— Oui, répondit Reese, les yeux fixés sur moi. Elle viendra. Mais il ne s'est rien passé d'illégal : sinon, vous auriez appelé la police. (Il fit une pause et secoua la tête en levant les yeux au ciel.) Nous vous sommes très reconnaissants de votre attention, docteur Tripp… au fait, vous êtes bien médecin ? Non ? Enfin, bon… Oui. Oui, bien sûr, mais cela ne signifie pas que vous pouvez m'appeler chez moi le soir quand je suis en famille. Je vous souhaite bien le bonsoir.

Il raccrocha un peu trop brutalement.

— Merci, lui dis-je. Je vais devoir rappeler Wendy.

— Et vous feriez bien de faire vos courses avant la nuit. Moins vous sortirez après le coucher du soleil, mieux ça vaudra, déclara-t-il, et l'espace d'un instant, je retrouvai mon père tout entier dans son expression. Je ne pus m'empêcher de sourire, et serrai la main de Nick.

Je montai à l'étage en courant pour téléphoner à Wendy.

— Silla ? répondit-elle.

— Oh, Wendy, c'est toi, Dieu soit loué ! (Je me laissai glisser le long du mur et restai assise dans le noir, les genoux ramenés contre la poitrine.) Tu vas bien ?

— Oui, répondit-elle en prononçant ce mot d'une voix sifflante. Excuse-moi, mais je ne veux pas que mes parents nous entendent. Ils ne savent rien.

— Miss Tripp va sûrement leur téléphoner.

— Génial ! (J'entendis une porte se refermer et Wendy parla doucement, mais avec sa voix habituelle.) Et toi, tu vas bien ?

— Ouais.

— Tant mieux.

Il fallait que je lui explique ce qui était arrivé. Je voulais tout lui raconter, mais comment le faire ? Sûrement pas au téléphone. Dans l'immédiat, j'étais obligée de mentir. Peut-être que plus tard… peut-être pourrais-je lui faire une démonstration de magie. Elle le méritait bien, puisqu'elle avait servi d'instrument à une sorcière.

— Je suis vraiment désolée, Wen…

— Ça va, j'étais probablement en hypoglycémie… Silla, il faut que je raccroche, maintenant.

Mon cœur se serra.

— D'accord, je te rappelle plus tard, ou sinon, je te verrai demain… dis-je.

— Bien sûr. Je… je crois que j'ai juste besoin d'un peu de repos.

— Bonne nuit, Wendy.

— Bonne nuit, Silla.

Je raccrochai en proie à une sensation de nausée, que je combattis en me roulant en boule, le front sur les genoux. J'étais néanmoins sûre de n'avoir rien imaginé : Wendy, la seule amie qui me restait, avait peur de me parler.

CHAPITRE 29

Décembre 1942

Philip m'a quittée.

Je n'ai pas pu le retenir.

Il s'est engagé comme médecin dans cette guerre qui n'a pourtant rien à voir avec nous, nous qui avons vécu au-delà de l'échelle humaine. J'ai maintenant cinquante et un ans, mais n'en parais pas plus de dix-sept, et Philip, qui est né un siècle avant moi et s'est élevé au-dessus de tous ces gens… nous valons mieux qu'eux ! Ils n'ont pas besoin de notre aide et ne la méritent pas !

Il y a un an que Philip a traversé l'océan. Je suis retournée chez le Diacre, le seul être capable de me réconforter. L'Europe est en crise et mise à rude épreuve, mais Arthur me répète que tout a une fin. Lui qui a vécu plusieurs siècles, dont le sang est si puissant et si pur que la magie est comme son élément naturel, m'affirme : « Philip nous reviendra. Il revient toujours. » Quand je me griffe dans des accès de rage, il essuie mon sang et le transforme en nectarines. Il a bâti pour moi un berceau de verdure semblable au lit de fleurs de Titania dans Le Songe d'une nuit d'été. *Là-dessous, je suis à l'abri du soleil comme de la pluie, et je m'enfonce dans la terre où je retrouve chaleur et paix. Je mesure la distance écrasante qui me sépare de Philip et je sens le monde trembler sous l'impact de la destruction. Tout cela me berce et m'endort.*

Les rares lettres de Philip sont pleines de mélancolie et de colère contenue. Je ne comprends pas comment, ayant vécu si longtemps, il peut encore croire à la bonté des hommes.

« Je ne pourrai jamais réparer toutes ces morts et ces souffrances, Josie, m'écrit-il, pas même avec un million de sorts. »

« N'essaie plus, Philip, je lui réponds. Prends le monde tel qu'il est et fais ce que tu peux. Tu n'es pas Dieu. »

« Si Dieu existe, Josie, il nous a tous abandonnés. »

J'aimerais pouvoir lui dire : Philip, tu sais faire beaucoup plus que changer l'eau en vin, alors pourquoi t'inquiéter de Dieu ?

CHAPITRE 30

Nicholas

— Raconte-moi un peu ta vie, dis-je devant un poulet frites. L'éclairage au néon réverbéré par toutes les surfaces du centre commercial me faisait grincer des dents.

Nous avions fait le trajet en voiture dans un silence relatif, en essayant de nous libérer du sentiment d'étrangeté que cet après-midi nous avait laissé. Moi, en tout cas, j'avais hâte de retrouver la stupide banalité d'un centre commercial. Je n'aurais jamais choisi ce snack-bar pour notre premier rendez-vous, mais après la journée que nous avions vécue, je ne pouvais pas me montrer trop difficile.

Silla sourit.

— Je suis née à Yaleylah, j'y ai grandi, c'est là que je passerai mon bac, et c'est à peu près tout, répondit-elle.

— Je vois. Et comment es-tu devenue ce que tu es ?

— Je n'en ai aucune idée. Ce que je suis ? répéta-t-elle avec un sourire presque aguicheur, mais nous savions tous deux que c'était une question pertinente.

— Superbe, raffinée et résolue. Et plutôt têtue.

— Ce sont des qualités que j'ai, pas ce que je suis.

— Bon, d'accord : une fille qui risque tout pour sa famille. Une fille qui fait confiance aux admirateurs qui la poursuivent parce qu'ils ont un joli sourire ? dis-je en lui en adressant un.

— Non, parce qu'ils ont l'air franc, répondit-elle.

— Ah bon ?

— Enfin, c'est ce que je pensais.

— Mais tu as changé d'avis ?

Elle s'expédia une frite dans la bouche.

— Et toi, à quoi ressemble ta vie ? demanda-t-elle.

— Je suis né à Chicago, j'ai grandi là et je passerai probablement mon bac à Yaleylah.

Silla rit et roula les yeux.

— Essayons une autre question : raconte-moi ton meilleur souvenir, repris-je.

Je regrettai aussitôt ce que je venais de dire en la voyant détourner les yeux et reposer son morceau de poulet sur sa serviette en papier, mais elle répondit.

— La première d'*Oklahoma !* Je jouais Ado Annie alors que je n'étais qu'en troisième. C'était merveilleux, mais en même temps épouvantable, à cause des jalousies et des mesquineries. À la fin du spectacle, après le rappel, les saluts et les applaudissements, je suis sortie dans le couloir encore en costume, et je me souviens que la sueur coulait le long de mes tempes et délavait mon maquillage. La salle résonnait de rires, d'acclamations et de cette énergie gigantesque et brûlante qui vient du succès. Maman était là et pleurait à force de sourire. Papa m'a serrée dans ses bras et m'a demandé : « Dois-je acheter un fusil ? » (Le demi-sourire rêveur de Silla pâlit soudain et elle me regarda.) Le père d'Ado Annie menace plusieurs des soupirants de sa fille avec un fusil, expliqua-t-elle. Ça m'a fait rire. Et puis je me suis retournée et Reese m'a collé un énorme bouquet de roses dans la figure. Elles sentaient merveilleusement bon ! Des roses rouges, roses, jaunes, blanches, et même de cette couleur pourpre qui était ma préférée. Il était planté là, le nez un peu froncé, comme s'il voulait me balancer une vacherie typique de grand frère, mais il a seulement secoué la tête et dit : « C'était formidable, mon petit bourdon ! » Ensuite, Eric est arrivé. C'était l'un des cow-boys de la pièce. Et Wendy, qui n'avait pas passé d'audition pour jouer dedans, mais qui a mis le paquet par la suite. Je ne me souviens pas de m'être sentie aussi vivante que ce soir-là, dans ce grand couloir terne du lycée. (Elle ferma les yeux.) Ma perruque me grattait et mes bottines me comprimaient les petits doigts de pied, mais je m'en fichais. Tout le monde m'aimait et je savais exactement pourquoi. C'était comme une communion parfaite.

Ses mains étaient croisées et ses bagues brillaient doucement même dans l'éclairage médiocre du centre commercial.

— Je suppose que c'est plutôt arrogant de ma part d'avoir un moment pareil comme meilleur souvenir, reprit-elle.

Je repoussai de côté le panier graisseux et posai les mains sur les siennes.

— Non, je comprends ça très bien, dis-je.

C'était normal. À ce moment-là, ses parents étaient en vie et elle était heureuse. Maintenant encore, ses yeux brillaient faiblement à ce souvenir, et ce n'était probablement qu'un pâle reflet de l'éclat qu'ils avaient eu ce jour-là.

— J'aurais aimé être là ce soir, dis-je.

— Moi aussi, j'aurais aimé que tu sois là.

— On ferait bien d'y aller, maintenant, même si je n'ai vraiment aucune envie de me replonger dans ces histoires de magie, ni maintenant, ni jamais.

— Oui, mais plus tôt nous aurons ces talismans, plus tôt nous pourrons... continuer à nous raconter notre vie en toute tranquillité.

Silla

Je lui tenais la main pendant que nous déambulions dans l'univers en plastique du centre commercial. Je me conduisais comme si nous avions seulement rendez-vous. Un rendez-vous normal d'amoureux. Je ne voulais plus penser au sang, au meurtre ou à la magie. Je ne supportais pas davantage de penser à Wendy, à son refus de me parler et à ce qu'elle devait penser.

Alors que nous faisions les magasins, Nick réussit à me faire parler de jeux vidéo, de jeans de marque, de mes films, couleurs et jouets préférés. Il avait autrefois collectionné les Pokémons et je lui avouai ma passion d'enfance pour les Power Rangers. Je lui racontai que Reese et moi mettions des lunettes de soleil en prétendant que c'étaient des viseurs avec lesquels nous combattions les démons venus du fin fond de l'espace. J'étais le Ranger jaune, lui le vert, et le champ de maïs de Mr Meroon un terrain de bataille idéal.

Nick acheta à un kiosque de bijoux une poignée de chaînes censées être en argent. Je lui promis de le rembourser plus tard.

— Non, vraiment, Sil, protesta-t-il, cet argent, c'est toujours une part de mon héritage que Lilith n'aura pas quand elle aura baisé papa à mort.

Je le regardai, bouche bée, car il avait prononcé ces mots avec la plus grande désinvolture.

— C'est vraiment ce que tu penses ? demandai-je.

Nick haussa les épaules.

— Oui, en général, répondit-il.

— Pourquoi l'appelles-tu Lilith ?

— Oh ! (Il sourit, et les coins incurvés de ses lèvres me rappelèrent les cornes du diable.) Lilith est le nom de la mère de tous les démons dans la Bible, expliqua-t-il.

J'éclatai de rire.

— Je parie qu'elle n'est pas au courant de ce surnom, dis-je.

— Sûrement pas ! Viens, allons acheter de l'argent de meilleure qualité dans une vraie bijouterie.

— Nick, meilleure qualité signifie plus cher.

— Eh bien, fais comme si je t'achetais des bijoux, sauf qu'au lieu de les porter, tu en feras un usage... disons, plus pratique, répondit-il en m'entraînant.

Nous rentrâmes au coucher du soleil, qui était tout en roses et ors flamboyants, et de ce bleu-vert intense et fascinant qui se fond dans la nuit. Le vent me brûlait les joues et le nez ; je m'adossai à mon siège et laissai ses doigts glacés me tirer les cheveux.

Nick conduisait très vite, trop vite pour être exposé à une attaque aérienne. Ses mains serraient fermement le volant et ses bras étaient tendus. Quand il tourna le volant pour prendre un virage, ses épaules se voûtèrent et tout son corps suivit le mouvement. Je me mordis l'intérieur de la lèvre et l'observai, la tempe contre le cuir frais du siège.

Sans réfléchir, je posai la main sur sa cuisse. Pendant un instant, il resta immobile, puis caressa le dos de ma main avant de reprendre le volant. Sa cuisse se contracta sous ma main tandis qu'il appuyait sur la pédale. Une bouffée de vent glacé me brûla les yeux, et je les fermai pour me concentrer sur la sensation rugueuse de son jean sous ma paume. C'était ma main blessée, et mon pouls battait précipitamment sur toute la longueur de la cicatrice, ce qui retenait toute mon attention, tandis que les poils se dressaient sur mon bras. Nous étions unis dans ce rythme rapide et doux, et je savais que son cœur battait aussi violemment que le mien.

Le sang me monta au visage et la température à l'intérieur de la voiture parut s'élever sans que le vent lui-même ne parvienne à la rafraîchir.

Je voulais sentir ses lèvres contre les miennes et ses bras autour de moi. Je voulais qu'il rie et me dise une vacherie sur sa belle-mère, ou lève les yeux au ciel en évoquant l'une des manies locales de Yaleylah. Je le voulais, lui, tout simplement. L'intérieur de ma lèvre était endolori à l'endroit auquel je l'avais mordillée.

Dès que je voulais lui demander de s'arrêter pour l'embrasser, nous dépassions une autre voiture ou j'entrevoyais une silhouette d'oiseau noire et floue volant vers les arbres agités, et je savais alors que nous devions rentrer. Je savais que si nous nous arrêtions, l'arrêt risquait d'être définitif.

Nicholas

Nous faillîmes ne pas arriver à Yaleylah.

J'accélérai progressivement jusqu'au moment où je sentis, ou crus sentir, un tremblement de fatigue en prenant un virage, et ralentis seulement pour ne pas décoller dans un hurlement de pneus et enchaîner des tonneaux. Je ne pouvais même pas regarder Silla. Le contact de sa main sur ma cuisse me faisait l'effet d'une minuscule explosion nucléaire.

Je dus serrer les dents, garder les yeux sur la route et me chanter en boucle le générique des *Tortues Ninja* pour rester sur la route et dans mon pantalon.

Quand les pneus crissèrent enfin sur le gravier de l'allée menant chez Silla, je m'accordai le droit de la regarder. Ses yeux étaient hermétiquement clos.

— Ça va ? (Je me mordis la langue.) Désolé, j'aurais dû savoir que ce n'était pas la question à poser.

Elle secoua la tête.

— Non, ça va. C'est juste que je… arrête-toi.

Je freinai, puis me tournai vers elle. Elle prit mon visage entre ses mains et m'embrassa.

Pendant une seconde, nous restâmes immobiles. Et puis sa bouche s'ouvrit, elle aspira ma lèvre inférieure entre les siennes et s'approcha de mon cou. Je l'aidai en la soulevant par les hanches pour la faire passer par-dessus le levier de changement de vitesses. Ce n'était pas des plus facile, comme manœuvre, mais nous continuâmes quand même à nous embrasser en nous démenant, jusqu'à ce qu'elle se retrouve assise de côté sur mes genoux, adossée à la portière, une épaule contre le volant. J'avais passé un bras autour de son dos et serrais sa cuisse dans mon autre main.

Tout parut s'effondrer dans un rugissement, comme si la surface de la planète s'était ouverte sous nos pieds et que tout avait disparu dans les ténèbres, sauf ma voiture et nous.

Mes mains trouvèrent le bord de sa chemise et se glissèrent dessous. Elle sursauta au contact de mes doigts froids, mais se serra contre moi et m'embrassa plus fougueusement. « Nick », chuchotait-elle sans s'interrompre dans ses baisers. Elle passa les mains dans mes cheveux, les empoigna et les tira. La douleur ne fit qu'accroître l'intensité de la sensation et je remontai les mains le long de ses flancs. Je sentais sa respiration entrecoupée dans la palpitation précipitée de son diaphragme, et mes pouces décrivirent des cercles sur ses côtes. Nos baisers ralentirent et devinrent plus langoureux tandis que Silla tournait mon visage vers elle. Mes pouces caressèrent les bonnets de son soutien-gorge et les firent glisser, afin de…

Silla se dégagea et posa sa joue contre la mienne. « Nick », répéta-t-elle, puis : « Nicholas ».

Je m'immobilisai, haletant.

— Nous… nous sommes chez moi. Dans l'allée, dit-elle.

Mes mains descendirent lentement vers ses hanches.

— J'avais oublié.

— Moi aussi. C'est probablement, euh, mieux comme ça.

Je répondis par un grognement. J'aurais sans doute dû acquiescer, feindre de ne pas avoir voulu la déshabiller complètement, mais désormais, je n'étais plus censé mentir, pas vrai ?

— Nick, répéta-t-elle.

De longues ombres barraient son visage. L'un de ses yeux était pâle et brillant, l'autre plongé dans l'obscurité. Il était difficile de lire ne fût-ce que la moitié de son expression.

— L'idée que tu n'étais pas vraiment celui que tu prétendais être…

J'attendis, la contemplant tandis qu'elle baissait les yeux vers ses genoux, la radio, puis les levait vers le ciel de plus en plus sombre avant de les plonger dans les miens.

— Ça m'a fait peur, reprit-elle. Je tiens à toi. Vraiment. Grâce à toi, je me sens vivante. Tu me fais le même effet que la magie, sauf que ça vient seulement de toi. Ou plutôt, je voudrais que ça vienne seulement de toi, que ce ne soit pas la magie, ni un mensonge, une apparence, rien de ce genre. Je veux éprouver tout ça, parce que toi aussi, tu le ressens.

Le poème que j'avais composé cet après-midi, juste avant le début de tout ce merdier, me revint en mémoire.

— Oui, c'est ce que je ressens, répondis-je en résistant à l'envie stupide de citer de la poésie.

— Nous ferions mieux de rentrer, dit-elle, et elle descendit de mes genoux pour se retrouver plus ou moins agenouillée sur le fauteuil du passager. Avec un léger rire de dérision, elle ouvrit la portière et sortit. Je lui tendis le sac contenant nos achats.

— Silla ?

— Oui ?

Elle se tourna vers moi et l'éclairage du porche l'illumina tout entière.

— Il faut que, euh, je me sauve. Si jamais la mère Tripp a téléphoné à mon père… j'ai coupé mon téléphone, mais je ne voudrais pas qu'il me tue parce que je suis rentré trop tard.

Après un instant pendant lequel elle ne fit que me regarder en silence, elle acquiesça.

— OK, chuchota-t-elle. À demain. Fais bien attention.

— Toi aussi. Bonne nuit, mon bébé.

Silla

À la maison, Reese finissait un bol de cornflakes. Sur toute la table de la cuisine, sauf à l'endroit où il mangeait, était étalé le contenu de la boîte de la mère de Nick.

— Tiens, dis-je en laissant tomber à côté de son bol le sac en plastique qui contenait les chaînes en argent.

— Judy est dans la salle de bains. Avant d'aller dormir, nous ferions bien de verser du sel sur tous les pas-de-porte et les rebords de fenêtres, avec des pincées de fleurs de bruyère.

— Bien sûr. Nous n'avons pas trouvé de pierres de focalisation.

— On pourrait peut-être utiliser les presse-papiers de papa à la place. C'est peut-être pour ça qu'il avait cette améthyste, tu te souviens ?

— Bien vu.

— Il arrive que mon cerveau fonctionne. (Il saisit ma main et tira doucement dessus pour me faire asseoir à côté de lui.) J'ai réfléchi à autre chose.

Je pris sa tasse de café et sirotai le reste de son contenu.

— À quoi ? demandai-je.

— À Nick.

— Oh non, Reese, pas maintenant ! protestai-je, les yeux levés au ciel, car je m'attendais à un sermon de grand frère.

— Ce n'est pas parce que tu as un petit ami, mais… réfléchis un peu. Il sait jeter des sorts, son grand-père est mort en lui laissant sa maison juste au bon moment, sa mère et notre père sont sortis ensemble, et puis, au fond, nous ne le connaissons pas si bien que ça. Et il t'a menti sur sa connaissance de la magie.

Et dire que Nick soupçonnait sa belle-mère pour des raisons du même ordre…

— Je ne peux pas croire à une chose pareille, Reese.

— Tu ne pourrais même pas en envisager la possibilité ?

— Je l'ai fait, mais je l'ai rejetée. C'est impossible, et tu le sais aussi bien que moi.

— Ah oui ?

— Oui, sinon tu ne m'aurais pas laissée sortir avec lui ce soir.

— Silla…

— Reese, s'il te plaît… Je sais ce que ça fait de voir possédé quelqu'un qu'on connaît. Avec Wendy, c'était horrible… malsain et répugnant. Nick ne me fait pas du tout cette impression. Et puis, quand il était avec nous, les oiseaux l'ont attaqué, lui aussi. Et c'est lui qui a sauvé Wendy. On ne va pas commencer à soupçonner tout le monde. Tu pourrais aussi bien croire que c'est Gram Judy, puisqu'elle est arrivée ici juste après la mort de nos parents et que nous la connaissons à peine...

Reese fit la moue, puis baissa les yeux vers des feuilles étalées devant lui et les lissa du plat de la main.

— Nous ne pouvons pas vivre comme ça, déclarai-je, et je me levai.

— Heureusement que tu es là pour me calmer, Silla, dit-il après un silence.

— Je sais.

Je me penchai vers lui et posai la joue contre ses cheveux pendant quelques secondes.

— Il t'a quand même menti, ce qui n'est pas vraiment correct. À cause de ça, je vais probablement être obligé de lui en coller une.

Je ris doucement.

— Non, sûrement pas, répondis-je.

— Il pourrait recommencer.

— On a parlé de tout ça, lui et moi, et maintenant, c'est fini, je te le jure.

Reese soupira, mais ce soupir ressemblait plutôt à un grognement de résignation.

— Je reviens tout de suite. Je vais me rafraîchir, dis-je en lui donnant une tape sur l'épaule.

À l'étage, tout en me lavant les mains, je regardai le fond du lavabo et les taches que l'eau avait laissées sur le robinet. Ça faisait un bout de temps que je n'avais pas récuré la salle de bains. Peut-être la magie nous aidait-elle, Reese et moi, ou peut-être nous apportait-elle seulement un nouveau prétexte pour nous livrer à nos obsessions. Je levai mes mains mouillées et les plaquai sur mon visage. L'eau était froide sur ma peau, d'un froid revigorant. Je me tamponnai le visage avec la serviette suspendue près du lavabo et, ce faisant, j'aperçus dans le miroir le reflet du bracelet de Reese, celui que papa lui avait offert et qu'il ne portait plus depuis sa mort.

Il était posé sur l'une des étagères installées derrière la porte de la salle de bains. L'œil-de-tigre semblait me regarder fixement et ses rayures fauves flamboyaient comme s'il était vivant. Je me retournai pour prendre le bracelet. La pierre de la bague à mon majeur gauche était assortie à la sienne.

À l'intérieur du cercle en argent étaient gravées trois runes. Je descendis au rez-de-chaussée et entrai dans la cuisine.

— Reese, appelai-je.

Il grommela quelque chose sans lever les yeux de documents qui ressemblaient à des listes. Je m'assis à côté de lui et attendis. Au bout d'un moment, il releva la tête.

— Qu'est-ce que tu fabriques avec ça ? demanda-t-il.

Je retournai le bracelet pour lui montrer les runes.

Il le prit pour en examiner l'intérieur et fronça les sourcils.

— Et alors ? fit-il.

— Arrête de te mettre sur la défensive et réfléchis un peu, répondis-je.

Il reposa le bracelet sur la table et saisit ma main droite.

— Y a-t-il des runes sur tes bagues ? demanda-t-il.

Il ôta lentement l'émeraude de mon majeur. C'était l'anneau le plus grand et le plus épais, et quand nous regardâmes l'intérieur, nous découvrîmes un cercle de runes minuscules.

Je retirai une à une mes autres bagues, l'œil-de-tigre, l'iolite, l'onyx, le grenat et tous les anneaux en argent. Une bague à chaque doigt et des runes à chaque bague.

— Ces runes, dit-il en désignant ma bague en œil-de-tigre assortie à son bracelet, sont les mêmes que celles du talisman protecteur, le dessin tracé dans l'herbe autour de la maison.

— Tu crois qu'on pourrait se servir de mes bagues comme pierres de focalisation ?

Reese acquiesça lentement.

— Alors il faut que tu portes ce bracelet, dis-je, et je le lui tendis.

L'œil-de-tigre aussi rond et large qu'une pièce de vingt-cinq *cents* semblait m'adresser un clin d'œil.

— Sil...

— Papa voulait que tu le portes.

— Dans ce cas, il aurait dû tout nous expliquer. Tout ça ne serait peut-être pas arrivé s'il nous avait fait confiance.

— Peut-être, approuvai-je.

Je commençai à remettre mes bagues tout en pensant que la mère de Nick avait beau l'avoir initié à la magie, cela n'avait aidé ni l'un ni l'autre. Les anneaux de métal avaient refroidi pendant le bref instant durant lequel je ne les avais pas portés. J'avais l'impression de passer les gants d'une armure.

— Pourquoi ne lui en veux-tu pas, mon petit bourdon ?

Je levai les yeux et vis que Reese ne me regardait pas. Il examinait le bracelet qu'il tenait entre ses mains.

— Je... je n'ai jamais pensé que c'était sa faute, répondis-je.

— Mais les décisions qu'il a prises ont provoqué ce désastre.

— Tu n'en sais rien.

— Si, je le sais. Nous le savons. Et il ne s'est même pas donné la peine de nous prévenir, maman et nous, pour que nous l'aidions à nous défendre. Il a préféré rester seul. Mais malheureusement, il n'est pas mort seul.

— Il nous aimait.

— Ouais…

— Peut-être que les bagues et le bracelet étaient la seule protection qu'il croyait avoir trouvée pour nous.

— Peut-être.

Ma gorge se serra soudain. Je déglutis, refoulant les larmes qui m'étouffaient. J'avais assez pleuré pour aujourd'hui. Reese regardait toujours le bracelet, les yeux plissés. Il les ferma brusquement et serra le bracelet dans sa main.

Je me levai, posai la main sur ses cheveux et les caressai comme il le faisait avec moi depuis toujours. Mes doigts tremblaient. Reese posa la tête sur ma poitrine et je le serrai contre moi. Je pensai au soir de ma première que j'avais raconté à Nick, quand je m'étais sentie si vivante parce que tout le monde me connaissait, savait qui j'étais.

Les bras de Reese encerclèrent ma taille et nous nous serrâmes l'un contre l'autre, seuls ensemble devant la table de la cuisine.

CHAPITRE 31

4 juillet 1946

Philip reste en France.

Parfois, je lui en veux, et parfois je voudrais me ruer de l'autre côté de l'océan pour le retrouver et le secouer jusqu'à ce qu'il me promette de rentrer avec moi.

Je suis retournée à Boston, dans notre vieille maison, là où, des décennies plus tôt, j'ai pu renaître grâce au pouvoir de mon sang. Ici, je suis une femme riche et solitaire que son mari a abandonnée pour partir à la guerre. Je peux m'amuser comme une folle plusieurs semaines de suite, me divertir avec des prétendants et l'élite de la société bostonienne, puis passer les semaines suivantes enfermée, immergée dans la magie, à broyer des poudres et concentrer mon pouvoir dans des pierres de focalisation. Je transforme des pierres en argent ou en or pour les échanger contre de la monnaie, et, en l'absence de Philip, je fais du troc avec des malédictions et des boîtes d'envoûtement, parce que je sais qu'il me mépriserait de me livrer à un tel commerce.

Mais il m'a abandonnée et il refuse de me dire quand il reviendra.

Le Diacre m'a rendu visite le mois dernier et je l'ai distrait de mon mieux. Nous avons voyagé le long de la côte et il m'a montré le cimetière où il a surpris Philip à voler des cadavres, il y a si longtemps. J'apprécie le Diacre pour de multiples raisons : comparée à la rigueur de Philip, son amoralité est rafraîchissante, et son imagination s'accorde parfaitement avec la mienne, mais ici, à Boston, il me paraît superstitieux et vieux jeu. Peu importent mon pouvoir et mon savoir-faire, il fronce les sourcils devant mes pantalons et ne dissimule pas sa réprobation du monde moderne.

Lors de l'une de nos discussions, je l'ai embrassé et je lui ai répondu que certains aspects de ce monde méritaient pourtant son admiration, mais il sait que je me conduis ainsi avec lui seulement parce que je suis furieuse contre Philip.

Il a raison, bien entendu : mon cœur ne soupire que pour mon Prospero, mon sorcier perdu.

C'est ainsi qu'au lieu d'avoir une liaison passionnée, le Diacre et moi sommes partis à la recherche des os d'une autre sorcière, quelqu'un de notre espèce, afin d'offrir à Philip de quoi prolonger son existence de trente ans à son retour.

CHAPITRE 32

Nicholas

Comme il était tard, je fis attention à refermer les portes sans les claquer. L'écran de la télévision clignotait dans le salon, où je vis les deux têtes de Lilith et de mon père. Je m'arrêtai un instant dans la cuisine. Je n'avais pas faim et j'avais un léger mal de crâne, peut-être des suites de la possession, ou simplement de fatigue.

Je fronçais les sourcils. Mon père ne paraissait pas excessivement inquiet à mon sujet. J'avais du mal à croire qu'il ait pu me téléphoner, alors qu'en ce moment même, il était en train de regarder tranquillement cette foutue télé. Je me dirigeai vers le salon et m'assis sur le bord de la marche qui y menait. La décoration de la pièce était en cuir noir, avec le genre de peinture moderne à base d'éclaboussures qui, maintenant que j'y pensais, ressemblaient fort à des giclées de sang artériel.

— Me voilà, annonçai-je.

Mon père se retourna brusquement.

— Nicholas Pardee, où diable étais-tu ? demanda-t-il.

— Dehors.

Il se leva – imité de Lilith qui glissa dans son sillage – et posa les mains sur ses hanches, ce qui annonçait chez lui une explosion imminente.

— Bon sang, Nick, la psychologue du lycée m'a téléphoné, et...

— Et tout allait bien !

— Ce n'est pas la peine de hurler.

La voix posée de papa sonnait désagréablement à mes oreilles, et si j'avais pu gronder sans me ridiculiser, je l'aurais fait avec plaisir. Pourquoi ne pouvait-il pas hurler comme moi ? Lilith passa sa longue main autour de ses épaules comme si c'était lui qui avait besoin de réconfort.

— Je suis heureuse de savoir que ton amie Silla et toi-même allez bien, Nick, susurra-t-elle.

— Oui, nous allons très bien, merci.

— Nick, reprit papa, quand ce genre d'incident arrive, tu dois absolument m'appeler. Tu es impliqué dans une agression présumée, nous devons donc prendre des dispositions.

— Des trucs légaux, tu veux dire ? Je n'ai pas besoin d'un avocat. Je n'ai rien fait... a-t-elle vraiment parlé d'agression ?

Ses sourcils s'abaissèrent.

— Elle m'a parlé de témoignages contradictoires selon lesquels tu aurais frappé une jeune fille.

— Tu crois vraiment que je ferais une chose pareille ? répondis-je, le cœur soulevé.

— Je n'en sais rien, Nick, pour tout dire. Ces jours-ci, tu as passé beaucoup de temps à rôder dans les environs et en particulier au cimetière, avec une fille visiblement perturbée qui plus est...

— Elle n'est absolument pas perturbée. Si quelqu'un devait s'inquiéter, ce serait plutôt moi à ton sujet, et en particulier de ton goût en matière de femmes...

— Je te déconseille de t'engager dans cette voie, dit-il en faisant un pas en avant. Cela fait des mois, Nick, que tu affiches un total manque de respect pour moi et pour ma femme, sans le moindre égard pour tous les efforts de

Mary, et que tu te montres hostile et ouvertement méprisant vis-à-vis de nous. Ça ne peut plus durer…

— … sinon quoi ? enchaînai-je, les bras croisés sur la poitrine.

Que comptait-il faire ? Me priver de sortie ? Il n'était pas assez souvent à la maison pour réussir à m'imposer quoi que ce soit. Confisquer ma voiture ? Je pourrais toujours aller à pied chez Silla.

Alors qu'il allait répondre, Lilith posa la main sur sa poitrine.

— Faisons une pause, les garçons, conseilla-t-elle. Allons dormir. Nous parlerons de tout ça demain matin à tête reposée. (Elle me regarda.) Ton père a eu une longue journée de travail et il n'a pas pu se détendre avant ton retour.

— Eh bien, je suis rentré. Bonne nuit, répliquai-je.

Sur ces paroles, je fis demi-tour et sortis tandis qu'elle murmurait à mon père des paroles réconfortantes.

Je la haïssais.

Lilith n'était autre que Josephine, c'était évident. Je ne comprenais pas pourquoi elle ne m'avait pas encore empoigné, attaqué ou Dieu sait quoi encore – peut-être pour garder le secret sur son identité ou une raison de ce genre, supposais-je. Et maintenant, elle poussait papa à me lâcher, comme si elle savait la vérité sur ce qui était arrivé au lycée. Papa l'avait rencontrée juste au moment de l'assassinat des parents de Silla, elle l'avait convaincu, lui qui était citadin jusqu'à la moelle, de venir vivre dans ce trou perdu, et cela juste après la mort de mon grand-père. Lui aussi, elle aurait très bien pu l'avoir tué.

Tout cela se tenait parfaitement.

J'avais encore besoin de preuves pour convaincre papa avant qu'elle ne s'en prenne à lui aussi. Je ne pouvais quand même pas lui sortir tout de go que sa femme si excitante, son plus grand signe extérieur de réussite, n'était qu'une sorcière qui pratiquait la magie par le sang. Maintenant moins que jamais.

Au lieu de monter à l'étage, je m'arrêtai dans la cuisine devant la porte de la cave. Papa s'en servait surtout pour garder le vin, mais on y avait également descendu plusieurs cartons le jour de notre emménagement. Je poussai la porte aussi discrètement que possible (Dieu merci, comme dans toutes les constructions anciennes, elle était mal jointe) et attendis un instant, à l'affût de tout mouvement venant du salon.

Comme tout restait calme, je posai le pied sur la première marche de l'escalier grinçant en cherchant l'interrupteur à tâtons. J'étais déjà descendu là-dedans une fois, au début de notre emménagement, et même par ce bel après-midi ensoleillé, j'avais été heureux d'avoir l'éclairage électrique. Quand l'ampoule s'alluma, elle éclaira presque toute la pièce obscure d'une faible et pâle lumière. La cage d'escalier était étroite et je descendis prudemment. Le sol de la cave était en béton. Il y avait un autre interrupteur, que je pressai.

La cave, aussi grande que le rez-de-chaussée, était divisée en plusieurs pièces comme les étages. Les murs de la première d'entre elles étaient tapissés de râteliers à vin, dont un cinquième environ était rempli de bouteilles de vin et de quelques autres de whisky et de porto. Et de sherry pour Lilith. J'envisageai un instant de m'offrir un petit remontant au whisky pour l'heure à venir, mais décidai que j'avais plutôt intérêt à rester lucide et vigilant.

La cave humide décrivait comme un virage pour déboucher sur une seconde pièce, en réalité la seule à être pleine. Des cartons s'y empilaient à côté des boîtes en plastique contenant nos vêtements d'hiver. Pour moi comme pour papa, c'était une habitude toute nouvelle de faire un roulement de vêtements pour l'hiver et l'été. Pourquoi ne pas tout avoir dans nos chambres toute l'année ? Mais comme pour le reste, papa avait cédé aux suggestions de Lilith sans même réfléchir.

C'était dommage que je n'aie pas apporté de lampe de poche : les inscriptions qui devaient permettre d'identifier le contenu de chaque boîte étaient presque illisibles. Elles signalaient la plupart du temps la présence d'objets du genre « décorations de Noël » ou « porcelaine rose ». Quelques cartons contenaient les vieilles BD de papa, que Lilith avait bannies de la bibliothèque (et c'était bien la seule raison pour laquelle j'avais désormais envie de les lire). Je soulevai un carton sans étiquette en me disant que si j'étais une sorcière adepte de possession et de magie par le sang, je ne cacherais rien de secret dans une boîte étiquetée « Sorts et malédictions ».

Comme le carton était ramolli par l'humidité de la cave, je n'eus aucun mal à l'ouvrir. Il contenait une pile de livres, des annuaires de lycée provenant d'une école dans le comté Delaware[1]. Je découvris sous ces volumes un paquet de lettres adressées à Lilith, et saisis l'une des enveloppes pour la parcourir. C'étaient des lettres d'amour écrites par un certain Craig, heureusement plus sentimentales que sexy. En fouillant encore, je trouvai des carnets de croquis et un tas de cahiers. J'en ouvris un et lus les premières pages ou paragraphes d'une quarantaine de nouvelles, dont l'une mettait en scène le principal enquêteur de l'une des séries de Lilith.

1. Région des Grands Lacs, dans les environs de Chicago.

Frustré, je m'assis sur les talons. C'étaient ses affaires, pas de doute, mais juste de vieux souvenirs, pas du tout les sombres secrets que j'espérais trouver. Elle devait garder les trucs compromettants à portée de main, peut-être sous sa lingerie ou dans un endroit répugnant du même genre où je n'irais fouiller pour rien au monde. Étais-je en train de perdre mon temps ?

Je décidai de jeter un dernier coup d'œil aux cartons, et c'est alors qu'en me relevant, j'en vis un autre derrière celui que je venais d'ouvrir.

On lisait sur l'étiquette, dans une écriture différente de celle des autres : « Donna 12-18 ».

J'en eus le souffle coupé.

Je sortis le carton du lot, mais mes doigts refusèrent de m'obéir quand je leur ordonnai de l'ouvrir. Je restai accroupi, les yeux rivés sur lui pendant Dieu sait combien de temps, comme si je pressentais que son contenu allait me détruire ou me rendre fou furieux.

Il était rempli de photos. Visiblement, maman avait un appareil, et elle photographiait tout. Je reconnus sur certains de ces clichés la maison vue de l'extérieur, les placards de la cuisine et deux personnes de l'âge de mon père qui devaient être mes grands-parents. Grand-père Harleigh avait un air vaguement familier. Je me souvenais de lui renfrogné, jamais avec le sourire.

Je ne m'attardai pas sur ces photos : je n'avais jamais passé beaucoup de temps avec mes grands-parents et je ne voulais pas commencer à me sentir coupable à cause de ça. Beaucoup de photos avaient été prises au cimetière, dans les champs des alentours, et en toutes saisons. Je ne pus m'empêcher de rire à la vue des vêtements de l'époque tandis que j'examinais une pile de photos du lycée, qui n'avait pas changé d'un iota. Je reconnus même cette bonne vieille Mrs Trenchess, qui à l'époque, bien sûr, n'était pas encore vieille.

Soudain, je reconnus Robbie Kennicot en jeans délavés et avec une coupe de cheveux que je jugeai plus charitable d'oublier. Ses yeux étaient exactement les mêmes que ceux de Silla sur le tableau pendu dans son bureau, mais il souriait beaucoup trop.

Les autoportraits de maman me donnèrent envie de jeter tout le contenu du carton. Elle s'était photographiée en tenant l'appareil le plus loin d'elle possible, ce qui crée toujours des angles et des perspectives bizarres.

Ses cheveux n'avaient guère changé depuis l'école primaire. Ils étaient épais et longs, parfois rejetés derrière ses oreilles, ou tombant tout droit sur ses épaules. Dans la plupart de mes souvenirs, elle les avait coupé au carré et elle avait un visage plus mince. C'était déroutant de la voir ainsi, avec des bracelets aux poignets et un sourire vraiment joyeux. Sur l'une de ces photos, Robbie et elle se tenaient par la main sur les gradins du lycée. C'était probablement lui qui l'avait prise. Elle l'embrassait sur la joue, le visage tout plissé de rire. Je me demandai si elle était aussi mignonne de mon temps, ou de celui de papa. Oui, sûrement : c'était sans doute pour cette raison qu'il était tombé amoureux d'elle.

Alors que je contemplais cette photo sur laquelle leur bonheur crevait les yeux, une idée répugnante me vint : il s'en était fallu de peu que je n'aie été le frère de Silla au lieu de Reese. Pouah !

Tout en faisant rouler mes épaules comme pour chasser cette pensée malencontreuse, je me forçai à me rappeler qu'elle était loin d'être ma sœur, vu la manière dont elle s'était assise sur mes genoux et dont elle avait malmené ma bouche dans ma voiture.

Pliée en deux, la photo de maman et de Mr Kennicot entrait sans difficulté dans la poche de mon jean. S'étaient-ils glissés de nuit dans le cimetière pour y régénérer des os ? Avaient-ils concocté des sorts entre deux baisers ?

J'eus soudain envie de choisir quelques photos pour les envoyer à ma mère au Nouveau-Mexique, ou quel que fût l'endroit où elle se trouvait, avec un petit mot du style : « J'ai retrouvé cette période plus heureuse de ta vie, celle dont je ne faisais pas partie. » Ou pour les garder dans ma poche jusqu'au moment où je la reverrais, afin de les lui montrer et de lui dire… quelque chose comme : « Pourquoi n'ai-je aucun souvenir de toi aussi heureuse ? Qu'est-ce qui clochait avec moi et papa ? »

Je me promis d'être plus fort qu'elle ne l'avait été. Je ne haïrais pas la magie. Je n'en abuserais pas. À la pensée de la magie, mes mains me démangeaient. Je les étendis. Les minuscules écorchures laissées par les oiseaux me grattaient, et au-dessous, le sang palpitait au rythme de mon pouls, mais j'avais du mal à me concentrer sur elles. Je remarquai alors que mes mains tremblaient.

Je rangeai les cartons et remontai en vitesse.

CHAPITRE 33

4 février 1948

C'est à peine si je reconnais Philip. Il est mince et silencieux. Ce n'est pas le silence des pensées qui bouillonnent en lui, ni celui de la contemplation, mais plutôt un calme qui le cerne comme les eaux d'un grand lac noir. C'est un bouclier, une forteresse dans laquelle je ne peux pénétrer. Même le carmot n'a pu mettre son sang en ébullition.

J'ai essayé de stimuler ce sang, d'entraîner Philip au-dehors, dans le monde. Je l'ai embrassé et abreuvé de nouvelles. Je lui ai demandé ce qu'il avait vu, ce dont il avait été témoin. Il n'a fait que secouer la tête ou fermer les yeux en réponse. J'ai acheté trois canaris que j'ai possédés. J'ai chanté par leur gosier et fondu leurs chants en une amusante harmonie qui rappelait les Andrew Sisters chantant : « Ne t'assieds pas sous le pommier. » Philip a souri, mais seulement pour me faire plaisir.

Le Diacre l'a convaincu de repartir à l'ouest, dans les montagnes, loin de la pollution humaine, pour retrouver la paix. Je ne l'accompagnerai pas. C'est exclu.

J'ai envie de déchirer ce livre en mille morceaux.

CHAPITRE 34

Nicholas

Le lendemain, papa monta me réveiller dans ma mansarde avant mon départ pour le lycée.

— Il faut que nous parlions, commença-t-il, ce qui ne présageait rien de bon.

Je me frottai les yeux. J'avais mal partout.

— Bon sang, papa, je peux quand même aller pisser avant ? implorai-je.

Ma nuque était toute raide et je n'avais qu'une envie : me laisser retomber sur mes oreillers.

— Je ne veux pas que tu te défiles avant même que j'aie prononcé un mot.

Il fronça les sourcils. Comme toujours, il avait l'air de sortir tout droit d'un catalogue : impeccablement coiffé, impeccablement rasé, la cravate impeccablement nouée depuis Dieu sait quelle heure du matin. J'étais prêt à parier qu'il n'avait même pas pris son petit déjeuner avant de s'être brossé les dents au moins trois fois.

— Bon, bon, de quoi veux-tu parler ? demandai-je en affichant un sourire aussi reconnaissable pour lui que l'était pour moi son sourire condescendant, mais il secoua seulement la tête.

— C'est au sujet de ton amie. Je pense que tu devrais envisager sérieusement de ne plus la revoir.

— Et pourquoi, merde ?

Ses lèvres se pincèrent de désapprobation devant mon vocabulaire.

— Franchement, papa, tu crois vraiment savoir de quoi tu parles ? (Mes yeux se plissèrent.) C'est Mary, hein ? Qu'est-ce que cette salope a encore raconté ?

— Nicholas Pardee, je ne veux plus t'entendre employer ce mot ignoble !

— Quel mot ? Mary ?

Il ne réagit pas à la provocation. Il refusait d'accorder la moindre attention à tout ce qu'il jugeait déplacé, ne fût-ce que par un simple battement de cils. La photo enfouie dans la poche de mon jean me revint en mémoire, cette image de maman rieuse et insouciante. Il était impossible qu'elle ait été ainsi avec mon père. Rien d'étonnant qu'elle ne se soit pas adressée à lui quand elle en avait eu besoin.

Pendant un instant, nous nous mesurâmes du regard, et puis je rejetai mes couvertures.

— Je dois aller au lycée, dis-je.

— Nick…

Sa voix était plus calme, mais toujours aussi ferme.

L'air frais du matin faisait frissonner ma peau nue. Je gardais les yeux rivés sur mes genoux.

— Hier, j'ai eu une longue conversation avec la psychologue de ton lycée. Elle m'a appris certaines choses au sujet de Drusilla Kennicot, des choses très préoccupantes.

— Ah oui ?

— Ses parents sont morts d'une manière épouvantable, déclara-t-il comme s'ils avaient renversé du vin rouge sur la moquette blanche de Lilith sans s'excuser ensuite. Et la jeune Drusilla traverse une période difficile.

— Et alors ?

— Alors elle a peut-être besoin de plus d'aide que tu peux lui en apporter, mon petit. Tu dois comprendre qu'elle a besoin de se remettre.

— Papa, je n'essaie pas de l'aider. Je l'aime bien, c'est tout.

— Je comprends qu'on puisse se sentir attiré par quelqu'un de brisé, mais c'est...

— Tu veux dire quelqu'un comme maman ?

Je le regardai. Je me sentais ridiculement ahuri.

Il se pencha en avant, car il s'était entretemps assis sur le fauteuil de mon ordinateur qu'il avait tiré près du lit.

— Oui. Je ne regrette rien, Nick, bien sûr, mais je ne veux pas que tu traverses ne serait-ce qu'une seule des épreuves que j'ai subies, ou que tu as déjà subies. Ta mère était instable, mais ça, je ne m'en rendais pas compte quand nous étions jeunes.

— Tu l'aimais trop pour ça ? demandai-je avec un accent de dérision.

— Oui, répondit-il après un instant d'hésitation.

La stupeur que j'éprouvais me poussa à me confesser.

— Je, euh, j'ai trouvé à la cave un carton rempli de photos qu'elle avait prises au lycée. Je ne savais même pas qu'elle aimait la photographie.

— Elle se promenait avec un appareil autour du cou quand elle était... sobre.

— Je pourrais les remonter de la cave pour que tu les voies.

Il hésita. Ses lèvres ne formaient plus qu'une mince ligne.

— Peut-être. Nous verrons, répondit-il.

— Oui, bien sûr.

— Quant à Drusilla...

— Silla, papa.

— D'accord. Je voudrais seulement que tu réfléchisses à elle et à tout ce qui la concerne. Elle t'entraîne en ce moment dans des histoires dans lesquelles il vaudrait mieux que tu ne sois pas impliqué.

Je faillis éclater de rire.

— Tu n'y es pas du tout, répondis-je. Écoute, voilà ce qui est arrivé. Son amie Wendy allait mal. Je ne sais pas si elle était ivre ou simplement… si quelque chose la tourmentait ou quoi, mais Silla essayait de l'aider. Moi, je l'ai seulement retenue pour la calmer. Je ne sais pas qui répand des mensonges sur notre compte, mais ce que je viens de te dire est la vérité.

Tout en prononçant ces mots, je sentis le sang affluer à mes joues et à mes oreilles. J'avais intérêt à appeler Silla vite fait afin que nous puissions mettre au point une histoire cohérente. Comment avions-nous pu oublier de le faire la nuit dernière ?

Après avoir scruté mon visage un instant, papa hocha la tête.

— Très bien, Nick, je te crois. Je voudrais seulement que tu fasses attention. Je ne suis pas aveugle : j'ai remarqué les écorchures sur ta nuque et sur tes mains quand tu es rentré hier soir. Je ne sais pas si tu t'es battu avec quelqu'un, je ne sais rien de ce qui se passe, mais si tu fais confiance à cette fille, moi, je fais confiance à ton instinct.

Je faillis lui demander pourquoi il ne se fiait pas à mon instinct à propos de sa saleté de bonne femme, mais je gardai cette réflexion pour moi. Il avait décidé de me faire confiance à propos d'une fille qu'il n'aimait pas. C'était sa manière la plus claire de me dire : peut-être devrais-tu te fier à moi, toi aussi. Je restais planté là dans mon caleçon, avec l'impression d'avoir de nouveau dix ans. Papa se leva de mon fauteuil et me donna une claque sur l'épaule.

— Tu peux me téléphoner du lycée si tu as besoin de moi, dit-il, si par exemple on veut te punir pour quelque chose que tu n'as pas fait. Aujourd'hui, je travaille à la maison. Je peux être au lycée en dix minutes.

— Merci, papa, parvins-je à articuler malgré un sentiment de culpabilité écrasant.

Il acquiesça, puis se détourna pour sortir.

— On se retrouve en bas, mon garçon, dit-il.

— Papa ?

Il jeta un regard en arrière.

— Est-ce que, euh, tu aimes Mary comme tu as aimé maman ?

Cette fois-ci, il n'hésita pas.

— Non, c'est complètement différent, mais aussi fort, répondit-il.

Je ne pouvais pas promettre de ne plus la haïr, ni de la considérer comme une folle tendance vampire qui jouait aux sorcières, mais soudain, j'espérai qu'elle n'en était pas une.

CHAPITRE 35

Mai 1959

Ai-je vraiment pu laisser passer toute une décennie sans rien noter ? Si j'étais née à cette époque, ou si j'avais ignoré à quoi ressemblait la vie à d'autres époques et en d'autres lieux, je me serais peut-être jetée à l'eau.

J'ai vécu quelque temps à La Nouvelle-Orléans, où je me suis absorbée dans une magie nouvelle. Mais à chaque danse avec « Li Grand Zombi », à chaque poupée porte-bonheur que je confectionnais, je regrettais de ne pouvoir demander à Philip s'il avait déjà pensé à employer du miel dans la fabrication d'une baguette guérisseuse, ou à danser et chanter pour appeler le sang à s'unir au sang.

Cette magie est parente de la nôtre, mais plus sacrée. Philip aurait adoré le vaudou de Louisiane. J'ai dû abandonner tout cela parce que l'absence de mon Prospero me pesait trop, mais le reste du pays était vide, comme une télévision en noir et blanc qui prétend reproduire la vie.

Il ne me reste plus le moindre souvenir. Désormais, ce vieux livre ne me sert plus à rien.

CHAPITRE 36

Silla

Il faisait plus froid ce mardi matin, et je dus même porter une veste pour la première fois depuis l'hiver dernier. Reese m'avait déposée au lycée avec un quart d'heure d'avance pour que j'aille récupérer mes affaires dans la classe de Stokes, et le parking était presque vide. Comme je me sentais nue sans mon sac, je me dirigeai rapidement vers le bâtiment principal en serrant contre moi ma veste en velours côtelé. Les petites coupures que l'agression des oiseaux avait laissées sur mes mains me picotaient dans l'air frais. Quand tout ça serait fini, Reese et moi-même devrions soigner nos blessures avec l'un des onguents du livre de sorts.

Je me glissai par une porte latérale et fis le tour de l'auditorium pour aller chercher mon sac à dos. Heureusement, la salle de Stoke était vide.

Le fait d'être seule ici me rappela l'instant auquel j'avais compris que Wendy n'était plus elle-même, et la peur panique qui s'était alors emparée de moi. Je glissai les mains dans les poches de ma veste. Ma main gauche rencontra à l'intérieur les cristaux de sel que nous avions broyés et mélangés avec des fleurs de bruyère la veille au soir. Mon canif était dans la poche droite. Si jamais on le trouvait, je serais expulsée du lycée, mais il n'était pas question de sortir sans protection ce matin. Avec des marqueurs indélébiles, Reese et moi-même avions dessiné sur nos cœurs des runes de protection que nous avions barbouillées de sang. Si nous avions pu en tracer sur nos fronts et nos mains, nous l'aurions également fait. J'avais recommandé à Nick d'en faire autant quand il m'avait appelée avant de partir au lycée pour mettre au point l'histoire que nous allions raconter.

Au cas où Josephine reviendrait, j'étais prête. *Je te chasse de ce corps !* avait lancé Nick. Le sel et le sang feraient le reste.

Tout en expirant profondément, je priai pour que Wendy soit saine et sauve, puis sortis mon téléphone de ma poche. Au moment où je l'allumais, il se mit à vibrer.

J'avais reçu trois messages de Wendy, un de Melissa et un d'Eric. Les messages de Wendy dataient de juste avant et juste après mon appel sur le portable de Nick, et demandaient simplement : « Rappelle-moi. » Celui de Melissa disait : « Qu'est-ce que tu as fait comme connerie, S. ? », et Eric me passait un savon pour avoir perdu les pédales avec Wendy. Ce dernier message m'arracha un petit sourire. J'étais heureuse qu'il se fasse du souci pour elle.

J'attendis dans la salle de Stokes jusqu'à ce qu'il me reste tout juste le temps d'aller déposer mes affaires dans mon casier avant la première heure de cours. À 7 h 56, j'inspirai profondément, ajustai mon masque vert de mer et sortis de la salle.

Comme d'habitude, le couloir grouillait d'élèves qui se hâtaient, criaient, riaient et refermaient à la volée leurs casiers. Je récoltai d'innombrables regards en coin, haussements ou froncements de sourcils et ricanements étouffés auxquels je ne m'étais pas attendue. Je savais qu'on me poserait des questions et qu'une certaine tension se ferait sentir entre les personnes impliquées dans cette histoire : Wendy, bien sûr, et peut-être la troupe de *Macbeth*, mais tous les élèves du lycée ? Que racontaient-ils donc ? Je courbai la tête et me dirigeai droit vers mon casier. Je devais me conduire comme si tout allait bien, comme si je ne m'attendais pas à voir le croque-mitaine surgir à chaque coin de rue et sous toutes les formes imaginables. Il fallait jouer la comédie. Jouer, c'était mon rayon : j'étais actrice. Mais il me fallait un masque plus joyeux.

Un masque souriant et scintillant avec une guirlande de perles et de fleurs sur le côté.

Quand je l'eus ajusté, il me fallut encore quelques secondes pour me rappeler en quoi consistait mon premier cours. Soudain, Wendy surgit, saisit ma main et m'entraîna.

— Silla... commença-t-elle avec une moue préoccupée.

Mon corps se contracta d'effroi et je dus plaquer mon autre main contre ma cuisse pour ne pas prendre du sel dans ma poche.

— Viens, dit-elle, et elle me guida à travers la foule vers le cagibi réservé au concierge.

J'attendis, plaquée contre une rangée de balais. J'étais incapable de la moindre manœuvre d'approche. Je ne pouvais plus penser qu'à Josephine qui me dévisageait, et me dire que j'étais emprisonnée ici pendant que ce monstre possédait le corps de mon amie. Comment expliquer tout cela à Wendy sans me trahir ?

Elle m'observait dans la faible lumière jaune du réduit. Soudain, elle ouvrit son sac et en sortit un tube de brillant à lèvres pourpre qu'elle se passa sur les lèvres. J'éclatai de rire, indiciblement soulagée, Wendy haussa les sourcils et me tendit le tube. Je secouai la tête.

— Écoute-moi bien, me dit-elle après l'avoir rangé, nous n'avons pas beaucoup de temps avant la sonnerie. Je ne pouvais pas te parler hier soir, et en fait, je ne suis pas censée t'envoyer de messages ni quoi que ce soit de ce genre. Au début, ils ont cru que j'avais pris de la drogue – mon père et ma mère, je veux dire – après le coup de fil de Miss Tripp. C'était la raison pour laquelle, selon eux, j'avais agi de manière aussi imprévisible. Enfin, j'ai rendez-vous chez le médecin cet après-midi pour vérifier que je ne souffre pas d'épilepsie, ni de rien de semblable. Mon père a décidé que tout était de ta faute, c'est pourquoi les conversations et les messages sont interdits. (Elle fit la grimace.) Paul dit qu'il m'a vue foncer hors de l'immeuble avec toi dans mon sillage, et frapper Nick. Il va bien ?

Je fis signe que oui.

— Tant mieux ! J'avais pensé l'appeler, mais je ne savais pas si c'était vraiment la chose à faire, s'il en avait envie, si ses parents étaient au courant et devaient l'être, bref. Bon, maintenant, j'arrête de bêtifier, et toi, tu vas me raconter ce qui est arrivé. Allez, accouche.

J'ouvris la bouche, mais pas un son n'en sortit. Nick et moi nous étions décidés pour un mensonge officiel, mais je ne voulais pas le débiter à Wendy. Elle méritait mieux. Mais avais-je vraiment le choix ?

— Tu as perdu les pédales tout à coup, répondis-je rapidement, probablement à cause de la pression des auditions et des samedis d'heures sup qui nous attendaient, tu comprends ? Tu t'es mise à délirer, et soudain, tu t'es enfuie. Je t'ai poursuivie, tu es sortie et... et tu as foncé droit sur Nick. Il m'a dit qu'il t'avait balancé une vacherie, et je suppose que tu étais tellement hors de toi que tu as cogné avant de réfléchir. Il t'a ceinturée pour te contenir et… et c'est tout. Tu saignais et je… quand j'ai vu le sang, j'ai dû m'en aller.

Je levai la main et l'approchai de la cicatrice barrant le dessous de sa mâchoire. Un frisson parcourut mon échine au souvenir de Josephine appuyant le coupe-papier contre le cou de Wendy.

Wendy prit ma main.

— J'ai vraiment peur, Silla, dit-elle. C'est terrible de ne pas se souvenir de ce qui est arrivé.

— Wendy, chuchotai-je en passant les bras autour d'elle.

Je la serrai violemment contre moi et elle me rendit mon étreinte.

— Je suis vraiment désolée, lui dis-je, suffoquée par le parfum cerise-vanille entêtant de ses cheveux.

Je ne méritais pas son amitié.

Vers midi, les paillettes de mon masque commençaient à s'écailler. Trois perles tombèrent et roulèrent sur les dalles du couloir.

Malgré ce que j'avais affirmé à Reese, je soupçonnais tout le monde. Tous les enseignants, tous mes camarades, chaque personne qui me regardait dissimulait peut-être Josephine. Comme toujours, Wendy et moi-même échangeâmes des messages sur des sujets frivoles et j'essayai de me concentrer sur les cours au lieu de penser au rituel de la veille au soir ou à mon rendez-vous imminent avec Miss Tripp.

Entre le cours d'histoire et le cours de physique, je trouvai dans mon casier une feuille de papier sur laquelle était écrit en capitales rouges : « TEL PÈRE, TELLE FILLE. »

Je la déchirai en morceaux minuscules que je jetai dans les toilettes.

Melissa, avec qui je parlais d'habitude en cours de physique, n'eut pas un regard pour moi. Sans Wendy et notre réputation de trio, elle m'aurait probablement laissée choir plusieurs semaines auparavant.

Sans avoir rien fait, je me retrouvais accusée de tout.

Alors que je faisais un détour par la cafétéria sur le chemin de mon rendez-vous avec Miss Tripp, je dus prendre sur moi pour ne pas aller pleurer dans les toilettes.

Miss Tripp m'adressa un sourire aigre-doux en m'ouvrant la porte de son bureau. J'entrai sans un mot, elle referma la porte et me fit signe de m'asseoir. Je m'exécutai en serrant mon sac à dos contre moi comme un bouclier.

Ce jour-là, elle avait perdu sa douceur et sa simplicité. Son cardigan évoquait plus un gilet pare-balles qu'un uniforme professionnel. Elle s'assit pour la première fois derrière son bureau, puis croisa les mains devant elle. Je levai ma main gauche et la pressai contre ma poitrine. Je sentais le sang séché sur la rune tracée au feutre indélébile, et la brûlure de l'énergie qui circulait entre ma paume et mon cœur à travers les épaisseurs de ma veste et de mon polo. J'étais prête.

Miss Tripp rompit soudain le silence qui pesait entre nous.

— Je crains que nous ne nous trouvions dans une situation très grave, Silla, dit-elle.

— Je n'ai rien fait de mal, répondis-je.

— Raconte-moi ce qui est arrivé hier après-midi.

— Wendy a été comme prise de panique, dis-je, les yeux fermés, parce que je mens toujours très mal quand je ne joue pas. Je n'arrivais pas à la calmer, mais Nick, lui, a réussi. Je suis partie parce que je ne supportais pas la vue du sang. Il fallait absolument que je parte, même si elle devait s'évanouir ou quelque chose du même genre.

Miss Tripp resta si longtemps silencieuse que je lui jetai un regard. Elle n'avait pas remué d'un centimètre.

— Vous étiez-vous disputées, Wendy et toi ? demanda-t-elle enfin.

— Oui.

— Quel était le sujet de cette dispute ?

Une partie de moi-même voulait s'épancher, tout déballer dans un monologue dramatique. Que pouvais-je lui dire pour qu'elle me laisse en paix, pour qu'elle n'aille pas confronter ma version des faits avec celle de Wendy ou de Nick ? Elle soutint mon regard jusqu'à ce que je lui réponde.

— Mon père, répondis-je.

Son sourire se teinta de sympathie, elle repoussa sa chaise, se leva et vint s'asseoir à côté de moi. Je laissai glisser mon sac à terre.

— Peux-tu m'en parler ? demanda-t-elle.

Je jouai avec mes bagues, en faisant tourner l'émeraude autour de mon majeur.

— Wendy pense comme vous que je devrais, euh, cesser de le défendre tout comme je me défends moi-même, et admettre qu'il a fait de mauvais choix.

— Et ça t'a mise en colère.

— Oui.

Miss Tripp prit délicatement mes mains entre les siennes.

— Silla, ma chérie, il serait temps de les enlever, dit-elle avec douceur.

Je m'étais attendue à tout sauf à ça. Je levai les yeux et la dévisageai. Était-elle vraiment Miss Tripp, ou était-ce encore une ruse de Josephine ?

— Pourquoi ? demandai-je.

Ses yeux reflétaient la lumière tombant de la fenêtre du bureau. Tout était normal. Tout allait bien.

— Pour surmonter ton traumatisme, répondit-elle. Normalement, je ne t'inciterais pas à avancer si vite, Silla, mais ton passage à l'acte de la veille me fait craindre que tu ne deviennes dangereuse pour toi-même, voire pour d'autres.

— Mon passage… à l'acte ?

Si je n'avais jamais vraiment compris le sens du mot « consternation », c'était du moins ce que je ressentais à présent.

Tripp me fit sa jolie moue et retourna mes mains. Les entailles parallèles sur ma paume, l'une rose et cicatrisée, l'autre rouge et en dents de scie, se détachaient au milieu des égratignures infligées par les geais sous l'emprise de la possession.

— Ce n'est pas en se blessant qu'on peut ressentir quoi que ce soit, déclara-t-elle.

Ma paume me démangeait.

— Je ne l'ai pas fait pour ressentir quelque chose, répondis-je. C'était… accidentel.

— C'était accidentel les deux fois ? (Elle secoua la tête et ses lourdes boucles dansèrent.) Silla, j'aimerais t'aider. Je crois que si tu peux faire ton deuil de ton père, cet énorme fardeau que tu portes disparaîtra. Tu dois admettre ta souffrance afin de pouvoir continuer à vivre.

Où avait-elle appris à traiter la souffrance ? Sur Internet ? Je dégageai mes mains d'une secousse.

— S'infliger des blessures est inacceptable, poursuivit-elle. C'est dangereux et cela peut avoir des conséquences encore pires. Et maintenant, ces disputes avec tes amis, cette violence, et peut-être l'usage de la drogue… Silla, je suis très, très inquiète à ton sujet. C'est pour cette raison que j'ai téléphoné chez toi hier soir, afin d'en parler. Je ne voudrais pas recommander ton exclusion temporaire, mais peut-être vaudrait-il mieux que tu puisses rester quelque temps à l'écart de toute cette pression.

J'en restai bouche bée.

— Mon exclusion temporaire ! répétai-je.

— Oui, si cela s'avère nécessaire, Silla.

— Excusez-moi, mais maintenant, je dois m'en aller.

— Reviens me voir demain à l'heure du déjeuner. J'insiste pour que ces rendez-vous soient quotidiens jusqu'à ce que je constate une amélioration. Et si tu recommences à te conduire de manière transgressive, Silla, je recommanderai ton exclusion temporaire.

Je ramassai mon sac tout en essayant d'imaginer un masque sur mon visage.

— Réfléchis à ce que je viens de te dire, Silla, reprit Miss Tripp. Réfléchis au fait de lâcher prise. Exprime-toi, pleure, crie, fais tout ce dont tu éprouves le besoin, mais cesse de te blesser. À cet égard, les petits rituels personnels jouent un rôle très important. (Elle regarda de nouveau mes bagues.) Je crois que ce serait un excellent point de départ de les enlever.

— J'y réfléchirai, promis-je, tout en sachant que je n'en ferais rien.

Je m'éclipsai et, une fois dehors, ouvris mon portable pour composer le numéro de Reese. Je tombai immédiatement sur le répondeur. La panique me saisit à la gorge.

— Reese, où es-tu, mon Dieu ? Je ne peux pas croire que tu ne répondes pas ! Comment pourrais-je savoir si tu vas bien ? Il faut absolument que je te parle. Je ne pourrai pas rentrer juste à la fin des cours, j'ai une répétition. Tripp me menace d'exclusion temporaire si je fais une bêtise, et si jamais ça arrive, il ne me restera plus rien. Je ne pourrai même pas jouer une satanée sorcière dans cette satanée pièce, et j'ai toujours joué dans les pièces du lycée, Reese, alors je ne sais pas ce que je ferai si je ne joue plus dedans… (J'inspirai profondément en frissonnant.) Je n'ai pas vu Nick de la journée non plus, tout le monde me regarde et je ne sais plus à qui j'ai affaire. Je crois que si ça continue, je vais perdre les pédales. Reese, bon sang, pourquoi n'a-t-elle rien fait aujourd'hui ? Où est-elle… ?

Un signal sonore m'indiqua un appel. C'était Reese.

— Ô mon Dieu ! dis-je.

Les yeux fermés, je m'adossai au mur en brique jaune du bâtiment.

— Mon petit bourdon, que s'est-il passé ?

Je lui dévidai de nouveau mon récit.

— Et je crève de peur, Reese, conclus-je. Je suis obligée de rester ici, mais j'ai envie de tout plaquer et d'en finir avec la magie. Fais bien attention à toi.

Sa voix calme parvint à mes oreilles.

— Remets du sang sur ton cœur : ça te protégera pour un moment.

Il n'en savait rien, en réalité. Il improvisait.

— Je t'aime, lui dis-je.

— Moi aussi, je t'aime, Silla. Fais seulement attention et tout ira bien.

CHAPITRE 37

Janvier 1961

… premier mois d'une nouvelle décennie. J'ai entendu à la radio des conseils sur les bonnes résolutions à prendre pour la nouvelle année, tels que : préparez toujours votre dîner à l'avance, cirez bien vos chaussures, soyez bien coiffée, faites du repassage tous les jours, reposez-vous un quart d'heure avant le retour de votre mari afin d'être fraîche et joyeuse pour le recevoir.

J'ai alors pensé : « Je vais retrouver mon sorcier vagabond et le ramener à la maison par la peau du cou. Pas question de perdre une décennie de plus à cause de ses sautes d'humeur et de ses états d'âme. Je me suis reposée pendant quinze ans : je serai fraîche et en pleine forme pour le recevoir. »

CHAPITRE 38

Silla

C'était un soulagement de pouvoir se concentrer sur la répétition. C'était un soulagement d'être parvenue à la répétition sans rencontrer Josephine. Et sans exclusion temporaire. J'avais tenu le coup pendant toute la journée en me recroquevillant devant ma table, en ignorant tout ce qui n'était pas le texte à étudier et en baissant les yeux entre deux cours.

La première de *Macbeth* devait avoir lieu dans moins de deux semaines et il ne restait plus que quatre répétitions avant les essais techniques, en supposant que je parvienne à survivre jusque-là.

Entre deux scènes, Stokes m'envoya dans le couloir avec Wendy et Melissa pour essayer nos costumes. Je dus laisser ma veste dans l'auditorium et j'eus à peine le temps de transférer le sel dans la poche de mon jean. Le canif était resté dans celle de ma veste.

Stokes s'était décidé pour une adaptation contemporaine de la pièce. Nous, les sorcières, aurions un look gothique, avec maquillage noir et la panoplie qui va avec. Le club de couture nous fabriquait des corsets bardés de boucles argentées. Madison, qui était en train de lacer le modèle que j'avais revêtu, se moqua de moi parce que j'avais encore perdu quelques centimètres de tour de taille.

— Tu as vraiment une mine épouvantable, Sil, commenta Wendy, les bras levés afin que l'une des élèves de première année puisse agrafer le haut de son corset.

— Merci mille fois.

— On dirait que tu as foncé droit dans des barbelés, ajouta Melissa, qui était adossée au mur.

C'était trop aimable de sa part de cesser de m'ignorer pour me dire des vacheries.

— Est-ce que tu manges, au moins ? demanda Madison. Parce qu'on va encore devoir le rétrécir pour que tes nénés soient soutenus.

Je baissai les yeux vers mon décolleté. Il y avait deux bons centimètres de vide entre le bord du corset et mes seins, même revêtus d'un soutien-gorge et d'un polo.

— Oui, je mange, et je suis désolée si je n'ai pas l'air de sortir tout droit de *Vogue*, répondis-je sans dissimuler mon agressivité.

— C'est vraiment pénible de devoir encore reprendre cette idiotie de corset.

— Je peux aussi le rembourrer.

— Tu ne te forces pas à vomir, quand même ? s'enquit Melissa.

— Melissa ! coupa Wendy avec un regard furibond.

— C'est comme ça chez les anorexiques, les dingues qui pètent les plombs, tu vois le genre.

— Les boulimiques, rectifia Madison, qui brandit une épingle en direction de Melissa. Ce sont les boulimiques qui se forcent à vomir.

— Oui, bon, on s'en fout.

— Et la réponse est non, déclara Wendy, elle ne fait rien de tout ça.

Je restais clouée sur place. Melissa était-elle possédée ? Non, elle s'était toujours conduite comme une vraie garce, voilà tout.

— Comment le sais-tu ? lança-t-elle à Wendy. Tu disais toi-même qu'elle était trop occupée à se taper son nouveau mec pour rester avec toi quand tu tombais dans les pommes...

— Arrête !

En voyant les joues de Wendy virer à l'écarlate, je compris que Melissa ne fabulait pas complètement.

Je commençai à ouvrir mon corset en tirant brutalement sur les lacets.

— Tu te défiles encore ? demanda Melissa avec un sourire mauvais, et Wendy nous regarda tour à tour en silence, comme si elle se demandait à laquelle d'entre nous elle devait s'en prendre. Les élèves de première année commencèrent à battre en retraite.

— De toute façon, ce truc ne me va pas, alors je m'en vais, déclarai-je en jetant le corset à terre.

— Pauvre petite Silla !

Wendy se rua sur Melissa, mais je la retins par le bras.

— Laisse, dis-je. Ça n'en vaut pas la peine.

— Ça, tu peux le dire, ricana Melissa. Et ne l'approche pas de trop près : tu risques de te prendre une balle.

Jusque-là, je n'étais pas vraiment furieuse, mais le sens de l'accusation de Melissa me pénétra comme si on m'avait injecté de l'eau glacée. Je me pétrifiai sur place et mon cœur lui-même parut s'arrêter. Je la regardai fixement.

— Quoi ? chuchotai-je.

Elle se contenta de relever le menton en un geste de défi.

— Tu ne sais même pas de quoi tu parles, siffla Wendy à son adresse.

— Je sais que la folie est héréditaire. Je sais que traîner avec Silla est mauvais pour la santé.

— Tu ne sais absolument rien, ripostai-je, et puis je pivotai, drapée dans ma tragédie personnelle, et me dirigeai vers l'auditorium pour aller récupérer mon sac à dos. Dans la salle, j'ignorai le regard perplexe de Stokes et ressortis aussitôt. À présent, je me moquais de renoncer à la seconde moitié des répétitions.

Dehors, le soleil m'aveugla et je levai les mains pour me protéger. Le parking était encore presque plein. Tout le monde avait un entraînement, une répétition, une réunion à son club ou quelque chose du même genre. Nick devait me ramener chez moi, mais il n'était pas venu à la répétition, il n'était même pas dans les coulisses. Je lui avais envoyé plusieurs SMS pendant la journée, mais il m'avait répondu seulement l'après-midi par un haïku sur la perruque de Mr Sutter, et ne m'avait rien envoyé d'autre depuis.

Je traversai rapidement le parking. Je n'habitais pas loin et j'étais rentrée chez moi à pied presque toute ma vie.

Alors que je passais entre deux rangées de voitures, j'aperçus la décapotable de Nick. Elle brillait d'un éclat reconnaissable entre tous au milieu des compactes, des breaks et des camionnettes couverts de poussière. Son toit était relevé. Je montai dedans et m'affaissai sur le siège du passager, les bras croisés sur le ventre.

Nicholas

Elle dormait. Dans ma voiture.

Je restai une minute debout pour la regarder. Sous le soleil, sa peau paraissait translucide et exsangue. Pendant un instant, la raison pour laquelle je tombais amoureux d'elle cessa de compter. L'important, c'était que je tombais amoureux d'elle.

Je me glissai derrière le volant et posai mon sac à l'arrière aussi discrètement que possible. Quand le moteur gronda, elle poussa un léger grognement, puis s'étira. Je ne démarrai pas. Je préférais la regarder. Ses paupières frémirent, s'ouvrirent, elle se redressa, se frotta les joues et plissa les yeux dans la lumière.

— Nick ? murmura-t-elle.

— Salut, mon bébé, tu veux que je te reconduise chez toi ?

— Quelle heure est-il ?

— Presque cinq heures.

— Tu es venu à la répétition ? Je ne t'ai pas vu.

Elle se pencha en avant et se tourna vers moi. Ses cheveux se dressaient bizarrement à l'arrière de sa tête, qui avait été plaqué contre le cuir du dossier.

— J'étais en retenue, expliquai-je avec une grimace.

— Pourquoi ?

Elle mordillait de nouveau l'intérieur de sa lèvre.

— Oh, rien de grave, répondis-je.

Entre la cinquième et la sixième heure de cours, Scott Jobson m'avait demandé si elle avait récolté tous ces bleus parce qu'elle m'avait mal sucé. Je lui avais cogné la tête contre les casiers et j'avais passé le reste de la journée en retenue.

— J'ai tout simplement passé une journée atroce, déclarai-je.

— Moi aussi.

— Hé, regarde un peu ça.

Je me penchai en avant afin de tirer la photo de la poche de mon jean.

Elle la déplia lentement et j'observai son visage pendant ce temps. Quand elle reconnut son père, ses lèvres s'entrouvrirent et ses mains se crispèrent sur la photo.

— Oh, Nick ! s'exclama-t-elle.

— Je l'ai trouvée hier soir. J'ai découvert tout un paquet de photos prises par ma mère.

— Ils paraissent tellement heureux…

J'empoignai ses cheveux et les recoiffai tant bien que mal.

— Tu crois qu'on s'est rencontrés seulement par hasard ? demandai-je en évitant son regard.

— Tu crois que ce n'était pas une simple coïncidence ?

— Non.

Elle appuya la tête contre ma main et ferma les yeux.

— Je crois que ça m'est égal, dit-elle.

— Pourquoi ?

— Je suis heureuse que nous nous soyons rencontrés, c'est tout. Si ce n'était pas un hasard, c'est bien. Si c'était seulement une coïncidence, c'est bien aussi. Et je ne voudrais rien y changer.

Et si j'avais emménagé ici parce que Lilith a tué tes parents ? pensai-je, mais je fus incapable d'articuler ces mots.

— Tu es prête pour ce soir ? demandai-je à la place.

— Oui. Mon Dieu, oui. Nous avons sorti la potion hier soir.

Elle tendit le bras, prit ma main et la posa sur ses genoux. La photo trembla tandis qu'elle caressait ma paume, puis saisissait mon autre main. Elle les examina toutes deux.

— J'aime tes mains, dit-elle.

— J'aime les tiennes aussi, même si tu t'entailles au beau milieu de ta ligne de vie.

— Ma quoi ?

— Ta ligne de vie. C'est de la chiromancie.

— Tu sais vraiment de drôles de choses, Nick.

— J'ai composé un poème pour toi hier après-midi, sur le terrain de foot.

— C'est vrai ?

— Ouais.

— Tu peux me le réciter ?

— Si je me rappelle le premier vers, oui.

— Nick ! (Son éclat de rire se mua en un sourire.) C'est vraiment vache.

Je ris à mon tour.

— J'avais juste envie de te voir sourire, fis-je.

Un corbeau croassa tout près de nous. Silla sursauta et son sourire disparut.

— Allons-y, dit-elle, les yeux levés vers le ciel.

CHAPITRE 39

10 octobre 1967

Comme le monde peut changer en quelques années ! Parce que les hommes sont éphémères et passionnés, leurs enfants se rebellent et transforment l'ombre inconsistante qu'était leur pays en une terre sauvage illuminée par l'amour !

J'ai passé l'année 1963 à parcourir le pays en camion. C'était stupéfiant d'assister à toutes ces transformations, de voir tant d'univers nouveaux, et tant d'êtres humains prêts à me prodiguer leur attention et leur argent. Je n'ai plus que rarement besoin de changer du métal en or. J'ai déjà épargné des sommes considérables, mais il me reste toujours plus à dépenser. Pourquoi ? Parce que personne n'a plus peur des sorcières. Maintenant, on nous recherche, moi et mes semblables. Les gens veulent que je leur montre l'au-delà et que je leur dise : « Vous n'avez pas besoin de prendre des médicaments, ni d'aller à l'hôpital. Il suffit de cette amulette que j'ai confectionnée avec du sang, de la salive et de l'achillée. Nous la bénirons sous la pleine lune en dansant et en faisant l'amour plus brillamment que les étoiles ! » Ils veulent que ma magie soit une réalité, ils veulent que je sois leur déesse, et c'est ce que je suis.

Philip désapprouve tout cela, mais désormais, il me trouve irrésistible. Je l'ai retrouvé en Californie, travaillant la terre de ses mains dans une ferme. Il m'a reconnue et j'ai réveillé en lui ces mêmes aspirations qu'il avait éveillées en moi alors que je me mourais à Saint James, il y a près de soixante-cinq ans.

Plus je suis forte, plus il voit d'autres me désirer, et plus il a envie de moi. Il a autant besoin de moi que j'ai besoin de lui. Quand je l'embrasse, c'est l'éternité que je goûte sur sa langue !

— Philip, lui ai-je demandé après notre retour à Boston, te souviens-tu de ce que tu m'as dit autrefois : tu te considérais comme mon tentateur, qui m'incitait à perdre mon innocence pour m'adonner à cette magie maléfique ?

— Je n'ai que trop bien réussi, a-t-il répondu.

Et il est assez morose pour croire à ce qu'il dit. Je ne l'en aime que mieux. Il est à la fois mon mari et mon père, mon seul véritable compagnon. Je me moque de lui et je le taquine pour lui rendre le sourire.

Oh, mon journal… tu m'as bien manqué pendant ces longues années de voyage, mais j'aime te laisser ici pour te rouvrir seulement quand j'y pense. Quand je parcours tes premières pages, je suis remplie de tristesse et de joie à la fois, car je mesure à quel point j'étais enfant en ce temps-là. Pourtant, je savais déjà ce que je voulais, et maintenant, j'ai tout cela. J'ai su rester fidèle à moi-même.

CHAPITRE 40

Silla

Pour une fois, le crissement du gravier resta à l'arrière-plan de mes perceptions. Des nuages s'étaient amassés pendant mon sommeil, et bien que le soleil fût encore haut au-dessus de l'horizon, l'atmosphère avait quelque chose de sombre et de sinistre – mais peut-être ne faisais-je que projeter mon état d'esprit sur l'extérieur. Si j'avais dû mettre en scène le rituel sanglant qui nous attendait, j'aurais utilisé un décor de toiles de fond gris-jaune, de plateformes industrielles et d'arbres métalliques. Nous, les sorcières, aurions surgi en bas et au centre de la scène, au milieu des brusques éclairs de projecteurs rouges et de la lumière de bougies, si bien que la scène tout entière aurait paru s'embraser.

Reese apparut sur le porche au moment où Nick et moi descendions de voiture. Il portait des jeans et un T-shirt noir uni et il avait une allure des plus solennelles.

— Salut, dit-il, j'espère que le reste de ton après-midi s'est mieux passé que l'heure du déjeuner.

— Elle était au trente-sixième dessous après ce qui est arrivé hier, répondit Nick, et je dus me maîtriser pour ne pas le frapper.

— Tu es sûre que tu te sens d'attaque, Sil ? demanda Reese, et il descendit les marches du porche.

— Ai-je vraiment le choix ?

Reese et Nick me regardèrent en silence.

— Ô mon Dieu… dis-je, les mains levées au ciel… c'est vraiment le bouquet ! Oui, oui, ça va. Pourquoi ne restez-vous pas ici entre cow-boys, à discuter de la meilleure manière de veiller sur vos petites femmes, pendant que je vais mettre quelque chose de plus… (Je baissai les yeux vers mon polo jaune.)… De plus, euh…

— … sanglant ? suggéra Nick.

— Oui.

Je tournai les talons avec un effort méritoire pour ne pas grimper les marches quatre à quatre.

Dans ma chambre, je laissai tomber mon sac à dos à côté de mon lit et ôtai mon polo pour passer une chemise rouge foncé sur laquelle les taches de sang ne se verraient pas et qui n'était pas l'une de mes préférées. Dans le miroir, j'avais une tête épouvantable, blafarde, maigre et fragile, avec de grands trous gris-violet à l'emplacement des yeux. Il m'aurait fallu un masque mortuaire comme celui de Toutankhamon, doré et débordant de vie pour dissimuler le cadavre qui le portait.

J'ébouriffai mes cheveux, qui se dressèrent en tous sens comme ceux d'une folle. J'avais vraiment besoin d'une nouvelle coupe. J'étais allée chez le coiffeur en juillet, et je n'y étais pas retournée depuis. Les mèches que je m'étais fait faire avaient poussé de plusieurs centimètres, si bien qu'il était difficile de dire si les racines étaient encore des racines, en me montrant charitable. Je pris un mouchoir sur mon bureau et le nouai par-dessus mes cheveux comme Cendrillon, ce qui n'améliora pas vraiment mon allure.

— Silla ?

Gram Judy se tenait dans l'encadrement de la porte, ses cheveux coiffés en deux longues tresses qui encadraient son visage. Le sang dont son front était badigeonné paraissait à la fois ridicule et étrangement naturel. Il avait commencé à sécher sur les rides qui se creusaient entre ses yeux.

— Salut, Gram, dis-je.

— Judy, rectifia-t-elle avec un sourire franc.

Je m'approchai d'elle, passai les bras autour de sa taille, posai la joue contre la sienne et la serrai contre moi.

— Ma petite Silla… dit-elle tandis que ses bras encerclaient mes épaules.

— Ça a été éprouvant, comme journée.

Elle me frictionna le dos.

— Là, mon petit chat, dit-elle. On va dégotter cette protection, découvrir pour qui Josephine se fait passer et l'exorciser une bonne fois pour toutes. Alors tu pourras souffler et prendre du bon temps avec ton chevalier servant.

— C'était bien ce que nous comptions faire, répondis-je.

Je me sentis réconfortée en me rappelant que Gram avait joué les entremetteuses et m'avait poussée vers Nick depuis le début. C'était au moins quelque chose de cohérent dans tout ce chaos. Gram n'avait pas changé d'un iota, même si je la connaissais depuis quelques mois seulement.

— C'est vrai. (Elle serra mes épaules et recula un peu pour me regarder en face.) Tu sais ce que ça signifie, toute cette histoire de sang ?

Je secouai la tête.

— Ça signifie que tu es forte. Cette force est dans ton sang.

— Je l'espère.

Elle sourit.

— Moi, j'en suis sûre, dit-elle. Ton père était fort, ton grand-père aussi. Est-ce que je t'ai déjà raconté comment nous nous sommes rencontrés ?

— Non.

— C'était en 1978. Il était venu à Washington pour assister à une conférence et moi à une manifestation pour l'amendement pour l'égalité des droits[1]. Je m'étais assise sur le trottoir parce que j'avais un caillou dans la chaussure. Je portais des bottes d'homme, puisque j'étais venue là pour défendre l'égalité des sexes. Soudain, une ombre est tombée sur moi et une voix a dit : « N'est-ce pas une belle ironie du sort ? » J'ai levé les yeux, la main en visière à cause du soleil. Ton grand-père a cru que j'avais besoin d'aide pour me relever, alors il a pris ma main et il m'a remise debout comme si je ne pesais pas plus qu'une plume. (Le visage de Judy s'adoucit à ce souvenir et elle eut un sourire doux qui faisait très jeune fille.) Il était vraiment charmant, Silla, mais je l'ai envoyé paître en lui demandant comment il osait croire que j'avais besoin d'aide pour me lever, etc. Et tu sais quoi ? Il s'est excusé et il m'a invitée à prendre un café. Je n'aurais pas dû accepter : j'ai laissé tomber la manif ! fit-elle en gloussant.

— C'était un peu fort, en effet ! dis-je pour la taquiner.

— Tu parles ! Enfin, tu vois ce que je veux dire.

— Tu as vécu tellement de choses, tu as fait le tour du monde seule, et cette année-là, tu étais hippie…

Judy éclata de rire.

— C'était quelque chose, oui ! répondit-elle. Autrement plus fort que d'aller déterrer des cadavres !

1. L'amendement pour l'égalité des droits entre les sexes, proposé pour la première fois au Congrès en 1923 et voté par plusieurs États, ne fait toujours pas partie de la Constitution des États-Unis.

Avec ses tresses, elle avait l'air d'une princesse viking qui n'avait pas encore envie de prendre sa retraite.

— J'aimerais être aussi courageuse que toi, Judy.

— Mais tu l'es, ma petite. Vous avez tenu bon malgré tout ce que vous avez subi, ton frère et toi. Et vous n'en avez que trop subi.

— Je ne me souviens plus si je te l'ai déjà dit, Judy, mais Reese et moi sommes heureux que tu sois là.

— N'importe qui en aurait fait autant.

C'était faux, bien sûr, mais à quoi bon relever des mensonges aussi évidents ?

CHAPITRE 41

Avril 1972

Vendredi dernier, Philip a pris ma main et m'a dit : « Josephine, je voudrais que tu vieillisses avec moi. »

J'ai ri, mais il était sérieux. Le Diacre lui avait fait prendre le carmot que nous avions préparé avec les os d'une sorcière, mais les trente années supplémentaires que cela nous a apportées touchent à leur fin. Il me reste encore un peu de temps pour en fabriquer de nouveau et convaincre Philip de le boire avec moi.

CHAPITRE 42

Nicholas

Je plantai un long bâton dans le tripode où Reese avait allumé un feu avant de partir au cimetière. Des flammes jaillirent en crépitant de l'une des bûches qui avait roulé, et projetèrent des étincelles. Je me penchai au-dessus du feu, exposant mon visage à la fumée. L'odeur âcre me suffoqua, mais j'avais ainsi l'impression de faire pénitence pour je ne savais quoi. Au-dehors, le feu était tout différent, n'étant plus contenu par une cheminée en marbre et une grille de fer afin de tenir à distance la chaleur et le danger. Ici, faute de surveillance, il risquait de changer de direction à tout moment, pour ravager la pelouse avant d'atteindre la maison ou les grands fourrés, et de tout embraser.

Je tirai la vieille photo de maman et de Robbie Kennicot de la poche de mon jean et la tins juste assez près du feu pour que le papier se recourbe. Le sourire de maman sur la photo se déforma. Une partie de moi-même avait envie de jeter cette photo au feu et de la regarder noircir, puis se recroqueviller, mais je me contentai de la rempocher.

L'herbe craquait sous mes bottes tandis que j'allais et venais des broussailles au feu. J'avais hâte que Silla revienne, et les autres aussi. Je voulais en finir. Les chants d'oiseaux que j'entendais devant la maison me donnaient la chair de poule.

Alors que le soleil ne devait pas se coucher avant un certain temps, des nuages bas assombrissaient le paysage. J'étais coincé entre la maison et la haie de broussailles épineuses.

Alors que je m'approchais de la boîte de maman afin d'en sortir le tuyau de plume et de me protéger avec un peu de mon sang, la porte de derrière s'ouvrit brutalement et claqua contre le mur de la maison.

Silla dévala en sautillant les marches menant au patio.

— Salut, lança-t-elle.

Soulagé, je me dirigeai vers elle. Ses cheveux étaient dissimulés sous un bandana rouge vif. Je l'embrassai.

— Ça va ? demanda-t-elle, la bouche toute proche de la mienne.

— Je suis prêt, répondis-je avant de l'embrasser de nouveau.

Elle pressa les lèvres contre les miennes, puis recula.

— Alors allons-y, fit-elle avec un bref hochement de tête. Où est Reese ?

— Au cimetière, dis-je en désignant la haie du menton. Il a dit qu'il revenait tout de suite.

— Allons le chercher.

Elle prit ma main et m'entraîna vers le mur de broussailles. Comme lors de la soirée du club de théâtre, elle savait se diriger avec précision et éviter les branches les plus acérées. Je fermai les yeux et me laissai guider par sa main. De l'autre côté de la haie, je l'aidai à grimper sur le mur du cimetière. Elle s'immobilisa au sommet, inspira longuement et parcourut du regard la pente du cimetière. Je la rejoignis en haut du mur. Je n'avais encore jamais contemplé le cimetière dans toute son étendue. Entre ce mur et celui qui se dressait à l'autre extrémité, juste à la lisière des bois, les pierres tombales hétéroclites avaient l'allure de jouets qu'un enfant géant aurait jetés dans un champ. Quelques arbres solitaires se penchaient au-dessus d'un fouillis de grandes croix en pierre et de pierres tombales aux formes plus régulières. Leurs branches se tendaient toutes vers le sud, probablement sous l'action du vent.

Vu sous cet angle, l'ensemble paraissait franchement lugubre.

— Je le vois, dit tout à coup Silla, et elle sauta du mur.

Je ne bougeai pas. Je pouvais à peine le distinguer, planté au milieu du terrain, à l'emplacement de la tombe de leurs parents. Après quelques pas, Silla se retourna vers moi.

— Nick, tu viens ? demanda-t-elle.

Je la regardai, les sourcils froncés.

— Peut-être que je ferais mieux d'attendre ici, répondis-je. Je ne veux pas, euh... déranger.

Surtout s'il était en train de parler à ses parents.

Le visage de Silla s'allongea, et pendant un instant, elle parut aussi triste que le cimetière. Entre une touffe de hautes herbes jaunes et une pierre tombale en marbre, son bandana formait une tache d'un rouge agressif.

— Tu as raison, murmura-t-elle. Je reviens tout de suite.

— Silla ? appelai-je alors qu'elle s'éloignait.

Elle pivota sur elle-même avec un petit rire.

— Oui ? répondit-elle.

— Fais bien attention.

Je levai la tête vers le ciel. Elle comprit et allongea le pas.

Silla

Le reflet du soleil couchant sur les nuages noyait le cimetière dans des tons rose et gris froids. C'était mon heure préférée pour venir ici, exactement comme le jour où j'avais pour la première fois ouvert le livre de sorts et régénéré une feuille.

Cette heure entre chien et loup paraissait idéale pour s'adonner à la magie.

Je m'approchai lentement de Reese pour ne pas le déranger, mais j'étais pleine de curiosité. Il n'était encore jamais venu seul ici, à ma connaissance du moins. J'avançai donc avec précaution au milieu des feuilles mortes et des herbes sèches.

Il était accroupi au pied de leur tombe, la tête basse, les coudes sur les genoux, entre lesquels ses mains pendaient. À la vue de la tension de ses épaules et de ses yeux fermés, mon estomac se noua. Je ne l'avais jamais vu aussi vulnérable, voûté et immobile comme une statue d'ange affligé. Je restai figée, les yeux fixés sur lui, le cœur lourd.

Le vent me chatouillait le visage et agitait les arbres. Les grenouilles et les cigales commençaient à chanter à l'approche du soir, en rivalisant de lamentations aiguës. L'air lourd d'humidité annonçait une nuit pluvieuse. Reese ne bougeait toujours pas. Même quand la brise ébouriffa ses cheveux noirs, il ne fit pas un geste.

— Reese ? appelai-je doucement, la main posée sur l'énorme croix en pierre qui se dressait à côté de moi.

Il se releva avec souplesse.

— Salut, fit-il. C'est l'heure ?

Je hochai la tête, m'avançai vers lui et lui pris la main, puis la serrai entre les miennes.

— Tu devrais te raser, lui dis-je.

— Merci du conseil, Sil, répondit-il, tandis que l'un des coins de sa bouche se relevait.

— Maman n'aurait pas toléré cette allure hirsute, poursuivis-je, mais je baissai les yeux vers sa poitrine, car je ne pouvais plus soutenir la tristesse de son regard.

— Elle aurait également détesté ta coupe de cheveux, répliqua-t-il, et il me prit brusquement dans ses bras. Quand tout ça sera fini, nous devrions peut-être partir.

— Quitter Yaleylah ? demandai-je, les mains nouées autour de son dos.

— Ouais. Je devrais aller en fac, et tu pourrais venir avec moi.

— Je n'ai pas envie de vivre à Manhattan dans le Kansas. La petite pomme[1], le taquinais-je, les yeux fermés, comme si nous étions en train de bavarder à la cuisine en présence de papa et de maman qui nous écoutaient. Maman me tirerait doucement les cheveux parce que je faisais enrager mon frère, et papa sourirait tout en corrigeant des devoirs de latin.

Mais Reese ne réagit pas comme à une plaisanterie. Il poussa un soupir, et je sentis ses côtes se tendre sous mes bras.

— Je ne suis pas obligé de faire mes études au Kansas, déclara-t-il. Je peux aller n'importe où, là où tu serais heureuse, toi aussi. Là où tu pourrais faire ta terminale dans de bonnes conditions, loin de tout ça, recommencer de zéro.

Je pensai à Nick. Je ne voulais aller nulle part où je ne pourrais plus l'embrasser, mais il finirait sa terminale en mai et partirait ensuite retrouver sa mère. Je n'avais aucune idée de ce que notre relation deviendrait, ni de ce que je voulais qu'elle devînt. J'enfouis mon visage contre l'épaule de Reese.

---

1. Allusion à New York, qui est surnommée « la grosse pomme ».

— On pourrait aller à Chicago, marmonnai-je. Judy a un appartement là-bas.

— Bien sûr, là ou ailleurs, n'importe où ailleurs qu'ici.

L'âpreté de sa voix me poussa à relever la tête. Il fixait le sol, les sourcils froncés, et mon cœur se serra à la vue des larmes qui brillaient dans ses yeux. Il me regarda un instant, puis détourna les yeux.

— Ici, tout est mort, Silla, dit-il.

— Pas nous, répondis-je.

Je pris ses mains et les serrai dans les miennes tandis que les larmes me brûlaient les yeux.

CHAPITRE 43

Août 1972

Il n'a pas renoncé à son idée.

— J'en ai assez. Je veux savoir ce que c'est que de me regarder dans un miroir et de voir et de sentir sur mes cheveux et mon visage le poids des ans, a-t-il déclaré sur un ton mélodramatique avant de m'embrasser. Josephine, nous avons vécu ensemble et pleinement joui de la vie pendant soixante-dix ans, la durée d'une vie humaine. Mais que reste-t-il pour en témoigner ? Rien. Personne ne sait ce que nous faisons, ni ce que nous sommes. Qui se souviendra de nous ?

— Je suis heureuse. Je me moque de savoir qui se souviendra de nous à l'avenir, parce qu'à ce moment-là, je serai encore vivante.

— Fais comme moi : ne bois plus la potion de résurrection. Que nos corps retrouvent peu à peu leur rythme naturel. Je t'épouserai. Nous pourrions avoir des enfants, Josie. Imagine comme ce serait merveilleux. Ce serait une nouvelle forme de magie, mais meilleure.

— Je ne veux pas mourir, Philip. Je ne veux pas de cheveux gris, ni de rhumatismes.

— Mais des enfants… Je crois… (Il s'est tu un instant, et j'ignore si ce qu'il a dit ensuite était vrai.) Je crois que nous aurions des enfants merveilleux.

J'ai poussé un soupir. Je savais qu'il changerait d'avis dès qu'il n'aurait plus le cafard. Avec Philip, il y a toujours des hauts et des bas.

S'il ne veut pas le faire, c'est le Diacre et moi-même qui préparerons du carmot. Je le dissimulerai dans un petit plat mijoté. Je trouve que le soja se marie très bien avec le gingembre.

Philip et moi vivrons éternellement ensemble, et à mes yeux, c'est tout ce qui compte.

CHAPITRE 44

Nicholas

J'étais assis en haut du mur, les coudes sur les genoux. La pierre rugueuse me meurtrissait les fesses et je me gelais. Je remuai un peu pour trouver une position plus confortable.

Tout était tellement gris... Dans le lointain, la forêt qui cernait ma maison était une masse gris foncé sur un fond de ciel plus clair, un peu comme la forêt de buissons épineux qui entoure le château dans un de ces foutus contes de fées. Sauf que ce château-là n'abritait pas une princesse, mais une maléfique belle-mère, au sens littéral du terme.

Affronter Lilith allait être un vrai casse-tête. Comment allais-je m'y prendre une fois que nous aurions confectionné ces talismans pour nous protéger ? Je n'étais sûr que d'une chose : ça démolirait mon père de découvrir qu'il avait encore couché avec une sorcière et une folle. Pour une fois, cette idée ne m'excitait pas du tout.

J'étais si absorbé par la contemplation des arbres obscurs, par l'image des ongles acérés de Lilith et la question de savoir si je pourrais la faire fuir, que je ne l'entendis pas arriver derrière moi.

Le bruissement de l'herbe m'avertit et je me retournai en croyant voir Gram Judy, mais la lame froide d'un couteau se plaqua contre ma nuque et une main me saisit à la gorge.

— Bonjour, Nicky, fit-elle, et je sentis la chaleur de son haleine dans mon oreille. Ça tombe vraiment bien !

— Josephine, dis-je, pétrifié.

La lame entailla ma peau et je serrai les dents et les poings. J'avais désespérément envie de m'enfuir.

— Très bien !

Ce n'était pas la voix de Lilith. Des boucles blondes ruisselèrent devant mes yeux alors qu'elle tournait la tête tout en pressant le couteau contre ma nuque et en prenant appui sur mon épaule pour enjamber le mur du cimetière. C'était Miss Tripp, l'air rajeuni dans une veste en cuir et des jeans moulants. Elle sourit.

— En voilà une surprise ! claironna-t-elle.

Je déglutis péniblement et ce mouvement accentua la pression de la lame. La douleur me brûla la gorge et je sentis une première goutte de sang couler jusqu'au col de ma chemise.

— Que veux-tu ? demandai-je.

— Pas toi, hélas, répondit-elle en levant les yeux au ciel. Mais j'obtiendrai bien plus facilement ce que je veux si tu ne me gênes pas.

Sa main libre plongea dans la poche de sa veste. C'était le moment ou jamais : je frappai son bras pour le faire dévier.

La lame glissa et laissa dans son sillage une douleur cuisante. Surprise, Josephine eut un mouvement de recul, mais alors que je me ruais sur elle, elle retira la main de sa poche et me jeta quelque chose au visage.

Des grains de poudre criblèrent mes joues et mes yeux, de la poussière pénétra dans mes narines et j'éternuai, une fois, puis deux, avec violence.

Les yeux me piquaient et je battis des paupières pour refouler des larmes. Ma vision s'affaiblit, puis s'obscurcit comme si l'écran télévisé de ma vie s'était brusquement éteint.

De petites mains se posèrent sur ma poitrine, poussèrent et je basculai en arrière, en battant des bras pour arrêter ma chute. J'atterris sur les fesses, puis ma tête heurta brutalement le sol, et tout se mit à tourner autour de moi.

Silla

Dès que le soleil disparut derrière l'horizon, je compris ce qui arrivait. Le nimbe argenté de la lumière fonça, virant au pourpre. C'était l'heure magique.

Reese s'était avancé, puis avait posé la main sur leur pierre tombale. « J'aimerais que vous soyez là », dit-il calmement, mais avec désinvolture, comme pour conclure une carte postale.

— C'est bon, allons-y, Silla, dit-il.

Il se tourna vers moi, mais se figea soudain. Il regardait par-dessus mon épaule vers la maison. Je pivotai sur moi-même.

Miss Tripp s'approchait.

Elle avançait avec assurance, à foulées amples, à travers le dédale de pierres tombales. Au lieu de son cardigan et de son chignon impeccable, elle portait une veste en cuir et ses cheveux dansaient autour de son visage comme une crinière de lion. Son sourire fit se dresser les miens sur ma tête.

— Vous me facilitez vraiment la tâche, les enfants, déclara-t-elle en secouant la tête.

— Qui êtes-vous, nom de Dieu ?

Je sentais les vibrations de la fureur de Reese alors que je lui tournais le dos.

— C'est Miss Tripp, expliquai-je, avec un effort pour parler calmement, tandis que je glissais la main dans la poche de mon jean et refermais les doigts sur mon canif.

Elle haussa les épaules avec désinvolture, comme si nous venions de nous rencontrer dans un restaurant brillamment illuminé et non dans un cimetière à la tombée de la nuit.

— Vous pouvez m'appeler Josephine si vous préférez, déclara-t-elle. C'était ce que votre papa préférait.

— Est-ce bien ton corps ? demandai-je sans relever la provocation.

Je ne rêvais pas : Josephine pirouetta devant nous, une petite pirouette sur un pied, les bras ouverts.

Je vis alors la lame du couteau qu'elle tenait à la main, une grande lame argentée de couteau de boucher.

Nous ne pouvions lui laisser la possibilité de s'en servir. Alors qu'elle se laissait retomber sur ses pieds, je m'avançai vers elle.

— Laisse-nous tranquilles, Josephine, lui ordonnai-je. Va-t'en. Je ne t'aiderai pas à déterrer les os, et nous n'avons que faire de toi. S'il le faut, nous te combattrons.

Elle esquissa une moue, brandit son couteau et en tapota doucement l'un des côtés de son visage, sur lequel il laissa une traînée de sang.

— C'est ce que Nick disait aussi, et voilà ce qui lui est arrivé, annonça-t-elle.

Mon estomac se souleva, puis retomba comme si je dévalais des montagnes russes la tête en bas.

— Tu mens, dis-je comme si c'était un ordre, comme si cela pouvait devenir vrai uniquement par la force de ma volonté, et je tirai mon couteau.

— Oh, Silla ! (Avec un sourire, Josephine pressa les mains contre sa poitrine. Le couteau paraissait pâle et dur sur le cuir noir de sa veste.) Tu es vraiment délicieuse !

Reese m'empoigna par les épaules. Je poussai un cri et voulus me dégager.

— Arrête de te débattre, ma chérie, dit-il exactement en même temps que Josephine.

Oh non, pas encore ! Je me retournai vers lui et il me secoua. Mes genoux se dérobèrent sous moi, je tombai et atterris face contre terre, si violemment que j'aurais pu m'abîmer les dents. Je brandis mon couteau, mais ils m'ordonnèrent : « Donne », de leurs voix qui me martelaient comme en stéréo, l'une aiguë, l'autre grave et atrocement familière.

Comment pouvais-je le combattre ?

Il me traîna jusqu'à la tombe, où Josephine s'appuyait de la hanche contre la dalle funéraire de mes parents.

Je me débattis tout en enfonçant mes talons dans la terre. Je voulus ouvrir mon canif, mais il me secoua avec une violence qui m'étourdit, puis me jeta à terre. Le canif tomba bruyamment à côté de moi. Je me mis à quatre pattes, les doigts dans la boue du cimetière. Sa main passa devant moi pour ramasser le canif dans l'herbe.

Josephine me saisit par les cheveux et me força à relever la tête. La douleur me fit monter les larmes aux yeux.

Je ne savais plus que faire. La panique me soulevait le cœur, et je me sentais tour à tour brûlante et glacée.

Reese s'agenouilla derrière moi, ses bras vigoureux enserrèrent les miens et je sentis son odeur, l'odeur de plein air et de foin de mon frère, avec ce relent de pétrole qui ne le quittait plus parce qu'il avait imprégné sa peau et ses ongles.

— Si seulement tu voulais te montrer plus coopérative... grommela Josephine, qui, penchée au-dessus de moi, brandissait son couteau devant mon visage.

— ... tout cela... ne serait pas... nécessaire, acheva Reese dans un murmure féroce tout contre mon oreille.

Clouée au sol entre mon frère et Josephine, je fermai les yeux et cherchai désespérément une issue. Il suffisait d'un peu de sang pour la chasser du corps de Reese et se débarrasser d'elle.

— Je vous en prie, gémis-je, soulagée de sentir des larmes jaillir de mes yeux, je vous en prie, arrêtez, je ferai ce que vous voudrez. (Le masque que j'ajustai sur mon visage à cet instant était jaunâtre, couleur de vomi et de terreur.) Je vous en prie, ne me faites pas de mal ! implorai-je, agrippée à la veste de Josephine.

Nos yeux se rencontrèrent. Ils étaient tout proches. Les siens étaient d'un bleu orageux, sombre, aux bords tachetés de gris, beaux comme une vague gigantesque prête à vous submerger. Ils se rétrécirent pour m'examiner d'un regard intense de prédateur. Je me cramponnai à mon masque de terreur et la laissai lire en moi ma souffrance et mon angoisse pour Reese, mes doutes sur ce qu'elle avait fait à Nick, ma certitude que c'était elle qui avait tué mes parents et qu'eux non plus n'avaient pu l'arrêter.

Josephine sourit et son visage s'adoucit, devint presque amical.

— Allons, Silla, tout ira mieux si tu m'aides de ton plein gré, dit-elle très doucement.

Et, d'un geste vif, elle me lacéra la poitrine.

La douleur me foudroya tandis que le sang ruisselait de ma clavicule comme un collier. Je m'affaissai en arrière, mais Reese me retint.

— Laisse couler ton sang, Silla, et défais le sort que tu as jeté sur cette tombe, ordonna-t-elle.

La puanteur du sang m'irritait le nez. Je me forçai à rouvrir les yeux. Josephine se releva et recula juste assez pour me laisser le champ libre.

Je me retournai dans les bras de Reese, tirai sur le col de son T-shirt et frappai du plat de ma main ensanglantée la rune que j'avais tracée au feutre indélébile sur son cœur le matin même. « Tu es libre, Reese ! » hurlai-je en projetant sur lui l'énergie incandescente de la magie, qui jaillit de l'entaille sur mon cœur et remonta le long de mon bras.

Son impact nous précipita au sol à quelques mètres l'un de l'autre. Les yeux de Reese s'ouvrirent tout grands, puis rencontrèrent les miens, et je compris qu'il était redevenu lui-même. Il se leva d'un bond et se rua sur Josephine avec un grondement.

Je m'enfuis en rampant, la main plaquée contre ma poitrine pour recueillir encore un peu de sang. À deux, nous pouvions en finir avec elle.

Reese la chargea en poussant un cri de guerre. Elle essaya de le frapper, mais il saisit son poignet d'une main, car il tenait mon canif de l'autre.

— Tu ne peux plus me posséder, Josephine, lui dit-il. Mon cœur est à l'abri de toi.

Elle plongea la main dans la poche de sa veste et en tira une poignée d'une substance sombre semblable à de la boue qu'elle lui jeta au visage.

Il l'esquiva, mais la lâcha dans ce mouvement. Les dents découvertes, elle plongea son couteau dans la rune tracée sur son cœur.

Le sol se déroba sous moi et mon hurlement mourut dans ma gorge.

Josephine tenait toujours le manche qui dépassait des côtes de Reese. Elle riait.

La tête de Reese s'inclina, et pendant quelques secondes, il regarda fixement le couteau, comme moi-même et Josephine.

J'étais incapable de remuer comme de respirer. Tout mon corps était pétrifié. C'était impossible. Inconcevable.

Reese prit une profonde et stupéfiante inspiration, puis son bras décrivit un arc et la lame de mon canif s'enfonça dans le flanc de Josephine.

Sa bouche s'ouvrit et ses yeux s'agrandirent.

Ils restèrent arc-boutés l'un contre l'autre, prisonniers de cette étreinte sanglante.

Josephine se dégagea, les mains crispées sur le manche du canif, recula en titubant et s'effondra contre une dalle funéraire.

Le cimetière se mit à tourner comme un manège tandis que Reese tombait à genoux. Je sentis l'impact comme si le sol était en fer-blanc.

Les mains de Reese se refermèrent sur le manche du couteau.

— Non ! criai-je, émergeant de ma torpeur. (Je m'élançai, me laissai tomber à côté de lui et recouvris ses mains des miennes.) Ne le retire pas !

— Sil...

Son chuchotement était comme un bruissement de feuilles sèches contre ma peau. Il ôta le couteau d'un seul mouvement, avec aisance.

Un flot de sang noircit son T-shirt et il bascula en arrière. Alors que je me précipitais derrière lui pour le retenir, il s'effondra sur moi. Il toussait, le visage convulsé de douleur. Je le pris dans mes bras, saisis le bord de la déchirure de son T-shirt et tirai dessus.

— Je peux guérir cette blessure, Reese, lui dis-je. Je peux la refermer. J'y arriverai.

L'odeur du sang me suffoqua et ma vision se teinta de rouge : rouge de la moquette détrempée, rouge des éclaboussures sur le gravier, rouge grumeleux autour de ce qui restait du visage de mon père. Je fermai les yeux, pressai les mains contre la plaie gluante et sentis le sang déferler sur mes doigts au rythme du cœur de Reese.

Sa respiration était gargouillante. Je me dégageai et l'allongeai à terre. Agenouillée devant lui, je passai ma main sale sur la blessure de ma clavicule, ce qui envoya des ondes de douleur jusque dans mon ventre, puis mêlai mon sang au sien.

— Sil, chuchota mon frère, et, tendant la main, il toucha mon visage. Fais attention à toi, dit-il.

Cela sonnait comme un adieu sans en être un.

C'était magique.

Une douleur nouvelle me brûla la poitrine. L'énergie jaillit du sol, de l'air, de Reese, et me pénétra. Les feuilles s'envolèrent et tourbillonnèrent autour de nous comme une tornade.

Reese eut un soubresaut, puis sa main retomba sur les feuilles sèches du sous-bois.

Nicholas

Ma cécité temporaire m'ouvrit littéralement les yeux.

Mon sang affluait à mes oreilles et palpitait contre ma boîte crânienne comme si j'étais coincé sous l'eau. Je me noyais dans le grondement rythmique de mon cœur.

Sous moi, le sol du cimetière était froid et rugueux. Je plongeai les doigts dans l'herbe épaisse et m'y agrippai comme si ma vie en dépendait.

Ce qui était bien le cas.

C'était une affaire entre moi et le cimetière.

J'entendais tout : le bruissement de l'herbe sur la pierre, de mes mains sur les feuilles mortes, du vent lointain dans les arbres, et les millions d'insectes stridulant comme des sirènes.

Pendant un très bref instant, je crus même entendre le souffle des nuages qui passaient au-dessus de moi.

Et puis, soudain, un cri. Celui de Silla. La peur me tarauda. Je devais la secourir.

Je roulai sur moi-même, puis rampai jusqu'au mur du cimetière. Ses bords rugueux offraient des prises parfaites. Je me hissai dessus et m'assis en tailleur. Puis, sans me laisser le temps de réfléchir, je tendis la main vers l'angle du mur et la frottai de toutes mes forces contre l'arête.

La douleur fut immédiate, fulgurante, et je hurlai. Je ramenai ma main contre ma poitrine en m'estimant heureux de ne pas voir l'étendue des dégâts. Des ondes de douleur déferlaient dans mon bras, et je sentis le sang chaud remplir ma paume.

J'en avais le pouvoir. Cela ne dépendait que de moi – et de mon sang. « Sang guérisseur », murmurai-je avec une pensée pour ma mère, qui, avec seulement quelques gouttes de sang et une mauvaise rime, était capable de tout, comme de faire planer des étoiles et des cœurs en papier au-dessus de mon lit.

Je mis ma main en coupe et la pressai pour accélérer le flux du sang. Je fermais les yeux, parce que c'était plus facile que de me rappeler que j'avais perdu la vue.

Penché au-dessus de mes mains, j'inspirai profondément, m'imprégnant de l'odeur cuivrée du sang. J'en ai le pouvoir, me dis-je. « Sang de mon corps, par ton flux, nettoie mes yeux, rends-moi la vue. » Je répétai la formule tandis qu'un picotement montait le long de mon échine, et sentis la brûlure de l'énergie dans ma main blessée. Dans l'obscurité complète qui m'entourait, j'avais du mal à croire que cela pût changer quoi que ce fût. Je sentais frémir mes paupières que je badigeonnais de mon sang.

Je répétai une troisième fois ma rime foireuse, pressai mes paumes contre mon visage, les doigts sur mes yeux fermés, et restai quelques secondes immobile.

Puis je baissai les mains et ouvris lentement les yeux en cillant pour chasser les gouttes de sang.

Des formes grises et floues apparurent dans mon champ de vision.

Je souris, puis un rire convulsif jaillit de ma gorge. J'avais réussi ! J'avais vaincu cette salope et recouvré la vue. J'avais gagné, et uniquement grâce à mon sang.

Je me remis debout, ma main endolorie contre mon ventre, et parcourus le cimetière du regard.

La première chose que je vis fut Silla, qui s'approchait de moi, titubante. Ses mains laissaient des empreintes écarlates sur chaque pierre tombale qu'elle touchait.

CHAPITRE 45

Je m'appelle Philip Osborn, et voici la pire action que j'ai commise : j'ai tué un jeune homme de dix-sept ans parce que j'avais peur de mourir.

CHAPITRE 46

Silla

Sept heures après que mon frère fut officiellement déclaré mort, j'entendis un battement d'ailes contre la fenêtre de ma chambre.

Allongée sur mon lit, je contemplais le plafond. La veille, j'avais été interrogée plusieurs heures d'affilée par le shérif Todd, j'avais vomi dans la salle de bains pendant que Gram me frictionnait le dos, et pleuré comme si j'avais en moi un robinet ouvert. J'étais si épuisée que mon sang pesait comme du plomb dans mes veines, mais incapable de dormir, ni de rien faire d'autre que de rester immobile, les larmes coulant le long de mes tempes et dans mes cheveux. La nausée virevoltait dans mon estomac comme un poisson rouge.

Je voulais qu'il revienne plus que n'importe quoi au monde. Je m'imaginais en train de le ressusciter, je voyais ses yeux s'ouvrir et les coins de ses lèvres se relever en un sourire… mais il était mort, mort comme papa et maman, il m'avait quittée pour un autre monde. Un monde meilleur, espérais-je. Si quelqu'un méritait d'aller au paradis, c'était mon frère.

Comme celui de mes parents, son sang avait imprégné mes mains et mon jean quand je m'étais agenouillée dedans. J'avais laissé des traces un peu partout, sur les pierres tombales, sur Nick, sur son visage quand je l'avais entraîné vers le corps de Reese. Je fermai les yeux. Je sentais un martèlement douloureux à l'intérieur de mon crâne et mes sinus me brûlaient.

Le choc des ailes contre la vitre me réveilla en sursaut et me stimula. Je sautai à bas de mon lit, me précipitai vers la fenêtre, mais je ne vis rien.

Il était six heures du matin et à l'est, derrière la maison de Nick et le cimetière, l'horizon brillait d'une douce lueur argentée. L'érable à l'avant de notre maison était immobile. Mon haleine embua la vitre, que j'essuyai pour contempler le petit matin lugubre. Avais-je cru entendre un froissement de plumes, ou était-ce seulement une bourrasque ?

Un corbeau croassa, et je faillis m'étrangler à ce bruit.

Où était-elle maintenant ? Quelle ignoble garce ! Les larmes me brûlèrent de nouveau les yeux tandis que je la revoyais brandir son couteau et en transpercer mon frère.

L'une des branches de l'érable vibra alors qu'un corbeau s'envolait de l'arbre. Il fonça vers moi en criant. Je frappai la vitre du plat de la main pour le chasser, il battit en retraite et regagna son perchoir. C'est alors que je les vis tous, une douzaine de corbeaux noirs qui, sous le couvert des feuilles, m'observaient.

Je tournai les talons, descendis au rez-de-chaussée en courant et ouvris la porte à la volée. Le gravier meurtrit mes pieds nus, mais je me ruai vers l'arbre en agitant les bras. « Allez-vous-en ! Laissez-moi tranquille ! » Je heurtai le tronc de l'épaule. « Allez-vous-en ! »

L'écorce lisse me fit mal aux mains lorsque je la frappai. J'étreignis le tronc et le secouai. Des larmes inondèrent mes yeux, et au-dessus de moi, les branches frissonnèrent. Quelques feuilles tombèrent. Les corbeaux piaillèrent et caquetèrent. Je leur hurlai dessus, puis reculai et ouvris les bras. Leurs ailes noires battirent et me jetèrent des feuilles au visage. « Me voilà, leur dis-je. Vous pouvez m'emmener si vous voulez. » Moi aussi, je pouvais mourir.

Mais le vacarme diminua. Des feuilles voletèrent autour de mes pieds nus, et je me souvins alors de Reese lançant une feuille en l'air et riant tandis qu'elle s'épanouissait, redevenait fraîche et verte avant de retomber sur le sol du cimetière.

J'étais seule.

Le monde autour de moi devint flou, et à travers mes larmes, je ne voyais plus les oiseaux.

Je rebroussai chemin vers le porche et enfilai mes mocassins. Mes larmes recouvraient mes yeux comme une couche de laque, un film dur et transparent dont je ne pouvais me défaire. Je détestais cette sensation, et je les frottai pour les faire partir. Mais quelque chose en moi était brisé.

L'air froid mordait mes joues et mes bras nus. Je trépignai sur la pointe de mes orteils, en avant, puis en arrière. Les minuscules cailloux crissaient sous moi.

Reese avait fait de la course à pied, et c'était ce que j'avais envie de faire, moi aussi. Courir. M'échapper. Je partis sur la route, d'abord au trot pour échauffer mes muscles, puis j'allongeai mes foulées et enfin fonçai. Le gravier glissait sous mes pieds et je pantelais. Je sentis un élancement dans la poitrine, mais accélérai et maintins le même rythme. La douleur était plus aiguë que la lame d'un couteau, et mon haleine montait en un nuage de vapeur. J'inspirais, puis expirais, d'abord par saccades, ensuite avec aisance, puis de nouveau péniblement. Mes pieds martelaient le sol, ébranlant mes genoux et mes hanches, et au bout d'un moment, mes muscles se dénouèrent.

Ma vision s'adapta à l'obscurité en même temps que ma nausée s'apaisait. Le vent sécha mes yeux.

Pendant un court instant, je perdis la notion du temps et de l'espace : j'étais libre.

Soudain, je trébuchai.

Je ralentis, me redressai, puis m'effondrai sur le gravier de la route, hors d'haleine. Je me laissai rouler sur le dos.

Les minuscules cailloux meurtrirent mes omoplates, mes hanches et mes mollets. J'étendis les bras et levai les yeux vers le ciel. Je n'entendais plus que ma respiration laborieuse. Très haut au-dessus de moi, les étoiles scintillaient à mon intention.

Il y avait seulement quatre jours qu'assise sur le porche contre son épaule, je regardais les étoiles. Dieu, que cette idée me faisait mal... Il était impossible qu'il soit parti, lui aussi.

J'entendais de nouveau le vent dans les arbres et le chant des criquets.

La sueur se rafraîchit sur mon front, mais, loin de s'apaiser, ma respiration devint plus rapide, plus saccadée, et mon sang courut plus furieusement dans mes veines, jusqu'à ce que j'eusse envie d'exploser comme Reese en juin dernier, à la mort de papa et de maman, quand, d'un coup de poing, il avait creusé un trou dans le mur de la cuisine. Les poings me démangeaient de l'imiter.

— Reese, chuchotai-je, puis, plus fort : Reese...

Pourquoi m'avait-il abandonnée ?

— Reese ! hurlai-je.

Le silence retomba.

CHAPITRE 47

Cette lettre s'adresse à mes enfants, Silla et Reese.

Je prie de toute mon âme pour que vous ne soyez jamais obligés de lire ce qui suit, pour réussir à la vaincre aujourd'hui, et pour être en mesure de dîner ce soir avec votre mère et vous à Kansas City. Nous chercherons ensemble un appartement pour Reese, et tout se déroulera comme d'habitude, ou comme les choses sont censées se passer.

Mais tout ce qui était habituel, ce qui était censé être, je me rends compte que je l'ai détruit depuis longtemps déjà, quand j'ai décidé de voler ce corps à l'âme à laquelle il appartenait.

Ceci est ma confession : je ne suis pas le père que vous croyez.

Je suis né en 1803 aux environs de Boston, dans le Massachusetts. Ma mère m'a donné le prénom de Philip, et mon ami le Diacre, le nom d'Osborn. Je suis médecin, guérisseur, magicien, et, à cause de cette femme, assassin.

Il fallait que je lui échappe, mes bien-aimés. Il fallait que je me libère de Josephine.

Voilà une confession bien confuse, n'est-ce pas ? Reese demandera sûrement des précisions, et Silla des explications. Oh, mes enfants…

J'ai volé ce journal quand j'ai mis en scène ma propre mort en incendiant notre maison à Boston. Il est donc juste qu'ici et maintenant, peut-être pour les dernières heures qui me restent à vivre en ce monde, il recueille cette confession.

CHAPITRE 48

Nicholas

Le lendemain matin, mon portable sonna à dix heures. J'étais si entortillé dans mes draps que je faillis tomber du lit.

Son nom clignotait sur l'écran. J'hésitai à répondre, car je ne savais que lui dire.

Je gardais la vision de l'instant où le shérif et Judy nous avaient retrouvés au milieu du cimetière. Je serrais Silla dans mes bras, non pour la réconforter, mais pour l'immobiliser et la tenir à l'écart de Reese. Je me souvenais de son regard fixe et comateux. Je me souvenais du corps de Reese, de son sang répandu qui me donnait la nausée, de ses yeux à demi fermés et de sa mâchoire relâchée.

Je ne savais que dire à Silla, mais je devais lui parler. Je pressai donc le bouton de mon téléphone et me dirigeai vers la fenêtre.

— Allô ?

— Salut…

Sa voix était douce et comme absente.

Le silence tomba et je pressai ma main bandée contre la vitre froide. Sous ce bandage, des points de suture refermaient l'entaille que je m'étais faite contre le mur du cimetière. La blessure m'élançait et le froid était apaisant. Je regardai au-dehors.

Les bois paraissaient incroyablement normaux dans la lumière du matin, sans rappeler en rien le lieu où le shérif avait suivi la piste sanglante de Josephine avant de perdre sa trace. La police avait fouillé le domicile de Miss Tripp, où elle avait retrouvé plusieurs fausses pièces d'identité, et pas du genre de celles qu'on utilise à seize ans pour entrer en boîte, mais des actes de naissance et des permis de conduire avec sa photo, sous plusieurs noms différents. La police avait donc lancé contre elle un avis de recherche. Le shérif préférait ne pas envisager son retour, mais il avait néanmoins promis à mon père que des agents patrouilleraient autour de notre maison et de celle de Silla. Mais tout ça, c'était des foutaises : la seule chose à laquelle on voulait croire, c'était sa disparition.

Je regardai le cimetière qui s'étendait au-delà de la forêt.

Gram Judy et moi-même n'avions eu aucune difficulté à persuader tout le monde que Miss Tripp, obsédée par toutes les vieilles histoires qui couraient sur le cimetière, avait pété les plombs. Si les gens nous soupçonnaient d'avoir pratiqué la magie, ils ne m'en dirent rien. Peut-être parce que tout le monde connaissait les rumeurs qui circulaient, mais personne ne voulait qu'on ouvre une enquête en bonne et due forme sur une mort bien réelle, qui entraînerait des spéculations sur la nature de cette affaire. Les gens du coin préféraient penser que Tripp était à l'origine de toute cette histoire. J'avais remarqué qu'ils tenaient par-dessus tout à ce que les événements se passent comme ils le voulaient. Ils évitaient donc de poser des questions qui auraient risqué de démolir notre fragile échafaudage de mensonges.

Sauf papa et Lilith. Je sentais bien qu'ils s'interrogeaient. En ce moment même, ils travaillaient ensemble au rez-de-chaussée. Ils avaient été remarquablement discrets toute la matinée et m'avaient laissé tranquille pendant pratiquement tout ce temps. Papa n'était pas parti comme d'habitude pour quatre jours à Chicago, mais il n'avait pas pour autant essayé de me faire parler en jouant sur le registre des relations père-fils. Il ne m'avait pas non plus fait de sermon sur l'air de « Je t'avais bien prévenu ». J'avais l'impression qu'il me disait implicitement : « Si tu as besoin de moi, je suis là. » Je n'avais pas encore réussi à lui laisser entendre que je comprenais et appréciais son geste, même si je n'avais aucune envie de parler avec lui.

Et Lilith se conduisait humainement. Le petit déjeuner avait été pénible, mais pas pour les raisons habituelles. Papa et Lilith avaient bavardé sans arrêt en me passant des toasts et des pommes de terre sautées, mais sans essayer de me faire participer à la conversation. Je n'avais fait que mastiquer quelques pommes de terre en luttant contre la nausée et en me sentant coupable de me taire. Soudain, Lilith avait heurté papa du coude alors qu'il allait se resservir en œufs brouillés, et son verre de jus de pamplemousse s'était renversé sur la nappe. La couleur avait beau être très différente, j'avais reculé en faisant tomber ma chaise. Le visage enfoui dans mes mains, j'avais longuement et laborieusement respiré pour retrouver mon calme.

Je ne voyais plus que du sang autour de moi.

C'était Lilith qui avait rompu le silence.

— Jer, emmène-le à la cuisine et donne-lui de l'eau fraîche, avait-elle dit. Je vais nettoyer tout ça.

Je ne voulais pas de ses attentions, mais je les acceptai quand même.

L'air froid qui arrivait par la fenêtre me rafraîchissait les idées, et je posai à Silla la plus stupide des questions :

— Comment ça va ?

— Ça va.

Sur la chaîne stéréo derrière moi, Wheezer chantait sa complainte sur la fille qui est irrésistible parce qu'elle n'existe que dans nos rêves.

Elle expira longuement.

— Il faut que je te voie, dit-elle.

— Bien sûr, répondis-je aussitôt.

J'avais envie de l'embrasser, de me rappeler qu'elle était vivante, et de le lui rappeler à elle aussi.

— Rendez-vous devant le glacier, reprit-elle.

— Le… glacier ?

— Oui, s'il te plaît.

Nous raccrochâmes, je pris un sweat-shirt et m'éclipsai.

Silla

Gram Judy m'avait envoyée acheter des serviettes en papier.

C'était parfaitement idiot, mais elle avait affirmé que j'avais besoin de m'occuper. Comme l'enterrement était pour demain et que nous organisions une veillée chez nous, il nous fallait des serviettes en papier.

Je me rendis en ville avec le pick-up de Reese, qui sentait le pétrole, le foin et la sueur. Quand je démarrai, Bruce Springsteen se mit à chanter à pleins poumons dans le lecteur de CD. Je détestais ce rock enlevé et ces longs solos de guitare, mais je n'eus pas le courage d'éteindre.

Mes mains se crispèrent sur le volant et je songeai à celles de Reese. Et au jour de son seizième anniversaire, quand il avait enfin acheté ce pick-up. Il voulait sortir avec des amis, mais maman l'avait obligé à rester à la maison. C'était une soirée en semaine, et elle lui avait dit qu'il pourrait sortir vendredi. Je l'avais aidée à préparer du poulet frit. Reese s'était conduit comme un vrai salaud en déclarant que puisqu'il devait rester à la maison, il ne sortirait plus de sa chambre. Il se vengeait sur nous de ne pas pouvoir sortir, et maman faisait de son mieux pour ne pas pleurer. Papa était rentré, et quand il avait appris que Reese s'était enfermé dans sa chambre, il nous avait dit de mettre la table, puis il était monté à l'étage. Je ne sais pas ce qu'il avait dit à Reese, mais ils étaient redescendus un quart d'heure plus tard et Reese avait demandé pardon à maman. Après le dîner, il avait ouvert ses cadeaux. Je lui avais offert un jeu dont il avait très envie pour sa console vidéo, maman un sweater et un crédit de trois cents dollars pour son camion. Cela faisait un an qu'il économisait pour l'acheter, et il était fou de joie. Papa lui avait annoncé que le camion l'attendait chez Mr Johnston, avec des pneus neufs, qui étaient son cadeau à lui. Il lui avait également offert le bracelet à œil-de-tigre. Ensuite, nous avions mangé de la glace et des gâteaux au caramel au beurre, les préférés de Reese.

Peut-être qu'à l'épicerie, j'achèterais une boîte de gâteaux en plus des serviettes.

Lorsque je me fus garée sur le parking de l'épicerie Mercer, je dus frotter mes joues poisseuses. J'avais l'impression de me noyer, comme si les souvenirs et les pensées étaient un torrent qui me submergeait et m'entraînait, me laissant impuissante, à peine capable de respirer, et bouleversée.

Je descendis du pick-up et sortis sous le soleil aveuglant. Cinq autres voitures étaient garées sur le parking, et je les reconnus toutes. Je priais pour que les gens me laissent tranquille. Peut-être que ça m'aiderait d'avoir l'air effondrée. La main crispée sur mon sac, j'essayai de marcher comme si tout allait bien, les yeux rivés sur l'asphalte devant moi.

Mr Emory m'ouvrit la porte de l'épicerie.

— Salut, Silla, ça va ? demanda-t-il.

Des rides dissimulaient les commissures de ses lèvres. Je hochai la tête tout en le regardant brièvement dans les yeux.

Dans la lumière du soleil, leur brun habituel me parut soudain noir et froid. Je reculai brusquement et heurtai du dos le battant de la porte.

— Silla ? demanda-t-il, intrigué.

Il inclina la tête de côté et la lumière inonda ses yeux, qui reprirent leur aspect normal.

— Pardon, Mr Emory, dis-je en secouant la tête. Je vais bien, merci, ajoutai-je dans un murmure.

Les lèvres serrées, visiblement agacé, il acquiesça, puis s'écarta. Je m'avançai lentement pour affronter l'intérieur de l'épicerie.

Josephine pouvait se trouver n'importe où.

Adossée à la vitrine, je fouillai les allées du regard. Deux caissières en blouse bleue attendaient : Beth et Erica Ellis, des sœurs qui avaient travaillé pendant plusieurs années à l'emballage avant de recevoir cette promotion l'an dernier. Mrs Anthony et son fils Pete longeaient le rayon de fruits en conserve. Pete, assis à l'avant du caddie, balançait ses jambes potelées. Mrs Morris était en train de choisir entre des Cheerios et des Frosted Flakes. Mr Mercer, le propriétaire du magasin, campé devant le minuscule étal de boucherie, parlait à Jim, le boucher.

Chacun d'eux, n'importe lequel était suspect à mes yeux. J'ignorais où les oiseaux de Josephine étaient partis. Peut-être attendait-elle seulement que je baisse ma garde. Le battement de mon cœur grondait dans mes oreilles tandis que je me dirigeais d'un pas égal vers le rayon des serviettes en papier. Tout le monde me regardait, ou plutôt m'observait. Exactement comme les corbeaux. Cela me rappela cette horrible journée au lycée, le lendemain de la possession de Wendy. Je voyais des ennemis partout. Et maintenant, je savais que les ruses d'écoliers telles que les runes tracées sur le cœur ne servaient à rien.

Même le petit Pete cessa de balancer les jambes quand je passai devant lui.

Je saisis un paquet de serviettes en papier bon marché et dus faire un gros effort pour ne pas m'enfuir vers la caisse.

Erica Ellis m'adressa un sourire de sympathie.

— Tu as trouvé ce que tu cherchais ? demanda-t-elle comme à son habitude.

J'éclatai d'un rire que je jugeai moi-même hystérique.

Elle regarda sa sœur, les sourcils levés. Non, ce que je cherchais n'était sûrement pas dans une fichue épicerie.

Quand elle prit mon billet de cinq dollars, ce fut avec une méfiance toute nouvelle, comme si je risquais de la contaminer. Elle regarda les écorchures de mes mains en fronçant les sourcils. J'aurais voulu tirer sur le col de mon sweat-shirt pour lui montrer la longue cicatrice rose et irrégulière qui barrait ma clavicule.

Mais derrière elle, je saisis le regard hostile de Beth. Elles pouvaient très bien être des ennemies – être Josephine.

Sans ajouter un mot, je ramassai ma monnaie, mes serviettes et sortis.

Nicholas

Le glacier de Yaleylah était dans un petit bâtiment en béton voisin de l'épicerie où j'avais pris mon café avec Eric, avec des baies vitrées sales en façade et une énorme enseigne blanc et rouge. Je pouvais voir à dix mètres le plastique écaillé des compartiments à glace et l'air fatigué du gars affaissé derrière le comptoir.

Heureusement, je n'eus pas besoin d'entrer. J'entendis un coup de klaxon. Alors que je me retournais, Silla ouvrit la portière du pick-up de Reese, descendit et contourna l'arrière du véhicule pour aller prendre quelque chose.

Je m'appuyai du coude au bord du pick-up. Elle tenait la boîte laquée de maman dans ses mains. Elle me la tendit.

— Je n'en veux plus chez moi, déclara-t-elle.

Mon cœur se serra.

— Bon, très bien, répondis-je.

Dire que j'avais hâte de lui raconter comment j'avais soigné mes yeux, en pensant que cela pourrait la distraire et lui rendre un peu de son enthousiasme pour la magie…

Elle déposa la boîte entre mes mains, puis recula, les bras croisés sur son ventre. Avant qu'elle ne se détourne, je vis des larmes sur ses joues. Ses cheveux pendaient le long de son visage. J'oubliai la douleur aiguë que j'éprouvais à me sentir rejeté et ne désirai plus qu'apaiser sa souffrance.

— Silla, attends…

Je posai précipitamment la boîte et tendis les mains vers elle. Elle ne se retourna pas, mais quand je la pris par les épaules, elle ne résista pas et se laissa aller contre moi. Je posai la joue sur ses cheveux. Ses mains se levèrent lentement, se croisèrent sur sa poitrine et ses doigts se refermèrent étroitement sur les miens. Chacun de nous pouvait toujours compter sur l'autre. Rien n'avait changé entre nous. Je voulais désespérément y croire. Elle ne me rejetait pas, même si, pour ma part, j'avais accepté la magie dans ma vie. Ce n'était chez Silla qu'une réaction violente au chagrin. Je ne pouvais imaginer qu'il en fût autrement.

— Je la vois partout, Nicholas, reprit-elle.

— Tu parles de Josephine ?

Comme je ne voulais pas prononcer son nom, c'était plus facile de le chuchoter.

— Oui. Je n'arrive pas à croire qu'elle est vraiment partie.

— Moi non plus.

— Dès que je vois quelqu'un, je me dis : c'est elle. Tout à l'heure, j'étais incapable d'entrer chez le glacier parce que Mr Denley me regardait. J'étais comme pétrifiée sur place. Je m'attendais à le voir prendre un couteau pour se jeter sur moi. Et à l'épicerie, j'ai même eu peur d'un gosse de trois ans.

Je la serrai contre moi en me sentant coupable, car cette idée ne m'avait même pas effleuré. Tandis que je pensais à moi-même et à la magie, en priant pour que tout le monde croie à notre version des événements, et au premier cadavre que j'avais vu de près, ma petite amie s'effondrait. J'étais un vrai connard. Il fallait que je me rachète.

— Nous trouverons bien une solution, affirmai-je.

Les talismans de protection. Nous les fabriquerions. Nous les fabriquerions tout seuls.

— Et puis je n'arrête pas de pleurer, dit-elle.

Je la serrai contre moi de toutes mes forces pour lui faire comprendre que je resterais toujours auprès d'elle.

Après un long moment, pendant lequel des voitures nous dépassaient en roulant lentement et le vent balayait la chaude lumière du soleil de mon visage, elle parla de nouveau.

— Comment se fait-il qu'elle soit encore en vie alors que Reese est mort ?

Je ne sus que répondre.

— Je suis vraiment désolé, chuchotai-je.

— Tu as brisé mes masques, Nick.

— Quoi ?

— Mes masques. Tu les as détruits.

Elle avait parlé sans colère, mais je m'écartai d'elle.

— Si tu n'avais pas su voir à travers, je n'aurais jamais pensé un instant que je n'avais... que je n'avais pas besoin d'eux. Mais tu es arrivé, tu m'as regardée et tu as vu ce que j'étais et ce dont j'étais capable... tu connaissais la magie, tu connaissais tous les secrets.

Sa poitrine se soulevait et sa voix était dure.

Je la lâchai, blessé. Elle me tournait toujours le dos.

— Personne ne nous a jamais prévenus. Ces stupides et horribles secrets... La magie ! La magie du sang. Papa le savait, mais il ne nous a jamais rien dit. C'est sa faute s'il est mort et si maman est morte. Reese avait raison. Peu importe qui a appuyé sur la gâchette. (Elle se tourna vers moi.) Maintenant, je sais ce qu'il ressentait... Reese, je veux dire. (Elle serra les poings et les brandit entre nous.) Regarde ! Je voudrais frapper, détruire quelque chose, n'importe quoi, tellement je suis furieuse, Nick. Reese avait raison. Maintenant, il a disparu et je suis seule.

Je me crispai en entendant ces mots. Je croyais qu'elle m'avait, moi, mais comment le lui dire ? Ses parents et son frère étaient morts.

— Je suis désolée, Nick. (Ses yeux se fermèrent.) J'ai seulement besoin... Je ne sais pas de quoi j'ai besoin. Emporte cette boîte, je t'en prie.

Peut-être n'aurais-je pas dû l'écouter. Peut-être aurais-je dû riposter. Je me sentais furieux de m'être mis tout seul à la magie, d'en avoir fait bon usage sans me laisser détruire par les choix stupides de ma mère, pour finalement découvrir que Silla s'en détournait. Visiblement, elle ne me considérait pas comme quelqu'un dont elle avait besoin et qui avait besoin d'elle. J'ignorais ce que cela signifiait pour notre relation.

Je pris donc la boîte de maman et m'éloignai.

Je l'entendis ouvrir la portière grinçante du pick-up, j'entendis ses pleurs, mais je me contentai de serrer la boîte plus fort, jusqu'à ce que ma main esquintée recommence à me faire mal, comme un rappel que la magie faisait partie intégrante de moi.

CHAPITRE 49

Elle empoisonnait mon existence… elle, Josephine, la sorcière que j'avais créée.

J'ai demandé de l'aide au Diacre, qui m'a envoyé ici, dans le Missouri, où il vivait depuis longtemps déjà. C'est depuis ce temps-là qu'un peu de son sang coule dans les veines de cette famille. Il ne pouvait évidemment se douter de ce que je ferais à son arrière-petit-fils Robert Kennicot.

J'ai emporté le journal intime de Josephine, dont j'avais abandonné sur place quelques pages déchirées comme preuve de sa destruction dans l'incendie, en même temps que tous les souvenirs de mon existence antérieure, avant que je ne vole ce livre.

Pauvre Robert… Sa mère l'appelait Robbie, et sa petite amie Donna aussi. Après la fuite de Donna, personne ne l'appela ? ou plutôt, ne m'appela ? plus jamais ainsi.

Elle savait que je n'étais pas Robbie, je l'avais lu sur son visage il y a bien longtemps. Un matin, en me saisissant la main, elle l'avait égratignée. Un peu de sang avait coulé sur nos doigts, nous liant soudain, et c'est ainsi que Donna avait deviné la vérité sur mon compte. J'aurais dû lui résister, mais j'en étais incapable. Elle avait un visage si franc, même dans la peur, et en cet instant, j'aurais tant aimé être celui qu'elle voulait que je fusse… mais je ne l'étais pas. Et, malgré mon corps, je n'avais pas dix-sept ans. Il y avait longtemps, bien trop longtemps, que je n'étais plus un adolescent.

Le sang n'avait pas révélé à Donna ce qu'elle espérait. Son pouvoir était moins complexe et moins subtil que le mien. Elle secoua la tête et ses yeux se remplirent de larmes. « Il est mort, n'est-ce pas ? » chuchota-t-elle. J'acquiesçai, puis je la regardai traverser le cimetière en courant, vers sa maison.

Je ne sais toujours pas jusqu'à quel point je lui ai menti. Je l'ai tué, cela ne fait aucun doute, mais quand au juste ? Pas le jour où je me suis emparé de son corps. Non, pendant plusieurs semaines, j'ai senti la douce pression de sa volonté contre la mienne quand je m'endormais. Je ne me souviens plus du moment où elle a diminué, ni du jour ou de l'heure auxquels l'esprit de Robert Kennicot s'est définitivement évanoui.

Belle digression, n'est-ce pas, Reese ? Mais médiocre monologue, qu'en dis-tu, Silla ?

Cependant, si je ne confie pas mes secrets au papier, comment passerai-je le temps qui me reste jusqu'à ce qu'elle vienne me chercher ?

CHAPITRE 50

Silla

Gram Judy nous emmena au cimetière dans sa petite Volkswagen. Là-bas, je passai mon temps à refouler mon envie de vomir et à regarder cette belle matinée ensoleillée filer comme l'éclair. Elle était tout sauf funèbre. Il y avait bien trop de couleurs autour de nous : celles des feuilles d'automne, du ciel bleu, du soleil éclatant. Le tout donnait une impression d'audace et d'assurance, le contraire de ce que je ressentais. Reese aurait sûrement fait une remarque mordante, mais moi, rien d'approprié ne me venait à l'esprit.

Mon estomac se souleva et je regrettai de ne pas avoir apporté le flacon de Pepto-Bismol dont le niveau baissait rapidement parce que je m'en gorgeais depuis vingt-quatre heures. Et c'était pire quand je me sentais en même temps affamée et nauséeuse. Un estomac qui gargouillait de faim et de nausée était probablement un supplice inventé pour un enfer particulièrement raffiné.

— Silla, ma chérie, comment vas-tu ? demanda Gram Judy pendant un arrêt à un feu rouge. Nous nous en sortirons, ajouta-t-elle comme je ne répondais pas.

On pouvait compléter cette phrase par un : *Comme nous l'avons déjà fait.*

Je la regardai. Elle était élégamment habillée, comme je l'avais toujours vue depuis notre première rencontre en juillet, elle portait un tailleur en soie sauvage et d'énormes boucles d'oreilles en perles. Ses cheveux relevés en chignon étaient maintenus par des épingles ornées de pierreries. C'était elle qui avait eu l'idée d'ajouter la parure d'un collier de perles à ma robe d'été rose, et un cardigan gris parce qu'il faisait trop froid pour ne porter qu'une robe. Elle avait même sorti une paire de ciseaux pour rectifier les défauts les plus criants de ma coiffure, et parachevé celle-ci avec des barrettes joliment disposées. J'avais l'allure d'une petite fille habillée pour Pâques plutôt que pour l'enterrement de son frère.

À notre arrivée à l'église, je me déchargeai lâchement sur elle de mes devoirs mondains.

Je n'étais venue ici que pour une raison.

Je laissai Gram sur le devant de l'église, où elle accueillait les invités, et m'approchai de la table de communion, à côté de laquelle était disposé le cercueil. Son bois était d'un jaune luisant. Je touchai du bout du doigt le vernis bien lisse. Ma main paraissait pâle sur ce fond plus sombre. Je détournai les yeux du cercueil ouvert.

Je ne voulais pas le voir, même si j'avais accepté qu'on expose le corps à l'église. Tout Yaleylah se rassembla derrière moi en traînant les pieds et en murmurant. On entendait des reniflements et le claquement sonore de talons hauts sur le sol. À ma droite, Mrs Artley jouait un air de piano en sourdine.

C'était le moment idéal.

Je fermai les yeux et plongeai la main dans mon sac pour y prendre le livre de sorts. Il était stupéfiant qu'un objet aussi petit et aussi désuet ait pu causer tant de souffrances. Je le pressai contre mon estomac. Des souvenirs de ce livre me revinrent en foule. Le jour où je l'avais déballé sur la table de la cuisine, puis tendu à Reese, les fois où je l'avais tenu ouvert sur mes genoux et où j'avais écouté sa voix grave énumérer les ingrédients.

Mon cœur se souleva. Jamais plus je ne rirais avec lui en mangeant des sandwichs grillés au fromage et à la tomate, jamais plus je ne l'engueulerais parce qu'il laissait traîner ses shorts de jogging sales sur le sol de la salle de bains, ne l'accuserais de trop boire, ne me moquerais de son mauvais goût en matière de filles, ni ne l'inciterais à décrocher un diplôme d'ingénieur plutôt que de devenir fermier… Dieu du ciel, Reese, qui était intelligent et veillait sur moi, et…

Je ne pouvais plus respirer. L'intérieur de ma poitrine se contractait. Je me penchai sur le cercueil. J'aurais voulu le frapper à coups de poing, le briser en mille morceaux et les lancer autour de moi.

Je le regardai enfin. Ce n'était pas lui, pas vraiment. Il était aussi méconnaissable que le reflet de mon propre visage dans le miroir ce matin. Un masque mortuaire en cire. Ses cheveux étaient peignés en arrière et l'épi sur lequel je le taquinais toujours avait disparu. Il avait l'air paisible, mais d'une paix artificielle. Pas celle du sommeil. Ce visage-là était vide.

Je posai le livre sur sa poitrine. « Je regrette tellement, Reese », chuchotai-je. Je n'aurais jamais dû l'inciter à essayer la magie. Je n'aurais jamais dû m'y livrer moi-même, ni croire qu'elle apporterait un semblant de beauté dans nos vies.

Elle n'avait amené que la mort. Et maintenant, j'allais l'enterrer avec mon frère.

Nicholas

Après l'enterrement, je déposai papa et Lilith à la maison avant de repartir à pied chez Silla. Je voulais éviter le chemin forestier et le cimetière.

La circulation était assez dense, si bien que je devais louvoyer entre les voitures. Alors que je m'approchais de la maison, un sentiment d'angoisse diffus se logea au creux de mon estomac. Perchés sur le toit, une douzaine de corbeaux observaient tout sans rien faire de particulier, ni jouer, ni piailler comme les corbeaux font d'habitude. Ils étaient simplement perchés là, au repos. De temps en temps, l'un d'eux battait des ailes.

Je pressai le pas. Silla devait être en train de perdre la boule. Ce soir, quand tout le monde serait parti, nous fabriquerions enfin ces foutus talismans de protection, pour empêcher l'autre salope de s'en prendre à quelqu'un d'autre.

Elle était à la cuisine, dans sa robe rose, et recevait selon les usages les invités qui lui apportaient des ragoûts et des salades. Un lourd bracelet en argent pesait à son poignet. Je ne le lui avais encore jamais vu auparavant, et je remarquai alors qu'elle ne portait aucune de ses bagues.

Je restai immobile dans l'encadrement de la porte, tandis qu'elle se laissait embrasser par des dames de l'église et serrait des mains d'hommes. Elle remuait à peine les lèvres quand elle parlait.

Wendy fit irruption dans la cuisine et la serra contre elle. Ses épaules étaient secouées de sanglots, mais Silla ne faisait que s'accrocher à son dos, les yeux secs. La pièce fut soudain envahie par les élèves du club de théâtre qui se pressaient pour s'approcher de Silla et lui dire combien ils étaient désolés.

De fait, le spectacle était franchement désolant.

J'allais fendre la foule pour voler au secours de Silla, mais elle se tira d'affaire toute seule. Elle eut un sourire contraint et dit quelque chose. Wendy la serra de nouveau dans ses bras, mais Silla s'écarta d'elle et se fraya un chemin vers la sortie.

— Silla, dis-je, la main tendue vers elle.

Elle passa devant moi sans même me regarder. Pendant un instant, je me sentis glacé à l'idée qu'elle voulait encore que je m'en aille, mais j'avais reconnu son regard, cette expression torturée et ces yeux qui regardaient sans vraiment voir.

Je fonçai dans l'escalier derrière elle.

Au deuxième étage, elle poussa une porte et entra dans une chambre violette. Je la suivis, puis m'arrêtai court. Les murs étaient couverts de masques qui nous dévisageaient de leur centaine d'yeux vides. Je me demandai comment elle pouvait dormir sous des visages aussi inquiétants. J'avais du mal à les regarder sans froncer les sourcils.

Silla se jeta sur le lit et pressa son visage contre l'oreiller.

Au-dessus de sa tête, les orbites vides d'un masque à damier vert et blanc me toisaient. Il portait un bonnet de bouffon.

— Sil, c'est plutôt morbide, dis-je.

Elle se retourna et s'assit, les yeux grands ouverts.

— Nick !

Je levai les mains en l'air.

— J'ai pensé que tu aurais peut-être besoin d'un punching-ball.

Coucou, c'est moi, le nouveau Nick Pardee version améliorée, disponible pour les filles et les fous en détresse. Je ne me serais jamais donné tout ce mal pour aucune des filles avec lesquelles je sortais à Chicago, mais je ne pouvais même pas imaginer de ne pas être auprès de Silla.

Elle serra les lèvres et baissa les yeux vers ses genoux.

— Nick, je n'en peux plus, fit-elle.

Je m'accroupis devant elle sans la toucher. J'en avais envie, mais je n'étais pas sûr qu'elle le veuille.

— Mais regarde-moi ! dit-elle en écartant les mains. Je suis une épave ! Je pleure sans arrêt et tout me fait horriblement mal. Je ne peux plus manger parce que j'ai tout le temps mal au cœur, mal au crâne, et c'est tout simplement atroce.

— Ton frère vient de mourir, mon bébé, dis-je sur le ton le plus léger que je pus prendre, et je touchai doucement son genou. Et tu as perdu tes parents tout récemment, tu es persécutée par une salope et une tordue, et ton toit est couvert de corbeaux. Comment voudrais-tu te sentir bien ?

Sa mâchoire se relâcha et elle me regarda fixement. Pour une fois, je n'avais aucune idée de ce qui lui traversait l'esprit. J'espérais qu'elle n'allait pas exploser ou m'ordonner de sortir. Je déglutis péniblement et me forçai à garder la main sur son genou.

Soudain, elle bascula en avant, puis tomba dans mes bras. Elle passa les siens autour de mon cou et appuya la joue contre la mienne. Je fermai les yeux. Tout son corps se lova contre moi tandis que je m'agenouillais sur la moquette. Mes bras l'enserraient facilement et ses seins se pressaient contre moi à travers le tissu mince de sa robe. J'entendis le sang gronder dans mes oreilles et je la serrai plus fort en humant l'odeur de son shampooing et son parfum subtil. Ses joues étaient poisseuses de larmes, mais ça ne me gênait pas. C'était justement pour ça que j'étais venu. Parce que nous avions besoin l'un de l'autre.

Une brise agita les rideaux violets, apportant l'écho lointain de conversations et le crissement du gravier dans l'allée. Sur les murs de la chambre, les expressions des masques allaient du joyeux sourire au regard démoniaque.

— Qu'est-ce que c'est que ce cirque ? murmurai-je. Ces masques, je veux dire.

— Ce sont des masques de théâtre et des masques vénitiens, répondit-elle sans remuer.

— J'ai l'impression qu'ils m'observent.

— Oui, fit-elle doucement. (Elle passa la main juste au-dessous de mes cheveux et me chatouilla la nuque.) Comme des gardiens.

— Ils sont plutôt inquiétants, dis-je en lui massant le dos.

Je la sentis sourire contre mon oreille.

— Oui, répondit-elle. Et ça me plaît bien.

J'eus un petit rire. C'était bien d'elle.

— Tu as mangé aujourd'hui ? demandai-je.

— Non.

— Tu devrais.

— Je ne me sens pas encore prête à redescendre.

— D'accord, je vais t'apporter quelque chose.

— Tu peux dire à Judy où je suis ?

— Bien sûr.

Alors que je m'éloignais, elle me saisit par les épaules.

— Je suis désolée pour ce que j'ai dit hier soir, dit-elle.

Je ne pus dissimuler un sourire.

— Ne t'en fais pas, déclarai-je.

— Je suis vraiment heureuse que tu sois là.

— Moi aussi.

Elle s'accroupit sur les talons. Elle avait l'air minuscule et désemparée au bas du lit, avec ses pieds ramenés sous sa robe rose et ses mains inertes sur ses genoux.

— Je reviens tout de suite, promis-je en me relevant.

Pour un type venu à un enterrement, j'avais drôlement le moral.

CHAPITRE 51

Pendant des années, j'ai réussi à me convaincre que je n'avais jamais été Philip et toujours Robert Kennicot. Je suis allé à l'université, j'ai rencontré Emily et je suis tombé amoureux d'elle sans difficulté. Votre mère faisait des études de biologie et me taquinait toujours sur mon latin, comme si j'étais une antiquité.

Et maintenant, je vais mourir. Pour elle et pour vous.

À ta naissance, Reese, je n'avais encore jamais été aussi imprégné de magie, jamais comme en cet instant où tu reposais entre Emily et moi, quand toutes nos mains se touchaient et que je reconnaissais mon nez dans le tien. Tu regardais tout, tu observais tout, sans essayer de toucher ni de prendre quoi que ce soit dans ta bouche. Tu ne faisais qu'observer. Cela m'a toujours stupéfié, cette profondeur de pensée que je voyais dans tes yeux alors que tu n'avais que quelques mois. Emily disait que tu étais aussi têtu que moi, et aussi méditatif. Reese, mon fils, je t'implore de ne pas t'engager dans la même voie que moi. Si tu trouves ces confessions après ma mort, laisse-les et suis ta propre voie. Deviens un grand scientifique, ou un fermier, travaille la terre comme tes mains t'ont toujours enjoint de le faire. Oublie les erreurs de ton père.

CHAPITRE 52

Silla

Quand il ne resta plus que les copines de loto de Judy, Nick et moi sortîmes. Le soleil se couchait. Nous suivîmes notre chemin habituel à travers la haie de forsythias, laissant les corbeaux derrière nous. Les branches tortueuses s'accrochaient à mes cheveux, et je montrai à Nick comment se pencher et se faufiler pour éviter d'être happé par elles. De l'autre côté de la haie, le cimetière était aussi paisible que d'habitude sous sa végétation envahissante. Seule la présence d'une pelleteuse garée entre les rangées de tombes détonnait.

La tombe de Reese, située juste derrière celle de nos parents, était couverte de mottes de terre et n'avait pas encore de dalle funéraire. En faire ériger une demanderait du temps, et je n'avais pas encore choisi d'épitaphe. Judy m'en avait bien proposé plusieurs, mais j'étais incapable de me concentrer sur le sens des mots.

— Pourquoi l'ont-ils laissée ici ? demanda Nick en désignant la pelleteuse. Ils sont si pressés de s'y remettre demain ?

Je secouai la tête.

— Ils ont dû l'emprunter à Mr Meroon. Je suppose que celle de la paroisse est à l'autre cimetière.

— Tu veux dire que Meroon utilise le même engin pour cultiver la terre et pour enterrer les morts ? Eh bien, on peut dire que la boucle est bouclée. (Il tira sa flasque à whisky de sa poche et la brandit au-dessus de la tombe toute fraîche.) Je l'ai profanée avec de la bière. À Reese ?

— À Reese.

Il vida la flasque sur la tombe et le liquide jaune foncé se déversa sur l'herbe en un jet que la lumière du couchant mua en une coulée d'or.

Les corbeaux se cachaient dans le cimetière. Ils étaient tapis dans l'ombre, certains, ramassés sur eux-mêmes, n'étaient plus que des boules de plumes hirsutes, d'autres se tenaient très droits et le cou tendu. Ils étaient une poignée, une douzaine peut-être. Ils ne s'avançaient pas vers nous, ne s'interpellaient pas. Ils ne faisaient que nous observer dans un silence surnaturel.

Je m'adossai à la pierre tombale de mes parents, dessinai des runes dans la terre, puis les effaçai. Un corbeau se posa à cinq mètres de moi environ. Nick ramassa une pierre, la lança, et elle atterrit à côté des pattes de l'oiseau qui recula en battant des ailes et en croassant furieusement.

— Merci, dis-je. (Je lâchai mon bâton et posai les mains sur mes genoux.) Tu ne te demandes jamais s'il n'est pas révélateur que nous nous retrouvions toujours au cimetière ?

— Ça signifie peut-être que nous sommes éternellement en repos ?

Je souris.

— Non, ce n'est pas vraiment ce que je pensais, répondis-je.

— Tu as raison. Avec toi, je ne me sens jamais en repos.

Son petit sourire s'effaça et fut remplacé par une expression attentive. Nous nous regardâmes un instant en silence, jusqu'à ce que je détourne les yeux. Je jouais avec le bracelet de Reese qui pendait à mon poignet. Mes bagues, passées à une chaîne en argent, étaient cachées sous mon oreiller. Le sang de Reese était incrusté dans la monture de l'émeraude et de l'iolite. Je ne pouvais plus les porter.

Nick se taisait et regardait fixement mon poignet, lui aussi. L'œil-de-tigre interceptait la lumière du soleil couchant. Soudain, un corbeau cria. Nick me jeta un coup d'œil tout en faisant sauter une pierre dans sa main.

J'acquiesçai, puis ramassai dans ma jupe des bouts de bois et des débris de dalles funéraires en marbre. Nous nous levâmes ensemble pour les lancer à la volée sur les oiseaux. Nous les lancions en silence, nos bras décrivant un mouvement de balancier, et pierres et brindilles criblaient le sol de leurs impacts légers ou se brisaient sur les pierres tombales.

Les corbeaux nous invectivèrent, puis, d'un seul mouvement, s'envolèrent vers la forêt.

Des nuages ourlés de mauve filèrent au-dessus de nous, laissant derrière eux un ciel de plus en plus sombre. Je me dirigeai vers la pierre tombale la plus proche de celle de mes parents et me mis à arracher le lichen vert qui couvrait l'un de ses angles. Je regrettais qu'il ne fût aussi facile de chasser le souvenir du sang de Reese coulant sur mes mains.

Nick surgit derrière moi.

— Je crois que le cimetière est au centre de toute cette histoire, dit-il.

— Quoi ? répondis-je, les sourcils froncés, puis je frissonnai.

À la nuit tombante, le cardigan que je portais sur ma robe d'été ne suffisait plus.

Il passa un bras autour de moi.

— Le cimetière, répéta-t-il. Il est lié à la magie. Les cadavres possèdent un certain pouvoir, non ? C'est pour cette raison que Josephine voulait récupérer les os de ton père. Pour la magie, quoi d'autre sinon ? Elle veut ses os, sûrement parce que le pouvoir de notre sang subsiste dans nos cadavres. Sinon, pourquoi ne pas piller la première tombe venue ?

— Oui, ça se tient.

— Et tu sais ce qu'on raconte : ce lieu est maudit depuis plusieurs générations. Ta famille et la mienne vivent et sont enterrées ici depuis tout ce temps.

Le silence se prolongea. Épais et gluant, il nous enveloppait comme une couverture. Soudain, un corbeau lança un appel, auquel un autre répondit de l'exact opposé du cimetière.

Je soupirai assez profondément pour expulser les dernières molécules d'air de mes poumons. Nick appuya son front contre le mien. Nous restâmes immobiles, front contre front, les mains de chacun posées sur celles de l'autre. Respirer son haleine était presque aussi bon que de l'embrasser.

— Nous trouverons bien une solution, dit Nick.

Je relevai le menton et l'embrassai. Mes doigts se refermèrent sur sa veste et je l'attirai à moi sans difficulté.

Nick ouvrit la bouche et je saisis sa tête entre mes mains. Il avait un goût merveilleux. Le même, exactement le même depuis que je le connaissais, et je savais comment l'embrasser, comment il remuait les lèvres.

Je m'écartai un peu pour me redresser et Nick m'empoigna les hanches pour me hisser sur le monument. Ses doigts tirèrent sur le tissu léger de ma jupe tandis que j'écartais les jambes afin qu'il puisse se rapprocher. Enlacée à lui, serrée contre lui, j'étais au chaud.

Pendant plusieurs minutes haletantes, nous nous embrassâmes. Je déboutonnai la chemise de Nick. Il sursauta au contact de mes mains froides, mais il recommença à m'embrasser avec un soupir et m'attira à lui. En sentant le frottement de son jean contre mes cuisses, je crispai les doigts sur son dos, car je le désirais plus encore, j'avais besoin de lui comme jamais je n'avais eu besoin de quelqu'un.

Sa bouche se détourna soudain de la mienne et il couvrit mon cou de baisers. La tête renversée, je tressaillis et me cramponnai à lui.

Il remonta les mains le long de mes hanches et le contact de ses paumes sur mes côtes me brûla à travers ma robe légère. Je voulais l'ôter, je voulais arracher tout ce qui nous séparait. Je tirai sur le col de mon cardigan, me démenai pour l'enlever, mais Nick s'arrêta et saisit mes mains.

— Silla, chuchota-t-il.

Je le dévisageai, mais il regardait plus bas, vers ma gorge. Il lâcha mes mains, puis, lentement, doucement, défit le premier bouton de mon cardigan, dont il rabattit le haut comme s'il ouvrait un cadeau. Son expression était si transparente que j'aurais pu lire dans ses pensées si je l'avais voulu. L'émerveillement, la crainte, l'affolement, la tendresse se mêlaient sur son visage. Il passa un doigt le long de la cicatrice qui barrait ma gorge juste au-dessus de la clavicule.

— Bon sang, Silla, dit-il d'une voix rauque.

— Ça va, chuchotai-je en portant la main à ses lèvres. Ça va.

Il baissa la tête et me serra contre lui.

Je passai les bras à son cou et me laissai aller contre lui. Nos respirations parfaitement synchrones s'apaisèrent en même temps.

— Nous devrions peut-être, euh... aller chercher le livre de sorts et le reste ? demanda Nick.

— Quoi ?

Je me dégageai.

Il se frotta le visage, puis passa la main dans ses cheveux, les laissant ébouriffés.

— Les talismans, mon bébé, répondit-il. Il faut les fabriquer. Ça fait deux jours déjà, et nous avons de la chance qu'elle ne soit pas revenue à la charge : apparemment, elle a besoin de récupérer, mais elle ne va pas disparaître comme ça.

— Nous ne pourrons pas les fabriquer.

— Pourquoi ?

— Nous n'avons plus le livre de sorts.

— Quoi ? (Il me saisit les mains.) Que s'est-il passé ?

— Je l'ai enterré avec Reese.

Il se renfrogna, l'air furieux, mais pas du tout désemparé.

— Silla, nous avons besoin de ce livre. Sinon, comment pourrons-nous en finir avec Josephine ?

— Nous n'y arriverons pas, Nick ! Elle est plus forte que nous et elle a déjà tué un tas de gens ! Nous ne pouvons pas la combattre. Alors j'ai enterré ce qu'elle veut tellement obtenir là où elle ne pourra pas le retrouver.

— Tu baisses les bras comme ça ? Et si elle s'en prend encore à toi ? Car elle va revenir à la charge, exactement pour les mêmes raisons que la dernière fois.

Je frissonnai, puis dégageai mes mains des siennes. Je tendis le bras, ramassai une pierre aux arêtes aiguës et entaillai ma paume.

— Silla ! cria Nick, et il m'arracha la pierre.

J'élevai ma main blessée.

— Je ne veux pas de ce pouvoir, dis-je. Regarde. Regarde comme il s'écoule de moi. À quoi bon s'il ne sème que la mort ?

— Ce n'est pas la magie qui en est responsable, mais la personne qui s'en sert.

— Tu n'en sais rien.

— Si. Le sang n'est rien d'autre que l'usage que nous en faisons.

— Ton grand-père le savait, lui : il disait que c'était mal, que ce que faisait ta mère était mal.

— Mais nous n'avons aucune idée de ce qu'elle faisait !

— Peut-être que c'est dans la nature de la magie. Peut-être Mr Harleigh savait-il qu'il est impossible d'en faire bon usage.

— Ton père s'en est toujours servi pour faire le bien !

Je secouai la tête.

— Mais le prix à payer est trop élevé, Nick. Mon frère et ma mère en sont morts… même un lapin ne mérite pas d'être sacrifié !

— La magie fait partie de toi, Silla.

— Je n'en veux pas.

— C'était ce que ma mère pensait aussi : résultat, elle a essayé de se suicider, puis de diluer le pouvoir avec des drogues.

— Elle avait peut-être raison.

Nick approcha son visage tout près du mien.

— Ne dis pas ça. Ne dis plus jamais une chose pareille.

L'air était brûlant entre nous, mais froid dans mon dos. Je descendis du monument et contournai Nick.

— Je dirai ce qui me semble vrai, répondis-je calmement.

Les lèvres serrées, Nick arracha le bandage de sa main gauche, posa la pierre sur ses points de suture et trancha. Le sang jaillit. Sifflant entre ses dents, il lâcha la pierre, et, avec sa main intacte, saisit ma main blessée. Puis, d'une secousse, il m'attira à lui et pressa nos mains saignantes l'une contre l'autre.

Le pouvoir crépita au fond de moi comme la foudre. Soudain, un long roulement semblable à celui du tonnerre en été déferla du centre de mon corps vers nos mains jointes. Tout mon sang s'animait. Mes yeux rencontrèrent ceux de Nick, qui étaient grands ouverts. Je distinguais même le reflet d'étincelles rouges dans ses pupilles.

— Voilà ce que nous sommes, Silla, dit-il. (Il se tut, puis secoua la tête.) Voilà ce que moi, je suis. Maintenant, je le sais. (Il dégagea sa main de la mienne et serra le poing pour faire goutter le sang sur la tombe de Reese.) Dis-moi quand tu auras décidé qui tu veux être.

Sur ces mots, il s'éloigna et disparut dans l'ombre du cimetière.

Ma paume me brûlait. Je la retournai pour examiner la mare de sang qui se formait au creux. Autour de moi, les corbeaux criaient.

Nicholas

L'air d'octobre piquait mes joues chaudes tandis que je rentrais chez moi à travers champs. Je marchai en retenant mon souffle pendant un certain temps, puis, au bord de la suffocation, dus inspirer une énorme goulée d'air.

Tout me paraissait limpide. Ma main me faisait atrocement mal, mais par chance, je pouvais encore remuer les doigts. Je pressai le pas en la serrant contre mon ventre pour étancher le sang, mais c'était presque sans importance.

J'allais monter au grenier, sortir la boîte de maman et refermer la blessure avec de l'eau bénite et une feuille de saule, comme elle faisait autrefois quand je m'étais écorché le genou.

Les bois m'enveloppèrent et je plongeai dans leur pénombre. Le sentier était invisible, mais je distinguais juste assez l'éclairage de ma maison pour m'orienter. J'avançais en repoussant des branches qui m'égratignaient. Je pensais à l'instant où Silla m'avait dit qu'elle ne voulait plus de la magie, et à l'envie que j'avais eue de la secouer. Je me rappelais nos baisers en me disant que je désirais bien plus que des baisers. Je pensais à la brûlure du pouvoir magique qui nous avait unis.

Une racine surgit et happa ma cheville. J'atterris avec un grognement sur les paumes, les poignets meurtris et mes genoux couverts de bleus. Je sentais une douleur fulgurante dans ma main blessée. Je restai immobile, endolori, la joue contre le sol froid. Des feuilles humides se collèrent à ma peau et j'inspirai un air frais qui sentait légèrement le moisi. Le vent qui frémissait dans les arbres faisait tomber d'autres feuilles, qui se posaient autour de moi aussi doucement et silencieusement que de la neige. Je sentis alors une odeur de boue, de bois mouillé et… de sang. Un sang ancien et décomposé.

Mes yeux s'ouvrirent brusquement et je me redressai en inspirant entre mes dents sous le coup de la douleur. Ma main serrée contre moi, je scrutai l'obscurité et les ombres renflées au pied de l'arbre le plus proche. Quelque chose était recroquevillé entre les racines : la carcasse d'un raton laveur aux boyaux éparpillés autour de lui. Mes yeux discernèrent peu à peu les détails, et je remarquai, le cœur soulevé, qu'il n'y avait pas de sang. Pourtant, je pouvais en sentir l'odeur. Le raton laveur avait été entièrement éviscéré et ses intestins rose, blanc et bleu pâle luisaient sous la lumière crue de la lune. Le sang avait disparu jusqu'à la dernière goutte. Je retombai assis, puis reculai précipitamment.

Des branches grincèrent au-dessus de moi et je me relevai d'un bond, puis pivotai sur moi-même.

La forêt tout entière se mit à gronder.

Glissant et trébuchant, je m'enfuis vers les lumières de ma maison.

CHAPITRE 53

Drusilla. Ta mère n'avait presque pas élevé d'objection à ce prénom. Nous t'avons déjà raconté cette histoire : j'avais affirmé à Emily que c'était le nom d'une impératrice romaine, mais elle avait découvert que c'était en réalité la sœur de Caligula, l'empereur fou et peut-être incestueux. Je n'avais pu lui révéler, pas plus qu'à toi jusqu'ici, que c'était également le prénom de ma mère, morte cent cinquante ans plus tôt dans la solitude et l'oubli, et enterrée dans une tombe toute simple portant uniquement ce nom.

À ta naissance, j'ai pleuré. Et je me souviens d'avoir pensé, pour la première fois en quinze ans, combien j'étais heureux de ce que j'avais fait. Je n'aurais rien voulu changer à tout ce qui avait abouti à cet instant où je t'ai tenue dans mes bras. Je ne regrettais et je ne regrette toujours rien.

Emily a insisté pour que nous t'appelions Silla. Ma charmante et douce Silla, cette histoire que je consigne sur le papier captivera sûrement ton imagination, et tu serais capable d'aller où celle-ci te mènera, sans redouter ni Dieu ni le diable. Je t'implore comme j'ai imploré ton frère : reste toi-même, et rien d'autre. Oublie toutes ces absurdités sanglantes après la disparition de Josephine, et, si tu le peux, pardonne-moi.

CHAPITRE 54

Silla

Les corbeaux me poursuivaient jusque dans mes rêves, et je ne cessais de me réveiller pour chasser des ailes noires qui se révélaient être mes draps. Transpirante, pantelante, je pressais mon visage contre le T-shirt chiffonné de Reese et respirais son odeur de foin et de pétrole.

Je savais que c'était malsain et incongru, mais au beau milieu de la nuit, ça m'était bien égal. J'essayais de me persuader que cette odeur ne faiblirait jamais, qu'il dormait toujours dans la chambre voisine et que je ne déraillais pas complètement.

Je pris mon téléphone portable, dont la lumière, d'un bleu irréel dans l'obscurité de ma chambre, se reflétait sur les méplats en céramique et en verre de mes masques. Leurs orbites noires et vides me rappelaient Nick, sa répulsion pour eux et la manière dont il avait crié en me repoussant : *Dis-moi quand tu auras décidé qui tu veux être.*

Je parcourus mon carnet d'adresses, passai son nom et m'arrêtai sur celui de Wendy. Je ne m'étais jamais excusée pour mon départ précipité de la répétition, le jour de la mort de Reese. Je tapai : « Désolée, j'ai pété les plombs. Tu me manques. Merci d'être là. » Je pressai le bouton vert. Message envoyé. À deux heures et demie du matin.

Je me rallongeai et contemplai le plafond. « Tu sais ce que signifie cette histoire de sang et de magie, Silla ? avait demandé Gram Judy. Ça signifie que tu es forte. »

Je ne me sentais pas forte, mais seule et terrifiée. Et impuissante. Papa m'avait abandonnée en gardant ses secrets et en emmenant maman. Reese avait été incapable de s'opposer à Josephine. Et s'il n'avait pas réussi, comment le pouvais-je ? Je ne voulais pas me battre, mais seulement oublier tout cela. Je voulais retrouver ma vie d'avant, du temps où mon plus grand tourment était de voir ma meilleure amie sortir avec mon ancien petit ami et d'apprendre que je n'avais pas obtenu le premier rôle dans une pièce. Mais, bien entendu, dans mon ancienne vie, j'aurais joué Lady Macbeth.

Aurais-tu donc peur / D'être en actes et en valeur / À la hauteur de tes désirs ?

Avais-je peur de commencer une nouvelle vie ? Peur de ce qu'elle pouvait me réserver ? Comment pouvait-on choisir d'accomplir des actes aussi sanglants que ceux qui s'étaient déroulés ?

Nick l'avait fait. Mon père aussi. Il en avait même fait un sujet d'étude sa vie durant, et, à ma connaissance, il avait vécu en paix jusqu'au jour de sa mort. Et le Diacre. Le Diacre, qui m'avait envoyé le livre de sorts – lui aussi avait choisi cette vie.

Qui était cet homme ? Où était-il ? Pouvait-il m'aider à combattre Josephine ? Il avait écrit dans sa lettre qu'il était en correspondance avec papa, et mon père lui avait confié qu'il était fier de moi et de ma force.

Je devais à mes parents de survivre. Et de me battre. Je le devais à Nick et à Judy. Quant à Josephine, elle ne méritait pas tant d'égards.

Mais que devais-je à moi-même ?

Dis-moi quand tu auras décidé qui tu veux être.

Je devais faire un choix.

Dès l'aube, j'étais levée. Je récurai la salle de bains jusqu'à en avoir mal aux épaules et la tête tournée par l'odeur de l'eau de Javel. Malgré un pansement et d'épais gants en caoutchouc, la blessure de ma paume m'élançait. Quand la salle de bains étincela de propreté, je préparai un ragoût avec les restes de légumes de la veillée funèbre. Puis je nettoyai le four à micro-ondes et vidai le réfrigérateur, tâches que Gram Judy jugeait trop accessoires pour notre jour de nettoyage, mais dans mes dispositions du moment, rien ne me paraissait insignifiant.

Judy sortit à dix heures : elle devait retrouver Mrs Margaret pour une séance de yoga, suivie d'un goûter à base de beignets. Elle m'incita à l'accompagner, mais sans grande conviction. Je la serrai contre moi alors qu'elle ajustait son chapeau saumon et turquoise du dimanche sur ses tresses, et elle me tapota doucement le dos.

— N'écrabouille pas mon chapeau, ma chérie, dit-elle.

— Désolée, répondis-je.

Je la lâchai et elle me donna une petite tape sur la joue.

— Je ne rentrerai pas tard, fit-elle. Fais attention à toi et tout ira bien.

Alors qu'elle grimpait dans sa petite Volkswagen cabossée et s'éloignait, je regrettai de ne pouvoir être aussi optimiste qu'elle.

Un instant plus tard, après avoir enfilé l'un des T-shirts de Reese et passé mon collier de bagues pour me revigorer, je m'agrippai au montant de la porte du bureau en me demandant comment m'y prendre pour entrer en relation avec le Diacre.

Les yeux rivés sur le parquet, je ne pouvais me résoudre à entrer.

Ma respiration devint plus rapide. J'avais besoin de musique pour me détendre.

Dix minutes plus tard, le vieux lecteur de CD de Reese était branché et j'étais accroupie à côté de la porte pendant que la musique jouait en sourdine. Les doux accords de guitare me rappelaient le mouvement cyclique et régulier de roues de voiture.

En juillet dernier, nous avions fait venir de Cape Girardeau une entreprise de nettoyage pour laver les taches. Gram Judy avait tout réglé après que Reese avait refusé de la laisser contribuer aux frais d'enterrement. La maison avait senti les produits chimiques pendant plusieurs semaines. Cela ne me dérangeait pas, mais Reese pestait, affirmant que tout ce qu'il mangeait avait un goût d'eau oxygénée. Il avait menacé d'acheter un paquet d'encens ou d'arroser toute la maison de whisky. Je me souviens que j'imaginais la maison s'embrasant comme un bûcher. Judy avait commandé des brassées de fleurs dont elle avait rempli l'entrée, des roses, des œillets et des pivoines aux parfums entêtants ou écœurants pour neutraliser la puanteur chimique.

Maintenant, la maison sentait la poussière remuée et les vieux livres.

C'était une pièce morte, vidée par ce qui avait tué toute ma famille.

Alors que je me tenais au centre, son vide accablant pesait sur mes épaules. À part la musique langoureuse, la maison était silencieuse.

J'étais seule.

— Arrête, me dis-je, et ma voix résonna par-dessus la musique.

Je tendis ma main blessée et touchai doucement l'entaille de ma paume. Elle était rouge et palpitait douloureusement. Qui suis-je ? Silla Kennicot, une fille désemparée et à bout de forces qui se blesse délibérément, terrifiée par son sang, éternellement affligée et solitaire ? Ou Silla Kennicot la magicienne, une amie sûre, en pleine possession de son pouvoir ? Il paraissait facile de choisir entre les deux, mais le premier pas ressemblait à un saut par-dessus un abîme en feu.

CHAPITRE 55

Te souviens-tu du premier jour où tu as pratiqué la magie, Silla ? Reese s'était écorché le genou et saignait, mais tu étais si bouleversée que c'est toi qui pleurais. Tu avais cinq ans.

Tu as posé les mains sur son genou sans cesser de pleurer. Au bout d'un instant, Reese t'a repoussée en disant : « Arrête, Silla, arrête. » Et sa blessure était refermée. La magie était à tel point ton élément que ton immense besoin de soulager ton frère a suffi pour le guérir. Jamais je n'ai été aussi fier de toi qu'en ce jour.

Et je sais que maintenant, tu seras capable de faire le nécessaire si jamais j'échoue aujourd'hui.

CHAPITRE 56

Nicholas

Mon portable sonna à onze heures trente. J'étais réveillé depuis une heure à peine.

— Allô ? dis-je.

Je n'avais pas regardé le numéro d'appel et je faillis tomber assis quand Silla répondit.

— Nick ?

Je pensais qu'après ce qui s'était passé la veille au soir, elle ne voudrait pas me parler de sitôt. Je n'étais moi-même pas sûr de vouloir lui parler de sitôt, mais au son de sa voix, je me redressai et jetai un coup d'œil par la fenêtre vers le cimetière et sa maison. Il fallait absolument que je lui parle du raton laveur.

— Tu es toujours là ? demanda-t-elle.

— Oui, je suis là, répondis-je, et je m'éclaircis la gorge.

— Je suis dans le bureau de mon père et je cherche un moyen d'entrer en contact avec le Diacre.

— Le... tu veux dire le type qui t'a envoyé le livre de sorts ?

— Oui. Je pense que c'est la seule personne capable de nous aider maintenant que le livre est enterré, et alors que Josephine court toujours. Il connaissait papa, et il connaissait probablement Josephine aussi.

Elle paraissait aussi sûre de ce qu'elle disait et aussi calme que si elle parlait d'un plan de révision pour ses examens de fin d'année.

— C'est une bonne idée, dis-je en me renversant dans mon fauteuil, qui grinça sous mon poids.

J'aurais dû lui parler du raton laveur juste à cet instant, mais peut-être n'avait-elle pas encore surmonté sa phase autodestructrice de rejet de la magie. Si c'était le cas, je serais obligé de me débrouiller tout seul.

— J'espérais que tu pourrais m'aider, reprit-elle après un silence.

— Ah bon ?

— Oui, j'aurais besoin d'une seconde paire d'yeux : il se peut que je n'aie pas repéré quelque chose qui se voit comme le nez au milieu de la figure, simplement parce que je connais le bureau de mon père depuis toujours.

— Bien vu.

— Et puis... (Elle inspira profondément.)... j'aimerais te faire mes excuses de vive voix.

En entendant ces paroles, j'expirai aussi brusquement qu'un matelas gonflable qui fuit.

— D'accord, répondis-je.

— Très bien.

Son sourire était perceptible à l'autre bout du fil.

— À tout de suite, alors.

— Fais bien attention, Nick. Il y a une foule de corbeaux devant la maison.

Nous raccrochâmes.

Papa et Lilith étant allés voir une pièce d'avant-garde qu'on jouait en matinée à Saint Louis, ce qui représentait plus de deux heures de trajet en voiture, je n'avais pas besoin d'inventer une excuse pour sortir. Je partis aussitôt.

Le pick-up de Reese était encore dans l'allée ; je me garai à côté de lui. Trois corbeaux perchés sur le toit se disputaient un bout de ruban violet. Ils m'ignorèrent. J'entrai par la porte principale, qui était ouverte.

— Silla ? Tu es là ? lançai-je.

De la musique filtrait de l'arrière de la maison. Je suivis les accords de guitare pour retrouver Silla.

Comme la porte du bureau était entrebâillée, j'entrai sans frapper.

— Silla ? répétai-je.

Un lecteur de CD crachait de la country sirupeuse. Je me penchai pour le débrancher. Il n'y avait pas trace de la présence de Silla, à part le fouillis sur le bureau.

— Silla ? appelai-je de nouveau en contournant le meuble massif.

La faible lumière jaune d'une lampe en cuivre éclairait le sommet de sa tête. Elle était assise en tailleur derrière le bureau, divers objets sur les genoux.

— Salut, Nick, dit-elle. (Elle déposa tout sur le sol et se leva. Elle portait un sweat-shirt de cinq tailles trop grand pour elle.) Je ne t'avais pas entendu arriver.

— Je n'arrive pas à croire que tu laisses la porte d'entrée ouverte.

Elle haussa les épaules.

— Est-ce que les corbeaux t'ont embêté ? demanda-t-elle.

— Non.

Ses yeux montèrent lentement vers mon visage. Elle avait une expression réservée, mais pas de masque.

— Je ne pensais pas ce que j'ai dit hier… je veux dire, sur ta mère, déclara-t-elle.

— Tant mieux, parce que c'était stupide.

L'un des coins de sa bouche frémit.

— J'ai mal dormi parce que ça me tracassait. Et aussi parce que j'étais inquiète pour toi, expliqua-t-elle.

— Pour moi ?

Elle haussa les épaules.

— Pour moi aussi, répondit-elle. Et pour tout et n'importe quoi. Je ne veux pas passer le reste de ma vie à avoir aussi peur, ni à pleurer. Je veux faire quelque chose, même si ça implique l'assassinat d'un roi.

— Pardon ?

— Oui, enfin, fit-elle avec un grand sourire, c'est une citation de *Macbeth*, pour me remonter le moral.

— Ça ne me paraît pas très sain, comme traitement.

Je tendis la main et, du pouce, lui caressai la joue.

Elle saisit ma main et l'examina en passant son propre pouce sur la paume. La profonde entaille de la veille au soir ne formait plus qu'une ligne rose vif comme la cicatrice de sa clavicule.

— La magie, commentai-je sur un ton léger, et je remarquai au même instant que sa main était également bandée. Tu devrais me laisser la soigner.

— Je crois... dit-elle, le visage levé vers moi, je crois que pour le moment, j'ai besoin de cette blessure, comme un rappel d'hier soir, de ce que tu m'as dit. (Elle serra les lèvres et hocha la tête avec résolution.) À propos de ce que je veux être.

J'attirai sa main à moi et lui embrassai le bout des doigts. L'air entre nous s'était réchauffé.

— Bon, alors on cherche ce Diacre, fis-je.

Avec un profond soupir, Silla se laissa tomber à terre et passa la main sur la série d'objets posés devant elle : une paire de vieilles lunettes, un presse-papier en verre et des plumes d'oie dépenaillées.

Je m'accroupis à côté d'elle et désignai les plumes.

— Ton père s'en servait ? demandai-je.

— Il avait des encriers et tout ce qu'il lui fallait. Tout est dans le tiroir du haut. (Elle leva les yeux vers le bureau, les posa sur moi et prit les lunettes.) Je ne sais pas à quoi elles lui servaient. Tu as vu ? Les verres sont roses.

— Des lunettes roses ? Ça pourrait m'être utile. (Les montures étaient argentées et en arabesques, les branches torsadées comme des sucres d'orge.) Oui, je me souviens qu'il les portait.

— Tu... te souviens ?

Robert Kennicot me toise à travers ses étranges verres de lunettes. « Robbie n'aurait pas approuvé cela, Donna Harleigh. Tu es allée trop loin. »

Je fermai les yeux et pressai les doigts contre mes paupières.

— Nick, ça va ?

— Maman avait l'habitude de faire apparaître l'image de ton père dans un miroir : c'était le sort de clairvoyance. Je... je crois que je me souviens de lui en train de me regarder avec ces lunettes, mais il me parlait comme si j'étais ma mère... Et, Sil... (Je rencontrai son regard inquiet.) Il disait : « Robbie ne ferait pas ça » comme s'il n'était pas Robbie. Pourtant, c'était bien ton père.

— Tu veux dire que quelqu'un le possédait, chuchota-t-elle.

— Oui, peut-être... quelque chose de ce genre. (Je secouai la tête.) Je n'en suis pas sûr. Je peux ? demandai-je en prenant les lunettes.

— Vas-y. Dis-moi ce que tu vois.

Je posai ces étranges lunettes sur mon nez et ajustai les branches sur mes oreilles, puis regardai Silla.

Soudain, je tombai assis.

— Merde ! m'exclamai-je.

Sa main flamboyait, comme cernée d'une aura rouge vif qui s'écoulait d'elle en déroulant des tentacules... dans ma direction.

— Nick ?

Elle se redressa sur les genoux. Le rouge ondulait autour d'elle, moins comme un liquide que comme les ondes d'un mirage. Je baissai les yeux vers mon propre corps. Les tentacules m'atteignaient et déferlaient autour de ma main.

— Silla… (Mes yeux devaient être grands comme des soucoupes et j'étais incapable de les détacher de cette vision.) Ces lunettes sont magiques.

— Quoi ? demanda-t-elle, les sourcils froncés.

Je les ôtai à contrecœur et ma vision redevint aussitôt normale. Je les tendis à Silla. L'air renfrogné, elle les chaussa.

— Tout est un peu rose, c'est tout, dit-elle.

— Regarde-toi.

Elle leva la main et resta bouche bée.

— Ô mon Dieu ! (Elle se leva en chancelant, le regard rivé sur elle-même.) C'est sidérant ! Et vraiment bizarre…

Je souris. Elle était amusante avec ces lunettes rondes et fines perchées sur son nez.

— Nous sommes liés, Nicholas, dit-elle en suivant des yeux les longs tentacules. Probablement à cause de ce que tu as fait hier soir.

— Ou à cause de ce que je ressens pour toi.

Elle se figea, les lèvres entrouvertes.

— Oh, Nick…

Je la regardai en silence. Je pensais au poème que j'avais écrit pour elle lundi, avant le début de cette histoire de fou.

Elle déglutit, puis se détourna en pivotant lentement sur elle-même et en fouillant la pièce du regard.

— Je me demande si nous pourrions détecter une trace de magie ici, fit-elle.

— Je n'en sais rien.

— Oh !

Elle s'arrêta brutalement, le regard fixé sur l'une des étagères.

— Sil ?

Elle se dirigea vers l'étagère, les mains tendues, et balaya d'un geste les livres reliés empilés sur elle. Ils dégringolèrent avec fracas.

— C'est une teinte lumineuse, rouge doré, pas de la même couleur que celle qui nous relie, expliqua-t-elle. (Elle frissonna et posa la main contre le fond de l'étagère.) Je crois que c'est une fausse cloison.

Elle la frappa de la main, puis l'examina de plus près. Le mur rendait un son creux. Je la rejoignis.

— Peut-être qu'il y a un mécanisme pour l'ouvrir, suggérai-je.

Tout en se mordillant la lèvre, Silla promena les doigts sur les bords.

— C'est là !

Elle pressa l'angle inférieur et le panneau lui tomba dans les mains. Elle me le tendit, puis passa la main dans l'ouverture. Elle en sortit un portefeuille fermé par une lanière en cuir et un petit carnet relié qu'elle posa sur le bureau, au milieu d'un fouillis de notes et de vieilles factures. Elle défit prestement la lanière du portefeuille et en tira des liasses de papier couvertes d'annotations.

— Des sorts, commenta-t-elle.

La première feuille que je saisis était illustrée d'un diagramme représentant un triangle à l'intérieur d'un cercle, au milieu d'une quantité de notes, de flèches et de mots qu'on avait barrés en les griffonnant. Je lus en haut de la page : « Le triangle d'abord, puis le cercle, sinon les énergies ne seront pas liées. »

— C'est l'écriture de mon père, chuchota Silla, et elle parcourut les notes. Mon Dieu, certaines sont en latin, comme un code. Ça va prendre un bout de temps de tout traduire. J'ai l'impression qu'elles décrivent un sort puissant et complexe, de portée bien supérieure à ceux du livre, mais moins achevé.

Elle reposa lentement les notes, contempla le petit carnet et caressa sa couverture. Il était d'un noir uni, avec pour marque-page un ruban rouge qui dépassait du bas comme la langue d'un serpent. Avec un profond soupir, elle le prit et l'ouvrit.

— « Mille neuf cent quatre », lut-elle. (Je me penchai vers elle tandis qu'elle poursuivait.) « Je m'appelle Josephine Darly et j'ai l'intention de vivre éternellement. »

Silla laissa retomber le carnet. Je posai la main dessus.

— Emportons tout chez moi, proposai-je. Papa et Lilith sont absents jusqu'à ce soir. Nous pourrons nous étaler et nous aurons la maison pour nous seuls.

— D'accord, acquiesça-t-elle.

CHAPITRE 57

Silla

Je laissai une note à Gram Judy, puis fourrai dans mon sac à dos mon dictionnaire de latin couvert de notes et le contenu de la cache secrète de papa. Nick alla prendre du sel dans le garde-manger, et avant de monter en voiture, nous remplîmes un sac en plastique de graviers que nous pourrions lancer sur les corbeaux.

Ces oiseaux de malheur volaient au-dessus de nous en silence. Ils nous suivaient comme nos ombres. J'aurais voulu hurler à Josephine que nous avions son journal intime et que nous y découvririons ses points faibles, quels qu'ils fussent, afin de la détruire.

Nous arrivâmes à destination sans incident. Les oiseaux ne nous approchèrent pas et n'essayèrent même pas de nous intimider. Ils se contentèrent de se poser doucement sur la pelouse tandis que nous entrions en courant par le garage.

À ma stupéfaction, j'avais encore assez d'énergie pour être émerveillée par la chambre de Nick. Les affichettes et les posters dont elle était tapissée donnaient l'impression qu'il avait extrait toute la couleur et l'émotion que cette maison austère pouvait contenir afin d'en éclabousser les murs de la pièce.

Nous étendîmes nos documents sur le sol couvert d'horribles tapis, orientaux ou modernes à motifs géométriques (il y en avait même un à poil long). Mais tout ce chaos allait à Nick comme un gant.

Accoudé au sol, les jambes étendues vers sa chaîne hi-fi, il commença à lire le journal intime de Josephine à voix haute. Ses doigts battaient au rythme sourd d'une musique étrange qu'il appelait de l'électro suédoise. Son regard et sa bouche détendus exprimaient une légère surprise, et je le buvais des yeux tout en l'écoutant. Je m'imaginais en train de caresser ses cils de mes lèvres, puis de les promener sur ses pommettes. Ce matin, il ne s'était visiblement pas donné la peine de lisser ses cheveux, qui flottaient sur ses oreilles et sur sa nuque. Ils avaient l'air aussi doux que de la soie.

Je fermai les yeux, m'étendis à côté de lui et l'écoutai me parler de Josephine, de son initiation à la magie par un mystérieux docteur nommé Philip, de leurs séances et des décennies qu'ils avaient vécues ensemble. Josephine était folle de toute évidence, mais si je n'avais pas su qu'elle allait commettre des assassinats, j'aurais pu facilement me lier d'amitié avec elle. Elle était passionnée de magie et fermement résolue à en faire bon usage. Et elle était amoureuse. Je comprenais pourquoi elle prenait plaisir à posséder autrui, et les difficultés de Philip avec la possession me réconfortaient, moi qui avais si lamentablement échoué dans ce domaine.

Elle parlait même de sacrifice. Philip lui avait enseigné que la magie est affaire d'équilibre, que notre sang est chargé de pouvoir, et que ce pouvoir peut être indifféremment utilisé pour faire le bien ou le mal. C'était sûrement merveilleux d'avoir un vrai professeur. Josephine mentionnait également le Diacre, qui semble-t-il avait également été sorcier. Il était cependant difficile de croire qu'ils aient tous pu vivre si longtemps.

Les notes étaient chronologiquement très irrégulières, et certaines pages du journal avaient été soit arrachées, soit raturées au point d'en devenir illisibles.

Enfin, Josephine mentionnait la poudre de résurrection, le carmot. Fabriquée avec les os des morts, c'était elle qui leur avait permis de survivre si longtemps.

Lorsque Nick eut fini de lire cette note, il se tut et contempla la page.

— Tu penses au carmot, n'est-ce pas ? demandai-je doucement.

— Comment ne pas y penser ?

Je saisis sa main et entrelaçai mes doigts aux siens.

— L'immortalité... laissai-je tomber.

— On pourrait faire tant de choses : tout voir, voyager, apprendre, faire... tout ce qu'on voudrait.

— Exercer vingt métiers différents.

— Écrire un roman. Ou dix.

— Devenir star de rock.

— Ou président, dit-il en riant, mais je ne crois pas que je supporterais d'être observé en permanence.

Dommage que le prix à payer pour l'immortalité fût si élevé. Je soupirai et repoussai provisoirement la tentation. J'aurais tout le temps de me tourmenter à ce sujet plus tard.

— Je suis surprise que mon père ne soit pas mentionné dans ce journal, dis-je. Elle devait bien avoir une raison de le haïr à ce point.

Nick se pencha vers moi et m'embrassa.

— Nous la découvrirons tôt ou tard, affirma-t-il.

Nous fîmes une pause pour manger une pizza surgelée avant de reprendre notre lecture.

Après la Seconde Guerre mondiale, Josephine devenait de plus en plus instable, seule quand elle parcourait l'Amérique, ou avec le Diacre, et enfin de nouveau avec Philip. Elle était animée de l'énergie du désespoir. Après avoir lu le passage dans lequel elle confiait qu'elle allait dissimuler la poudre de résurrection dans la nourriture de Philip, Nick tourna la page et se tut.

— Oh, bon sang ! s'exclama-t-il soudain.

— Qu'est-ce qu'il y a ? demandai-je en ôtant le carnet de ses mains inertes.

Je reconnus sur la page l'écriture de mon père et lus ce qu'il avait noté :

Je m'appelle Philip Osborn, et voici la pire action que j'ai commise : j'ai tué un jeune homme de dix-sept ans parce que j'avais peur de mourir.

Ma respiration restait bloquée en travers de ma gorge comme une énorme boule hérissée de pointes. Je ne voulais plus poursuivre ma lecture, mais je m'y forçai néanmoins, car il le fallait absolument.

— Ô mon Dieu, chuchotai-je. Philip était mon père. Il… Ô mon Dieu !

— Ma mère le savait, dit Nick d'une voix étranglée. Elle savait que ce n'était plus Robbie. Elle avait deviné ce que… ce que Philip avait fait.

J'avais l'impression que tout le contenu du journal se mettait à tourner comme une roulette de casino : lorsqu'elle s'immobilisa, les couleurs et les chiffres trouvèrent la place qui leur revenait. Mon père… était Philip, le médecin qui se livrait à des expériences, le professeur, celui qui nous considérait comme des sorciers et des démons, mais essayait toujours de sauver des vies. Il avait fait son possible, avec la conviction que la magie pouvait servir le bien.

Mais il avait créé Josephine, et peut-être même l'avait-il aimée.

Une nausée légère dansait dans mon estomac. Nick tournait les pages du journal et les parcourait du doigt. Il s'arrêta lorsqu'il y retrouva le nom de sa mère.

Il baissa la tête. Je pris le livre de ses mains ouvertes et lus. C'était une lettre adressée à moi et à Reese. Mon père l'avait écrite au cours des dernières heures qu'il lui restait à vivre, afin de nous expliquer ce qu'il n'avait jamais pu nous révéler auparavant. Les larmes me montèrent aux yeux et je les essuyai avec colère.

Maintenant, j'avais au moins quelques réponses. Je posai la main sur le bras de Nick.

— Lis avec moi, demandai-je. Ça... ça te concerne aussi.

Mes chers enfants,

Vous devez savoir pourquoi je ne vous ai jamais enseigné la magie.

Silla avait sept ans, Reese neuf, et il était temps de vous initier.

Un jour, en revenant de l'école, je descendais de voiture, quand je vis un garçon d'environ huit ans assis devant notre maison. Il se leva en vacillant, puis se laissa retomber comme s'il était blessé. Je m'approchai de lui, m'accroupis et tendis la main vers lui.

— Je m'appelle Robert, lui dis-je. Et toi, qui es-tu ?

Mais je savais déjà que je le connaissais. Son visage, ses yeux m'étaient familiers. Il me tendit une main écorchée et saignante.

— Je suis tombé, chuchota-t-il.

Alors que je lui prenais la main pour l'examiner, il agrippa mon poignet et se releva d'un seul élan.

— Je te chasse de ce corps ! hurla-t-il en pressant son autre main, également sanglante, contre mon front.

J'eus soudain un violent mal de tête et ce fut comme si l'intérieur de mon crâne entrait en ébullition, mais je ne lâchai pas prise sur mon corps, car, depuis le temps que je l'habite, c'est devenu le mien. Ni un enfant ni une femme éprise de son ancien propriétaire ne pouvaient m'en bannir. Je plongeai les yeux dans les iris ternes du garçon, dans ses pupilles d'un noir opaque et sans reflets.

— Tu n'es pas celui que tu prétends être, lui dis-je.

Il me foudroya du regard.

— Rends-moi Robbie ! ordonna-t-il.

C'était Donna Harleigh qui réapparaissait après toutes ces années. Je chuchotai une incantation pour l'endormir, et le garçon s'effondra à terre. Je le portai jusqu'à ma voiture et le reconduisis à la ferme des Harleigh. Ce fut Mr Harleigh qui m'accueillit. Il était hors de lui, mais quand je lui demandai où était Donna, il alla la chercher avec moi et nous la trouvâmes évanouie sur son lit. Mr Harleigh comprit tout en même temps que moi. « Son propre fils ! » s'écria-t-il. Et il me jura qu'il y mettrait bon ordre.

C'est ainsi que j'appris ce que Donna était devenue. Elle avait un garçon et elle me haïssait au point de se servir du corps de cet enfant et du pouvoir de son sang pour tenter de sauver le vrai Robert Kennicot, depuis si longtemps disparu.

En les regardant, elle et son enfant dont elle s'était servie, je compris que je ne pouvais enseigner la magie aux miens. Je devais au contraire les sauver, les protéger de cette même magie. J'avais bien vu où cela m'avait mené de l'enseigner à J. Les ténèbres se survivent dans le sang et l'histoire n'oublie jamais ce que nous avons infligé à nos enfants.

Nick posa la main sur ces phrases, pressant le journal contre le tapis.

— Je me souviens qu'à mon réveil, j'avais la fièvre, dit-il. J'ai entendu mon grand-père hurler à ma mère qu'elle était mauvaise et qu'elle avait fait quelque chose d'épouvantable. Maintenant, je sais ce que c'était.

Nos épaules se touchèrent et j'appuyai ma tête contre la sienne.

— Nous serons meilleurs qu'eux, dis-je.

— Ouais. (Il fit rouler ses épaules et serra les dents.) Il faut continuer à lire ce journal pour découvrir ce qui est arrivé. Ma mère, c'est de l'histoire ancienne.

Nous nous penchâmes de nouveau au-dessus des pages.

Et, jusqu'à ce jour, je n'ai jamais regretté ma décision. Mais aujourd'hui, Josephine est à Yaleylah.

Elle est venue à l'école, et elle a surgi devant moi avant même que je n'aie eu le temps de comprendre ce qui arrivait. Je me répétais que ce n'était pas elle. C'était impossible. C'était la chaleur qui m'éprouvait, le vide du lycée en plein été. Elle ne pouvait m'avoir retrouvé après plus de trente ans.

Mais elle m'attendait dehors, sur le parking. Elle n'avait pas changé : c'était le même visage splendide, les mêmes yeux de lionne. Ses lèvres étaient peintes en écarlate.

— Philip, chuchota-t-elle, je ne vois pas mon reflet dans tes yeux.

Et sa voix, mon Dieu ! Sa voix me pétrifia sur place. Si elle savait où je travaillais, elle savait aussi où j'habitais. Elle connaissait le nom de ma femme et ceux de mes enfants. Le soleil me brûlait.

— Josephine, dis-je.

Elle serra les poings.

— Je te croyais mort, fit-elle.

Je ne répondis pas.

— Je t'aimais ! hurla-t-elle. Je t'aime depuis cent ans !

— Laisse-moi tranquille, Josephine.

— Comme toi, tu m'as laissée, Philip ? Ou bien dois-je dire Robert ? Dois-je t'appeler Robbie, mon chéri ?

Elle s'approcha de moi, de cette démarche lente de prédateur.

Je restai silencieux et regardai autour de moi, dans l'espoir que quelqu'un arriverait, tout en redoutant la présence de témoins.

— Comment as-tu pu tenir si longtemps ainsi, Philip, mon vertueux et exemplaire docteur ? Moi-même, je dois toujours réintégrer mon corps tôt ou tard, dit-elle en portant la main à ses lèvres, puis à sa poitrine.

J'avais peur. J'ai encore peur. Ses yeux féroces et noirs ne ressemblaient pas à ceux d'un être humain, mais plutôt à ceux d'un corbeau, d'un loup ou d'un aigle.

Nous nous dévisagions en silence sous la chaleur écrasante. L'asphalte scintillait et sa peau luisait de sueur. Soudain, elle pivota, s'éloigna et repartit dans une petite voiture gris métallisé.

Je rentrai droit à la maison et dis à Emily de vous emmener à Kansas City afin de chercher un appartement pour Reese : un prétexte tout trouvé.

La magie a profondément imprégné le sol autour de notre maison. C'est là que je vais attendre Josephine avec ma boîte d'envoûtement, et il faudra bien que l'un de nous deux s'avoue vaincu.

Je prie pour vous serrer de nouveau dans mes bras et pour que vous ne trouviez jamais ce carnet. Et pour que vous ignoriez toujours le passé de votre père et ses péchés, car mes péchés sont immenses.

C'était tout. Le souffle coupé, je relus d'un trait la dernière note.

— Mon Dieu, Nick ! chuchotai-je. C'est la dernière chose qu'il a faite.

J'inspirai profondément, puis poussai un soupir tremblant.

— Ça fait pas mal à encaisser d'un coup, commenta Nick.

Il posa les mains sur les miennes et les frictionna, ce qui me réchauffa immédiatement.

— J'ai besoin de… de prendre l'air, dis-je.

Nous descendîmes l'escalier serrés l'un contre l'autre, les doigts entremêlés. Mes os étaient douloureux. Il était difficile de croire à ce que nous venions de lire, de penser que mon père était mon père sans l'être vraiment, que la mère de Nick l'avait possédé, lui, son propre fils, et d'imaginer Josephine arrivant à l'école… passant peut-être le jour même un entretien d'embauche pour son poste de psychologue, et s'insinuant dans nos vies. Pourtant, depuis que j'avais lu son journal, je savais combien elle était calculatrice, déterminée et égoïste.

Nick me fit traverser la cuisine et la salle à manger austère, puis franchir des portes vitrées débouchant sur un patio. Je fis rouler mes épaules. Nous restâmes immobiles, main dans la main. Le soleil était descendu derrière la maison et sa chaleur sur ma peau me manquait. Tandis que le vent soufflait sur le gazon ras de l'arrière-cour, j'aperçus d'étranges renflements noirs à la lisière du bois.

— Nick, dis-je en lâchant sa main.

— Oui ?

— Tu as vu ?

— Quoi ?

Les renflements ressemblaient à de vieux sacs-poubelle noirs qu'on aurait abandonnés là.

— Regarde devant le bois, répondis-je, et je me dirigeai vers ces formes en foulant l'herbe.

— Hé, attends ! s'exclama Nick, et il me saisit le bras. Fais attention.

— Ce sont des animaux, murmurai-je. Des oiseaux, des écureuils et…

Je me dégageai et allongeai le pas pour finalement courir vers les arbres.

— Silla ! (Il me rejoignit à longues foulées souples.) C'est peut-être dangereux… ils sont peut-être malades, ou pire…

Mais je ne pouvais plus détacher les yeux des animaux morts.

Derrière nous, un corbeau lança un appel. Un vol entier descendit du toit de la maison avec de grands battements d'ailes. Plusieurs se posèrent sur le patio, puis sautillèrent dans notre direction comme s'ils voulaient nous pousser vers la forêt.

Je m'arrêtai et m'accroupis à côté d'un des cadavres.

— Il est mort, déclarai-je. C'est un renard.

Je secouai la tête, puis levai les yeux vers les arbres. Le vent bruissait dans leurs feuilles teintées de rouge. À l'arrière-plan, le ciel était d'un gris terne qui n'avait néanmoins rien de terrifiant.

— J'avais oublié de te dire… Hier soir, j'ai trouvé un raton laveur mort et complètement vidé de son sang, dit Nick.

Il surveillait les corbeaux qui se rapprochaient derrière nous. Leurs yeux noirs protubérants étaient coléreux et hostiles.

— Les lunettes, fit-il soudain.

Nous rentrâmes à la maison en courant et montâmes au grenier. Je sortis les lunettes de mon sac à dos. Nick ouvrit la fenêtre et je chaussai les lunettes.

Ma vision se teinta de rouge à l'instant. Je reculai en trébuchant.

— Quoi ? Qu'est-ce qui se passe ? demanda Nick, qui m'avait rattrapée, le cou tendu pour voir ce que j'avais vu.

— Tout est rouge, Nick. Tout le paysage, répondis-je d'une voix tremblante et plus haut perchée que d'habitude.

— Tu parles sérieusement ?

— C'est comme si la forêt avait aspiré toute la magie de la terre pour s'en nourrir... comme si les arbres se nourrissaient de sang au lieu d'eau et de lumière.

— Et... et les animaux ?

— Ils sont tachetés de rouge.

— Et les corbeaux ?

Je me détournai lentement, prise de nausée, et regardai le ciel. De minces lignes rouge sombre reliaient les corbeaux comme une toile d'araignée sanglante.

— Ils sont reliés les uns aux autres... tout le vol. Reliés en rouge. Comme les arbres. C'est la forêt entière qui est possédée.

CHAPITRE 58

Nicholas

On sonna à l'entrée. Silla, qui était postée à la fenêtre, sursauta violemment.

— Je vais me débarrasser d'eux, dis-je en passant la main le long de son dos.

Par malheur, comme les fenêtres de ma chambre donnaient sur l'arrière de la maison, je ne pouvais voir le véhicule qui s'était garé sur le devant.

Silla acquiesça.

— Je vais regarder ce qu'il y a dans le portefeuille de papa, dit-elle.

Je l'embrassai sur la nuque, puis dévalai l'escalier.

L'horloge Art déco du deuxième étage m'informa qu'il était quatre heures passées, bien trop tôt pour le retour de papa et de Lilith. J'envisageai de faire comme si nous n'étions pas à la maison, mais par malheur, ma décapotable était garée juste devant.

La sonnerie retentit de nouveau, décuplant ma migraine avec la suave mélodie du carillon.

J'ouvris la porte à la volée et me renfrognai aussitôt.

— Qu'est-ce que tu fous ici ? demandai-je.

C'était Eric qui se tenait sur le seuil dans sa tenue de répétition, jogging et T-shirt à manches longues. Les cheveux en bataille, il ôta la cigarette qu'il avait à la bouche et me fit une grimace.

— Je suis venu te demander si tu viendrais au lycée demain, et surtout à la répétition, répondit-il. J'ai pensé que tu serais parfait comme doublure pour certaines scènes de combat. Chaque fois que Patrick fume un joint, il fout tout en l'air.

— Oui, je pensais venir demain, fis-je lentement, tandis qu'Eric m'offrait une bouffée de sa cigarette, puis s'adossait au montant de la porte. Non merci, j'ai mes propres vices.

Il haussa les sourcils.

— T'as pas un cendrier ? demanda-t-il.

— Balance la cendre par terre quand tu repartiras.

— T'es vraiment un enfoiré !

— Je suis occupé, vu ?

— Silla est en haut ?

— N'essaie même pas d'entrer, fis-je, les lèvres serrées.

Eric leva les mains au ciel.

— Hé, loin de moi la pensée de m'immiscer dans vos retrouvailles post-funéraires…

Si seulement c'était le cas… pensai-je.

— Écoute, j'espère bien aller au lycée demain, d'accord ? Rien que pour vous aider à sabrer tout ce qui bouge, répondis-je.

Il me dévisagea un instant, les yeux plissés, comme pour se demander s'il devait considérer cette dernière phrase comme une plaisanterie.

J'étais plutôt surpris qu'il ait daigné prendre la route principale pour venir jusqu'ici.

Il me salua avec sa cigarette.

— Amuse-toi bien, mon pote, lança-t-il.

Je refermai la porte, gardant le sourire jusqu'à ce que j'aie disparu de son champ de vision. Je restai un instant immobile, la nuque contre le battant, les yeux fermés, en regrettant qu'aller au lit avec Silla ne fût pas ma seule préoccupation.

Silla

Quand Nick fut descendu, je me concentrai sur les notes de mon père avec le gros dictionnaire latin-anglais que j'avais sorti de mon sac. Le premier sort portait le nom de *loricatus*, ou « armure ».

Voilà qui était prometteur.

Je parcourus les notes, frustrée par le temps que ça prenait. J'aurais bien aimé que Wendy soit là, car elle avait toujours été meilleure que moi en latin, à la grande contrariété de mon père.

Je feuilletais le livre en souhaitant, comme j'en rêvais déjà en cours, pouvoir m'endormir avec ces pages de latin sous mon oreiller afin que leur traduction se déverse dans mes oreilles pendant mon sommeil.

« Lier. »

Tout le paragraphe suivant était rédigé en anglais :

Silla, j'ai créé ce sort contre elle. J'ai beau désapprouver tout usage agressif de la magie, en l'occurrence, je risque fort de ne pas avoir le choix. Si j'échoue, je prie pour que tu ne sois jamais contrainte de t'en servir.

Les mains tremblantes, je lus tout ce qui concernait le sort. Les ingrédients comprenaient de la cire, du ruban rouge, une partie du corps de la personne visée et une boîte. Il fallait enfoncer dans la cire le cheveu ou le bout d'ongle, etc., de la personne, puis l'enfermer dans la boîte et nouer le tout avec le ruban. Après avoir scellé le nœud avec une goutte de sang, on enterrait la boîte, au-dessus de laquelle on dessinait une rune. Pour lier un esprit à un lieu ou à une personne, il fallait tracer un cercle autour de la boîte et des runes aux quatre points cardinaux.

Je poussai intérieurement un cri de consternation.

La rune que Reese avait découverte derrière chez nous ressemblait tellement à la rune de protection du livre de sorts que nous avions conclu que c'était la même. Il n'en était pourtant rien, comme je le comprenais à la démangeaison de ma paume. Ce sort ne devait pas protéger, mais lier ; c'était un piège conçu pour emprisonner quelqu'un à l'intérieur de la maison.

Papa avait tenté de lier Josephine par ce sort, c'était pourquoi il l'avait laissée venir chez lui au lieu de l'attirer ailleurs. Mais l'arrivée imprévue de maman avait dû tout bouleverser, et c'était Josephine qui avait piégé papa au lieu de l'inverse.

On lisait d'ailleurs au bas de la page : « C'est l'esprit, et non le corps, qui sera lié. » C'était ce qui l'avait empêché de se défendre.

Cela signifiait également que si nous retrouvions Josephine, nous pourrions lui faire subir le même sort. Or elle, ou du moins son enveloppe corporelle, ne pouvait être que dans la forêt : c'était là que s'arrêtaient les traces de sang qu'elle avait laissées dans sa fuite. Elle avait dû se servir de ce sang et des cadavres d'animaux pour posséder la forêt tout entière, mais à présent, son corps était mourant, ou du moins trop affaibli pour lui permettre de s'échapper.

Je me concentrai de nouveau sur le sort de l'armure.

Nicholas

Lorsque je poussai la porte du grenier, Silla leva la tête avec un grand sourire.

— Le sort, Nick, le sort de l'armure… c'était mes bagues ! (Elle tendit les mains et je les saisis pour la relever.) J'ai toujours été protégée contre elle, et…

— … c'est la raison pour laquelle elle n'a même pas essayé de te posséder, achevai-je.

Elle hocha la tête, heurtant mes lèvres de son front.

— Et c'est aussi pour cette raison qu'elle m'incitait à les enlever, dit-elle.

Je lui relevai le menton et l'embrassai.

— Nick, mets ça, dit-elle. (Elle recula et ôta le bracelet de son poignet.) C'était celui de Reese. Il ne l'a jamais porté, sinon il aurait été… protégé, lui aussi, fit-elle en cillant. Tu devrais le porter, maintenant. Moi, je vais remettre mes bagues.

Je me renfrognai, mais elle me fourra le bracelet dans les mains. Le métal gardait la tiédeur de sa peau, ce qui me donna soudain envie de l'enfiler, mais, malgré moi, tout en le passant à mon poignet, je pensais à Reese et à tout le sang répandu. Le bracelet me démangea soudain, sans que je sache si c'était dû à la magie ou à ma nervosité.

Silla ôta méthodiquement ses bagues de leur chaîne et les enfonça sur ses doigts.

— Ça m'a toujours réconfortée de les porter, dit-elle, mais penser que… pendant toute ma vie, papa a construit cette armure pour me protéger…

Elle leva les yeux vers moi avec un sourire, le plus beau que j'aie jamais vu.

La vitre de la fenêtre trembla soudain sous un choc. Nous sursautâmes avant de nous retourner vers elle. Un corbeau se jetait contre la vitre. Silla se précipita vers lui.

— Va-t'en ! hurla-t-elle.

Un cri résonna, suivi d'un autre, puis ce fut une cacophonie de croassements qui semblaient s'adresser à nous.

Je rejoignis immédiatement Silla et me pressai derrière elle. Tout un vol de corbeaux survolait la cour en décrivant des cercles, comme une armée d'ombres vivantes. Leurs plumes luisaient dans la lumière aveuglante de l'après-midi. L'un d'eux fonça vers la fenêtre et Silla recula en me bousculant.

Soudain, derrière les oiseaux dispersés, je vis Eric. Il était à la lisière de la forêt, suspendu à environ six mètres au-dessus du sol dans les branches d'un arbre. Tout le devant de son T-shirt était rouge de sang.

CHAPITRE 59

Nicholas

Je restai immobile alors que mon cœur exécutait une danse folle dans ma poitrine. Silla pivota sur elle-même, se précipita vers mon bureau pour fouiller dans le tiroir et en sortit une paire de ciseaux qu'elle brandit comme une minuscule épée.

Les corbeaux s'étaient calmés et je n'entendais plus qu'un léger bourdonnement régulier, celui de ma chaîne stéréo. Le CD était arrivé à la fin. En éteignant, je remarquai que ma main tremblait. Je devais absolument me ressaisir, mais la vision de tout ce sang, qui me rappelait celui de Reese… J'aurais dû m'assurer qu'Eric avait bien regagné sa voiture. C'était ma faute.

Je serrai les poings et les pressai contre mes paupières comme si je pouvais chasser le souvenir du visage et du cou maculés de sang de Silla et de ses empreintes sanglantes sur les pierres tombales.

— Nick ?

Je laissai retomber mes mains en entendant sa voix calme.

— Désolé, c'est juste que… Nous n'avons toujours pas de plan, dis-je.

— Il faut la lier avec le sort qu'elle a jeté à mon père quand elle l'a assassiné.

— Tu veux dire la lier à son propre corps ?

— Exactement.

Elle s'approcha de la boîte laquée, en sortit la bobine de fil rouge et le morceau de cire, puis, après les avoir rangés dans la poche kangourou de son immense sweat-shirt, elle me rejoignit.

— Il nous faut encore une petite boîte, dit-elle. Une boîte d'allumettes ou de cartes de visite, que nous scellerons après y avoir mis tout ça. Et il faut retrouver le corps de Josephine.

— Très bien.

Elle toucha ma joue.

— Nous ne nous en sortirons peut-être pas vivants, tu sais, fit-elle.

— Je sais.

Je tournai la tête vers elle, lui embrassai le bout des doigts, puis, me penchant vers elle, les lèvres.

Elle resta immobile. Elle paraissait à peine respirer.

Quand je m'écartai d'elle, elle ouvrit les yeux et je ne regardai plus qu'eux, la courbe de leurs paupières et leurs cils épais et recourbés.

Je l'embrassai de nouveau, et l'air autour de nous se réchauffa. Mon sang me brûla et j'eus mal jusqu'au bout des doigts, des orteils et aux endroits où nos lèvres se touchaient.

— Silla, dis-je.

— Oui ?

Elle soutint mon regard avec une expression résolue et ses yeux avaient un éclat farouche.

Je l'embrassai encore, plus fougueusement.

— Ça ira, Nick, dit-elle ensuite. Nous y arriverons.

Je ne trouvai rien à répondre.

Silla

J'attendis au rez-de-chaussée pendant que Nick cherchait une boîte qui ferait l'affaire.

Au-dehors, la pelouse était couverte de corbeaux, entre l'arrière de la maison et la forêt où Eric était suspendu. J'inspirai longuement et profondément. Cette nuit serait décisive. Je retrouverais le corps de Josephine dans la forêt et je la lierais pour l'éternité. Je serrai la paire de ciseaux cachée dans la poche de mon sweat-shirt.

Nick me rejoignit et me montra une boîte métallique sur le couvercle de laquelle un lys était peint.

— Ça ira ? demanda-t-il.

— J'espère que oui.

J'ouvris la boîte. L'une des cartes de visite de Lilith adhérait encore à l'intérieur du couvercle.

À travers le verre épais des portes coulissantes, nous voyions les corbeaux qui sautillaient sur l'herbe en croassant comme s'ils invectivaient la forêt, et une file de rats qui grimpaient aux deux branches auxquelles Eric était suspendu. J'inspirai profondément.

Nick ouvrit la porte coulissante et nous sortîmes ensemble.

Le ciel était encore lumineux, mais le soleil bas à l'horizon, si bien que le bois était plongé dans la pénombre. On avait l'impression de l'observer à travers un filtre foncé. Je me rappelai avec répulsion que j'avais oublié de prendre les lunettes, mais j'aurais alors dû regarder l'horrible écarlate dont la forêt entière était teinte.

À mesure que nous avancions, la nappe de corbeaux s'écartait pour nous laisser passer. Ils s'envolèrent au-dessus de la pelouse, puis se posèrent de nouveau et nous observèrent de leurs minuscules yeux noirs. Des plumes se hérissèrent et des becs claquèrent sans bruit. Je me rapprochai de Nick, puis me décidai enfin à regarder Eric.

Ses yeux étaient fermés et sa tête penchée. Son corps relâché oscillait doucement, presque paisiblement. Tout son crâne était couvert de sang qui avait teint son T-shirt en rouge, et un filet rouge vif coulait du bout de l'un de ses mocassins.

Nicholas

— Josephine ! hurlai-je. Montre-toi. Nous savons que tu es ici.

Le sang d'Eric gouttait sur un tapis de feuilles.

— Laisse-le, ordonna Silla à Josephine.

Il était facile d'oublier les corbeaux qui étaient derrière soi quand on regardait les files de rats répugnants qui, en face de nous, s'accrochaient aux branches de l'arbre avec leurs griffes minuscules. Certains n'avaient plus d'yeux et le pelage de la plupart était empoissé de sang. Ce n'étaient pas des rats ordinaires, mais plutôt des sortes de zombis.

— Allons, repris-je avec tout le mépris que je pouvais feindre, tu ne nous fais pas peur. Tu es juste insupportable comme d'habitude. Ça ne m'étonne pas que Philip t'ait plaquée.

Les arbres frémirent et une pluie de feuilles teintées de sang en tomba. Derrière nous, un corbeau croassa, puis un autre et un troisième.

— Ils se rapprochent, observa calmement Silla.

Je jetai un coup d'œil en arrière. Ils étaient alignés, les ailes déployées comme l'aigle sur l'emblème des États-Unis.

Silla poussa un cri étouffé. Je me retournai et vis qu'Eric avait levé la tête. Ses yeux étaient clos et son visage couvert de sang comme si on l'avait plongé dans une baignoire pleine de sang, puis suspendu pour le laisser sécher. Ses lèvres s'entrouvrirent.

— Si tu t'approches, mes bêtes te tailleront en pièces, Silla Kennicot, dit-il.

C'était la voix d'Eric, mais basse et monocorde.

— Tu lui as fait mal ? demandai-je à Josephine d'un ton impérieux.

— Non, je ne lui ai pas fait mal, Nick, et je te déconseille de me parler sur ce ton.

Les lèvres d'Eric se retroussèrent en un sourire grimaçant qui découvrit ses dents.

Silla s'avança devant moi.

— Que veux-tu ? demanda-t-elle.

Tous nous tuer, supposais-je. Je fis un pas en avant et appuyai mon épaule contre celle de Silla afin de faire front de manière visible.

— Nous allons faire un peu de magie, répondit Eric avec un rictus.

Un corbeau s'envola et voulut se poser sur son épaule, mais les rats piaillèrent en se rapprochant d'Eric. Le corbeau battit en retraite. Silla saisit ma main et la serra. Je croisai les bras sur ma poitrine.

— Pourquoi t'aiderions-nous ? demandai-je.

L'un des rats grimpa sur l'épaule d'Eric, fourra le museau dans ses cheveux, puis, d'un bond, se percha sur sa tête. Ses griffes s'enfoncèrent dans le front d'Eric, dont le sang jaillit et ruissela sur ses yeux fermés.

— Parce que sinon, je le tuerai, répondit-il sans même paraître remarquer le filet de sang qui coulait au coin de sa bouche.

— Que devons-nous faire ? demanda Silla.

— Tu vas me guérir avec ton beau sang vermeil.

Silla fourra les mains dans la poche de son sweat-shirt.

— Pourquoi ne prends-tu pas plutôt celui d'Eric ? répondit-elle.

J'espérai qu'elle ne parlait pas sérieusement, qu'elle essayait seulement de bluffer pour que Josephine nous révèle où était son corps.

Un autre rat descendit maladroitement le long d'une branche pour taquiner le visage d'Eric avec son museau.

— Il n'a pas le pouvoir des Kennicot, répondit-il.

— On dirait pourtant que tu peux très bien t'en passer, commenta Silla, les bras grands ouverts. Tu as pris possession d'une forêt entière, d'une légion de rats et d'Eric.

Les yeux d'Eric s'ouvrirent brusquement et un ricanement déforma son visage.

— Mais je veux récupérer mon corps, ma mignonne, lança-t-il.

— Il est blessé, n'est-ce pas ? (Silla fit un pas en avant, et je n'aimais pas l'agressivité que trahissait la tension de ses épaules.) Il est caché dans les bois, brisé, à l'agonie ? Es-tu agonisante, Josephine ? Qu'arrivera-t-il si ton corps meurt ?

— Pauvre imbécile ! cracha Eric. (Quelques corbeaux battirent des ailes, tout le corps d'Eric frémit et le rat perché sur son crâne poussa un cri furieux tandis que ses griffes s'enfonçaient dans sa chair.) Tu vas me guérir et me remettre le précieux livre de sorts de Philip.

— Nous ne l'avons plus, dis-je.

Les arbres tremblèrent de nouveau et perdirent encore des feuilles.

— Où est-il ? hurla Eric.

Je serrai les poings. Sa voix était tendue au point d'en être méconnaissable. Avait-il conscience de ce qui lui arrivait, et cela par ma faute ?

Silla releva le menton.

— Il est enterré à plusieurs mètres sous terre avec mon frère, répondit-elle. Tous deux sont désormais hors de notre portée.

Josephine laissa fuser de la gorge d'Eric un gloussement rauque.

— C'est parfait, ma chérie ! Nous allons le déterrer, récupérer le livre et emporter ses os magiques pour fabriquer mon carmot.

— Essaie seulement, riposta Silla, et elle saisit ma main.

— Avec plaisir. (La tête d'Eric s'inclina sur le côté.) Nick, va chercher du sel, et nous pourrons nous mettre au travail.

Je jetai un coup d'œil interrogateur à Silla. Allions-nous jouer le jeu ? Elle acquiesça.

— Vas-y, dit-elle.

Silla

Le bruissement lointain de la porte en verre coulissante indiqua que Nick était rentré. Les lents battements d'ailes des corbeaux faisaient craquer l'herbe sèche d'automne. Les rats jacassaient sur les branches des arbres.

Le corps d'Eric oscillait.

Ses yeux étaient fermés et les muscles de son visage relâchés. Je réfléchissais à la difficulté que j'aurais à piéger Josephine tout en feignant de la guérir. Si elle me perçait à jour ou s'affolait, que ferait-elle ? Pourrait-elle s'échapper en emportant le corps d'Eric ou celui d'un animal, pour aller se réfugier quelque part ? Je devais à tout prix l'en empêcher. Il était hors de question qu'elle nuise à d'autres personnes. La seule solution était de la lier, puis de la détruire.

Une sueur froide me parcourut l'échine tandis que je prenais conscience que j'étais en train de projeter un assassinat.

Il faisait maintenant trop sombre pour distinguer quoi que ce fût dans la forêt. Les arbres étaient noirs et les intervalles qui les séparaient remplis d'ombres. Des ombres mouvantes. Il n'y avait pas que des rats. En regardant plus attentivement, je vis d'autres animaux pelotonnés entre des racines d'arbres, accroupis sous des buissons, les yeux luisants. Des lapins, des ratons laveurs, des opossums et quelques renards. Ils étaient morts, et la plupart des cadavres que Nick et moi avions vus cet après-midi me regardaient fixement en clignant des yeux. Des oiseaux sautillaient au milieu de cette ménagerie.

Josephine possédait le corps de chacun de ces animaux.

Son pouvoir devait être démesuré. Comment réussirais-je à la lier par un simple sort ? Que se passerait-il si j'échouais, si je devais lier tous les arbres de la forêt et jusqu'au plus petit être vivant qu'elle possédait ? Avais-je assez de pouvoir ?

Le silence m'enveloppait comme une bruine. Mes bras et ma nuque se couvraient de chair de poule. La paume que j'avais entaillée la nuit dernière pour montrer à Nick mon sang empoisonné me faisait mal et me démangeait. J'ouvris la main pour examiner la balafre.

Je ne l'avais pas refermée afin de me rappeler ce que Nick m'avait dit sur moi-même. *Voilà ce que je suis*, pensai-je.

Tout ce qu'il avait fallu, cette première nuit dans les champs, la première fois que j'avais embrassé Nick, quand les fleurs avaient tout à coup éclos autour de moi, c'était du sang. Reese avait guéri la profonde entaille de ma poitrine uniquement avec de la volonté, du désir et du sang. La conjuration de la possession, la possession elle-même, la plupart des sorts nécessitaient essentiellement du sang. Du sang et un peu d'imagination. Et de l'imagination, j'en avais à la pelle.

Il suffisait que je montre plus de volonté que Josephine.

Je regardai de nouveau Eric. Je détestais la vue de ses yeux fermés, comme si Josephine ne prêtait pas attention à moi, alors qu'elle avait tant d'autres yeux, ceux de rats, de renards, de corbeaux…

— Josephine, dis-moi pourquoi tu veux le livre de sorts, fis-je. Quelle importance a-t-il, au fond, puisque le sang est tout ce dont nous avons besoin ?

— Tu veux parler philosophie, Silla ? Maintenant ?

Les yeux d'Eric s'ouvrirent soudain et ses doigts tressaillirent.

— Je préférerais retrouver ton corps et le tailler en pièces, répondis-je.

Ce que je voulais surtout, c'était que quelqu'un, n'importe qui, m'explique enfin le pourquoi de cette magie stupide et invraisemblable.

Elle éclata de rire, et je percevais sa délectation jusque dans la voix lasse d'Eric.

— Ça ne m'étonne pas de toi, dit-elle. Bon, allons-y pour un cours abrégé. Il est difficile de tirer sa volonté de la réalité qu'on connaît depuis toujours, n'est-ce pas ? Même quand on la voit de ses propres yeux, quand on la goûte avec sa propre langue. Les sorts nous aident à donner une forme à notre volonté. Le feu, par exemple, symbolise un certain nombre de choses – purification, destruction, transformation – qui n'ont pratiquement pas changé depuis des millénaires. Le rituel jette un pont au-dessus de l'intervalle qui sépare ce que nous appréhendons avec nos sens – nos mains, nos yeux, nos oreilles – de ce que nous croyons possible dans notre cœur et notre esprit. Et les mots sont les outils les plus affûtés dont nous disposions pour convaincre notre esprit du pouvoir de la magie. Croyance, volonté, foi, on peut lui donner le nom qu'on veut. Je n'ai rencontré qu'une seule personne douée d'une compréhension complète de la magie, d'une telle foi en elle qu'elle pourrait déplacer des montagnes sans même prononcer un mot.

— Le Diacre, dis-je malgré moi.

— Oui, le Diacre. Un nom bien humble pour quelqu'un d'aussi proche de la divinité.

La révérence avec laquelle Eric avait prononcé ces mots me donna le frisson. Je me félicitai soudain de ne pas avoir essayé d'entrer en relation avec le Diacre et serrai dans ma main le métal froid des ciseaux enfouis au fond de la poche kangourou.

J'entendis la porte coulissante se rouvrir, mais je me contentai de jeter un regard par-dessus mon épaule, car je répugnais à tourner le dos à Josephine. Nick se tenait dans l'encadrement, un sac de sel en papier bleu sous le bras.

Il s'approcha et s'arrêta à côté de moi.

— C'est bon, nous avons ce que tu veux, dit-il à Josephine.

Eric leva la tête, les yeux grands ouverts, et le dévisagea.

— Et maintenant ? lançai-je.

Le visage d'Eric se fendit en un sourire qui me fit froid dans le dos.

— Maintenant, Nick et moi allons profaner quelques tombes, annonça-t-il.

— Jamais je ne t'aiderai à faire ça ! répondit Nick.

— Tu n'as pas le choix. Je possède ton corps.

J'éclatai de rire. Je riais pour de bon.

— Tu te trompes, Josephine ! Tu ne peux rien contre nous. Nous sommes protégés, déclarai-je en lui montrant mes bagues. Tu devrais pourtant le savoir.

— Quelle stupide petite fille ! fit Eric avec un rictus de dérision. C'est toi qui ne sais rien : cette protection n'agit que sur la personne pour laquelle elle a été conçue.

— Que le sol soit ta geôle, chuchota Nick à mon oreille.

La terre explosa autour de mes pieds, crachant des mottes, et d'épaisses racines semblables à des serpents en surgirent et happèrent mes chevilles. Je me débattis à coups de pied, mais tombai en arrière et atterris avec une violence qui ébranla mes os. Je sentis un goût de sang à la pointe de ma langue, puis, avec un temps de retard, la douleur aiguë d'une morsure involontaire.

Les racines sortaient toujours de terre pour s'enrouler autour de mes chevilles. Je hurlais intérieurement tout en essayant de les arracher. Des corbeaux s'envolèrent avec de grands battements d'ailes et des cris perçants. Enfin, les racines s'immobilisèrent, mais j'étais clouée sur place. Dès que je tirais sur elles, elles se resserraient douloureusement. Je me tournai en tous sens pour regarder autour de moi, mais Nick avait disparu.

CHAPITRE 60

Nicholas

J'avais l'impression de me retrouver dans cette saleté de rêve de chien dans lequel j'étais bombardé d'images et de sensations que je ne pouvais ni contrôler ni comprendre. Ça n'avait d'ailleurs aucune importance, puisque de toute façon mon cerveau ne fonctionnait pas. C'était bien pire que la fois où, enfant, je m'étais retrouvé devant la maison de Silla : ce jour-là, j'étais capable de combattre et de sentir la brûlure du sang jusqu'au bout de mes doigts et de mes orteils. Maintenant, je n'étais plus qu'un spectateur.

Heureusement, je n'étais pas totalement engagé dans ce que je faisais.

Le sol tremblait et je voyais par éclairs devant moi un grand bras mécanique qui plongeait dans la terre, puis se relevait.

Une chose, une horrible entité gluante était logée sous mon crâne, où elle commandait les mouvements de mes pieds, de mes mains, de mes yeux et de mes lèvres. Je percevais des pensées fugitives qui n'étaient pas les miennes, des désirs, de la colère et une douleur très ancienne qui me submergeaient tandis que je regardais la pelleteuse creuser la tombe de Reese.

Silla

Le ciel au-dessus de moi était parfaitement pur. Dans la clairière où je gisais, rivée au sol par des racines, l'obscurité régnait, mais le ciel dans lequel les corbeaux décrivaient des cercles frénétiques était clair et le soleil brillait.

Je sentais la terre sous moi. Je l'imaginais s'enfonçant sur des kilomètres, à travers la boue et la roche, à travers les plaques tectoniques, vers le cœur brûlant de la planète. Jusqu'à quelle profondeur s'étendait le pouvoir de Josephine ? Elle possédait déjà des arbres, des animaux : pourquoi pas la Terre entière ?

Elle possédait aussi Nick. Et Eric. Elle avait vaincu Reese. Je ne pouvais plus laisser se déchaîner ces forces incontrôlables qui s'étaient abattues sur nous le soir de la mort de Reese.

Je fermai les yeux en pressant les paupières. Je devais me libérer. Les ciseaux !

Je plongeai la main dans la poche kangourou, les saisis et m'assis. Presque tous les corbeaux s'étaient envolés, sauf quelques-uns qui sautillaient autour de moi et m'observaient en battant des ailes. Je devais agir vite, car Josephine saurait inévitablement ce que je faisais. Toutes les créatures des bois qu'elle possédait restaient dissimulées, aux aguets. Le corps inerte d'Eric oscillait légèrement dans le vent. Mon estomac se contracta. Je posai les ciseaux contre l'une des racines et commençai à la scier. La lame l'entailla lentement et je poursuivis mes efforts. Il fallut une éternité pour la trancher, et entre-temps, plusieurs opossums étaient sortis du couvert des arbres pour s'approcher de moi.

Ils ressemblaient à des rats monstrueux surgis d'un autre univers. Leur museau était maculé de sang.

Je m'attaquai à une nouvelle racine et entendis le croassement d'un corbeau, puis un grognement rappelant celui d'un cochon. Y avait-il des sangliers dans les bois autour de la maison de Nick ? Sans relever les yeux, j'incisai ma paume blessée, barbouillai mes deux mains de sang et empoignai plusieurs racines.

— Desserrez-vous. Libérez-moi ! ordonnai-je.

Je les visualisais reculant avec des ondulations de serpent. J'étais douée pour imaginer. Je le faisais sans arrêt, c'était grâce à cela que j'étais une actrice remarquable, capable de se glisser pour quelques heures dans la peau de quelqu'un d'autre et d'y croire. Ça, je savais le faire.

Je fermai les yeux et m'imaginai en liberté.

— Libérez-moi. Lâchez prise. Lâchez prise !

Je me souvins que Nick faisait des rimes pour mieux se concentrer, et je me creusai la cervelle pour en trouver.

— Racines, lâchez-moi, terre, libère-moi, sang, sauve-moi. Laissez-moi parcourir librement ces bois.

Je me représentai les racines en train de craquer et de se rompre.

Les racines se transformèrent en cendres.

Bouche bée, je me levai en titubant et me tournai face à la forêt. Les opossums m'invectivèrent en crachant entre leurs horribles dents. Des ombres voletaient au-dessus de nous. Des corbeaux. Ils décrivaient des cercles comme des vautours. Josephine était partout à la fois.

Je devrais enchaîner la forêt entière...

Un masque. J'avais besoin d'un masque pour agir. Non plus un masque imaginaire que j'ajustais mentalement, mais un vrai.

Je tendis ma main blessée, trempai les doigts de mon autre main dans le sang et les pressai contre ma joue. Le pouvoir que je recelais en moi jaillit et me brûla. Je peignis mon visage en étalant le sang sur mon front, mon nez, mon menton.

Rouge, sombre, redoutable.

C'était le masque le plus authentique que j'aie jamais porté. Mon pouvoir, ma personnalité, mon vrai moi.

Voilà ce que je suis.

Nicholas

J'étais à l'intérieur de la tombe, prisonnier de ses parois de terre humide. Sous mes pieds s'étendait le cercueil de Reese dont le bois pâle et luisant était encroûté de boue. Alors que mon corps s'agenouillait, je ne voyais plus que sa blancheur aux reflets semblables à ceux de la lune ou du marbre.

J'entendis un déclic suivi d'un lent grincement alors que j'ouvrais le couvercle. Il gisait à l'intérieur. Son visage était gris et relâché, sa bouche entrouverte, ses yeux mi-clos. Les ombres sous ses pommettes étaient verdâtres et ses cheveux pendaient sur le coussin satiné. Mon cœur battait violemment et mon sang rugissait dans mes oreilles comme une tornade.

Et l'odeur s'insinuait dans mes narines. Je fus saisi d'un haut-le-cœur, mais j'étais incapable de reculer, de sortir de la fosse et de m'enfuir. Je ne pouvais même pas fermer les yeux.

Ma main monta vers mon visage, mais au lieu de me boucher le nez, je mordis mon doigt plus fort que si j'avais croqué une pomme. La douleur accrut mes perceptions et, pendant un instant, je fus libre. Je trébuchai et tombai sur le cercueil assez brutalement pour le briser.

Mais cet instant de liberté fut bref. Je rampai, tendis la main vers le cercueil et, avec mon doigt saignant, peignis une rune sur le front de Reese.

La peau se fendit et glissa le long de sa tempe en laissant une trace humide comme celle d'une larme.

Une lourde goutte de sang tomba et s'écrasa sur l'une de ses joues, suivie d'une autre.

Je levai les yeux malgré moi, car je ne pouvais faire autrement.

Un renard était accroupi au bord de la tombe, un corbeau au corps rompu dans ses longues mâchoires. Il le lâcha et mes mains l'attrapèrent, puis le maintinrent au-dessus de Reese afin que le sang goutte sur son cœur, tachant le complet dans lequel il avait été enterré.

Je fermai les yeux. *Je peux fermer les yeux,* pensai-je. Je jetai le corbeau. La nausée m'envahissait et mon doigt mordu m'élançait. Je sentais la douleur dans tout mon corps, mais je m'en moquais. Je contrôlais de nouveau ce corps. Elle m'avait relâché.

Alors que je me remettais sur les genoux, les yeux de Reese s'ouvrirent.

Je retombai avec un gémissement. Ses yeux étaient vitreux. Morts. Mais ses mains s'élevèrent et agrippèrent les bords du cercueil. Il se hissa et s'assit. Puis il me regarda. Ses mains grisâtres et décomposées se tendirent vers ses genoux pour saisir le livre de sorts.

Ses lèvres frémirent, et le chuchotement rauque qui s'en échappa me donna la chair de poule.

— Nick, fit-il.

Son haleine avait une odeur aigre. Il tendit la main vers moi, mais je reculai précipitamment. Une sorte de râle jaillit de sa gorge. Il riait. Évidemment, puisque c'était Josephine.

Le corps de Reese se leva, elle le fit pivoter et l'immobilisa, non sans difficulté, face à une paroi de la tombe. Il parvint néanmoins à se hisser hors de la fosse.

Je me plaquai au sol et m'efforçai de respirer normalement.

Silla

Comme faire le tour de la forêt aurait pris trop de temps, je devais la traverser, au milieu des animaux possédés par Josephine. Je marchais vite en brandissant les ciseaux comme une épée, ma main blessée pendant le long de mon flanc pour laisser goutter le sang.

Une file d'écureuils me regarda avec d'horribles petits ricanements. Peut-être ne me feraient-ils aucun mal. Peut-être ne faisaient-ils que m'observer.

Je parvins à la lisière de la forêt, où les premiers arbres étendaient leurs branches. Dans la forêt, je ne voyais plus que des ombres. Les arbres étaient si proches les uns des autres et le sous-bois si dense que la lumière y pénétrait à peine.

Je déglutis en pensant à Nick. Il fallait que je le retrouve. Il fallait que je lie Josephine afin qu'elle ne puisse lui faire de mal. Ou même le tuer.

Au diable les animaux ! Aucun tigre n'errait dans ces bois. Tant que je ne tombais pas sur un sanglier, tout irait bien.

Je serrai plus fort les ciseaux et allai de l'avant.

— Silla !

L'appel venait d'en haut.

— Ô mon Dieu !

Les yeux d'Eric étaient ouverts et très pâles sous son masque sanglant.

— Eric ?

Était-ce bien lui ? Josephine l'avait-elle libéré ?

— Silla, je me sens… aide-moi à descendre.

Sa tête dodelinait.

Les branches qui l'emprisonnaient s'enroulaient autour de ses bras, s'incurvant sous ses épaules et autour de sa poitrine. En admettant que je puisse grimper jusqu'à lui, que se passerait-il si je le libérais ? Il était suspendu à au moins six mètres du sol. Il se romprait les os dans sa chute.

— Silla, répéta-t-il.

Un corbeau se posa sur une branche de l'arbre et secoua le corps d'Eric en s'approchant de lui par bonds, les ailes déployées. Il croassa et Eric tressaillit. Sa gorge remuait comme s'il allait vomir.

— Tiens bon ! lançai-je.

Si c'était toujours Josephine, j'avais mes ciseaux.

Je posai ma paume couverte de sang sur le tronc de l'un des arbres dont les branches l'emprisonnaient et m'appuyai à lui.

— Dépose-le, lui dis-je. Abaisse tes branches et dépose-le à terre.

Je descendais d'un puissant magicien. J'étais assez forte pour imposer ma volonté. Il me suffisait d'un peu de sang.

— Obéis-moi, chuchotai-je en effleurant l'écorce des lèvres. (Aucune rime idiote ne me venait à l'esprit.) J'ai saigné pour toi, obéis-moi, répétai-je, et j'imaginai les arbres en train de se pencher et de délacer leurs branches pour le libérer.

Un froissement, suivi d'un craquement, m'alerta. Je pivotai sur moi-même. Les arbres s'inclinaient, remuaient dans l'obscurité, plus semblables à du liquide qu'à du bois rugueux, comme des cordes et des rubans noirs sinueux, et déposaient doucement Eric sur un tapis de feuilles.

Je me précipitai vers lui. Il était allongé à plat ventre.

— Eric ?

Je me mordais les lèvres, hésitant à le toucher.

— Merci, murmura-t-il sans ouvrir les yeux.

— Tu es blessé ?

Il était apparemment entier et, plus stupéfiant encore, en vie.

— Oui, mais… rien de grave, je pense. J'ai juste besoin de me reposer.

— Tu as compris ce qui se passe ? demandai-je, les yeux rivés sur un raton laveur qui s'approchait de nous d'une démarche traînante. Il s'assit et serra ses petites pattes de devant l'une contre l'autre.

— À peu près. (Le visage d'Eric se crispa et il toussa.)

— Je dois m'en aller… retrouver Nick. Nous allons te sortir d'ici. Les animaux sont, euh… possédés.

Il déglutit, ouvrit les yeux et tourna la tête. Une file de souris avait rejoint le raton laveur.

— Nom de Dieu, tu as une de ces têtes… marmonna-t-il.

Je serrai les dents. Je devais m'en aller, mais je ne pouvais pas le laisser comme ça.

— Ça ira, fit-il d'une voix rauque. Je peux sortir de la forêt et rejoindre ma voiture tout seul.

— Je reviens dès que je peux.

— Attends. (Il plongea la main dans la poche de son jean et en tira un briquet.) Du feu.

Je fouillai les alentours, à la recherche de ce qui pourrait me servir de torche.

Nicholas

Des mottes pleuvaient sur moi, mais je me frayai un chemin en plantant mes doigts dans la terre. Je me hissai enfin hors de la tombe et restai étendu sur une traînée de sang. L'air était saturé d'odeurs : pourriture, soufre, cheveux brûlés, terre fraîche, sang. Je me remis debout en m'appuyant sur le bras de la pelleteuse. Je devais retrouver Silla avant qu'il lui arrive quoi que ce fût. Et avant que Josephine puisse me posséder de nouveau.

Sans armure, c'était sans doute vain, mais je recueillis néanmoins les dernières gouttes de sang de mon doigt pour tracer une rune de protection sur mon cœur.

Ils n'étaient sûrement pas partis depuis plus de cinq minutes, mais il ne restait pas trace du cadavre. Je me rappelai la nuit où j'étais seul, aveugle, loin de Silla alors qu'elle avait besoin de moi. Je devais la retrouver sans tarder.

Je partis en courant.

CHAPITRE 61

Silla

Je partis en courant.

Les arbres en rangs serrés ne laissaient pas filtrer les derniers rayons du couchant. Un vol de corbeaux s'élança vers moi, me repoussant vers la lisière de la forêt, ce qui m'éloignait du cimetière alors que je voulais le rejoindre au plus tôt. Ils se mirent à crier en continu, et j'eus envie de plaquer mes mains sur mes oreilles pour ne plus les entendre. Je me contentai de brandir ma torche vers eux en hurlant. Ils faisaient mine de battre en retraite, mais revenaient toujours pour m'entraîner dans la même direction.

Une forme sombre surgit, me barra le passage, et je m'arrêtai court lorsque la tête du daim pivota pour me renverser. J'atterris dans un buisson et faillis lâcher ma torche. Le daim découvrit ses dents et geignit comme un enfant. Je me relevai, la torche enflammée à la main. « Arrière ! » hurlai-je en agitant les bras. Des corbeaux descendirent en piqué sur lui, mais il les menaça de ses bois et ils reculèrent avec des cris furieux.

Le daim recula par bonds et poussa un long gémissement aigu. Je décrivis un moulinet avec la torche dans sa direction, puis voulus le contourner. Il m'allongea un coup de sabot qui m'atteignit à la cuisse. Je hurlai, agitai la torche et il recula.

Le reste des corbeaux me poussait en avant, quelle que fût la direction que je tentais de prendre. Comment pouvais-je chercher le corps de Josephine alors qu'ils m'entraînaient toujours plus loin ?

L'un d'eux plongea vers moi en poussant un cri. Je tombai en arrière et ma main libre atterrit dans une boue molle et tiède. La torche grésilla et je la relevai. La boue était teintée de rouge.

Les corbeaux croassèrent et soudain, je la vis : une boucle de cheveux dorés dépassait entre deux racines. Son corps avait été littéralement avalé par la forêt. Je plantai la torche dans la terre et sortis les ingrédients du sort de la poche de mon sweat-shirt. Avec les ciseaux, je coupai la boucle, puis l'enfonçai dans la cire, que j'approchai du feu afin de la pétrir en une boule, la tête dans laquelle les cheveux étaient plantés.

Tandis que je m'activais, les corbeaux jacassaient sans interruption, mais je n'avais guère le temps de faire attention à eux, sauf s'ils m'attaquaient. J'ouvris la boîte et y fourrai la cire en l'insérant dans les coins et en l'aplatissant afin de pouvoir refermer le couvercle. Enfin, j'enroulai le fil rouge autour de la boîte en murmurant : « Sois liée » en rythme avec les battements de mon cœur.

Je scellai la boîte avec une goutte de sang, puis plantai la torche au pied de l'arbre. L'herbe sèche s'enflamma en grésillant.

Je me levai et repartis en courant. Maintenant, les corbeaux se contentaient de me suivre.

La lisière de la forêt apparut, puis la longue étendue sombre d'un champ en friche et, au-delà, le mur branlant du cimetière. Les yeux plissés, les poings serrés, j'accélérai.

Je surgis du couvert des arbres pour me retrouver face à mon frère.

Je reculai. Ses yeux pâles étaient comme blanchis par une cataracte, et sa peau pendait sur ses os. Son visage était barbouillé de sang qui gouttait sur sa poitrine, éclaboussant la cravate avec laquelle il avait été enterré. L'os de sa clavicule saillait comme s'il allait percer la peau.

— Ma sœur, prononça Josephine avec ses lèvres mortes, mais je reconnus la voix de Reese. Elle était rauque et éraillée, mais c'était bien la sienne.

— Va-t'en ! Laisse-moi !

— Viens, Silla. C'est ton frère qui te parle.

Ses lèvres sourirent et leur peau se fissura comme si elles étaient crevassées. Un fluide transparent en suinta.

— Aide-moi, Silla, et nous vivrons éternellement ensemble. Il ne nous manque plus que la poudre de ses os.

— Non. Jamais.

Je regardais fixement son visage, sa peau flasque. Je me sentais vide. Creuse. Reese…

Il brandit le livre de sorts.

— Renonce, et nous guérirons mon corps. Nous sommes presque au bout de nos peines, ma chérie.

Je frappai sa poitrine du plat de la main.

— Je te chasse de ce corps ! hurlai-je.

Le cadavre se contorsionna, frémit, et une montée de bile acide me suffoqua.

Nicholas

Le mur croulant du cimetière me meurtrit les mains alors que je l'enjambais, puis m'élançais vers Silla aux prises avec le cadavre de Reese sur l'allée de gravier.

Il brandit le livre de sorts, l'abattit sur son visage et elle tomba en arrière. Je me ruai sur lui, nos corps se heurtèrent avec un bruit sourd et flasque, et nous nous effondrâmes. Pendant un instant, son odeur de pourriture me suffoqua, puis il se releva et me souleva du sol. Je le frappai du coude, lui allongeai des coups de pied, mais il restait insensible à la douleur et semblait à peine remarquer mes efforts. C'était comme si je tapais dans de la pâte à modeler. J'étais incapable de me dégager.

Les corbeaux décrivaient au-dessus de nous des cercles de plus en plus rapides.

Je me forçai à ouvrir les yeux tandis que le bras de Reese se refermait sur mon cou.

— J'adorerais faire couler ton sang, cracha Josephine par ses lèvres. Tout ce que je veux, c'est revivre… est-ce si difficile à comprendre ?

Le bras se resserra, me coupant la respiration. Un éclair orange surgit à la périphérie de mon champ de vision.

— Tu… es… incapable… de le… comprendre !

Je tournai la tête, et c'est alors que j'entendis le crépitement de flammes. La forêt était en feu.

— Feu, dis-je dans un chuchotement rauque.

Le bras desserra son étreinte et Josephine me fit brutalement pivoter face à la forêt.

— Non ! hurla-t-elle. Mon corps !

Les corbeaux plongèrent vers nous et leurs ailes me balayèrent le visage. Elle me lâcha et agita les bras de Reese pour les repousser, mais ils l'entraînèrent vers les arbres.

Deux corbeaux plantèrent leurs griffes dans les cheveux de Reese. Il se plia en deux et s'effondra à terre.

Je restai immobile, hors d'haleine, les yeux rivés sur les flammes bondissantes. Josephine était au cœur de l'incendie – son corps, du moins, était prisonnier de la forêt, et s'il brûlait, elle brûlerait avec lui.

Je rampai vers Silla. Sa tête était inclinée sur le côté et son visage n'était plus qu'un masque sanglant. Du sang gouttait dans ses cheveux d'une entaille à sa tempe. Elle ne remuait pas et respirait à peine.

Les corbeaux qui avaient chassé Josephine réapparurent autour de moi en sautillant frénétiquement.

— Sang et terre, entendez ma prière, guérissez cette chair, chuchotai-je, les yeux fermés.

Je le répétai plus fort, une fois, puis une autre. La chaleur monta et je l'implorai de rester. J'implorai le sang et la magie de faire leur œuvre.

Mon cœur battait si violemment que tout mon corps était douloureux. Je me penchai vers Silla et l'embrassai sur les lèvres. Elles étaient brûlantes, aussi brûlantes que les miennes.

— Silla, chuchotai-je.

Elle suffoqua.

Silla

Tout était noir.

Tout mon corps était douloureux, et mon sang fourmillait dans mes membres engourdis. J'étais incapable de remuer, mais je sentais des larmes couvrir mes yeux et couler le long de mon nez. Soudain, j'entendis un hurlement et sentis une odeur de fumée. Et de sang. Une grande quantité de sang. Ma gorge était irritée et ma langue épaisse. Je voulus bouger les bras et il me semble que mes doigts tressaillirent. Les battements de mon cœur rendaient un son creux.

J'inspirai longuement, une bouffée d'air froid envahit mes poumons avec de la fumée et je sentis du sang couler dans ma gorge.

Le vent me cingla et je toussai.

— Silla ?

Nick… je me tournai vers lui, enfouis mon visage poisseux dans son T-shirt sale et serrai les poings derrière son dos.

— Silla, mon bébé… (Il paraissait prêt à éclater de rire.) Ô mon Dieu !

— Reese…

Je me souvenais du corps de Reese dont les chairs tombaient, laissant à nu des muscles roses et des os jaunes.

— Viens, dit Nick, et il nous releva non sans peine. Il faut foutre le camp d'ici. La forêt brûle.

— Mais, répondis-je, titubante, mais, Josephine…

— Elle agonise dans la forêt.

Je m'écartai de lui et inclinai la tête sur le côté. Son demi-sourire était ce que j'avais vu de plus beau dans ma vie, mais je secouai la tête, incrédule. Et la tête me tourna comme si j'étais prise de nausée.

— Il faut la lier dans la forêt pour qu'elle brûle… sinon, elle s'échappera encore. (Je sortis la boîte de ma poche kangourou et la lui montrai.) C'est prêt. N'oublie pas la rune. (Je m'accroupis pour la dessiner du doigt dans la boue gluante.)

Une cacophonie de cris d'animaux et de craquements de bois éclata dans la forêt, puis le vent se leva, soufflant vers les arbres. Mes yeux étaient douloureux comme s'ils avaient fixé le soleil.

— Aide-moi, Nick, dis-je.

Je me relevai. Le feu flamboyait entre les arbres noirs. Une douzaine de corbeaux prit son envol, tourna autour de la forêt, qu'elle cerna comme d'une couronne, virant, criant et pourchassant les geais et les rouges-gorges en fuite. L'un des corbeaux plongea vers le sol, invectivant un renard, qu'il refoula vers la forêt. D'autres arrivaient, nous survolaient, puis encerclaient les bois d'une barrière vivante.

J'entraînai Nick vers l'un des arbres.

— On va tracer la rune, dis-je, avec du sang, aux quatre coins de la forêt, en partant d'ici et dans le sens des aiguilles d'une montre.

— C'est une trop grande distance à couvrir, objecta-t-il.

— On peut y arriver. Il le faut.

C'était presque la fin. Nick serra les dents, mais acquiesça.

Nicholas

La seule chose qui me permettait de tenir était la main de Silla dans la mienne.

Silla

Chaque pas nous rapprochait de la destruction de ce qui avait tué ma mère, mon père et mon frère. Et peut-être Eric. Chaque pas complétait le cercle et refermait le piège.

Nicholas

La forêt brûlait en hurlant. Les cris jaillis de gorges d'animaux s'unissaient pour ne plus former qu'un seul hurlement terrifiant. La chaleur avait durci tout le côté droit de mon visage pendant que nous faisions le tour de la forêt, pas à pas, dans les hautes herbes, sur la route, avec trois haltes pour tracer une rune sanglante sur un arbre.

Silla

Un vol de corbeaux tomba du ciel dans une traînée de feu. Les autres criaient et s'envolaient comme des étincelles noires et brillantes jaillies du gigantesque bûcher de la forêt. Leurs plaintes se perdaient dans le grondement du feu et dans la colonne de fumée aveuglante.

Nicholas

Lorsque nous rejoignîmes notre point de départ, nous tombâmes à genoux. Puis, tandis que je traçais la rune sur un arbre, Silla creusa un trou dans lequel elle enfouit la boîte. Main dans la main, nous laissâmes goutter nos sangs mêlés sur la dernière rune.

— Reste liée, Josephine ! Reste liée à jamais ! hurla Silla.

Une explosion de chaleur déchira l'air, mes oreilles se débouchèrent et l'impact nous projeta en arrière. Je n'essayai pas de me relever et me contentai de regarder les étoiles disparaître derrière des nuages de fumée, les doigts enlacés à ceux de Silla.

La forêt hurlait.

CHAPITRE 62

Silla

J'étais allongée, la tête tournée sur le côté. Je voyais un flamboiement orange sur un fond d'herbe noire. Je voyais le profil de mon frère. Son corps était encerclé de corbeaux qui sautillaient autour de lui, la tête inclinée, les ailes hérissées, et becquetaient ses cheveux, sa main, ses jambes.

Les corbeaux... Ils m'avaient poursuivie, mais sans jamais m'attaquer. Ils nous avaient avertis de la possession d'Eric, ils m'avaient menée au corps de Josephine et ils avaient tenu les animaux de la forêt en respect afin qu'elle ne puisse échapper au sort qui la liait.

Et Reese avait été si doué pour voler avec eux...

Je m'assis.

— Silla ?

La voix de Nick tremblait. Je devinai qu'il était épuisé. Je pouvais moi-même à peine faire un geste. Nous avions perdu tant de sang, tant couru, si désespérément lutté... Mais Reese... Reese était là. Et vivant. Cette idée me fit l'effet d'une décharge électrique.

— Les corbeaux, Nick. Ce sont... c'est Reese ! (Je me mis à quatre pattes et avançai au milieu d'eux.) Ô mon Dieu, Reese !

Les corbeaux s'envolèrent soudain avec de grands battements d'ailes. Je regardai le visage inerte de Reese, l'imaginai illuminé de vie, imaginai son rire et les rides aux coins de ses yeux quand il souriait.

— Nous pourrions le ressusciter, chuchotai-je.

— Sil...

— Avec le sort de régénération. Comme pour la feuille.

Nick se traîna vers moi et saisit ma main.

— Silla, chuchota-t-il. Réfléchis...

L'exaltation me ravagea comme la foudre, me laissant les oreilles bourdonnantes.

— C'est ce que je fais ! Il faut ranimer son corps. Son esprit est ici, autour de nous, dans les corbeaux, m'écriai-je en gesticulant, tandis qu'un rire scandaleux jaillissait de mes entrailles, secouait ma colonne vertébrale et résonnait à mes oreilles. Nous pouvons guérir son corps et le régénérer pour qu'il le réintègre ! Reese ! lançai-je aux corbeaux qui battaient fébrilement des ailes. Reese ! Je peux guérir ton corps, et tu le reprendras !

Les corbeaux – non, Reese – me répondirent par des croassements. La tête me tournait. J'agrippai mes genoux et enfonçai mes ongles à en avoir mal. L'idée – la promesse de retrouver mon frère – était presque plus que je ne pouvais supporter. Je me tournai vers Nick, car je savais qu'il m'aiderait.

Nick n'observait pas les corbeaux. C'était moi qu'il regardait. Son visage était tendu et las, mais par ailleurs indéchiffrable.

— Nick... dis-je.

— Je t'aiderai si c'est vraiment ce que tu veux, dit-il.

Je souris, ivre de joie, alors que le monde tournait autour de moi comme un manège. Je m'agenouillai à côté du cadavre pour ne pas m'effondrer. J'étais capable de réussir. J'avais encore assez de pouvoir. Bientôt, ce corps redeviendrait mon frère.

Nicholas

J'étais incapable de regarder ses yeux. C'était au-dessus de mes forces.

Elle tendait ses mains tremblantes au-dessus de la poitrine de Reese. Nous n'avions pas besoin de davantage de sang, puisque nous en étions tous deux couverts. Nous restions parfaitement immobiles. J'aurais voulu la bousculer, la renverser, lui hurler que c'était mal. Il était mort – son corps était mort – et en le ressuscitant, elle ne se conduirait pas mieux que Josephine ou ma mère. Nous ne pouvions pas donner la vie. Nous n'étions pas Dieu.

Son masque sanglant avait presque entièrement disparu de son visage, qui était terrifiant sous ces traînées de sang. Les yeux baissés, elle contemplait son frère. Je me sentais oppressé. Le sang coulait très lentement dans mes veines, m'affaiblissant, me pétrifiant tandis que je regardais ma petite amie s'apprêter à ressusciter un mort.

Pourtant, elle restait immobile, et sa respiration régulière. L'air enfumé me piquait les yeux.

Un corbeau croassa, vint se poser sur le front de Reese et ses griffes s'enfoncèrent dans la chair molle. Je reculai. Silla ne bougea pas. Le corbeau croassa de nouveau, et je le regardai droit dans les yeux. Il inclina la tête de côté, lança à Silla un regard de défi, les ailes déployées, puis s'immobilisa.

Le visage de Silla se crispa.

— Reese… chuchota-t-elle.

Oh, Silla, mon bébé… Je ne savais que dire. Je ne pouvais pas prendre cette décision à sa place, quelle qu'en fût mon envie. C'était à elle de le faire, même si elle se trompait.

Un cri étranglé jaillit de sa gorge.

Je tendis le bras vers elle et nos mains s'agrippèrent violemment. Elle posa sa main saignante sur son ventre.

— Reese... répéta-t-elle.

Les corbeaux s'envolèrent et tournoyèrent en criant sur le ciel orange et fumeux.

Silla s'effondra contre moi. Je passai les bras autour d'elle, lui caressai les cheveux et posai les lèvres sur eux. Elle tremblait et je sentais les vibrations de ce tremblement dans tout mon corps.

La chaleur du feu avait séché la sueur de mon visage. Ses craquements et ses grondements déchiraient l'air. Je pouvais à peine respirer.

Silla chuchota quelque chose et je lui soulevai le menton afin de mieux l'entendre.

— Reese... Il faut... il faut... cacher le corps.

Mes mains se crispèrent sur elle. Elle avait raison. À cause de cet incendie, nous serions bientôt envahis par la police et les locaux. Silla se leva, puis vacilla. Je l'imitai, mais mon propre épuisement faillit me terrasser. Trop de sang, d'adrénaline et d'énergie perdus... Mais nous n'en avions pas encore fini.

Nous traînâmes le corps de Reese dans la forêt en nous frayant un chemin au milieu de la fumée. Je saisis une branche enflammée et la déposai à ses pieds afin que nous fussions certains qu'il brûlerait. Des larmes coulaient sur les joues de Silla, mais quand tout fut terminé, elle s'essuya les mains sur l'herbe, puis s'allongea, plutôt sereine. Pendant un instant, j'eus peur qu'elle n'ait perdu la tête, mais elle tendit la main et saisit la mienne.

— Ce n'est pas si mal pour partir, un bûcher funéraire comme celui-là, dit-elle.

— Comme pour les anciens rois vikings, approuvai-je en lui serrant les doigts.

— Tu sais vraiment de drôles de choses, commenta-t-elle avec un accent de gaieté dans la voix.

Nous étions étendus côte à côte près du mur du cimetière. Silla posa la tête sur mon épaule et je fermai les yeux. La Terre tournoyait lentement sous moi…

CHAPITRE 63

Nicholas

J'avais beau être à l'hôpital, mes souvenirs restaient confus. Apparemment, c'est ce qui arrive quand on a perdu beaucoup de sang. Je me rappelais à peine notre arrivée ici. Je me souvenais seulement d'être resté debout dans le couloir au carrelage à damier tandis qu'on emportait sur un chariot Silla à peine consciente. Papa m'avait rattrapé juste à temps alors que je retombais dans les pommes, et puis j'avais rouvert les yeux sur un plafond miteux qui ressemblait à du pop-corn. Je sentais à travers mon mince matelas au niveau de mes reins la barre qui permettrait à la moitié supérieure du lit de se relever si je poussais le bon bouton. Je n'entendais aucun bruit, sauf une sonnerie dans mon oreille gauche. En m'asseyant, je remarquai une aiguille fixée à mon bras par un long tube en plastique, lui-même relié à un sac contenant un liquide clair. Probablement de la saline ou quelque chose du même genre.

La chambre était petite, mais c'était une chambre individuelle, avec une vieille télé scellée au mur par un bras et une fenêtre aux lourds rideaux bleus tirés. J'avais la tête qui tournait un peu, mais sinon, ça allait. Je ne sentais aucune douleur, brûlure, aucun tiraillement, rien à part un malaise général qui me collait à la peau comme si j'avais veillé trop longtemps – sauf que je venais juste de me réveiller.

J'entendais derrière la porte de ma chambre les bruits étouffés d'un hôpital en bon fonctionnement.

J'examinai l'aiguille plantée dans mon bras en me demandant si je pouvais l'enlever sans dommage. Je n'allais sûrement pas me vider de mon sang. J'imaginai un instant mes boyaux en train de sortir par le minuscule trou de l'aiguille, dans des verts, violets et roses pimpants.

La porte de la chambre s'ouvrit.

C'était Lilith, vêtue d'une robe orange ornée de rangées de fourrure noire – de la fourrure, Dieu du ciel – comme si elle sortait d'un foutu opéra. Ce qui était le cas, en quelque sorte. Ses cheveux étaient un peu en désordre, contrairement à ses habitudes, car même à six heures du matin, avant de prendre son café, elle était impeccablement coiffée. Mais elle pinçait ses lèvres comme toujours impeccablement peintes dans cet atroce rouge brillant.

— Nick, n'essaie même pas de sortir de ce lit, dit-elle.

J'empoignai les bords de mon matelas.

— Où est papa ? demandai-je.

— Il parle avec les médecins et avec le shérif.

— Et Silla ?

— Encore inconsciente, mais… elle va bien. (Pour une fois, l'éclat de ses yeux n'était pas tout à fait maléfique.) Ton ami a raconté que l'incendie était accidentel.

Je me frottai les yeux à les exorbiter.

— Mon ami ?

— Oui, celui qui nous a alertés, Eric. Il a quelques blessures, une cheville foulée et il a perdu pas mal de sang. Il dit que Silla et toi lui avez sauvé la vie.

Ces phrases semblaient contenir un étrange message sous-jacent, comme si elle voulait nous transmettre une information urgente. Quelque chose m'échappait, mais quoi ? Un code secret ?

— Il a raconté que vous aviez voulu allumer un feu dans la cour derrière la maison pour brûler des affaires de Reese, comme pour une petite commémoration personnelle, poursuivit-elle.

Je la dévisageai. Elle me soufflait ce que je devais raconter afin que je puisse répéter au shérif la même chose qu'Eric. Ce faisant, elle me tirait une sacrée épine du pied.

— Le seul dommage causé l'a été à notre propriété, Nick, reprit-elle. Ou plutôt, ta propriété, que ton père doit bien entendu gérer jusqu'à ta majorité.

Bon Dieu, mon esprit fonctionnait vraiment au ralenti... Je m'humectai les lèvres.

— Tu veux dire que papa pourrait nous tenir pour responsables, Silla et moi ? Porter plainte contre nous à cause de l'incendie ? demandai-je.

Lilith acquiesça, croisa les bras sous ses seins et pianota sur son coude gauche avec les ongles orange de sa main droite.

— Je crois que je pourrai l'en dissuader, déclara-t-elle.

— Pourquoi le ferais-tu ?

Ces mots m'avaient échappé. J'aurais dû lui demander ce qu'elle voulait en échange, ou simplement accepter son aide en lui jurant une reconnaissance éternelle.

Elle écarta les mains et prit un air innocent.

— Pourquoi pas ? répondit-elle. C'était un tragique accident, mais vous avez survécu, et ton père a de l'argent et plus de propriétés qu'il n'en a besoin, Nicholas.

— Bon Dieu, ne m'appelle pas comme ça, grinçai-je.

— Je vais aller parler à ton père afin de tourner la page, annonça-t-elle.

Elle fit demi-tour et posa la main sur la poignée de la porte.

— Attends.

Elle s'immobilisa, le dos tourné, sachant très bien ce que j'allais lui demander.

— Que veux-tu en échange ?

Mon premier enfant ? Dix ans de servitude ?

Pivotant sur ses talons, elle m'adressa son éblouissant sourire de requin, celui qui mettait mon père K.O. à tous les coups. Il la rajeunissait de dix ans.

— Oh, Nick, tout ce que je veux, c'est la vérité ! répondit-elle. Je veux toute l'histoire, la seule, la vraie. Avec toute la magie, les meurtres, la jalousie et le poids du passé. L'histoire dont ce cimetière est le centre.

Je la dévisageai, bouche bée.

— À plus tard, Nick. Ne réfléchis quand même pas trop longtemps, conclut-elle avec un nouveau sourire avant de sortir.

Finalement, tout le monde crut à ce conte à dormir debout selon lequel nous avions été assez stupides pour mettre le feu à la forêt par accident.

Je racontai la vérité à Lilith dès le lendemain matin. Je pense qu'elle m'a cru. Les corbeaux qui veillaient autour de l'hôpital et qui avaient suivi notre voiture sur plusieurs kilomètres en sortant de la ville y ont certainement contribué. Peut-être était-il temps d'oublier le surnom que je lui avais donné pour m'en tenir tout simplement à Mary.

CHAPITRE 64

Silla

Mes cils étaient collés et j'eus beaucoup de mal à ouvrir les yeux à mon réveil.

— Silla !

Wendy était penchée au-dessus de mon lit, dans ma chambre. Je m'étais réveillée ce matin même à l'hôpital, terrifiée parce que je croyais que tout le monde était mort, mais Judy était là. Elle m'avait dit ce que je devais raconter au shérif, puis elle m'avait expliqué qu'elle avait parlé avec Nick et qu'elle était allée au cimetière pour combler la tombe de Reese avec la pelleteuse.

Les médecins avaient déclaré que j'étais seulement épuisée par la dépense d'adrénaline et par le traumatisme subi, et que je devais donc me reposer. Ce qui avait été facile : j'avais tout juste réussi à rejoindre mon lit tellement j'étais fatiguée.

Derrière Wendy, tous mes masques de théâtre m'observaient comme une assistance. Je remuai ma langue, qui était sèche, et commençai à m'asseoir. Je n'avais ni nausée ni sensation de vertige, seulement un besoin urgent de caféine pour me secouer.

— Silla ! s'exclama Wendy, et elle s'assit sur la chaise de mon bureau. Nous étions vraiment inquiets. Tu as dormi vingt heures d'affilée !

— Je peux avoir de l'eau ? demandai-je d'une voix éraillée.

Ma gorge était irritée. Je trouvais incroyable de me sentir aussi mal en point alors que j'avais dormi toute une journée.

— Oui, bien sûr !

Wendy se pencha et prit une bouteille d'eau minérale sur la table de chevet. Elle avait l'air très en forme. La brise soufflant par la fenêtre faisait voleter ses cheveux. Je regardai par la fenêtre, cherchant obstinément des corbeaux des yeux.

Wendy posa la main sur mon bras, puis m'aida à me redresser pour boire. Après avoir vidé la moitié de la bouteille, je me sentis à peine mieux.

— Comment vont… tous les autres ? demandai-je.

Y a-t-il vraiment eu tous ces corbeaux ? Où est Reese ? Ai-je seulement imaginé que ces oiseaux étaient Reese ?

— Eric va bien. Il a raconté qu'il s'est foulé la cheville en fuyant l'incendie. Et que tu lui as sauvé la vie.

Ses lèvres roses pailletées firent une moue et je me souvins que Josephine n'était plus.

— Oui, c'est ça, murmurai-je alors que je n'avais qu'une envie : qu'elle s'en aille afin que je puisse de nouveau m'allonger, ou me précipiter dehors pour aller chercher Reese.

Elle s'apaisa.

— J'ai vraiment du mal à croire ce que tout le monde raconte sur ces événements. Mrs Margaret et Mrs Pensimonry ont bombardé Judy de questions sur toi, sur l'incendie, sur ta famille, et elles lui ont demandé si tu étais… eh bien, folle, acheva Wendy avec une grimace de contrition.

— Ça va… enfin, je crois.

Elle saisit mes mains et les serra si fort que je poussai un gémissement de douleur. Le médecin avait recousu la blessure de ma paume.

— Pardon, dit-elle en lâchant ma main comme si c'était du poison, mais sans pouvoir détacher les yeux du pansement. C'est vrai que tu te... tu te blesses volontairement ?

J'allais lui répondre, puis je m'interrompis. C'était le moment de lui dire la vérité, mais si la magie faisait partie intégrante de moi-même, elle était bien trop dangereuse pour mettre d'autres personnes dans le secret. J'étais moi-même trop dangereuse. Les larmes me montèrent aux yeux et je les laissai couler pour offrir à Wendy le seul masque qu'elle pouvait comprendre. Je hochai la tête et les larmes tombèrent sur mes mains.

— Oh, Sil... chuchota-t-elle. (Elle s'assit sur le lit et passa un bras autour de mes épaules.) Tu... c'était seulement trop dur pour toi, mais je vais t'aider à guérir.

— Je crois, improvisai-je dans un murmure, je crois que Judy va m'emmener à Chicago pour que je ne sois plus forcée de vivre où ils ont vécu.

Alors que de nouvelles larmes coulaient sur mes joues, je me souvins des projets que Reese et moi-même avions faits pour aller vivre ailleurs. Et je savais que Judy ne verrait pas d'objection à retourner à Chicago. Il ne restait plus que la question de Nick à régler.

Je serrai Wendy contre moi. Une part importante de moi-même ne pouvait même pas envisager de s'en aller en la laissant ici, mais avais-je le choix ? Surtout si Yaleylah recommençait à jaser sur moi. Cela faisait des mois que ses habitants avaient les yeux rivés sur ma famille et j'en avais assez. Je poussai un soupir.

— Où est Nick ? demandai-je. Il va bien ?

— Oui, mais son père l'a emmené hier soir dans un hôtel à Cape Girardeau, répondit-elle avec un froncement de sourcils. En fait, je devrais aller lui téléphoner tout de suite pour lui dire que tu es réveillée.

— Oui, bien sûr.

Elle me serra très fort contre elle, puis se glissa hors de la chambre. Je sortis de mon lit et me traînai le long du mur jusqu'à la fenêtre.

Je regardai vers l'est, vers la maison de Nick et la forêt, qui était noire et calcinée comme les cendres friables d'une ancienne cité. Une forêt de tours et de ponts en ruine. De minces filets de fumée s'élevaient encore en de nombreux endroits, mais rien n'avait brûlé à l'extérieur du cercle que nous avions tracé autour des bois. Absolument rien.

Et j'eus beau scruter le ciel, je ne vis pas un seul corbeau.

La soupe était le seul aliment que mon estomac pouvait supporter. J'étais fragile, éteinte et vacillante.

Je n'avais pas encore vraiment compris tout ce qui s'était passé. Quand je mangeais, mon regard s'arrêtait sur les ondulations des rideaux bleus au-dessus de l'évier, et j'oubliais des pans entiers de ce qui était arrivé la nuit dernière. Soudain, la cuillère heurtait mes dents et tout me revenait d'un seul coup. Je devais alors m'interrompre et fermer les yeux.

Gram Judy évoluait dans la cuisine, présente mais silencieuse, comme si elle devinait que je n'étais pas encore prête à parler, mais voulait me faire comprendre que je n'étais pas seule. Wendy était partie après m'avoir embrassée sur la joue et promis de revenir. J'observais Judy en me demandant comment lui parler de Reese et des corbeaux. Me croirait-elle ou penserait-elle que j'avais complètement perdu la tête ?

Je reposai ma cuillère en entendant crisser le gravier de l'allée. Judy se précipita vers la porte et je l'entendis accueillir quelqu'un dans l'entrée.

Nick apparut dans une veste à rayures et un pantalon noir, et avant même de m'en être rendu compte, j'avais traversé la salle et j'étais dans ses bras.

Les siens me serrèrent et me soulevèrent. Je sentis l'odeur de son gel et celle du savon de l'hôtel dans son cou. Il embrassa mes cheveux et prononça mon nom.

Je ne pouvais plus le lâcher, même quand il me murmura à l'oreille : « Doucement, mon bébé. » Je me cramponnais à lui, les doigts plongés dans ses cheveux, en me retenant d'enrouler mes jambes autour de lui.

— Viens, dit-il avec un rire léger, on va s'asseoir.

Nous nous assîmes, moi sur ses genoux. Il parlait, et je l'écoutais en suivant du doigt le contour de sa pommette ou l'embrassais au hasard au milieu d'une phrase. Il me racontait tout ce qui était arrivé, comment Eric avait rejoint sa voiture, comment Judy avait vu le feu depuis la maison et était accourue, comment on nous avait emmenés à l'hôpital, et enfin, l'histoire qu'Eric avait racontée pour nous couvrir. Sans compter le marché conclu avec Lilith.

Quand il m'annonça : « Papa me ramène à Chicago », je posai les doigts sur ses lèvres.

— Moi aussi, je vais là-bas, dis-je.

Ses yeux s'agrandirent et il sourit.

— Sans blague ? fit-il.

— Oui, sans blague. Je peux finir ma terminale n'importe où, surtout là où personne ne me connaît. Ça me fera sûrement du bien de ne plus vivre au milieu de tous ces… souvenirs. Judy a un appartement là-bas, d'ailleurs je pensais déjà partir : j'en avais parlé avec Reese… avant.

Il me serra de nouveau dans ses bras.

— Comment te sens-tu ? demanda-t-il au bout d'un moment.

— Fragile. Forte. Beaucoup de choses à la fois. Je crois que tu m'as sauvé la vie.

— Je crois que tu as sauvé la mienne aussi.

Je pensai aux corbeaux qui tombaient du ciel dans une traînée de feu, qui nous avaient aidés à lier Josephine et qui nous suivaient comme nos ombres. Nous n'avions pas sauvé la vie de Reese.

— Qu'est-ce qui ne va pas, mon bébé ?

— Rien, je pensais seulement aux corbeaux.

— À Reese, tu veux dire ?

Je fermai les yeux, indiciblement soulagée. Il y croyait lui aussi, Dieu soit loué.

— Oui. Je ne l'ai pas revu. Je ne les ai pas revus.

— Ils étaient à l'hôpital. Ils nous ont suivis jusqu'à mi-chemin de Cape Girardeau.

— Oh… !

Mais où étaient-ils maintenant ?

— Il est sûrement dans le coin, et probablement aussi crevé que nous, dit Nick.

J'ouvris la main, celle qui gardait les longues cicatrices du sort de liaison, saisis la sienne et disposai nos blessures côte à côte.

— Dis-moi que nous avons fait ce qu'il fallait faire, lui demandai-je.

Nick posa la main sur la mienne, pressant l'une contre l'autre nos entailles brûlantes mais en voie de guérison.

— Nous avons fait ce qu'il fallait faire, dit-il.

Nicholas

Je passai le reste de la journée avec elle et nous préparâmes de la soupe avec Gram Judy en parlant de Chicago. À la perspective de retourner vivre là-bas, ses joues ridées étaient toutes roses d'excitation.

À la tombée de la nuit, Silla et moi sortîmes, laissant Judy à la maison, même si je devinais qu'elle aurait préféré nous voir rester. Dans la cour de derrière, nous nous glissâmes à travers la haie de forsythias et les lumières de la maison disparurent. Le cimetière s'étendait devant nous. Je pris la main de Silla et nous restâmes un instant immobiles. Sa respiration était paisible et je regardais le nuage de son haleine s'échapper de ses lèvres dans la nuit froide.

Elle tourna la tête vers ma maison, où je voyais de la fumée monter en minces filets de la forêt décimée.

— Je ne les ai pas entendus de toute la journée, dit Silla, qui contemplait la fumée comme moi.

— Viens, mon bébé, dis-je, et je lui serrai la main.

Le cimetière était d'une blancheur spectrale et je fus frappé par le contraste qu'il formait avec le noir austère de la forêt brûlée.

Nous choisîmes au hasard une pierre tombale au milieu de hautes herbes sèches, loin de la tombe de ses parents et de celle de Reese. Sans le dire, aucun de nous ne voulait retourner auprès d'elles.

Je m'adossai au marbre froid et elle s'assit entre mes jambes. Je la tenais dans mes bras, la joue posée sur ses cheveux soyeux. Tout était extraordinairement silencieux. On n'entendait ni le vent, ni le bruit de la circulation, ni les oiseaux, pas même les insectes. Je fermai les yeux et me concentrai sur Silla, sa chaleur et le froid de la tombe derrière moi. Et moi au milieu, vivant.

— Nick ?

— Mouais ?

— Tu crois que ça vaut la peine d'être immortel ?

— De devenir une star du rock ?

— Ou président ? demanda-t-elle avec un sourire.

J'embrassai ses cheveux.

— Non. C'est impossible, répondis-je.

Elle se tut un instant.

— Sans se transformer en monstre, tu veux dire ? reprit-elle.

L'appel d'un corbeau déchira le silence. Silla se redressa, le visage levé vers le ciel. Elle ressemblait à une statue, un ange en pierre contemplant l'au-delà.

Un vol de corbeaux se dirigea vers nous avec des battements d'ailes parfaitement synchrones et se posa sur les pierres tombales qui nous entouraient, à l'exception d'un seul. Il atterrit juste devant Silla, sautilla vers elle et la regarda en croassant.

— Reese, mon Dieu, Reese… dit-elle, et ses paroles restèrent suspendues dans l'air comme l'avait été son haleine. « Dis-moi la vérité, chuchota-t-elle, paraphrasant Macbeth, es-tu un être surnaturel ? »

L'oiseau inclina la tête de côté et je resserrai mon étreinte sur ses bras. Les autres corbeaux s'envolèrent de leurs perchoirs pour rejoindre leur compagnon.

Les cinq corbeaux s'immobilisèrent, puis le premier croassa de nouveau et hocha la tête.

Ils nous entouraient comme cinq points posés sur un cercle. Silla contempla les yeux noirs du premier et tendit la main vers lui.

REMERCIEMENTS

Je tiens à remercier les personnes suivantes, sans lesquelles *Blood Magic* n'existerait tout simplement pas.

Natalie, qui a fait les mêmes sacrifices que moi, partagé ma folie, régulièrement regardé *Criminal Minds* à deux heures du matin parce que j'étais trop stressée pour dormir, vécu dans une maison sale et qui m'a soutenue quand je chancelais, tout cela parce qu'elle croit en moi.

Maggie Stiefvater, qui m'a mise au défi d'écrire ce roman et de le finir, et qui m'a fait remonter sur le ring dès que je m'arrêtais.

Brenna Yovanoff, qui m'a montré à quel point l'atmosphère peut devenir un personnage de roman. Et parce qu'elle est mi-ange, mi-démon.

Laura Rennert, parce qu'avec elle, j'ai l'impression d'être une star du rock même quand ça ne va pas très fort, et parce qu'elle se réjouit avec moi quand tout va bien. Parce qu'elle part à l'assaut tel un preux chevalier et me téléphone pour me dire qu'elle n'a pas le temps de me téléphoner.

Suzy Capozzi, pour « Vive le sang et au diable les vampires », et pour m'avoir convaincue que finalement, ce que j'avais écrit était bon. Sa clairvoyance et son enthousiasme sont sans limites !

Jocelyn Lange et son équipe des droits d'auteur, car personne n'a su mieux qu'eux donner corps à mes rêves de toute-puissance !

Tout le personnel de Random House, dont le soutien me surprend toujours ! J'ai vraiment le sentiment de rencontrer des gens extraordinaires qui m'aident à aller de l'avant à chaque cap que je franchis.

Les gothiques, Carrie, Dawn, Heidi, Jackie, Jackson et Linda, qui m'ont donné l'impression d'être des leurs avant même que je ne sois publiée.

Mes premiers lecteurs sur le Web, Star, Amber, Nikki, Laura et Kate, qui me réclamaient toujours plus de chapitres.

Ma mère, mon père et mes frères, pour le don de la lecture, les nuits à Ponak, et pour m'avoir aidée à devenir forte.

Une mention spéciale à mon petit frère Travis, pour me croire capable de le faire apparaître un jour dans un livre.

Robin Murphy, pour sa patience et m'avoir dit qu'elle aimait mon premier roman malgré toute la peine que je lui ai fait endurer.

Enfin, mon parrain Randy, parce qu'il me demande toujours comment mes travaux d'écriture progressent et parce qu'il est toujours prêt à remplir pour moi ma déclaration d'impôts.

L'AUTEUR

Dès l'âge de sept ans, Tessa Gratton a voulu être paléontologue ou sorcière. Elle était malheureusement trop impatiente pour partir à la recherche de dinosaures, mais elle espère toujours que quelqu'un pourra lui enseigner la magie. Après avoir voyagé dans le monde entier avec sa famille (son père est militaire), elle a obtenu sa licence et la majeure partie de sa maîtrise en étude des genres[1]. Elle vit avec son compagnon, ses chats et son chien mutant au Kansas, où elle passe ses journées à observer le ciel et à raconter des histoires de magie.

1. Dans les universités des États-Unis, matière élaborant une approche critique des rôles de l'homme et de la femme tels qu'ils sont définis par la société.

Composition : Nord Compo à Villeneuve D'Ascq

Achevé d'imprimer en août 2011
Par Normandie Roto Impression s.a.s. à Lonrai (Orne)
Dépôt légal : septembre 2011
N° 244647-I
N° d'impression : 113199

Imprimé en France